武林舊事 卷三

太白試劍

目次

武林舊事

卷三 太白試劍

第十七章　緣定……005

第十八章　往事……057

第十九章　苦酒……109

第二十章　卻亂……171

第二十一章　地宮……219

第二十二章　無涯……275
第二十三章　沉冤……323
第二十四章　離殤……359

第十七章

緣定

各劍門的劍主陸續上臺抽籤，由於每一組只能有一家劍門出頭，誰都不希望和傳言中幾個厲害的劍缽同組。丐幫幫主駱龍排在第三十六位上臺，給范濬抽到的竹籤是乾組第二劍門，原先抽到乾組的劍門個個如喪考妣！其餘的人則暗自慶幸。

青城派和丐幫都來了不少人，這兩派似乎頗有交情，不但聚在一塊，兩位門主更是並肩而立，談笑風生，表面上完全看不出有傳言中的瑜亮情節；而殘幫遠遠聚在另一角落，以人數而言也算聲勢浩大，他們的籤表排在第五十九位，劍主郭世域神情嚴肅，抽起竹籤瞧了一眼，臉色卻更加慘白，顫巍巍的握著，紀青雲伸手拿來喊道：「乾組第九劍門。」全場譁然，都說丐殘之爭提前對決，這回可有趣了！

只見郭世域低著頭走回殘丐堆中，到場關切的數百名殘丐個個陷入愁雲慘霧，古劍暗暗瞧了一眼郭綺雲，她雙手合十，倒是不驚不懼神色寧定。而駱龍、衛飛鷹和范濬等人亦面帶微笑，似乎不把殘幫的劍缽放在眼裡。

籤愈抽到後面愈令人緊張，閭丘項山在第七十八位上臺，抽到艮組第十劍門，雖然避開了范濬和郭綺雲，卻碰上了遼東長劍門的好手柳安太，仍將是一場惡戰。

然而最折磨人的還在後頭，由於青城派排在倒數第二的一九一籤，先抽完的劍缽沒人敢先行離去，就是得確定魏宏風不會跟自己同組。隨著籤筒上的竹籤逐漸減少，人們的心情反倒忐忑不安，每一次唱名都會引起一陣驚呼，提早額滿的劍組自然歡欣鼓舞，剩下的則是一陣唏噓。輪到商廣寒上臺時，整個拔仙臺鬧哄哄難以安靜，剩下兩個空位，竟在乾組和艮組！就連一直胸有成竹的駱龍，臉色都有些異樣。

商廣寒拿起竹籤，廣場上突然一片寧靜，當紀青雲報出「乾組第一劍門」時，全場轟然，再也沒有人聽見接下來的老學究在唸什麼……只見駱龍的微笑似乎凍結在風中，商廣寒亦是神情凝重，走到前方拱手道：「實在太不巧了！」駱龍道：「真是不巧極了！」兩位劍缽則默默凝視對方，不免流露出一種惺惺相惜的敵意。

籤盡人散，拔仙臺上的人們一哄而散，只是幾家歡喜幾家愁。洪嬌蕊早一步奔回忘憂坊報告，古劍等人走到時，洪承泰已經得知抽籤的結果，安慰閭丘父子道：「別擔心，長劍門的『流風劍法』雖是遼東一絕，比起丐幫和青城派，卻也談不上可怕。」

楊繼道：「三十幾年前我還是一個年輕氣盛的小伙子，曾和柳安太的爺爺柳五心有過一番比試，誰也沒占到便宜。事後回想他的長劍雖然有些邪門，倒也未必沒有破綻。可惜事隔多年，當年的招式也忘得差不多。」

閭丘項山道：「感謝兩位前輩指教，我們盡力就是。說來還得感謝老天爺，沒讓我抽中乾組。」

洪承泰笑道：「說得極是，這一組實在太嚇人了！叫兩個有闖進『奪劍賽』本事的劍缽提前在『求劍賽』一決勝負，實在太過殘忍。」

洪嬌蕊問道：「用抽籤來決定組別實在不公平！每一組只有一人能出頭更是奇怪！難道沒有更好法子來試出真正的前十六名？」

古銀山道：「洪大小姐說得不無道理，然而百劍門要靠試劍大會分出一到一百名的排序，如果讓每個劍缽都比個過癮才分出高低，恐怕比個一年半載都還沒完呢？所以才定出『求劍』、『爭劍』、『排劍』、『奪劍』四個階段。愈到後面愈精彩，自然安排得更周全，至於前面的求劍、爭劍雖然牽涉的劍門眾多，卻也無法在此階段耗費太多時日。」

古鐵城接著說道：「求劍賽要在短短幾天之內，從一百多個劍門中挑出前十六名，無論怎麼安排，都不可能圓滿。再說以往的求劍賽，像閭丘公子這等功夫的劍缽，能有兩、三個就不錯了！通常也碰不到一塊，因此這種方式，在以往從未引起爭議。」

洪嬌蕊道：「你說的什麼『求劍』、『爭劍』、『奪劍』……，聽起來好複雜，能否說得清楚些？」

洪承泰道：「妳早不問晚不問，都要上菜了，才麻煩人家古爺爺。」

洪嬌蕊嘟囔道：「人家就是現在想知道嘛！」

洪承泰道：「子揚，你告訴她吧！」

洪子揚笑道：「試劍大會四種賽制均不同，但有兩個不變的原則：第一，為了讓每位劍缽能有充分的時間休息，規定『一日不兩試』；第二，無論怎麼比，只要不輸，就能繼續往前爭進。首先登場的是『求劍賽』，將百劍外的劍缽分成十六組，這次總計是一百九十二個劍門參加，恰好每組十二名，按照所抽中之籤表，第一天由第一劍門對上第二劍門、四對五、七對八、十對十一比試。敗方淘汰，勝方在次日分別與第三、六、九、十二劍門比試；第三天則第一至第三劍門的勝方對上第四至第六劍門的勝方，七至九對上十至十二之勝方；第四天則由上、下半部之勝方比試，勝者成為該組之『劍首』，取得挑戰『爭劍賽』的資格。到了第五天，由十六名劍首中的第一名……」

洪嬙蕊插口道：「且慢，這十六名劍首不再比試分個高下，哪來的第一名？」

洪子揚道：「是我說漏了。早期的試劍大會的確是靠一連串的比試，將這十六名劍首排出名次。這麼做雖然公平，卻得為此而多耗四天，得到的卻非最後的結果。因此到了第三次試劍大會，便把比試改為評選，即邀請六大門派的門主和幾位江湖名宿作為評判，在觀察四天的比試後排出一至十六的名次。以這些人的地位及武功見識，由他們共同估量出來的名次高低，不但公正、客觀且權威，與實際的比試結果相較，也差不到哪兒。」

洪承泰笑道：「據我所知，這麼改倒不完全是為了省時省事。試劍大會要辦得興旺，除了百劍門自己要爭氣之外，江湖中一些有分量的門派和高手肯否前來觀劍捧場，也是重要因素之一。然而不知是客氣還是多少有些心結？早期的試劍大會不管怎麼邀請，這些江湖大老肯來觀戰的其實不多。直到第三次試劍大會才有人想出這個點子，安排各大門派的門主作為各劍首的評判。」

洪嬙蕊道：「這麼一來，變成百劍門請這些大英雄們幫忙，再拒絕就失禮啦！」

洪承泰點頭道：「整個武林的英雄好漢都來看，試劍大會所建立的權威與地位，自能更加突顯。」

洪子揚接著原先的話尾道：「第四天所有的劍首都出線後，很快就會公布排名。排在第一位的劍首，可在螭紋劍的十六位劍缽中，也就是百劍門中的第八十五劍至第一百劍，任選一名作為次日爭劍賽的對手。若挑戰成功，則雙方互換名次，勝者才有晉級的機會；排在第二位的劍首，則可挑另外十五位螭紋劍劍缽比試，其餘依此類推。」

洪嬌蕊又有問題道：「排在前面的螭紋劍劍缽碰到的都是最強的劍首，豈不最倒楣？」

閭丘項山笑道：「並不是每個劍首都會挑試排名最前的劍缽，說不定他打聽到這個劍缽不好對付，或是彼此有很深的交情，都有可能讓他避前挑後。就拿允照來說，無論他拿到第幾名的劍首，都不可能挑古劍比試。」古銀山聞言大喜，拉著古劍不斷稱謝！

洪子揚再接著說下去道：「從第五劍門至第一百劍門，共有黿、鼉、貔、貅、蛟、螭六層，每層均有十六個劍門。第一天爭的是螭紋劍，第二天則由新的螭紋劍劍缽去爭蛟紋劍，因此百劍之外的劍首必須連闖六關，才能躋身於排名第五至二十的黿紋劍門，完成爭劍賽的分名排位。」

洪嬌蕊笑道：「你倒輕鬆得多，只要比贏一場，就可以進入黿紋劍門。」

洪子揚道：「不！咱們百花莊排在鼉紋劍門第三，我得在第五天打贏貔紋劍門的挑戰者，第六天才能選鬥黿紋劍門的劍缽。」

洪嬌蕊道：「第七天呢，誰才有資格挑戰四大劍門？」

洪子揚道：「搶進黿紋劍門的十六位劍缽，功夫自然都不含糊，但也只有其中的前四名才有資格挑戰四大劍門的劍缽。因此必須安排一場排劍賽，由黿紋劍門的第一與第十六位的劍缽比試，第二與第十五位的劍缽比試，依此類推；第二天則由第一與第十六位劍缽的勝者對上第八、第九位劍缽的勝者，輸的也要對上輸的；第三天對上第四、第五、第十二、第十三位的獲勝者；排劍賽無論輸贏都得比試四場，四天之後，每位劍缽的排名都是貨真價實，毫無僥倖。」

洪嬌蕊道：「所以只要在爭劍賽擠得進黿紋劍門，無論排名如何，仍可靠後來的排劍賽扳回。」

洪子揚道：「沒錯！不過排名愈前，打得愈輕鬆；排名較後，場場都是硬仗，所以爭劍賽仍是寸土必爭，一般的劍缽仍會盡力爭取較好之排名。」

楊繼道：「上次倒有個例外，滄浪亭的劍缽明明有一身驚世駭俗的劍法，卻一路隱藏功夫，求劍賽被判為第九名，打完爭劍賽只擠到黿紋劍門第十一位，卻在排劍賽過關斬將，搶得第一。此時才有人開始注意到他的劍法，接著他再勝樂遊苑的紀青雲，並在最難的奪劍賽中，差點打敗後來的金劍得主裴友琴。」

洪嬌蕊拍手道：「好厲害！他叫什麼名字？」

洪承泰與楊繼對視了一眼，道：「這個時地，還是別提他的名字！」

洪嬌蕊嘟囔著：「有什麼不可說的，難道他是妖魔鬼怪嗎？」

洪子揚道：「這種事別在大庭廣眾說，妳還有最後的奪劍賽沒聽到呢？」

洪嬌蕊道：「這麼重要的比試，我早知道啦！還不是黿紋劍門的第一名挑戰第四大劍門，第二名挑戰第三大劍門，然後再二對三、一對四，贏的就是新的四大劍門。接著這四個人再互相比試，每個人都要和另外三個人打一遍，全勝者奪金劍。」

洪子揚道：「沒錯！所以整個試劍大會從七月初一較量到七月十八，以十八天的時間將百劍門重定排名。」

眾人在廳裡吃飯，卻發現忘憂坊外鬧哄哄，不知什麼時候開始排了一長串的人，便問送菜來的跑堂發生什麼事？跑堂的說：「這次試劍大會，從百劍外就爭得凶，咱們皇甫老闆靈機一動，新開兩個盤口，賭誰能搶到求劍賽的狀元和榜眼，果然大受歡迎，靠著賭客的口耳相傳，才剛開始讓人下注沒多久，就生出這麼一長串的買注人龍。」

洪子揚問道：「大家搶著簽誰？」

跑堂的道：「當然是范濬和魏宏風，二人的賠率都是一賠一。聽說這兩個劍缽的功夫可不含糊，甚至有挑戰金劍的本領；至於榜眼，簽注的人少了些，但據說艮組的柳安太與閭丘允照之爭也頗有看頭，一般認為他們因為有強勁的對手可以顯露出真功夫，希望較大……哎呀！還有菜沒送呢，一說到比劍我就忘了神。」便端著托盤快步跑開。這跑堂的顯然不認得閭丘項山父子，沒發現他們臉色微變，心情又沉重了些。

洪承泰見氣氛凝重，笑問古銀山道：「依你看哪位劍缽奪狀元的機會大些？」

古銀山道：「親近丐幫的人，都說范濬是個習劍神童；熟識青城派的人，也說魏宏風是個學武奇才。我兩邊都不熟，實在猜不準。」

洪承泰道：「正是，不過同為四川人，總希望魏宏風能替咱們多爭點面子；再說原本四大劍門分據北、東、南、西四大區域，這次樂遊苑不參賽，萬一青城派又搶不上四大劍門，咱們這些西路劍門豈非群龍……」

話正說著，忽見長劍門的柳五心、柳安太等人和峨嵋派的胡正風、唐少華、孫少真、顧少白一同走了進來，在不遠處坐下。但見長劍門的人對峨嵋派四人十分客氣多禮，不問可知，這些人顯然想向峨嵋三少請教有關閭丘允照的劍招特點及罩門所在。楊放忍不住欲起身上前理論，卻被父親楊讓拉住，道：「試劍大會並不禁止劍缽打聽對手的劍法，此時咱們無權干涉。」

楊放道：「再怎麼說峨嵋派也算四川第一大派，怎可幫著外省劍門來對付咱們？」「別擔心，我們也有人好問。」此時胡賭鬼正從樓上賭場走下來，閭丘項山眼尖，第一時間起身相迎。

幾個四川的金主請吃飯，胡遠清豈有拒絕之理？不等碗筷送到，便開始囫圇吞棗吃將起來。洪承泰道：「胡師父還想吃些什麼？可別客氣，咱們立刻點上。」

胡遠清咬著一隻羊腿道：「別麻煩了！我老胡從不計較食物，若非肚子空空干擾下注的靈氣，才懶得下樓吃呢！」

洪嬌蕊笑道：「不知胡大師父這番要下什麼大注？」

胡遠清道：「真正的金劍大注早下好啦！現在不過是暖暖身子，賭賭魏宏風和范濬誰強。」

閭丘項山道：「想必您早已摸清這兩位劍缽的劍法高低，下起注該十拿九穩吧！」

胡遠清搖頭道：「這倒沒有，不過我最近真有轉運的跡象，從昨晚賭到現在，也不過輸了三百五十兩。相信這次下的注錯不了，如果有人肯周轉個兩、三千兩銀子……」

閭丘項山取出一張銀票道：「五千兩夠嗎？」白晶堡雖然頗有基業，然閭丘家族一向勤儉持家，決不會無緣無故如此慷慨。

胡遠清細眉一揚，問道：「你有什麼意圖？」

閭丘項山道：「前輩見多識廣，不知對遼東長劍門瞭解多少？」

胡遠清將伸到一半的手又縮了回來，道：「原來如此！不瞞你說，胡某確曾指導過柳安太，對你們兩家劍法都十分清楚，短短幾句，就可以點出『流風劍法』的罩門所在。然而這樣太不公平，再說我既然曾拿柳五心的錢，就不能再出賣他們。」

楊放指著前方道：「您沒瞧見？柳安太正向峨嵋三少探聽咱們的劍法！」

胡遠清道：「如果三個小伙子憑幾場比試，就能抓住你們劍法的精要，那我這個試劍師也不必混啦。再說你們現在的劍法比起當時又精進許多，就算峨嵋三少再來挑戰恐怕也討不到便宜，還怕他們用說的嗎？」

閭丘允照道：「胡師父所言甚是。在求劍賽第四天決試之前，可以觀看柳安太比劍三次，不怕摸不出個眉目來。」

胡遠清卻搖頭道：「如果碰不到像樣的對手，根本試不出真本事。更怕他故意留了幾手欺敵的劍招，你看了留在腦海中，反而容易中計。」

閭丘項山道：「知己知彼，百戰百勝。這麼重要的比試，難道就這麼一無所知的上陣應敵？」

胡遠清道：「劍招可以藏鋒賣拙，使劍的風格卻瞞不住內行人。你們觀其劍風，擬定對戰策略即可，別試著找出劍招破綻。」

閭丘項山不住點頭，道：「白晶堡初次參賽，所知有限，若非前輩指引，恐將犯下大錯而不知。」

胡遠清笑道：「各劍門為了打贏對手難免爾虞我詐，多留心一些，總不是壞事。」

這一仗關係著白晶堡往後數十年的興旺與否，古劍將心比心，頗能體會閭丘允照此刻的心境，更替魏宏風及郭綺雲擔憂起來。

眾人食畢各自回房，此時的太白山無風無雨也無雲，古劍心情既悶又亂，勉強練了半個時辰的氣便出門閒走。這回盡挑荒僻小路，走了四、五里才漸漸不見人影，進入一片樹林，眼見四下無人，拔出長劍，盡情狂舞，從「輕猿劍法」起頭，依序舞弄「魑魅劍法」、「極樂劍法」、「天擊劍法」到「尋龍劍法」。這回練的全是別人的劍招，想到誰即練誰的劍招，記得多少便練多少，不求完整也不求精準，愈練心懷愈是舒暢，最後一招輕吼一聲，力貫劍心，劈斷一株紅杉，自己也嚇了一跳。

更令人驚奇的還在後面，隨著大樹的倒下，輕飄飄落下兩個人和一盤棋。這兩人竟是朱爾雅和裴問雪！他們分別抓住棋盤的四角，平平穩穩的落下，著地時竟沒有一粒棋子跳動偏移，古劍看得瞠目結舌，竟忘了開口賠不是！

朱爾雅笑著對裴問雪道：「看來我們又要多一位勁敵啦！」

裴問雪笑道：「臥虎終究會醒，藏龍遲早要出，成都古家劍法苦熬多年，這回可真出了人才！」

古劍道：「兩位公子多譽！這些都是一些朋友的劍法，在下一時心煩意亂，難以自遺，便拿來胡亂耍弄一番！只求釋懷，沒別的目的，卻讓二位見笑！」

朱爾雅笑道：「古兄不必過謙，若非已悟得劍法真意，不可能將他人的劍招使得有如信手拈來，流暢自然！」

古劍被誇得不好意思，猛搖頭道：「您過獎了！跟二位相比，還差得太遠！」

裴問雪正色道：「我們說話一向不虛不誑，說實在，看你練劍，我們均有棋逢對手之感！」

同時被兩位最尊敬的對手誇讚，哪能不動容？古劍突然激盪莫名，一勁的傻笑，想不出該說什麼。

朱爾雅笑道：「說到棋逢對手，古兄不知有無涉獵，不妨坐下來幫我出出主意，該如何化解此劫？」

古劍曾和貝遠遙學過圍棋，並不陌生；只是圍棋一藝比武學更重慧根，這方面徐宏珉倒比他強得多，坐在一旁道：「在下棋藝不精，豈敢獻醜？兩位如果願意讓我安安靜靜看完這盤棋局，已心滿意足！」朱、裴二人笑了一笑，果然把目光移回棋盤上。

朱爾雅的黑子被裴問雪圍在一隅，眼見突圍不易，卻另下了一著狠棋，強攻白子必救之處，道：「真英雄就當積極奮進，淡薄如你，怎可一次又一次的錯失良機，浪費天賦。」

裴問雪退守一步，謹慎守住自己的區域，這一著看似消極，卻是守中帶攻的一記妙著，說道：「有時候看似良機，也有可能變成危機。」

朱爾雅眼看圍勢已成，不易攻入，竟在白棋地盤中置入一黑子！這一著大膽至極，卻有呼應左右之妙，得多下兩手才能應付，道：「明明是個將相之才，卻偏偏屈就於一個小小史官，你不求賢達富貴，難道也不願光宗耀祖？」

裴問雪盤算了一會，竟置之不理，在別處另下一子，擴充更多地目，道：「不當大官正是先祖遺訓，鐘鼎山林人各有志；只要心安自在，無愧於天地，又何必在乎什麼前程功名？」

朱爾雅再置入一子，非逼對手應對不可，道：「坐視國事紛亂而不顧，放任天下憂苦而獨樂，豈是豪俠所當為？如果每個上才之士都如是想，誰來拯救黎民於倒懸？」

裴問雪在相隔兩目之處擋下一子，寧可將這一角送給對方，也不願纏鬥不休，道：「史上多少豪傑大才，在權力的爭奪中逐漸喪失本性，如王莽、曹操之流，年輕時何嘗不是憂國憂民的熱血漢子？還不是在掌權之後迷失於權慾之中。你我不過是運氣較好的凡人，硬想扭轉乾坤，救民護國，卻可能忙了半生，到頭來不過送給大明一個亂源罷了。」

朱爾雅放下棋子，正色道：「問雪，你不信我，怎麼相交一世？」

裴問雪也斂容道：「就是把你當成朋友，才勸你們三思而後行。」

朱爾雅嘆了一口氣，轉頭笑問古劍：「既然咱們意見如此南轅北轍，不如請古兄做個評斷。」

古劍道：「朱兄允文允武，如願入仕，必為百姓之福；裴兄淡薄明志，常保清風亮節，亦令人景仰。二位所言均十分入理，在下學問遠遠不及，說評斷萬萬不敢！」

三人俱皆大笑，朱爾雅放下棋盤，取出酒器，倒上美酒道：「我爹說這瓶狀元紅不能讓別的劍缽沾到口，但我想自己喝酒多沒興味，還是偷偷帶了出來。」

三人不再下棋也不再爭辯，藉著酒興，各自談起幼年的趣事。二人無意間問起古劍師承和學劍的經過，他有許多不堪回首的往事，然朱、裴二人除了文才武藝令人欽慕之外，親近豁達的態度更讓人如沐春風，古劍彷彿遇到知己，從自己因天生愚蠢而曾被各大門派拒絕說起，一直談到悟劍學劍的過程和最後驚險的一段旅程，竟毫無保留的說了出來。二人靜靜聽完，不但沒有嘲弄質疑，更對古劍刮目相看，頻頻讚許。

三人把酒暢談，直至日影西斜，才互道珍重，各自返回住所。

古劍回到木房，就被父親趕著用飯就寢，睡到半夜，又被搖醒，趙石水道：「快點起來！晚一點恐怕連位置都沒啦！」原來求劍賽雖在大爺海、二爺海、三爺海及玉皇池四處進行，人們真正想看的卻只有范、魏之爭；太白山上一、兩萬人，全擠在大爺海一處，勢必十分擁擠，自然得爭先恐後提前占位。

果然古家人來到大爺海時，但見黑壓壓的一片人海，早有滿坑滿谷的人，只得勉強找個後方的位子坐下。所幸整個大爺海像是一個裝了三分水的大碗，留給觀劍者坐的都是斜坡，不致有視線遮蔽之不便，只不過坐得稍遠，看得不那麼仔細。

此刻乃七月初一的丑時，星空燦爛，樂遊苑早料到多數人會來提前占位，點了數十盞燈籠迎風搖曳。坐定不久，一名殘丐迎面走來道：「古少俠，我們幫主請你們過去就坐。」

古劍順著他的手勢看去，數百名殘丐全坐在祭臺附近，這是一般觀劍者所能搶到最好的坐席。

古劍問道：「你們什麼時候來的？」

那殘丐道：「昨天下午，反正跑馬梁睡覺，也不比這裡舒服多少。」

古劍道：「你們占的位置也不算寬敞，再加上四個人，不更擠嗎？」

這時胡遠清忽地從旁竄出，嘻皮笑臉道：「不擠！不擠！再加上我一個人也不算擠！」原來他也賭過了頭，晚來一步。

殘丐道：「咱們殘丐四處漂泊，本來就習慣擠在一團睡覺，您和胖姑娘送來如此寶貴的藥材，救了咱們不少人，這等大恩大德來世難報，小挪一下算不了什麼，除非您也嫌咱們不乾淨……」

都說到這裡，古劍怎好再客氣？回頭請示爺爺，古銀山不置可否，只叨念一句：「怎麼老做一些怪事沒讓人知道！」罵歸罵，還是跟著古劍過去。

來到殘丐堆中，郭世域和三大長老起身相迎，並讓古家人與胡賭鬼坐在最前方。郭綺雲前來對古劍的父祖一執晚輩之禮，古銀山見她鶉衣雖然多處補丁，卻十分潔淨，舉止端莊，頗有大家閨秀之氣，問道：「這位可是貴幫傳言中傷目習劍的女劍鉢？」

韓翠道：「正是小女。」她語調平靜，眉眼間卻難掩心酸，古銀山輕嘆一聲，不再多言。郭綺雲襝衽一禮，回位趺坐養氣，古鐵城細瞧幾眼，見她上盤隨風輕搖，下盤穩固貼實，氣息綿長，靜定自然，顯然深得練氣之法，又是一嘆！

無論現場如何嘈雜，都不影響古劍的一番小睡，直到天亮才醒轉！這時候的大爺海除了祭臺之外，早已擠得水洩不通，連許多預留的走道都被人占滿。古劍睜眼反覆搜尋，始終沒找到狐九敗的身影，只見北方有一群身穿黑衣，頭戴斗篷的神祕人物，忽想：「狐前輩是個劍痴，理應不會錯過試劍大會的好戲；可是他為人孤傲離群，又不願在如此時地公然現身，真不知會如何觀劍？戴上斗篷，遮住頭臉倒是個好法子。」再仔仔細細找了一遍，卻沒發現獨自一人遮頭蒙臉的神祕客？

為使求劍賽第一天的六十四場比試順利完成，樂遊苑分別在太白三池及玉皇池四個場地搭建試劍臺，使比試能分四組同時進行。照往例試劍大會將把求劍賽第一天最精彩的比試安排在第一試場，好讓多數觀劍者也能參與祭神儀式；因此毫無懸念，乾、兌、離、震四組的試場便因范、魏之爭而被安排在大爺海。

辰時初刻，樂遊苑的十六金釵在歡呼和鼓譟聲中魚貫走上祭臺，成千上萬的觀劍者中，難免會夾雜一些粗鄙佻薄之人，平常可不敢對樂遊苑有任何不敬，此回一見十六名體態婀娜的盛裝少女，趁著人多忍不住起鬨起來。十六金釵不為所動，拭桌、獻果、點燭、拈香、端茶等等，各司其職，不一會已準備妥當，退在一旁。

接下來半個時辰，陸續有人來到，能上得了祭臺的，不外是四大劍門的重要人物及列席貴賓，在祭臺的左右兩側各有一塊十尺見方的平臺叫「迎劍臺」，算是觀劍最清楚的位置，留給比試劍缽的親屬或同門。站在左側迎劍臺的，除了劍缽范濬之外，還有丐幫幫主駱龍、李奇鋒和衛飛鷹等數名丐幫長老；右側則是魏宏風與青城派的商廣寒、邱廣平、宋遠明和貝甯等人。一襲黑色勁裝的魏宏風與亮白短衫的范濬分立前頭，一舉一動均為眾人矚目的焦點，只見二人均垂手而立，看起來寧定自然毫無忐忑局促之態，也不知當真信心十足還是強自鎮定。

另有一角擺一張長桌和板凳，桌上擺了幾罐傷藥，凳上坐著兩人，正是被聘為試劍大會大夫的侯藏象與胖姑。古劍想起程漱玉曾說錦衣衛已經上山一事，若所言不虛，此時想必在某個角落偷偷監看，故只能默默看她幾眼，不敢招呼。

前排擺置十一張太師椅，坐定了十一個大人物，趙石水初出茅廬，只識得朱未央和紀南圖，覺得自己有如井底之蛙，輕聲問古劍道：「怎麼朱莊主和紀莊主只能坐在最旁邊？」

古劍還沒回答，胡遠清搶著說道：「試劍大會辦到現在已經是第五次了，各種禮數、儀式早定得清清楚楚，可說是事事有安排樣樣是規矩。就拿這十一個坐位分配來說，通常請賓客居中而坐，四大劍門的劍主代表主人分坐兩旁以示禮遇嘉賓。」

趙石水道：「除了莫愁莊和樂遊苑兩家劍主外，其餘晚輩無一能識，正感汗顏，前輩若清楚，能否告知一二？」

胡遠清道：「你找對人啦，剛好我全都認識。從左邊說起，第一位長鬚老者是洗劍園園主崔釗，洗劍園是武漢的望族，崔釗技壓其餘兄弟，成為四十年前的劍缽；緊靠在身後的是他兒子崔璨，則是二十年前的劍缽，旁邊站著的年輕人才是今年的劍缽崔榕，卻是崔釗二哥的孫子，一家人都穿黃色絲綢外袍，十分容易辨認。」

「第二位是鼎鼎大名的裴友琴……」

趙石水驚道：「怎麼看起來倒像一個普通書生？」

胡遠清道：「人不可貌相，你若非江湖中人，在京城相遇相識，卻也猜不到他會是上一次的金劍得主。站在身後便是本次試劍的頭號劍缽裴問雪，手上抱著他的兒子叫裴君子，不過兩歲半，卻可能是當今武林中名頭最響的孩兒。」

「第三位是出身滄浪亭的向四海，人稱四海大俠……」

趙石水道：「是不是又叫『酒俠』？」

胡遠清笑道：「正是，他雖然任俠好義，家傳的『滄浪劍法』亦不遜於四大劍門，可是滄浪亭上次試劍發生的慘事令許多人記憶猶新，他本人更承受了莫大的痛楚，經常喝酒發性傷及無辜。此次上山觀劍，也是經過一番掙扎，百劍門為助他除去心魔，以貴賓相待，更請他擔任求劍賽的評判！」

「再來才是峨嵋派的門主杜百陵，兼通『封雪劍法』及『點燈劍法』，可說是巴蜀第一高手。在他右方身穿道袍的老者乃武當掌門灰纓道長，論年紀恐怕已逾古稀，仍是滿面紅光，看似不到六旬，顯然多年的精修沒有白費，其『太極劍法』已練到爐火純青的地步。」

趙石水道：「坐在中間的老和尚，是否就是少林寺住持明善大師？」

胡遠清點頭道：「少林派仍為武林之泰山北斗，他不居中而坐，誰敢僭越？手上拿的雖是降魔杖，其實他老人家的『達摩劍法』也是一絕，當今武林除了天下第一劍狐九敗之外，從未有人在他劍上討過便宜。」

趙石水問道：「了不起！後面幾位評判，哪位才是狐九敗？」

胡遠清笑道：「這個人生性僻怪，不喜歡拋頭露面，江湖上真正看過他的人不多，就算他來了，也不會讓你發現，怎麼可能去當評判？

「第七位是華山派掌門人仲孫天，此人年紀不過五旬，接掌華山卻近三十年。當年他師父、師叔在短時間內相繼為仇家所害，留下兩套來不及傳承的高深劍法，那時他不過二十出頭，閉關苦研劍譜三年六個月，出關時頭髮全白，卻將失傳劍法重新補足練熟，並一報殺師之仇。

「接著是崑崙派掌門人伶禽子，別瞧他頭禿眼細，一副睡不飽的模樣，其所練『荒漠劍法』威震西域，前去絲路的商旅，若能得他一片令牌，可保暢行無阻，平安無事。」

「至於坐在伶禽子與朱未央之間的將軍，是川陝總督汪可受……」

這次換成古鐵城問道：「官大劍法未必高，且百劍門極少與官府往來，怎麼會……」

胡遠清輕聲道：「看到朱爾雅身旁那位身懷六甲的媳婦沒？她叫汪盈珊，正是汪可受的掌上明珠。他的女婿是數一數二的劍缽，在他轄地比劍，做丈人的豈有不看之理？可是試劍大會一向不理朝官，即便是皇帝老子想來觀劍，也未必給他留張板凳，朱未央只好想個取巧的法子，請他權充評判，藉此給他留個位子。」

趙石水點頭道：「以前那個位置是留給丐幫或青城派掌門的，如今他們下場參試，便不能用了。」

胡遠清道：「正是，只是萬萬料不到這兩派劍缽竟在第一場碰頭，一起站在迎劍臺等候。」

說著說著時辰已到，響起一串鑼鼓，祭臺上人手一香，面向東方，祭臺外人人起身，雙手合十。負責司禮的是樂遊苑總管紀豐，提嗓喊道：「拜天！」他練的是混元氣功，聲音渾厚在山谷間激越迴盪。

百劍門盟主裴友琴負責主祭，走至香爐前方，帶著全場人眾躬身一拜，口中唸唸有詞，聲音並不特別響亮，卻能讓人無論遠近都聽得清楚。裴友琴帶著全場人眾祈求：「風調雨順，海晏河清；武林無波，天下太平；眾生喜樂，試劍順利。」說畢朝天三拜。

接著紀豐喊道：「祭神！」眾人轉身面對祭臺上的武聖關公像行拜禮，裴友琴恭敬唸道：「試劍大會，以劍會友；君子之爭，光明磊落；行必誠義，神天鑒察。」

最後才是「祭祖」，百劍門人均面向祭臺上的一片大木牌，上面刻著已死去的歷代劍缽姓名，非百劍門的人則垂手而立，靜待他們祭拜先祖。裴友琴站在靈位前方，代表百劍門對祖先承諾不忘，唸道：「百劍一家，戮力同心；彼此扶持，共擔危難；濟弱扶傾，護持正義。」

禮成回坐，宣布試劍大會正式開始，司儀喊道：「大爺海第一場比試，丐幫劍缽范濬對上青城派劍缽魏宏風，現在開始！」鑼鼓喧天中，一黑一白的身影健步如飛，倏忽間踩過三十六根木樁，同時躍上試劍臺上；只見魏、范二人相對而立，橫持長劍互鞠一躬，此為「試劍之禮」，表示君子之爭，坦蕩自然。

就在雙方鞠完躬抬頭的瞬間，范濬抽劍躍步，身子拔起，在半空中轉身斜劈一劍，鋒銳至極！魏宏風拔劍沉肩，由下往上劃一圓弧，雙劍相交，發出嗡嗡巨響，久久不散。兩人一遇即退，彼此凝視，各自估量對手武藝深淺。

二人一試招便交換了上乘劍法，劍聲鏗鏘，劍招犀利，觀者莫不驚佩，不免引起些許騷動，更有人拍手大叫：「好劍！」

比試中不宜發出任何過大之聲響以免干擾劍缽，不但是所有觀劍者的禮儀，也是常識。眾人循聲覓人，在西側的觀劍臺上找到了三個不識相的傢伙，身上各自背著十來把賣不掉的劍，手握布幡分別寫著「正宗游家名劍」、「老牌游家名劍」及「正牌游家名劍」，正是游韌、游猛、游鋒三兄弟。

這三人活到現在，從不知禮儀為何物？發現周遭不少人對他們投以白眼，均不以為然。

游猛道：「難道我們說錯了嗎？這兩個人使劍如此用勁，其中若有一把爛劍，恐怕非斷不可。」

游鋒道：「就算不斷也會彎折變形，就算不彎，也會產生裂隙；如有裂隙，必有破聲，絕不可能如此清亮！」

游猛道：「那把『青鋒劍』不愧是青城六大名劍之首，我看至少得經過七次的猛火鍛打，才會一亮相便青光閃閃，鋒芒嚇人，這等功夫，我看你們倆還有得學呢？」

「放屁！」游韌斥道：「你那點三腳貓功夫，也敢沾沾自喜，真是笑掉人家大牙！你瞧那丐幫的『銀蛇劍』，劍身雖薄，卻軟韌非常，就像百變毒蛇一般能曲能直，若非有我這般控火的功夫，哪能打得出來？」

游鋒笑道：「笑話！這兩把劍若沒有好的淬鍊功夫……啊！……」他話說到一半戛然而止，三個兄弟都被人點了啞穴，只因魏、范兩人又交手了！

只見范濬再度躍起，雙腳離地半個人高，或刺或削或劈或斬，招招矯捷狠辣，迅若風雷……

他一開始就用上「天擊劍法」，倒非只會這麼一套，而是「尋龍劍法」威勢嚇人，卻是猛火慢熱；使劍者熱身愈是充足，手腳舞得愈是狂放，威力愈是強橫。因此駱龍和衛飛鷹在賽前便對范濬耳提面命，要他盡早搶攻，愈快逼出魏宏風的「尋龍劍法」，勝算愈大。

殘幫四老對衛飛鷹的武功並不陌生，見這范濬年紀雖輕，已能掌握「天擊劍法」諸般精要，一招一式使將起來絲毫不遜其師，心下無不駭然！

古劍轉頭瞧了一眼郭綺雲，她全神聆聽，手指頭不知不覺的跟著劍招微微顫動，在腦裡想著相應的劍招，韓翠碰了一下女兒，輕聲問道：「可以嗎？」

郭綺雲道：「試試看！」

范濬的起手固然令人意外，然魏宏風的回應卻更讓人咋舌！面對如此強敵，竟以「搏熊劍法」為主，偶爾夾雜幾招「驅狼劍法」或「逐鹿劍法」，實在大膽至極！

知己知彼，百戰百勝，丐幫與青城派均知對方將是自己問鼎金劍的頭號對手，豈有不預先探聽對方劍法之理？由於范濬一向自負，只肯對青城派的尋龍和襲豹兩大劍法下功夫，另外三套較為粗淺的劍法則不屑聞問。而「搏熊劍法」雖然變化不豐，在魏宏風手中使出，卻有常人達不到的穩凝厚實之境界，范濬不識，還以為這是青城派新創的一種奇異劍法，既然瞧不出其中玄機，一時之間，也不敢太過躁進。

偶見對手莫名的使出一些極為粗淺的劍招，明明有機可乘，卻思道：「魏宏風號稱青城派百年來罕見的習武奇才，這些看似平平無奇的劍招，背後必有極為厲害的殺著，想引我上當，可沒那麼容易！」萬萬沒想到這幾招平凡的劍法，不過是魏宏風靈機一動，認為恰可拿出來擋一、兩下的驅狼及逐鹿劍法。

臺下議論紛紛，都說不知這兩位劍缽葫蘆裡賣的是什麼膏藥？此時看來雖是范濬占了上風，駱龍與衛飛鷹卻是憂心忡忡，隱然覺得魏宏風才是掌控節奏之人。二人心中雖急，礙於試劍中任何人不得出言指導或影響劍缽之規矩，倒也無可奈何！只能期望范濬自己能早點看出來。

范濬雖然偶爾自作聰明，倒絕非傻子；他愈打愈感蹊蹺，數十招後驀然驚覺，心中憤然：「好傢伙！竟敢如此戲耍於我？」盛怒之下劍勢忽變，一招「荒山異閃」對準敵人胸口膻中穴刺出，這劍來得峻急，刺到半途手腕微偏，竟突然轉向，朝左肩極泉穴疾刺而出！眼看這招來勢洶洶，魏宏風身子疾退，長劍急格，這是「襲豹劍法」的劍招，終於被逼了出來！

豹是山林中最為機警、靈活、快速的野獸，想要襲豹，唯有比牠更靈快，因此青城派「襲豹劍法」雖未如「尋龍劍法」之博大精深，卻是江湖上鼎鼎有名的快劍之一。魏宏風不愧是天生習武的料子，任何劍法在他手中使來，總能比常人練到更深一層的境界，只見他無論身形、步法、運劍、換招都快得無以復加，令人目不暇給！

但見范濬的「天擊劍法」起手與原先的招式並無不同，然而每一劍刺出之後，都能在中途偏轉，不但劍勢未減，速度仍快，更做到了換向無跡，全無徵兆的境界；寇照東忍不住嘆道：「年紀輕輕竟能將『天擊劍法』練到這種境地，實在……」說到一半突然發現自己如此赤裸裸的誇讚對手，豈不助長他人氣焰，滅自己劍缽的志氣？轉頭瞧看郭綺雲，更是眉頭深鎖！

而魏宏風把「襲豹劍法」發揮到極致仍居下風，他左閃右讓，緊守少攻，青城派門人無不替他捏一把冷汗！貝甯雙手合十，不住禱唸……

范濬這一身凌厲巧變的「天擊劍法」，讓殘幫失望，青城擔心，其他的人大開眼界。然而最該愜心得意的授業親師衛飛鷹不但未現喜色，更是愁眉不展……

當年自創「天擊劍法」的星月老人，是個愛觀天象的劍客，他從流星閃逝中領略到削切如電的竅門，從星光明滅中體會出刺擊如雨的祕訣，從驚雷乍響中憬悟出砍劈如雷的勁勢，終成一流劍客，但他精益求精，仍夜夜觀天以祈更深的啟發。

就在一個夏夜，原本萬里無雲的天空忽然濃雲密布遮星蔽月，觀天受阻的星月老人正感掃興，忽見一道電光中天直下卻在落地之前猝然轉向，將前方一棵大樹劈成兩半！他嚇了一跳卻猛然驚悟：「天象多變以此為最，如果劍招也能和閃電一樣在如光飛逝中陡然轉向，還有誰能抵擋？」

緊接著雷雨交加，天色時明時暗，雷電忽遠忽近，星月老人在滂沱大雨中觀察每一道光芒，「天擊劍法」的諸般妙招亦在腦裡一一閃過，他愈看愈是亢奮，忍不住舉劍狂舞，冷不防又一道電光閃爍，在半空中忽地轉向對著自己朝天長劍斜劈而來，他驚惶中棄劍欲逃，卻哪能躲過！全身一陣急顫，連叫聲都來不及發便仰頭即倒。四十年的修氣再加上個人意志堅卓，並未立即斷氣。過了一會，忽而狂笑幾聲道：「我也是凡人！怎能躲得過老天爺如此高明的絕招？」

五名弟子聞聲趕來，尊師已奄奄一息！星月老人自知將不久於人世，把方才所悟所思以口述傳劍，要求五名愛徒依法修習，並道：「最先練成『天擊劍法』之人，就是星月派下一任掌門人。」說罷含笑而逝。

然而要把一套凌快迅疾的劍法使得轉向無跡隨意為之，非有極高的天分與悟性不可，五名弟子各依師父臨終所言潛心苦練，卻只有小師弟衛飛鷹一人修成正果；然而這位最年少的師弟生性狂傲不群，向來不把幾位師兄放在眼裡，雖然師父遺命有交代，四位師兄仍不願就此委屈服令。

五人約鬥在星月老人墳前，四位師兄聯手仍不敵衛飛鷹新練初成的「天擊劍法」，更遭重辱。四人嚥不下這口氣，紛紛自戮，寧死也不願奉他為掌門。

衛飛鷹這個一人掌門做得頗為無趣，一個偶然的機會加入丐幫，以驚人的武功壓服眾丐，不出幾年便升任首席長老，並一步步建立勢力；再加上幫主駱龍近年老病纏身，管理偌大的一個幫會不免有些力不從心，時日漸長，愈來愈不得不依賴這位首席長老。衛飛鷹力主「排擠殘丐」、「參加試劍」的主張自然也都得到支持，一旦愛徒范濬一如預期的擊敗殘幫劍缽闖進四大劍門，他的聲勢地位陡升，升任丐幫幫主，只是早晚的事；若能進一步奪下金劍，更加上了百劍門盟主的頭銜，放眼江湖，還有誰能有如此的權勢與風光？

比試前衛飛鷹告訴范濬：「幸好『天擊劍法』有三重天三層境界，你一開始便以第一重天全力搶攻，魏宏風的『襲豹劍法』就算練到他師父那等火候，恐怕也要捉襟見肘……」

范濬插口道：「您怎麼知道？莫非您和青城掌門……」

衛飛鷹笑道：「約莫在半年前吧！為師曾易容獨上青城山，想替你去試試魏宏風，但青城派不知把這小子藏在哪個山洞裡閉關練劍，尋了幾天仍一無所獲，只好找商廣寒試試……哈！一派掌門也不過如此，他青城派活該門道中落。」

衛飛鷹續道：「他用『襲豹劍法』應付不了，只好抬出『尋龍劍法』，這套劍法非同小可，你能撐就撐，實在抵格不住，再用第二重天。哼！為師縱橫江湖二十餘年，除了在一次丐幫聚會中趁著醉意舞弄幾招之外，外頭可沒半個活人親眼瞧過，魏宏風就算三頭六臂，恐怕也無戲可唱。至於第三重天，那是留來對付朱爾雅及裴問雪的，可別急著獻寶，若讓未來的對手先瞧見而有所防備，再打就辛苦了！」

然而世事往往難以預期，如今范濬的「天擊劍法」已來到第二重天，他的對手不但不倒，更尚有一套壓箱的劍法未出，衛飛鷹終於知道，自己所犯輕敵之錯有多麼嚴重！轉頭瞥一眼商廣寒，見他雙手交抱，一副胸有成竹的德性，暗罵：「這個老奸巨猾的傢伙！」原來商廣寒當時早看穿他的身分，將計就計留了一手，讓衛飛鷹以為青城派的劍法不過如此，產生了輕敵之心。

范濬發現魏宏風始終不肯使用較強的劍法，似有戲耍藐視之意，一向心高氣傲的他怒氣更是難消！幾乎是劍劍含憤出手，雖然略增凌厲，卻也不免稍減巧變，這麼一來，對於強調機變難測的「天擊劍法」而言顯然弊多於利，自己耗力費神卻始終傷不到對手，殊不划算。

「天擊劍法」共有一百零八招，而第二重天因每一招偏向的方位不同，衍生出五種以上的變化，也就是說他至少可連使五百招而不見重複；然而眼見第一輪即將使盡對手仍毫髮無損，范濬不禁躁急起來，猛喝一聲，身子騰空躍起，又是一招「荒山異閃」，朝著對手胸口膻中穴疾刺而出，並在半途中轉向頭頂百會穴，魏宏風長劍向上急格，范濬的劍勢卻突然轉緩，這一擋格落空，眼看就要中招！

所幸他應變奇速，身體往後急仰，翻了一圈才堪堪避過，人未站定，范濬又是長劍欺來，連綿而上招招多變，正是「天擊劍法」的第三重天。

第二重天的中途變向能將一招弄出五式，第三重天再加上變速更能衍生出十來種變化，觀劍臺上萬餘人個個看得眼花撩亂，目瞪口呆！真不敢相信一個年紀輕輕的少年，竟能將劍法使得如此複亂雜變！但見魏宏風左支右絀頻遇險招，竟然還是用一套「襲豹劍法」應付！全場譁然，紛道：「莫非魏宏風還沒學會『尋龍劍法』？」

這些人沒想到青城派的目標也在金劍，要打敗朱、裴兩家的劍鉢奪取金劍，自不宜將最強的劍招提前顯露；因此商廣寒要求魏宏風一旦用了「尋龍劍法」，務須在四十招內擊敗對手。是以魏宏風寧可冒點風險，也不願在沒看清對方劍招脈絡之前輕易使出「尋龍劍法」。

「天擊劍法」使到第三重天，對體力、心力之消耗極快，拖得愈久愈不利；然而儘管范濬招招殺著，每一招仍讓對手在間不容髮中閃讓而過，他餘怒未消，卻煩躁愈甚，這麼一來更難冷靜自持，看起來劍招狂縱，卻不免漸失精微，劍鋒與對手身影亦愈離愈遠。

愈是如此，他又愈焦急，使劍愈發狂亂……

將近百招時，他已占不到什麼便宜，功夫不夠深的人看在眼裡，還以為魏宏風使出什麼更高明的劍法？其實是范濬自慌自亂！駱龍與衛飛鷹不住搖頭，再這麼下去，恐怕連信心都會消蝕殆盡！

果然范濬愈打愈是心灰意冷，自覺獲勝的機會愈來愈渺茫，只希望能逼出魏宏風的「尋龍劍法」，就算輸了，也比較甘心。酣鬥中他突然把刺向對手肚臍的劍轉向會陰穴，這絕非「天擊劍法」的劍招，正派的劍法中，也不可能有這種會害人絕子絕孫的陰毒招式，何況是在眾目睽睽之下使出，即使只劃破褲襠，也夠讓人羞憤欲死。魏宏風萬沒料到有這麼一招，倉促中著地而滾才堪堪避過！范濬眼看機不可失，追刺數劍，招招不離對手要害，勝敗交關之際，他已顧不得什麼風度禮儀。

魏宏風連連滾閃，來到平臺邊緣，眼見退無可退，忽地左掌一拍，整個身子霍然離地，如睡龍乍醒般，在空中橫翻九圈，這招「翻龍九天」正是「尋龍劍法」中一記救命的絕招！

在眾人驚呼聲中，魏宏風連出九劍，但見光光飛濺，劍劍悍凌，范濬不由自主連連倒退，好不容易搶到的機先，已蕩然無存！

猛劍既出，後續絕招亦綿綿而上，魏宏風本來就生得虎背熊腰，筋強骨壯，施展如此勁雄勢疾，矯捷飛縱的「尋龍劍法」，更讓人覺得巨大許多，完全壓制對手的氣勢！范濬腦海裡儘管千百妙招，然而驚惶之際，卻不知該用哪一招才好？只有招招被動，步步騰退，被逼得喘不過氣……

十招方過，范濬已被逼至角落，正擬凝神聚氣，做最後一試，卻見魏宏風凌空一躍，身隨勢轉，一聲巨吼，長劍如萬鈞之雷直劈而下！范濬在臨危之際，卻突然冷靜下來，看到對方氣勢如虹的劍勢中一個似有若無的小破綻，心想：「只要橫劍擋架後，隨即疾刺下盤，立可反客為主，我得多吸點氣來應付。哼！『尋龍劍法』雖強，也未必……」

未料魏宏風的長劍來得比他想像快捷許多，在他前氣剛吐，後氣未凝之際長劍已壓將下來，頓覺有股排山倒海的力量從自己的長劍傳至手臂，再經由身體傳至雙足，忽聞喀喇一聲巨響，腳下踩著的木板竟翹裂成兩半，身子筆直急墜，落入冰冷的湖水中！

這石破天驚的一劍，把人們驚得目瞪口呆，大爺海上短暫靜寂，過了一會，才響起如雷震響！

這試劍臺上的平臺，是由數十根寬一尺厚一寸半的紅檜並排釘固而成，下方每隔四尺並架上一支橫樑支撐。試劍大會歷次近千場比試，別說把木板打斷，就連輕微的晃動也極為罕見，魏宏風竟能隔著人的身軀擊斷木板，雖說是趁對手換氣的空檔全無抵消化解之力，然其罡勁之猛膂力之強，仍令人匪夷所思！觀劍臺上人人熱血沸騰，都說大開眼界！

范濬拒絕魏宏風的伸手拉扶，被疾奔而來的衛飛鷹一把拉上試劍臺，駱龍同時趕到，指著斷裂的木板道：「這是什麼爛木頭？」

樂遊苑的總管紀豐負責監製試劍臺，挺身說道：「稟告駱幫主，這是上好的紅檜，在下每一片木板都再三查驗，確定絕無孔隙裂縫，方准釘上。」

衛飛鷹道：「就算原來是好的，放到現在，哼！……說不定有心人動了手腳……」此話說出，四大劍門與青城派諸人都覺得十分刺耳。

紀豐道：「我們在試劍前已再三檢查，確認絕無問題！您若不信……」

商廣寒豈能容忍他人懷疑自己為了求勝而動手腳，不等他說完便插話笑道：「貴幫如果覺得有任何不公，不妨另選場地，再比試一次。」

衛飛鷹心中一寒，瞧瞧全身溼透的徒兒范濬，握著劍的右手仍不住顫抖，顯然信心意志已徹底潰散，再比十場也難求一勝！他環顧四方，忽然哈哈大笑起來！

商廣寒不悅道：「你笑什麼？」

衛飛鷹斂色道：「貴徒的武功確實超群絕倫，本幫輸得心服口服；但不才有個疑問，不知商大掌門能否據實以答？」

商廣寒道：「請說。」

衛飛鷹道：「如果今天這一場比試，輸的是貴派劍缽，您是否也會憤憤不平？」

商廣寒略一思索，已知他想說什麼，點頭稱是。

衛飛鷹道：「兩位武藝超群卓絕的劍缽，明明有一拚金劍、玉劍的本領，卻偏偏這麼『碰巧』，一開始就得爭個你死我活，連爭劍賽都還沒開始，就被做掉一個！我想無論是誰，都會感到痛心、惋惜與不平……」話未說完全場譁然，眾人七嘴八舌，各有主張。

自昨日抽籤結束起，太白山上眾口喧騰，議論紛紜，都說這個籤實在太巧、太殘酷，甚至太不公平！雖然所有的籤都是各門劍主親自抽取，應無舞弊空間，仍有不少人一口咬定四大劍門為了先去除一個強敵，故意安排讓兩虎提前相爭。百劍門尷尬不已，無論如何解釋，仍難堵悠悠眾口。

紀南圖起身正色道：「主辦劍門可以在此向諸位保證，試劍大會絕對公正無私；何況此次樂遊苑未派劍缽參賽，更無循私作假之必要！」

駱龍道：「紀苑主言重了！我們從不敢質疑試劍大會之公正與否，只是覺得求劍賽分組取試，各憑天命的方式，有欠公允！想必你們也不會渾然不覺，卻不知為何不謀補救？莫非咱們百劍外的試劍，就該草草了事？」

話方說完，不少丐幫幫眾立刻起鬨，吵著要補救，觀劍臺上除了數百名丐幫弟子外，尚有許多與丐幫頗有交情的江湖人士也跟著起鬨，其他的人就算對丐幫無啥好感，但范濬的「天擊劍法」精彩絕倫，只看一場實在不過癮，想到這裡，也跟著瞎喊起來，過不多時，整個觀劍臺上，除了百劍門的弟子之外，幾乎都跟著幫忙壯勢。

而駱龍的話乍聽起來也是鏗鏘有力，裴友琴見紀南圖一時語塞，正欲起身說明，卻見朱未央搶先說道：「駱幫主所言也不無道理，但不知該如何補救，才合情入理？」

駱龍兩手一攤道：「這是百劍門的權責，我們不便置喙。」

朱未央心想：「好滑頭的幫主，一句話就把難題丟了回來。」起身對裴友琴道：「裴盟主，我們四人是否該商量一下？」裴友琴點頭，與崔釗、紀南圖互使眼色，四人相偕走至祭臺後方。

朱未央首先開口道：「打從抽完籤的那一刻開始，就有不少傳聞，說咱們在竹籤上做了手腳，目的是……駱幫主若是無理取鬧，應不致有那麼多人幫著搖旗吶喊，如果置之不理，就怕會落人口實。」

崔釗道：「所有的竹籤都是各派劍主親自抽的，要如何搞怪？」

朱未央道：「相信你們都看過江湖賣藝中有種幻術表演，有些厲害的師傅可以做到移形換影，無中生有，圍觀的人怎麼也想不通是如何弄的，卻都知道那是假的。同樣的道理，無人能指出我們可能的舞弊手法，並不表示人人都相信我們的公正與清白。」

紀南圖道：「你是說有人把我們當成了幻術師傅？」

朱未央點頭微笑，並道：「世上有許多事情，怎麼解釋都說不清楚。何況丐幫有十幾萬人，就算說到我們都白了鬍子，也難讓他們全部信服！假設只有一半的乞丐不服，其中只有三成的人敢鬧事，也有一、兩萬人。」

紀南圖思道：「光西安一城就有數千名乞丐，如果有事沒事都找百劍門的穢氣，豈非永無寧日？而樂遊苑身為主辦劍門，更不免成為眾矢之的！」

朱未央續道：「這些年來，百劍門能如此昌旺，說來也要感謝各大門派的尊重與和諧共處；尤其此次丐幫以天下第一幫會之尊，願意加入百劍門，我們理應竭誠歡迎，以其在武林中的地位及劍缽的武功，還要經歷求劍、爭劍、排劍、奪劍已屬委屈，如今卻讓他們和青城派兩強相爭，連百劍的門檻都還沒跨進去就被淘汰，情何以堪？」

崔釗道：「朱莊主說得有理，然而有關試劍大會的諸般規矩早已定下，任何人若有意見大可盡早提出，而他們卻等到比劍輸了才要求補救，似乎為時已晚。」

朱未央道：「以范濬這種身手，駱龍在比試前必然信心十足，再說抽中惡籤的機會極小，何必提出什麼意見！抽籤的結果，不幸與魏宏風同組，仍然認為自家劍缽應可力克強敵；即使有些擔心，然而此時抗議不但受人訕笑，有損第一大幫的風範不說，更怕影響范濬的氣勢與信心，倒不如比完再說。」

這番話說得崔釗不得不點頭認可，思道：「將心比心，如果是我，儘管心中再有不滿，也不會在賽前多所言議。」

裴友琴道：「朱莊主莫忘『丐殘之爭』，我們若給丐幫通融，豈非對殘弱無依的殘幫不公？」

朱未央道：「當年接到盟主您的飛鴿傳書，說丐殘之爭愈演愈烈，眼看一觸即發……在下日夜趕赴京城，共同協調兩幫，所幸他們肯賣百劍門面子，才有『以劍劃地』之議。在下和盟主一樣，亦十分同情殘幫弟兄的處境，很不幸，他們也抽中乾組！如今你們認為：那位雙眼失明的女劍缽，可有機會打贏魏宏風？」

三人不約而同的搖頭，朱未央續道：「當年大家說得十分清楚，誰家的劍缽在試劍大會所搶得的名次較前，誰就可以續留四川；然而咱們試劍大會只排百劍，在求劍賽無法脫穎而出的劍門是沒有名次的，如果兩幫劍缽均在求劍賽敗北，以劍劃地之議形同作廢，丐幫可絕不願等上二十年，這時候我們已無立場再居中協調，與丐幫同為七大門派的少林、武當亦有所不便，兩幫勢必回到以往相互爭鬥、水火不容的日子，對人寡力薄的殘幫而言，豈不是更大的災難？」

若讓范濬得以繼續參賽，四大劍門中，紀家無人參賽，朱、裴兩家之劍缽仍可與之一搏，對洗劍園而言，卻可能因此而落在四大劍門之外。儘管覺得朱未央句句成理，崔釗私心忽起，道：「朱莊主口才便給，我說不過你，可是……」一時之間，又說不出什麼有力的理由來反對。

朱未央嘆了口氣，道：「這兩位劍缽武功之高已出乎朱某預料之外，不瞞您說，就算爾雅表現正常，亦無必勝的把握；故以私心而言，我也暗盼能先淘汰一人，但是這麼一來，爾雅會是第一個不高興的劍缽。他一向好強，希望能與天下所有懂劍的高手磊磊落落比試一場，絕不願意所搶到的金劍或玉劍被人譏為不夠純正；爾雅這麼想，我猜問雪和崔榕亦復如此吧！」這麼一說，崔釗豈敢否認，唯唯稱是。

朱未央又道：「如果丐幫與青城派都加入百劍門，原本的七大門派便少了兩派，咱們百劍門或許應再增兩大門派，成為六大劍門？這可不是要跟少林、武當等派互別苗頭，只是原本的十一大派，沒有減少之理！」這個提議，最為歡喜的自然是崔釗；樂遊苑亦有二十年後捲土重來之意，也十分贊同。就連裴友琴，也不認為多一些人分擔責任是件壞事。

裴友琴道：「無論怎麼做，要同時顧及公平正義，令百劍門內外信服，並維持試劍大會幾十年來辛苦建立的威信，恐怕不容易，莫非朱兄已有腹案？」

四人討論費時，整個大爺海上要求補救變通的聲浪卻不曾止息，甚至在有心人的推波助瀾之下，愈來愈急，愈來愈大聲……

朱未央道：「現在恐怕沒時間說明清楚，在下自認應能把持住大原則，裴盟主及二位前輩若信得過……」三人均無異議，同意放手讓他處理。

四人走回祭臺，此時駱龍等人與魏宏風都回到各自的迎劍臺上，裴、朱、崔、紀四位劍主臺前一站，朱未央對著觀劍臺緩緩掃視一圈，他面帶微笑，卻有股說不出的威儀肅穆，原本鼓譟喧鬧之處，在他炯炯雙目注視之下，群眾乖乖閉上嘴巴，過沒多久，整個大爺海只剩下風聲還繼續的呼呼響嘯。

朱未央朗聲道：「駱幫主，試劍大會有其傳統與堅持，有些規矩，不可能為任何門派或個人做改變。因此，籤不可能重抽，賽程不可能更改，亦不可能重新比試，除非……」

「除非什麼？」衛飛鷹急道。

只見朱未央道：「除非你們能在百劍外的另外一百九十個劍門中，找到一家尚未比試的劍門，願意和你們交換……」

駱、衛二人聽到此事有所轉圜，原本失望的神情為之一振，同時問道：「如何交換？」

朱未央道：「你們這一場等於替他們輸掉了，交換之後，這家劍門就不用再比，對他們而言，自然不太公平。因此，恐怕得請你們立刻公開徵求願意與你們交換的劍門，讓大家相信，他們的讓賢完全出於自願。」

話方說完，不等駱龍開口，馬上就有人喊道：「我們願意！」聲音還不止來自於一處。

駱龍往西側觀劍臺一看，說話的是一個滿臉鬍鬚的長臉漢子，問道：「請問您是什麼劍門？」

那人道：「我是山西霍縣『霍家劍法』的劍主霍吉武，抽中的籤號是艮組的第六劍門。」駱龍恍然大悟，十幾年前確曾在關外救過一個叫霍吉武的人，倒忘了他是什麼幫派？此人為了報當年的救命之恩，自然有誠意交換，可是艮組的白晶堡及長劍門的劍缽也有相當的本事，如果范濬換到這一組，勢必毀去他們出線的機會，豈有不抗議之理？

另一個聲音來自於北側，駱龍轉頭望去，那人一直高舉的雙手才放下來說道：「我是河北保定『常勝劍門』的劍主梁常勝，籤號是雷組的第三劍門。」看見這個人臉上碩大的酒糟鼻，不必介紹也認得。

梁常勝以前是丐幫的七袋弟子，因為滑突有趣，頗討人喜，被駱龍納為跟班，專責服侍幫主。此人雖忠心耿耿，卻酷好杯中之物，屢責難戒，幾年前一次醉酒誤了大事，被盛怒的駱龍逐出丐幫。

離開丐幫後不能公開乞討，梁常勝流浪到保定城，發現這裡人人尚武，他靈機一動，說自己曾向丐幫幫主學過劍法，竟開班授徒起來！駱龍的確教過他幾招劍法，只是這傢伙資質駑鈍，學不到三分功夫，雖然收費低廉，弟子仍一年比一年少，最後只剩下一個弟子沒走。

這個弟子雖然笨得到家，家裡倒是有一些錢，從小的心願，卻是希望有朝一日能參加試劍大會，好向家鄉父老炫耀吹噓，為了一圓痴夢，師徒倆設了一個「常勝劍門」，並千里迢迢來到太白山，所幸這個徒弟志在參加，哪怕一招敗北也無所謂。

梁常勝一直想重返丐幫，然而沒有大功談何容易？如今天上掉下來一個大好機會，他想也不想，立刻自告奮勇願與丐幫交換籤位，身旁的傻徒弟原本不太高興，但試劍大會向來不問劍缽意見，而梁常勝斥道：「笨蛋！這麼做全是為了你。如此一來，就等於是你跟魏宏風大戰數百招才驚險落敗，回到家鄉說給那些原本瞧不起你的父老兄弟們聽，那是何等的風光？」傻徒弟聽了，自然雀躍萬分！

一聽梁常勝報上籤號，迎劍臺上的幾位丐幫長老立刻朝貼在壁上的分組名單看去，發現雷組上的十二個劍門，以濫竽充數者居多，稍有名氣的不過兩、三家，任何一家搶到劍首，恐怕都過不了爭劍賽的第一關。愈是這樣，自然愈不會計較爭鬧，幾個人交頭接耳一陣，駱龍道：「就是這一家劍門。」

為求謹慎，朱未央道：「常勝劍門的劍主梁常勝，你確定願意與丐幫互換籤位，絕不後悔？」

梁常勝大聲喊道：「我絕不後悔！」

衛飛鷹喜道：「這樣可以了吧！」

朱未央搖頭道：「此事牽涉甚廣，四大劍門也不敢擅自作主。」接著朗聲道：「各位百劍門的前輩兄弟，趁著大家都在這裡，未央想請問一句，對於丐幫與常勝劍門交換籤位一事，若有哪位劍主不表贊同！麻煩舉個手。」

讓范濬有再一次比試的機會，對所有的百劍門而言，多多少少有些不利。不少人隱隱覺得不妥，然而丐幫人多勢大，幫眾遍布天下，舉手之人等於公然與十餘萬幫眾作對，日後勢必有無窮後患，想到這裡，誰還敢逞一時之快？於是你看我、我看你，都希望別人舉手，就是自己不敢。過了良久，始終不見任何人表示，衛飛鷹又道：「這樣總可以了吧！」

朱未央仍搖頭道：「除了你們兩家劍門的意願之外，其他相關劍門的意見，百劍門亦須尊重。」接著朗聲道：「如果明日試劍之前，沒有任何一位抽中雷組的劍主向我們表示異議，你們兩家劍門互換籤位之事，方得成立！」

這條件看似嚴苛，丐幫倒一點也不擔心，駱龍心中盤算：「待會立即派人分赴雷組的另外十一個劍門，利誘也好，警告也罷，這些微門小派，豈敢對天下第一大幫吐出一個『不』字！」正自暗暗竊喜，忽見殘幫幫主郭世域高舉雙手！

朱未央道：「不知殘幫的郭幫主有何意見？」

郭世域口不能言，韓翠代話道：「我們沒有丐幫那麼大的勢力和面子，豈敢奢求太多通融？但想既然他們可以交換籤位，不知我們能否比照辦理？」丐幫得以繼續試劍，等於宣告殘幫的末路，眾人不免又同情起殘丐來，思道：「此時不管他們要求什麼，都不算過分。」

朱未央道：「試劍大會一視同仁，既然丐幫可以交換籤位，其他百劍外各劍門，豈有不准之理？但我得先聲明，如此權宜做法，實在是因為此次求劍賽的情形太過特殊，下不為例！」

駱龍亦笑道：「隨你怎麼換，丐幫都舉雙手贊成，而且不管跟誰換，只要兩位劍缽中任何一人的名次能勝過范濬，貴我兩幫以劍劃地之議，便算你們獲勝。」

他這話聽來十分大方，然而仔細一想，丐幫的劍缽既然能有第二次試劍的機會，也該讓殘幫多一位劍缽才算公平，也唯有如此，才能令殘幫輸得口服心服，江湖閒人不再多話；再說除了朱、裴、魏三位劍缽之外，要去哪裡找人與范濬一爭長短？不少高人心中暗暗佩服，思道：「這番話表現出泱泱大幫之風範，其實論裡子決不吃虧。」

朱未央笑道：「不知殘幫想和哪個劍門交換籤位？」

整個大爺海又恢復了寧靜，一點也不意外，無財無勢，誰要與你交換？卻見韓翠轉身對著古劍道：「願不願意幫這個忙？」古劍霍然一驚，知道這話是對著自己說的，只是全無心理準備！

他與郭綺雲對練多日，明白其苦練而成的「魑魅劍法」可能比多數人想像的高明許多，卻仍與魏、范二人有段差距，然而若與殘幫調換，雖可助他們暫避強敵，卻讓自己陷入與魏宏風提早比試之窘局，無論誰贏誰輸，都非期望。正猶豫間，卻見爺爺古銀山怒道：「叫他對上魏宏風，豈非以卵擊石？」

韓翠道：「少俠只要盡力就好，勝負與否我們豈敢怨怪？只要讓綺雲避開強敵，相信她也能打入搶劍賽，如若丐幫再犯了什麼錯誤或是范濬信心難復，或許還有一點爭勝的機會。」郭世域比手畫腳，咿咿啊啊喊著，突然帶著所有幫眾雙膝一脆，韓翠含淚道：「殘幫無論如何都要設法打進百劍門，否則孤立無援，早晚都活不下去！」

薛來俊道：「我們知道古老前輩您是川西豪士，向來樂於助人，兩萬殘幫弟子是死是活，就在您一念之間！」

古銀山來自四川，自然多少聽過丐、殘兩幫的恩恩怨怨，對殘幫的景況深表同情；然而古家一旦未能繼續在百劍門留住一席，不但什麼也不是，更需面對家道中落債務纏身之慘境，連生活都成問題。

他徘徊於公益與家利之間，正難以委決，四大劍門的四位劍主卻已經商量出結果，朱未央道：「如果交換的對象是百劍外的任一劍門，自然絕無異議；然而成都古家屬百劍門第九十一劍，這個名位是根據二十年前試劍大會的結果而定下來的，無人能任意更動，更無籤位可換！這種互換劍門的方式，我們恕難同意，除非……你們能做到只換劍缽。」

紀南圖道：「這並不容易，我們只能在時間上通融，但是新劍缽與劍門、劍主之關係，必須完全符合規矩。」

韓翠道：「這位古少俠曾當過幾天的殘丐，與本幫頗有淵源，只要他點頭，隨時可以入幫。」

紀南圖道：「這點我們並無疑義，但是據我所知，要入貴幫只有一個條件，就是該員必須身有殘疾，而他……」

薛來俊忽然哈哈大笑起來，走到古劍身後，忽然暴吼一聲，他聲音洪亮有力，不少人嚇了一跳，唯獨古劍渾然未覺，薛來俊道：「看到了吧！古少俠雙耳全聾，已無聽力。」

朱未央道：「這邊沒有問題，但郭姑娘呢？她與古家有何關係？」

這麼一說的確令人傻眼，過了半晌，韓翠才吶吶問道：「如果古老先生願意收我女兒為義女？……」

紀南圖搖頭道：「試劍大會對於劍缽資格規定得十分清楚，就刻在這片木牆上，我唸給妳聽：劍缽與劍主之關係，第一，與劍主同屬一幫派、門派；第二，或與劍主為六等親以內之同一家族；第三，若與劍主為三等親以內之養育關係亦可，但須確有撫養達十年以上之事實，上述關係若有虛報造假，立即廢劍除名。」

寇照東不服道：「我不懂！為何養女可以，義女卻不行？」

紀南圖道：「恐怕許多人不知，早期的試劍大會其實承認義子、義女的劍缽資格，卻變成許多人走歪路的漏洞。第三次試劍大會，有兩家山東劍門的劍缽在赴試前做一場友誼交流，卻發現甲劍門無論第一劍缽或是第二劍缽的劍法都遠比乙劍門的劍缽強上許多，由於這兩家劍門素來交好，便叫甲劍門的第二劍缽拜乙劍門之劍主為義父，代表乙劍門參賽。比試的結果，兩家劍門果然都得到頗佳的名次，被打敗的劍門卻十分不服，都說乙劍門的劍缽明明使的是甲劍門的劍招，怎麼可以代表乙劍門參賽？於是從第四次試劍大會之後，便不准以臨時義子、義女為名義的劍缽參賽。」

古家與殘幫諸老面面相覷，一時之間也想不出什麼好法子！

郭綺雲道：「就讓古少俠代表殘幫吧！別管我能不能比試。」

卻聞古鐵城斬釘截鐵的道：「不行！古家無論如何也不能棄賽！」

韓翠嘆道：「想來想去，只剩一個法子！」

「什麼法子？」古銀山與古鐵城同時提問。

韓翠卻對著古劍問道：「古劍！你肯娶我女兒嗎？」

她一句話語驚全場，郭綺雲更是臉紅心悸，「啊」的一聲叫了出來，古劍只覺得腦袋一陣轟然，一時間不知該如何應答，卻見爺爺拍腿叫好道：「我怎麼沒想到？郭幫主、郭夫人，您的女兒姿容秀美，才智穎慧，古家豈有不願之理？」

韓翠道：「難道您不嫌她出身寒微，身有殘疾？」

古銀山搖頭道：「不嫌！不嫌！這都是末節。」轉頭對著四大劍門的劍主問道：「如果她成了我古銀山的媳婦，是否便可做咱們古家的劍缽？」

四位劍主互相交換眼神，均點頭認為可行，朱未央朗聲道：「可以，只要你們在劍缽互換前完成婚禮。」

韓翠道：「當然！」笑著對古銀山道：「咱們江湖中人也無須事事講究，我看揀日不如撞日，就在今夜成婚好嗎？」

古銀山笑道：「正好！不過你我均非富裕之家，辦得簡陋，還請諸位朋友不要見笑！」

卻見西側的洪承泰笑道：「不成！不成！咱們四川號稱天府之國，所辦的婚事豈能讓外省朋友看笑話！皇甫先生在嗎？」

北側有人應了一聲，人們跟著聲音的發處望去，找到這位傳說中武藝高深，富可敵國的忘憂坊主人皇甫和貴，只見他方面大耳，神氣內斂，衣著服飾卻瞧不出有什麼特別的富貴之氣。

洪承泰道：「麻煩把忘憂坊所有好酒好菜全拿出來，弄一場像樣的酒席，所有費用，全算在百花莊頭上。」

皇甫和貴道：「很抱歉，忘憂坊不善婚喪喜慶，再說在這山上也找不到什麼好場地。」

不遠處卻有一名美豔婦人道：「婚禮的事，就包在我身上吧！」說話之人，正是成親次數異於常人的尤豔花，若問有關成婚的各種繁文縟節，恐怕沒人比她熟悉。

朱未央道：「事繁時急，恐怕只有忘憂坊的效率才辦得出來；就請皇甫先生幫百劍門一個忙吧！」

裴友琴道：「試劍大會肅殺太重，能有一場喜事沖淡一些，確為一樁美事。最好請夫人指導，忘憂坊全力配合，至於場地，就在咱們百劍門住處前，『百劍宴』之預留廣場上，大夥稍擠一下，勉強湊合。」

每次試劍大會完成的當夜，新的百劍門都會共聚一餐，彼此道賀並連絡感情，就叫「百劍宴」。

朱、裴二人都開了口，皇甫和貴豈有拒絕之理？接著楊繼與閭丘項山也相繼發言，無不要求忘憂坊辦得體面一點，並爭相搶著出錢。古銀山感動不已，忙著稱謝。

此時古劍萬緒紛來，已無心多聽，他明白郭綺雲除了雙目已盲之外，是個德容兼備，心性婉約的好姑娘，娶妻如此，夫復何求？但見她兩頰緋紅，目眶含淚，聖潔中帶點動人的嬌羞，這張容顏，不止一次走入他夢中，每次醒來，總覺自己未免太過痴心妄想，唐突佳人，卻沒料到夢境成真得如此突然！但不知她是否真的願意嫁給自己？無意中瞥了一眼程漱玉，只見她雙眉緊蹙，杏目圓睜，直盯著自己瞧來，忽覺百味雜陳，紛亂不已，一時間卻又理不出半個頭緒。

一切商定，雖說大爺海還有三場比試要接著進行，多數人仍選擇離去。有的人跑去別的場地看他關心的比試；有的人趁著記憶猶新，趕緊帶著自家劍缽回去商討，試著從方才的劍法中偷學個一招半式；另有人見識廣眼界高，覺得求劍賽沒有幾場好戲，除了范、魏之爭外，其他比試如同嚼蠟，不如去賭錢喝酒。

乾組的第九劍門原本第一天就輪空，已成焦點的古劍自然無暇觀戰，先跟著殘丐回到跑馬梁，行入幫儀式。

殘丐們做了一個簡易供桌，在這個節骨眼上，可以不吃飯，卻不敢讓桌上的香火中斷，殘丐拿出三支新香欲點，韓翠道：「且慢！有些事得先說清楚。」轉身對著古劍道：「儘管你答應入幫是為了幫忙我們，然一旦成為殘幫之人，仍須與他人一同遵守一切幫規，如果不想蹚這趟渾水，現在掉頭離去，還不算晚。」古劍明白一旦成了殘幫的一分子，這輩子恐怕只有吃苦而無享福的份，但他從小苦慣了，向來不以為意，沒什麼考慮便答允。

韓翠讓古劍點香祭拜，帶著他誦讀幫規，並解釋道：「本幫弟子大多出自於丐幫，雖與丐幫水火不容，倒也不必因人廢言，立幫之時，便將好的幫規保留起來，不妥之處稍做更改，雖然嚴苛了些，卻有其不得不如此之苦衷。

「譬如我們認為既然當了乞丐，便要有乞丐的樣子，向來嚴禁弟子拿著辛苦乞討之所得至酒肆、茶館大吃大喝。咱們之所以淪為殘丐，不是家破人亡便是有家歸不得，大家十分認命，所以實行起來，也不算太難；然而你有家人長輩，回到家裡，若還死守著乞食而餐的規矩，便是陷你於不孝，幫規再重，豈能逾越人倫情理？

「我們四人方才在路上已商議出一個結論，只要你待在家鄉或是與長輩出遊，那便是古家的子弟，可不理會這條幫規，然除此之外，仍須謹記你殘幫弟子之身分。」古劍毫無異議，點頭稱是。

殘幫四老未料古劍答應得如此爽快，俱感欣慰，互使眼色，仍由韓翠朗聲道：「從現在起，你是本幫第四位長老，負責管顧所有聾丐、啞丐。」

古劍滿臉驚愕道：「妳說什麼？」韓翠又說了一遍。

古劍退步連連，搖頭道：「不不不！我無才無德，怎麼可以才入幫就成了長老？」

韓翠道：「其實殘幫的長老除了一堆繁瑣的事務與責任之外，沒有半點好處，更沒有什麼了不起。我們挑上你，絕不是為了報答你捨身而出之恩，而是認為你合適！」郭世域咿咿呀呀的比手畫腳，古劍看得一知半解，韓翠轉述道：「既然你不願意分擔這個重責，我們也不勉強。加入殘幫已經十分委屈，怎可又讓你為我們這些殘疾無用之人多作犧牲！」她揮揮手道：「回去準備吧，吉時一到，再回來接我女兒。」

聽到不必做什麼長老，古劍如釋重負，不再多問，望了一眼郭綺雲，見她略帶愁容，看不出有什麼即將當上新娘的喜悅，一時間也不知該說什麼，道一聲：「我走了！」獨自離去。

婚禮之事，自不用古劍操煩，尤豔花很快開出細目，皇甫和貴一聲令下，立刻飛鴿傳書給山下的買辦，四處蒐購三牲五禮、食材器皿，就連新郎的衣裳喜帽，新娘的鳳冠霞帔也都送上山來，倉促中找到的東西不免樸素些，但樂遊苑十六金釵除了紀草之外，每位姑娘都慨然出借隨身飾物，經尤豔花巧手縫飾，更顯璀璨耀華。

向晚時分，太白山頂張燈結綵，祥雲瀰漫，古銀山父子站在路口，對著進門的賀客鞠躬哈腰，拱手稱謝，儘管忙累，心中卻是歡喜異常！原本以為一個簡單的婚禮，在四大劍門及四川友人的大力支持下，出乎意料的隆重體面。除了四大劍門的劍主、劍缽全部到齊，七大門派的門主和一些江湖名宿亦無一缺席，許多人雖與古家或殘幫全無淵源，也因為這些頭角崢嶸的武林領袖而願意前來，就算敬不到一杯水酒，能接近一點看看那幾個出尖拔群的劍缽，也是值得。因此不但百劍門大多到場，連其他門派的朋友也來了大半。有人打趣說，這恐怕是盤古開天以來，武林中最為盛大的一場婚禮。原本默默無聞的成都古家，光憑這場婚禮，已大大出了風頭。

四大劍門之中，只有裴家人丁稀少，然裴友琴身為百劍門盟主，所住的房子便是百劍門的門面，絕不寒酸簡陋，入門便有一間「聚義廳」，作為議事聚會之處所，裴友琴不但慨然借讓作為大禮處所及宴客主廳，更騰出一間空房作為洞房。

對新郎官古劍而言，這一切委實太過突兀，儘管聚義廳內冠蓋雲集人聲喧譁，他卻是心情煩亂，分不清是歡喜還是擔憂！在新郎房裡整裝時，瞧著鏡中的自己出神良久，忽然身後現出胖姑的俏臉，嚇了一跳，轉身一瞧，只見她捧著一個小布包，劈頭就問：「阿劍，你可曾待過丐幫和華山派？」

古劍道：「妳怎麼曉得？」

「現在可沒工夫說這些。」程漱玉說著拿出一個小布包遞給古劍，層層包裹仍透著些許微溫，又道：「不過是兩顆包子，就當是送給你們的賀禮吧！」

古劍湊近一聞，味道並不陌生，正是京城張六哥的包子，問道：「妳怎麼知道的？」

程漱玉笑道：「先別管這個，記住，別告訴她是我拿來的。」

古劍道：「為什麼？妳們不是好姐妹嗎？」

卻見程漱玉笑道：「這等事說了你也不會懂。不打擾，賀喜你們倆有情人終成眷屬，既成眷屬終身有情，如此佳偶不可多得，好好待她。」

看見她笑容之中微微潤溼的眼角，古劍似乎有些懂了！

吉時一到，跟著媒婆的指令迎娶，行禮如儀，一直到進入洞房，都還是渾渾噩噩。洞房中，古劍雙手微顫，輕輕掀開新娘蓋巾，只見原本一張清麗絕倫的秀臉，在尤豔花巧手妝扮下，更添幾分明豔！郭綺雲芳心微顫，緋紅了臉，更是動人！古劍看得痴，呆了一會才發現她眼角上的一抹淚痕，柔聲問道：「妳怎麼哭了？」

郭綺雲未答，卻道：「你為何願意娶我這個瞎子乞丐？」

古劍愣了一下，一時之間也不知該怎麼說，卻見郭綺雲道：「因為你爺爺的要求？還是只想助殘幫？」

古劍道：「都有！但也很歡喜！」

郭綺雲那雙看不見的雙瞳陡然一亮，隨即又黯然道：「有什麼好歡喜？以你的武功，若不必先對上魏宏風，本可穩穩當當搶進四大劍門，成為人人欽慕的大劍缽大英雄，百劍門中不乏富商巨賈，哪個不想把閨女嫁來，往後的日子，何愁沒有似錦前程，嬌妻美眷？」

古劍道：「我又不是風流倜儻的公子哥兒，那些嬌生慣養的富家千金不適合。」

郭綺雲道：「那也用不著娶一個窮瞎子呀！這身嫁衣，還請夫君今夜好好瞧個夠！到了明天，又要換回一身鶉衣。」

古劍道：「哪有什麼分別？妳一身素淨的樣子也很好看啊！若妳在意，日後存夠銀兩，咱們便去成都城裡買些漂亮的布匹，找個裁縫做兩件美美的衣裳。」

郭綺雲道：「那天望江樓聚滿殘丐，你可瞧過什麼人穿得美美的？」

古劍道：「沒有。」

郭綺雲道：「殘丐們個個三餐不濟，身為幫主之女，怎能做衣裳？我天生命苦，怨不得人！可你一個外人，何苦蹚這渾水？」

古劍道：「我當過幾天的殘丐，認識你們一家人，又參加過望江樓大會，早已不是外人！能幫上一點，我很高興！」

卻見郭綺雲道：「你這個傻子，天下第一的大傻子！我不要你幫！試劍過後，請你寫一份休書，從今爾後，勞燕分飛，兩不相識！」說到後來略顯激動，眼眶微溼。

新婚之夜，難道真要大吵一頓？郭綺雲話方出口便有幾分後悔，卻聞古劍道：「今天好像都沒吃什麼東西，妳也餓了吧！」

郭綺雲好似一記怒拳打在一團棉花上，這回真不知該如何說下去，只聽見古劍從衣袋裡取出一個小布包，拆開兩層乾布和一層油紙，接著把一個溫熱的包子交在自己手上，有股似曾相識的味道。

「這是京城有名的張六哥包子，妳吃吃看。」

郭綺雲身子一震，差點把肉餡給壓了出來，緩緩把頭轉向古劍，卻聽他又道：「我會加倍努力的學劍，日後掙了銀子，咱們天天買兩顆，一人一顆。」聽到這裡，淚水再也忍含不住，一滴又一滴掉落在微溫的包子上。

郭綺雲吃了一口，果然味道頗為熟悉，說道：「只有賭鬼吃得到的東西，怎麼會在你身上？」

古劍想起程漱玉的叮嚀，但他不善說謊，更不想在新婚之夜對妻子有所隱瞞，正躊躇著該怎麼回答，卻見郭綺雲似笑非笑的模樣別有一番風情，心想：「她自小命苦，長這麼大恐怕沒能開懷幾回，何必在這時候說什麼引人芥蒂的話。今後可得學學徐宏珉的本事，讓她笑口常開才是。」忽爾想起胡遠清曾說過的話，隨口便唸了出來：「為了幾場比試賭上一世榮辱，其實百劍門的劍缽，才是不折不扣的大賭鬼。」

郭綺雲道：「沒錯！尤其是你，迎娶像我這樣的人，該算是天下第一大注吧！」

古劍卻收起玩笑，正色道：「穩贏的決定，怎能算賭！」

郭綺雲笑道：「是我賭錯了，本以為你老實可靠，沒想到竟是如此貧嘴！」

古劍緊握妻子雙手，道：「是真的，我不會形容如今有多麼喜樂，只覺得飄飄然好像在作夢一般。無論是否雙目失明，我確信妳會是個好妻子，能娶到妳，三生有幸。」

古劍說畢，瞧著她猶帶著淚痕的俏臉露出淺淺的微笑，不知在想些什麼，心中正七上八下，忽見她伸出雙手碰了一下自己的臉頰又急縮回去！緋紅了臉，極是動人！羞道：「我只是想知道，多年不見，不知你究竟長成什麼樣子？」

古劍抓起她的雙手，往自己臉上摸來，只覺妻子溫軟的柔荑，從額頭、雙頰、耳、鼻、口，再到下巴，弄得他臉癢心顫！一時情難自禁，張臂將妻子牢牢攬住道：「從今爾後，無論發生什麼事，我都會好好待妳！」

郭綺雲滴下一串長淚，也緊緊抱住丈夫，一股甜甜融融的歡喜，就要滿溢胸口！

夜色溶溶，如蜜一般甜……

第十八章 往事

次日清晨古劍醒來，郭綺雲已換上鶉衣，將兩人昨夜換下的衣物洗淨，並端著一盆清水進房，但見她清瘦的身影摸摸扶扶的走著，思道：「這個地方她不熟悉，難免慌慢了些！」又見她雙目泛紅，憐惜之心油然而生，道：「妳整夜沒睡？」

郭綺雲強笑未答，雙手擰乾面巾，遞給古劍道：「請官人先盥洗更衣，早點準備今日的比試。」

古劍接下溼巾，見她臉上微微滲汗，逕自往她臉上擦去，道：「不方便的話，就別做了！」

郭綺雲搶下面巾，重新洗擰一次，亦替古劍擦臉道：「既然嫁了你，就該做好一切妻子和媳婦該做的事。」

古劍緊握她的手道：「太為難妳了！我……於心不忍……」

郭綺雲道：「如果官人真的這麼想，或許該考慮再娶一房？如此一來，你多了一位賢內助，而我也多了一位幫得上忙的好姐妹。」

萬沒料到她會這麼說，古劍怔了一會，搖頭道：「別提了！豈有三妻四妾的殘丐？時候不早，該走了。」二人收拾包袱，向裴家人道謝告辭後，回到古家的木房，古銀山三人均已起身，五人草草用過早餐，向試劍場行去。

今日大爺海沒有魏范對決這種好戲，觀劍的人比昨日少了一半以上，早來的人三三兩兩圍聚一塊，有的比手畫腳，有的口沫橫飛，多在閒論昨日那場驚心動魄的比試。

古家找個就近的位子坐下，經過昨夜那場婚事，他們已無人不識，周圍的人無不拱手賀喜，古劍只好跟著爺爺一一回禮，身旁的郭綺雲則難掩嬌羞，臉紅直到耳根，更顯動人。不少人想起昨夜一名書生酒後戲言：「芙蓉秀臉，拋露沾塵；楚楚眉眼，不能視物；窈窕容止，鶉衣殘缽；驚天才情，凡夫為伴。」都深有同感。

坐不多久，時辰已至，第一場即是魏宏風與抽到乾組第三劍門劍缽的比試。這位劍缽是貴州流星門的蔣平川，在當地亦小有名氣，只見兩人上了試劍臺後，不到幾招，便被魏宏風的「驅狼劍法」逼入死角，敗下陣來；但見蔣平川並不覺丟臉，反而覺得能與魏宏風交手是件光彩的事，抬頭揚眉走回迎劍臺。

這個結果雖不意外，仍讓不少人感到敗興，紛道：「本以為商廣寒心情一好，會讓徒兒多演幾招精彩的青城劍法，哪知他們如此小氣？咱們屁股還沒坐穩就打完了！這種雞蛋碰石頭的比試，真是乏味透頂！」來此觀劍之人，多數是衝著魏宏風而來，隨著這場比試結束，皆毫不留戀轉到其他場地觀看較有看頭的比試。

古劍以乾組第九劍門殘幫劍缽的身分，被安排在第九場與第七劍門的比試。等待的時間，古銀山不斷耳提面命：「我打聽過了，無論是待會的姑蘇派或明日你可能碰上的幾位劍缽，都沒有什麼了不起的功夫，只要拿出正常的本事應不難取勝；但你現在也算江湖聞人，我可不希望人家說古家這次出盡風頭，劍法卻稀鬆平常，希望你在這兩場比試都能卯足全力，把最好看、最有威勢勁道的劍招全使出來，以最短的時間制服對手；否則後天碰到魏宏風，三兩下就被人把戲唱完，人家怎知你的劍法不是三腳貓？」古劍已懶得解釋，微微點頭，不置可否。

輪到他踏上試劍臺時，古劍想起以前貝遠遙的諄諄教誨：「尊重你的敵人，不要小覷任何對手，即使穩操勝券，也不要讓人難堪！」於是他每次出招都十分謹慎，絕不躁進，每一劍都給對方留了後路，而不咄咄逼人，一直到四十來招時，見到對手露出極大的破綻才趁勢而上，結束比試。

古劍或有容讓，但並未刻意保留，只是「無常劍法」遇強則強，遇弱則弱，未遇高手，很難激出劍法中各式巧妙變化，大爺海尚有數千人觀戰，有的人原本對古劍還存有一些期望，見他面對如此庸手也贏得不見乾脆，紛紛搖頭；只有極少數行家高手，從這些看似雜亂無緒的劍法之中，隱隱約約瞧出若干似愚實巧的機變，卻也不太肯定。

走回迎劍臺上，古銀山不甚滿意，卻也沒說什麼，塞了十幾文錢在孫媳手上道：「我們古家不是什麼富貴之家，這時候也沒心思選什麼重禮，妳看看爹娘喜歡吃什麼，買一些帶回去吧！」原來按禮今日是郭綺雲歸寧的日子，兩人走到臨時攤街上買了幾粒饅頭，帶到跑馬梁。

殘幫弟子大多分散到各試場搜集敵情，留在跑馬梁跟著幫主的不過十來人，兩人到達時恰是正午時分，殘丐們正要開始用飯，郭綺雲將手上饅頭遞給雙親，他們卻隨手轉給幾名生病未癒的殘丐，與其餘殘丐們繼續吃著從忘憂坊乞來的殘羹剩肴，古劍忽然想起當日殘幫望江樓大會郭世域所立誓言：「……願蒼天將所有苦難，加諸於我身，以換取眾殘生之安樂。幫中有一人受辱，我決不貪歡；有一人空腹，我決不飽餐；有一人襤褸，我決無新衮。願忍垢蒙辱，祈求光大我幫。」沒想到他當真身體力行！

韓翠叫弟子傳來兩個破碗，招呼二人吃飯，古劍依言坐下，看到什麼夾什麼，大口大口吃將起來，眾丐看了，不禁喜出望外。

扒了幾口飯菜，韓翠忽道：「阿劍，對於後天與青城派魏宏風的比試，你有幾分把握？」

古劍愣了一下，一想到將與魏宏風決戰，心中既凌亂又矛盾！思道：「如果對手是范濬，我不會有任何顧忌；如果在最後的奪劍賽才與魏師兄一較高低，畢竟都闖進了四大劍門，勝負的壓力也會輕一些；可是如今卻因種種陰錯陽差，令我們提前在這場輸不得的求劍賽狹路相逢。他的劍法極強，我從來沒遇過這麼強的對手，實在沒有把握；可是萬一贏了呢？風師兄從小便被商掌門悉心栽培，希望他能重振青城威望，若因此而從雲端驚跌，豈不太過殘酷……」古劍不敢再想下去，答道：「我沒有把握！只能盡力為之。」

韓翠放下碗筷，冷冷道：「聽你的口氣，不但信心全無，就連鬥志也不夠！怎麼可能贏？」

說到後來語調轉激，連女兒也嚇了一跳，郭綺雲道：「娘！您就別再為難……」韓翠道：「這豈是為難！難道妳也不知這場比試對我們殘幫有多麼重要？」郭綺雲欲言又止，低頭無語，卻掩不住滿臉的憂容。

韓翠嘆了一口氣，柔聲道：「母女連心，娘曉得妳的委屈，可是……我不得不這麼做。」又對古劍道：「阿劍！很多事情你只是一知半解，未能明瞭我們的苦心，現在我把事情說得再清楚些，要怎麼做，你自己拿捏。」說完喊道：「阿富、狗兒！」

殘丐堆中有兩人立即應答，起身奔來。韓翠道：「告訴古劍你們家鄉的情形。」

兩丐點頭，缺了一條腿的瘸丐道：「我叫阿富，貴州遵義人，別看這當中有『富』有『貴』，其實我爹是窮怕了，才把我取名叫『田富』。在貴州，地無三里平，那邊的人大多跟我家一樣，耕著一塊凹凸不平的『望天田』，雨多的時候，低窪的地方鬧水災；雨少時，水留不住又要鬧旱災。如果全家健健壯壯，辛苦一點還挨得過去，像我砍柴時不幸摔斷了腿變成累贅，我爹說再讓我待下去早晚會拖垮全家，只能哭著把我趕出家門……」說到這裡，一把眼淚一把鼻涕，再也說不下去。

另一位瞎丐道：「我們雲南也是山多田少，所幸金、銀、銅、石等各種礦產頗豐，景況原本要好一些；可是近年來朝廷加派了許多礦監，年年提高礦稅，採礦的人個個苦不堪言，自然窮人漸增，富人日少。我本來是個採銀礦的工人，為了替重病的親娘買藥，偷偷在鞋底塞了一些銀粉，不幸被管事的發現，拿銀粉在我臉上又塗又塞，再加上一陣毒打，從此之後，我就……看不見啦！」這個人沒哭，卻露出一臉極不自然的苦笑。

這兩萬多個殘丐看似平凡，其實每個人都有一段心酸往事，非常人所能體會，古劍思道：「我一直以為自己命運多舛，今日一聞，才曉得人間苦難如此多！相較之下，以前經歷的種種挫折艱苦，似乎也算不了什麼。」

韓翠道：「一旦殘幫遷移至雲、貴兩省，你現在所見到的人，十之八九都過不了今年冬天，我倆一定不活了！在臨死之前，肯定把你逐出殘幫，免得我這苦命的女兒，跟著你一起餓死！」

郭綺雲哭喊一聲：「娘！別說了！」

韓翠卻哽咽著說下去：「所以綺雲明知機會不大，仍願一試，傷目習劍。這些年來，她吃了很多苦，功夫也練得很好，可是……看了昨天那場比試，相信你也清楚：無論綺雲打得多好，一旦對上魏宏風或范濬，恐怕都沒有半分勝算。」

古劍道：「我會盡力，只是……」

韓翠打斷道：「沒有只是！兩萬多名殘丐的生死繫於一戰，無論對手多強，你都非贏不可！」

古劍本來慶幸爺爺和爹不曉得自己武功大進，沒有過多的期望就不會有太大的失望，如今聽了這席話，才真正體認到這一場比試，遠比為古家多爭一點名次重要得多，頓時覺得壓力排山倒海而來，壓得他喘不過氣！

兩人帶著重重心事回去，古劍心情煩鬱，整日食睡不安，第二天雖也輕鬆獲勝，仍高興不起來，郭綺雲也替他著急，午後找他至樹林練劍，盼能有所排解，未料古劍心不在焉，把劍使得荒腔走板，險些傷在自己手裡。

她收起長劍，正色道：「你是否覺得千斤重擔，壓得人喘不過氣？」

古劍點頭，問道：「妳是否也曾如此？」

郤見郭綺雲斬釘截鐵的搖頭道：「從來不！我只曉得盡心而已，毀譽由人，責任愈重，必須愈堅強，豈有工夫患得患失？我先離開，你自己慢慢想吧！」古劍望著她看似柔弱卻又堅強的背影漸漸消失在薄霧中，反覆咀嚼話中之意。

古劍閉目沉思，過了一陣忽覺身旁有人，睜眼一瞧嚇了一跳，一女子坐在石上，托著下巴，動也不動的瞧著自己，竟是貝甯！問道：「林深霧濃，妳怎麼找來的？」

貝甯道：「古爺爺說你在林子裡，我來到林外，恰好又遇到……您妻子。我想你已經有了妻室，單獨相見或有不便，便請她帶我過來，她卻說：『江湖兒女，沒什麼不便的。』指引方向後就走了。」她靦然一笑，又道：「剛才我看著你，不知不覺地回想起以前，你好像變了許多，又好像什麼都沒變！」

古劍道：「當年我跳下斷崖僥倖不死，之後更發生了不少事情，從那時候起我就變了；然而不管怎樣，還是經常想起你們。貝師姐，不知您這幾年過得如何？不知徐混珉那小子怎麼樣了？」

貝甯道：「掌門師父對我很好，提早將我收至門下，和風師哥一起練劍，並說要讓我早日學成『尋龍劍法』，有朝一日替爺爺報仇。至於徐宏珉，在你走後第二年就離開青城，幾年之後輾轉聽說他遊歷江湖，以說書為生，也不知這消息是真是假？」

古劍笑道：「到處嬉遊，胡吹亂蓋這種事，正合他的脾胃。」

貝甯笑道：「是呀！也只有他才這麼看得開，不像我們，孜孜習劍，到頭來卻得面對故人。阿劍，如果你敗在風師哥手上，會不會難過？」

古劍道：「怎會呢？風師哥劍法如此高強，輸給他一點也不丟臉。」

貝甯道：「風師哥希望你能諒解，他背負著師門榮辱，無論對手是誰，都無法容讓！」

「當然！」古劍爽快回答。

貝甯道：「我是偷溜出來的，不能待太久，現在總算可以放心的回去了！有空到青城山走走。」說畢轉身離去。

走了數十步，古劍喊道：「麻煩師姐轉告風師兄，我也一定會盡全力比試，請他有所準備！」貝甯轉身回眸一笑，飄然遠去。古劍目不轉睛望著她漸遠漸小的背影，不免感到些許失落，思道：「她和風師兄真是天造地設的一對啊！」

郭綺雲離開古劍，思慮再三，總覺得要讓古劍思悟通透，必須再請一個人和他說分明，於是決定去找程漱玉。

此時已是申時末刻，今日的比試應當都告一段落，郭綺雲直接往帳篷行去，還離幾十步路，卻聽見篷內一個蒼勁的聲音道：「老猴子呢？」

程漱玉的聲音道：「他有一味重要的傷藥忘在山下，正趕著去拿呢！最快也要半夜才回來。」

那人道：「妳就是他新收的女徒弟，叫什麼胖姑的？」

程漱玉笑道：「長成這副德性，難道要叫『瘦妹』嗎？」

那人道：「哼！這老猴子晚節不保，竟然收了一個油腔滑調的女弟子！」

程漱玉道：「我看他是交友不慎，結交了一個倨傲無禮之人！」

那人道：「我不是他的朋友……哎！跟妳這小姑娘抬什麼槓！快告訴我，妳的易容術學到什麼地步？」

程漱玉道：「除了沒辦法把一張橘皮醜臉弄成潘安之外，其餘大概不成問題。」

郭綺雲聽力何其敏銳，聽得出那人中氣十足的語音中有著極深厚的內力修為，武功高得可怕，程漱玉卻語多譏諷，絲毫不讓，讓人不得不替她捏一把冷汗。

幸好那人不怎麼在意，道：「快幫我易容！」

卻聽程漱玉道：「不行！」

那人道：「為什麼？」

程漱玉道：「這裡只替人治病，其餘一概不做，你的長相雖令人不敢恭維，卻也不算是病。」郭綺雲心想這下子他該火冒三丈了吧！她手按長劍，只待對方拔劍，立即衝進去救人。

未料那人仍未生氣，說道：「這麼說也有幾分道理。小姑娘，不如咱們做個交換？妳幫我易容，我教妳幾招驚世駭俗的劍法，決計不讓妳吃虧！」

程漱玉道：「我對舞刀弄劍向來沒啥興趣！就算狐九敗願意收我為徒，也要敬謝不敏，何況是你這種報不出名號的糟老頭！」

程漱玉有眼不識泰山，不知眼前這個糟老頭，竟然就是天下第一劍——狐九敗！

狐九敗不愛在大庭廣眾下拋頭露面，也不願錯過試劍大會，雖然知道他長相的人寥寥可數，但只要其中有一個不識相的傢伙指認出來，不但再難以自在的觀劍，恐怕連日後遊走於江湖都有諸多不便。他知道最好的法子是易容上山，但一想到要拜託侯藏象這個老烏龜便踟躕不前，幾天前來到山腳下的一間野店用飯，正煩惱不知該如何上山觀劍，卻見十幾個頭戴斗笠遮頭蔽臉的雜混大搖大擺走了進來。

這班人倒非什麼身懷絕技的神祕高手，不過是西安一帶的地痞土霸，人稱「西安十一虎」，仗著身強力壯或比常人多練了兩年功夫，平日作威作福互相奧援，連官府都要懼讓三分。

這些人得知試劍大會即將於太白山上興舉，個個興奮異常，都說到時山上必有一堆賣吃管喝的攤商聚集，整個陝西都算咱們的地盤，太白山豈能例外？眾人密商於酒樓，討論有關結盟與抽取規費之細節。

酒過三巡，有些人不免聲音大了些，被坐在對桌的紀草聽見，笑道：「就憑你們幾個癟三，也想去收試劍大會的錢？」

一名醉酒八分的傢伙喝道：「妳是誰家的姑娘，膽敢管起大爺們的事來？」

紀草二話不說，連劍帶鞘指東打西，不一會便將這十一個潑皮打得落花流水，臨走前放下一句：「再讓本姑娘在太白山上見到這般嘴臉，必定打斷你們的狗腿！」

直等她走遠，這些被打成病貓的「老虎」才狼狽起身，紛紛摸著腦袋道：「到底是哪家的姑娘，怎麼總覺得有些面熟？」一名較為清醒，悶棍挨得少一點的傢伙道：「看這模樣和劍法好像來自於樂遊苑，莫非就是十六金釵中唯一練劍的紀草姑娘？」眾人面面相覷，無不露出驚恐不已的神色。

這些惡人最怕的就是樂遊苑，他們也想觀劍，紀草不准他們露臉，便得用斗篷黑布遮掩容貌；不准上山收錢，只好在山下張羅。他們探聽到附近的地主張員外不但頗有積蓄，更有三名正值荳蔻年華的女兒，按照慣例在行動前事先分配起各人任務與好處。有了上次的經驗，這次的密商更加謹慎小聲，甚至連酒都不敢喝，卻萬沒料到，坐在角落那個不起眼的老頭，內力修為已臻化境，仍一字一句聽得清清楚楚。

若在平時，狐九敗才懶得理會，但如今卻有一番計較，思道：「這些人來得正好，他們個個遮頭蔽臉，我混在其中，總比一個人故作神祕來得自然。」

就在當夜，這十一個惡人侵入張府，正準備大肆擄掠一番，忽然冒出一個裝扮和他們一模一樣的傢伙，大顯神威，沒兩下就將這些人打得跪地求饒。張員外領著全家謝恩道：「感謝恩公仗義相助，張朝松全家銘感五內，不知恩公尊姓大名？來日……」

狐九敗哪有興趣聽他囉嗦？說道：「我日行一善，且一向為善不欲人知，你們先退下，別妨礙我教訓他們。」話未說完，全身已長滿雞皮疙瘩。

從那時起，西安十一虎「奉命」寸步不離的跟在狐九敗身邊，儘管心中千百個不願，也只有默默接受，而此人喜怒無常，稍有不稱心意，必定有人要遭殃。因此沒人敢問他真實名號，只好稱之為「日行一善大俠」。

狐九敗痛恨這個稱號，但西安十一虎功夫雖然稀鬆，倒是個個老於江湖，待久了，本性漸露，難保不被他們猜中真實身分，只好把自己偽裝成急功好義的大俠。世人皆知狐九敗從不行善，果然這些人猜東疑西，想過幾個性情乖違的武林異人，就沒懷疑過他會是狐九敗。

身旁全是一些阿諛獻媚的馬屁精，整日大俠長大俠短的，不小心路見不平還非得拔刀相助不可！這種日子，狐九敗過得也十分不自在，今日終於發起狠來，把這幫雜碎打走，過來找侯藏象，沒想到這個老龜蛋不在，他的女弟子竟然不賣帳！

世上想跟他學劍之人不知凡幾，許多人四處找尋狐九敗的蹤跡，盼能學得一招半式而不得；如今見這姑娘頗有慧根，願以一套劍法換個小小的易容已覺頗為吃虧，沒想到卻被她毫不留情的一口回絕，他惱火不已，手中長劍顫顫作響！卻見這個胖姑道：「你現在是不是氣得想殺我？」

狐九敗臉色發紫悶不吭聲，思道：「妳若不是武功平平、手無寸鐵的女流之輩，早就被我砍成碎片。」

卻見這胖姑又道：「儘管殺吧！反正活在這種世間，也沒什麼意思！」

狐九敗忽然哈哈大笑道：「既然如此，我就成全妳！」緊接著一聲脆響，長劍出鞘，未向程漱玉，卻對著衝入帳內的郭綺雲連刺數劍！原來他早察覺有人在附近，佯殺胖姑只為了逼她現身。

郭綺雲早有防備，卻沒料到此人劍術高明至此，不出數招，肩上一陣冰涼，已被鐵劍壓住。

程漱玉驚呼道：「妳怎麼來了？」

郭綺雲道：「明天就要對上強敵，他卻滿腦子憂煩顧忌，一直提不起勁，只怕……程姑娘，請妳幫忙敦勸……」

程漱玉道：「姐姐是古劍的結髮妻子，連妳都開導不了，我又能如何？」

郭綺雲搖頭道：「雖然我是他掛名的妻子，卻不如妳真正瞭解他心裡想些什麼！或許也只有妳的話他才聽得進去……我相信這個時候，只有再見妳一次，他的心，才不會繼續浮亂……」說到後來聲音哽咽，淚已浸滿眼眸，卻看不見程漱玉早已淚流滿面，靜默無語。

狐九敗看在眼裡，搖頭嘆道：「早對他再三提點，若想成為登峰造極的頂尖劍客，千萬不要沾惹女子！沒想到古劍這小子如此把持不住，竟然還有兩個……」

程漱玉聽到這裡，才知道他是誰，驚道：「你是……狐九敗？」

狐九敗收劍道：「若不是狐九敗，早在妳肚子刺上一道窟窿！」

程漱玉破涕為笑道：「快坐下來！你想變成學究、強盜、和尚還是道士？」

狐九敗道：「哪有這麼多講究？只要讓人認不出我真面目就好啦！愈快愈好，我也急著去教訓他呢！」

古劍獨佇林中，回憶起許多人與事，望著遠山崢嶸，雲霧變幻，慢慢整理思緒，似乎想通一些道理，又似乎有些想不透……也不知站了多久，正打算回去，卻見程漱玉的身影從霧中緩緩行來！

她走到跟前，半晌不言，只是哂笑，古劍忍不住問道：「妳笑什麼？」

程瀨玉笑道：「我來看你呀！發了這麼久的呆，到底想了些什麼？」

古劍搔著頭道：「我回想許多舊事，許多道理，有些體悟，也有些迷惘。好像世上有許多話，聽來都極有道理，卻互相矛盾。」

程瀨玉道：「怎麼說？」

古劍道：「例如青城派的貝師叔公常言：『世事難料，勝了未必是福，輸了未必是禍，何必計較？』狐九敗前輩卻說：『人生苦短，當然要過得轟轟烈烈，求強求勝。』這兩位都是我十分景仰之人，說的道理卻南轅北轍。」

程瀨玉笑道：「你就愛胡思亂想，顧慮太多！我的腦子就簡單得多，只管自己舒不舒暢，甘不甘願，只要無愧無悔，別人想什麼說什麼，倒也沒那麼要緊！」

古劍猛然思道：「為了準備這場試劍大會，自小吃足苦頭，受盡羞辱，好不容易練出一點成果，一切榮辱成敗，就看明日一戰，就算不為古家、不為殘幫，為了自己，也不該怯戰！」說道：「說得有理，反正風師兄的武功深不可測，即使奮力一搏也很難取勝，何必煩惱那麼多？」

程瀨玉道：「是嗎？剛出道時，你可曾想過自己能有打敗四大統領的本事？」

古劍搖頭，思道：「那時遇到的對手一個比一個厲害，若未交手，恐怕都以為自己打不過他們，結果卻是一路過關斬將。似乎一個人能有多大的能耐，若不嘗試，連自己也不甚清楚。」

程漱玉笑道：「你慢慢想吧！還有一個朋友想見你，我去換他過來。」說著往林外走去，幾步之後忽然回眸一笑道：「告訴你唷！我拿了一半的家當，在忘憂坊下了幾千兩的注，你可不能輸喔！」

「原來她嘴巴雖常笑我劍法胡亂，其實心裡倒不看壞。」古劍忽地一陣溫馨，信心不知不覺又添了幾分。

程漱玉的影子方消失在薄霧中，立刻又出現一個高瘦的身影，古劍定睛一看，確定自己沒見過這張臉，卻又覺得此人步履神采有幾分熟悉。那人來到前方，開口便道：「古劍，回答我問題……」

古劍叫道：「你是狐前輩！」他聽不見語氣，但此人犀利的眼神與倨傲的嘴角叫人永生難忘，豈有不識之理？

狐九敗稍露驚色，道：「怎麼這麼快就穿了幫？莫非這女娃兒的易容術太過馬虎？」

古劍笑道：「程姑娘的易容術維妙維肖，只是前輩舉手投足間所流露出來的霸氣太盛，再加上晚輩對您十分熟悉，才能察覺。」

狐九敗道：「原來如此！看來得再學學一般江湖膿包說話的模樣。」說完清清喉嚨，試著把眼光放溫和些，柔聲道：「古少俠，老朽能否向您請教幾個問題？」說完全身寒毛直豎，彆扭極了！思道：「我還是裝聾作啞，沒事少開口的好。」

古劍忍住笑意，說道：「請說。」

狐九敗道：「關於魏宏風與范濬那場比試，你有何看法？」他又回復本性，語句簡潔有力，神態自信威儀。

古劍也正經回答：「我覺得這兩人都是頂尖高手，以劍術而言，恐怕差距極微。范濬之所以慘敗，主要輸在臨場應變。」

狐九敗道：「他犯了哪些錯誤？」

古劍道：「剛開始時，他似乎有些低估對手，只想盡快擊潰對方，少了一點耐性；當他發現對手以普通的劍招糊弄自己，未能沉得住氣，盛怒之下將最厲害的劍招提前使出，卻難以控穩劍勢；接下來用絕學仍未能取勝，便開始慌亂起來；等對手使出絕招，見到『尋龍劍法』如此聲勢，卻又心虛！」

「說得好！這傲、急、怒、慌、虛正是比武的五大禁忌，他全犯了，豈有不敗之理？」狐九敗感到滿意，又問了第二個問題道：「明日之戰，你有幾分把握？」

古劍略一思忖，正色道：「即使拚盡全力，大概也只有三分贏面吧！」

狐九敗道：「很好！每次比試之前，都認為對手比自己強一些，才能時時提醒自己，不可犯下任何過錯！也唯有如此，才能激發出自身全部的潛能，以十二分的力量克敵制勝！」

狐九敗又問：「你現在的心情，是『想贏』還是『怕輸』？」

古劍道：「這不是同一個意思嗎？」

狐九敗道：「差別可大呢！想贏之人心中充滿求勝的欲望，出招必然積極專注，即使面對劣勢，亦不輕言放棄，堅持至最後一刻；而怕輸之人心中充滿敗戰的恐懼，使劍必然瞻前顧後，慌亂緊張，自然非敗不可。」

古劍愣住了，只覺得自己責任很重，壓力極大，一時之間，也分不出是想贏的多，還是怕輸的多。

狐九敗道：「壓力大自然會怕輸，關鍵在於比試當時能心澄意明，把怕輸的心緒轉成想贏的意志，壓力就會變成助力。這是你最後一關的修鍊，希望還來得及！」言畢轉身離去。

古劍再三咀嚼話中之意，天色漸暗，緩緩步出樹林，卻見郭綺雲還在林外等候，遂拉著妻子的衣袖，一起走回木房。

七月初四是求劍賽的最末一天，三十二名劍缽捉對廝殺，取出十六名各組的劍首。一般預料，魏宏風必是所有劍首中的狀元；調換至雷組的范濬即使曾敗在魏宏風手下，仍毫無疑慮的將成為榜眼；至於求劍賽的第三名，預料會出現在艮組。

這組的劍首將由閭丘允照與柳安太一較高低，也是今日所有比試中可能最為精彩可看的一場龍爭虎鬥，儘管比試安排在二爺海的第三場，卻吸引不少人提前占位，以至於其他場地乏人問津，包括大爺海第一場魏宏風與古劍的比試，因為大家認為雙方差距懸殊，勝負毫無懸念，並無可觀之處。

古劍來到試場時，與殘幫四老及妻子站上迎劍臺等候，觀劍的人比起首日只能算稀稀落落，其中殘幫與青城派全員到齊，分聚兩邊。不再是劍主身分的爺爺和爹滿面愁容，與洪承泰、楊繼等人坐在近處；游氏兄弟、胡遠清則夾雜在人群之中，這些人群，有的是準備下面兩場比試的劍缽及親友，有的人卻是專為了魏宏風而來，這些景慕者有男有女，如峨嵋派的杜天君，只要能多瞧幾眼魏宏風便心滿意足，並不在意比試精彩與否。

古劍雙目隨意轉了一圈，注意到幾個陌生人，只覺得這些人的眼神都有種說不出的陰鷙，忽然想起四大統領，思道：「程姑娘說他們都易容上山，不知會不會來看這場比試。」一想到這裡略一回頭，背著藥箱的侯、程二人就在後方不遠處對著自己微微一笑。看著關心自己的人都到了，古劍心中漸暖，原本浮亂的心緒也慢慢沉定下來。

時刻一到，戰鼓鳴擊聲中，古劍、魏宏風二人躍上試劍臺，互行一禮。

古劍道：「風師哥……」

魏宏風道：「阿劍別害怕，拿出本事來！」說著長劍出鞘，一招「迴風驚鹿」橫切而出，從「逐鹿劍法」第一招起頭，竟依序練起青城劍法！

即使是青城派最為粗淺的「逐鹿劍法」，由魏宏風的妙手使來，硬是較別人多了不少變化與威勢，先前兩位對試的劍缽，連一半的招數都撐不下去便敗下陣來，仍念舊情的魏宏風不知古劍的武功大有精進，卻想讓他多走幾招，不致輸得太過難堪，因此開始時略有保留。

古劍想起岳母試前的再三叮嚀：「外界傳言，說你的劍法平平，換劍缽不過是讓綺雲暫避強敵而已；因此魏宏風不會把你看在眼裡，必用最平常的『逐鹿劍法』試招，這正是你最大的便宜。兵不厭詐，趁著對手將你嚴重低估之際，逮著機會出其不意的一陣狂攻，殺他個措手不及！」可是看著魏宏風顧念舊情，出手如此容讓，古劍怎能硬得下心突施狠招？只好跟著對手的劍招強弱隨勢而動。

數招一過，魏宏風見古劍並不畏懼，慢慢加力用勁，很快使完「逐鹿劍法」，退步點頭表示讚許，再挺劍而上，這次換成了「驅狼劍法」，多了一些剛猛矯捷。

商廣寒對古劍的表現略感意外，轉念又想：「這小子雖笨，畢竟學過『逐鹿劍法』，應付過去倒也不算稀奇。」他根本沒把古劍放在眼裡，起初並沒有認真觀戰，直到這個笨小子接下一陣子的「驅狼劍法」仍未露絲毫敗象，才開始睜大眼睛仔細瞧。

這一瞧卻瞧出一身冷汗，但見古劍望似平凡雜亂的劍招中，隱約藏有極為奧妙的後著！他搖搖頭，思道：「似拙實巧，亂中有序，遇強則強，都是劍法中極高的境界，定是我眼花了！這個笨小子該死未死已是奇蹟，就算因此中了什麼邪，也不可能在短短幾年中練出這等本事啊！」

魏宏風當然也有感覺，驚訝之中，也為古劍感到欣喜。思道：「好傢伙，就讓我們師兄弟扎扎實實的練把劍，看看你能戰到何時？」出劍運勁不再顧忌保留，將一套「驅狼劍法」使得虎虎生風。

多數觀劍者並不瞭解古劍，對此情景也甚感意外，慢慢騷動起來，有人讚揚古劍，也有魏宏風的擁護者嗤之以鼻道：「那又如何?他接得下『搏熊劍法』嗎？」這些人無論開口與否，眼珠無時無刻不緊盯著試劍臺看，連眼睛都捨不得多眨。

七十二招「驅狼劍法」使完，魏宏風劍勢一變，步法穩實，招式凝厚，已轉為「搏熊劍法」，但見古劍所使劍招仍是先前的那一套，只是不知不覺中，也隨著對手的劍招變得更加厚實凝練起來。二人一來一往，隨機而應，仍不見有誰占了上風！觀劍臺上的議論聲卻不免更加喧鬧。

此時鄰近的二爺海第一場試劍剛完，等待第二場劍缽上場。不少人覺得納悶，說道：「照說應該是大爺海最早比完，怎麼到現在都還沒聽到第二場比試的擊鼓催戰之聲？」十來個坐位比較靠近大爺海的人，索性趁這個空檔過去探一探情況，過了半晌卻不見半個人回來！

第二批數十人過去，仍是有去無回，這時第二場比試的鼓聲響起，眾人你看我、我看你，卻不約而同的霍然起身，爭先恐後往大爺海奔去。

兩人鬥得正興，忽見人潮如蝗蟲般蜂擁而至，古劍退後兩步道：「現在想必十分吵嚷，會干擾您嗎？」

魏宏風笑道：「不礙事。」說著挺劍又上，二人專注於劍招之中，不知不覺，六十招過去，魏宏風退步縮劍道：「要換『襲豹劍法』，小心！」

古劍點頭道：「瞭解。」說畢又鬥在一起。

再次見到魏宏風的「襲豹劍法」，讓許多人的血液再度沸騰起來！這套劍法攻守皆宜，上次面對千變萬化的「天擊劍法」，能穩守不敗，今天卻是攻勢凌厲！古劍終於感受到壓力，只覺得對手進退出招來去如電，焂忽而至，若非身歷其境，很難體會到他的劍有多快，腦海裡閃過「無常劍法」中較為快捷的幾招，出劍之後才發現都要比對手慢了半分，他及時改弦易轍，出招緩而精奇，才慢慢扳回頹勢。

但見兩人一快一慢，進退趨合宛如流水，互有占先卻始終未能壓制對方。這等景況不單讓觀劍人眾大呼意外，魏宏風亦是始料未及，只覺得古劍的劍法快慢交替，剛柔並蓄，忽正忽奇，無所定型。看似只有一套，又似有數十套，許多招式重複多次，卻能依不同的情勢時景應生變化，毫不拘泥，算來不到百招，又似千招萬招源源不絕！

魏宏風見古劍愈來愈能適應襲豹快劍，而他卻還未摸透對手，幾次大膽強攻反遇險招！眼看著一百四十四招的「襲豹劍法」就要使完，此時的魏宏風再沉得住氣，仍不免有些惶惑！

這個時候，幾乎所有山上的人都得到消息，紛紛趕至大爺海，不但觀劍臺上滿坑滿谷的人，四大劍門與各大門派的主要人物也都陸續站上了祭臺，而所有頂尖的劍缽更聞訊趕來，其中最受矚目的，便是朱爾雅與裴問雪二人，畢竟從試劍大會興舉以來，值得這兩家劍缽關注的賽事，實在少之又少。

「襲豹劍法」使完一遍，魏宏風倒未立即換成「尋龍劍法」，一方面這套劍法威力極強，每一招每一式都得用盡身上每一分心力，如果使完一遍仍未能取勝，只能棄劍認輸；再說這是他準備用來爭奪金劍的最後絕招，實不想提前顯露。

於是他也開始重複使用舊招，仍以「襲豹劍法」為主，輔以少許的搏熊、驅狼劍法；

然不管對手劍招強弱，古劍仍按照自己的節奏，沒有把握絕不貿然躁進！此時除了劍招之外，雙方比的是體力、耐性與細心，戰況看似膠著，其實劍招無常，勝敗往往只在寸尺之間，不可稍有不慎。

也不知過了多久，只見日漸偏中，其他三個場地各四場比試均已結束，古、魏二人儘管汗流浹背，仍持續奮戰，出招移步亦絲毫不敢稍慢。

激鬥中，天空突然飄下片片雪花，古劍驀然回想起多年前的青城山上，風師哥雪地教劍之恩，心中一陣不安；魏宏風卻想起阿劍雖然悟劍遲緩，卻極為堅毅，任何吃苦耐勞的事都難不了他，跟他比拚耐力意志，只怕太陽西下都未必能有結果？思慮及此，劍勢忽變，疾如狂風掃葉，勁如巨浪拍舟，密如暴雨摧花，玄如迷霧漫林，「尋龍劍法」，於焉展開！

這套劍法古劍並不陌生，除了三天前那十招之外，多年前也看過商廣寒用過一次，更在前一陣子與胡遠清真刀真劍的對陣過。現在的古劍比起當時，無論內力、經驗、體悟、心性均大有進益，然而魏宏風雖年輕，使出來的「尋龍劍法」，似乎要比長年沉迷於賭桌的胡遠清更精強許多。

古劍只覺得在對手劍招籠罩之下，自己有如暴風雨下的一葉扁舟，又似躲避亂箭的一頭籠中倦獅，每一劍都接得十分吃力，每一招都避得十分辛苦！這個時候也只能不斷提醒自己，不但不可倒下，還要更強！心念如此，勢便不易為之所奪，劍法中許多平時想不到的絕妙變化，卻在此時被一一激發出來，不知不覺提升至更高境界，妙招迭起連綿不絕，把劣勢慢慢扭轉回來。

但見劍氣縱橫，大爺海上雪花飄飄，試劍臺上卻不沾片雪，人人屏息凝觀，看到忘了抖開身上的雪花，一個個漸成了白頭白衣的雪人猶不知覺，早來的人更是嘖嘖稱奇：「這是什麼劍法？遇強則強，同樣一招，對上『逐鹿劍法』不占便宜；對上『尋龍劍法』卻也不肯吃虧！」

商廣寒忽爾想起七年前狐九敗的一席話：「『我打算指導一個少年練劍，要他在試劍大會中和魏宏風一爭高下。』這小子劍法如此了得，莫非正是狐九敗所收的徒兒？」想到狐九敗的可怕，心中正感驚寒！忽聞向四海失聲喊道：「『化身劍法』……」

話一說出，全場驚惶！曾經見過這套劍法的人，有的緊抓兵器，有的冷汗直冒，有的手軟腳癱，若不是隔著一池水，恐怕有不少膽小的人，會立刻往後竄逃……

蘇州滄浪亭是一個隱而不宣的武林世家，儘管家傳的「滄浪劍法」極為高明，向家的祖先卻是個個心有傲志，代代傳下這麼一句：「滄浪亭的劍缽如果沒有把握奪取金劍，不如不試。」於是他們放棄了前三次的試劍大會，直到三十幾年前，向四海的父親向思誠搜羅到傳說中的「化身劍法」劍譜，發現這套劍法的深妙玄奇更勝滄浪，唯有這套劍法能有壓過「卻亂劍法」和「秋水劍法」的機會。

「化身劍法」極為難練，不但過程十分辛苦，學習的人更須有極高的悟性。再說向思誠也沒學過這套劍法，劍譜究竟是真是假亦無十足把握，故打算在長子向四海與次子向半坡二人之間，挑選一人習練「化身劍法」，另一人則修習家傳「滄浪劍法」作為陪練。萬一沒練成「化身劍法」，「滄浪劍法」仍有傳承；可是向半坡雖然天資聰穎，卻偏偏只對琴棋書畫有興趣，說什麼也不肯乖乖練劍；向思誠無奈，只好叫管家的兒子史無涯來陪練。

史無涯年紀比起向四海還小上兩歲，卻是天生習武的料子，不到半年，向思誠改變主意，決定把本來要讓給向四海修習的「化身劍法」交給他練，親生兒子則改學「滄浪劍法」。

多年之後，史無涯不負期望練成了「化身劍法」，參加二十年前湖北大洪山第四次試劍大會，他從百劍外打起，一路打進奪劍賽，造成極大的轟動，但這時所使的「化身劍法」，只能算是暖身！

進了四大劍門，史無涯第一場就面對人人看好的裴友琴，終於讓人見識到傳說中的「化身劍法」竟是如此變化萬千，神速精妙！大洪山頂萬餘名江湖豪傑個個撟舌不下，看著一個原本默默無名的傢伙，一路壓著最具奪冠希望的劍缽。

然而裴友琴也是個了不起的人物，「秋水劍法」更是柔韌難纏，幾次眼看著就要落敗卻都被他以妙招化解。當時天氣十分酷熱，兩人激戰數百招不免都汗流浹背，看得出來，裴友琴已用盡抵禦的招術，再怎麼頑強，也撐不了太久。

但見史無涯目泛紅光，劍勢大盛，一步步將裴友琴逼到試劍臺的角落，絕招妙劍接二連三使將出來，眼看勝負即將揭曉，史無涯忽然瘋了！完全不理驚愕不已的對手與觀劍人眾，一個人在試劍臺上的一角，對著自己的影子狂砍猛刺……

向思誠躍上試劍臺，試圖讓愛徒冷靜下來，然而正陷癲狂的史無涯此時已認不得任何人！說不到兩句，突然一劍刺來，向思誠雖有防備，卻沒料到發了瘋的愛徒使劍如此可怖？但見來勢極刁，焂忽而至，還來不及拔出來長劍，胸口已被長劍直穿而過！

這突如其來的弒師慘劇讓全場觀劍人眾既驚且怒，各路高手紛紛提劍追捕，卻見史無涯跳入人群狂舞魔劍遇人就砍，尋常人哪能接得住一招半式？他所向披靡殺出血路，並與窮追不捨的十餘位高手混戰不休，邊打邊逃，身中數劍，墜落深谷。待眾高手攀下山谷，卻已不見人影。

事後清點，輕傷不計，死在他狂劍之下共十七人，重傷二十九人！追在最前頭的向四海被狠狠刺了兩劍，再加上心情激盪抑鬱，整整躺了兩個月才能下床。復原後上天下地找尋殺父仇人，一晃二十年，卻始終杳無音訊！

這一場驚愕，二十年來始終在向四海腦海盤旋不去，令他痛苦不堪日漸暴躁！此番上山，本想治癒心魔，然而乍見古劍之劍風愈來愈像當年的「化身劍法」！如此慘事再度清晰浮現在他腦海，終於按捺不住，撈起手中長劍，正欲殺將過去！

所幸裴友琴與朱未央見機得快，立刻分按左右兩肩，裴友琴輕聲安撫道：「向兄請冷靜，有什麼事，比完再說？」

向四海急道：「你們不怕他發狂嗎？」

朱未央道：「試劍臺與觀劍臺完全被冰冷的湖水隔絕，唯一的通路在祭臺，萬一他發狂起來，合我們十幾個頂尖高手之力，難道阻攔不住？」原來以湖水阻隔試劍臺與觀劍臺，另有一番深意。

向四海還想再說，卻見魏宏風忽地凌空一躍，縮身急轉……

杜百陵叫道：「飛燕驚龍！」

明善大師低聲唸了一句：「阿彌陀佛！」

貝甯卻忍不住尖叫了一聲！

「飛燕驚龍」是「尋龍劍法」最後一招，也是威力最強的一招。如果練成「尋龍劍法」其他的一百七十九招須費五年光陰，那麼這一招至少也得再苦練五年，方能略有小成。也正因威力過猛，一旦施展，能否不傷對手自己也沒有把握；可是背負著師門榮辱的魏宏風沒有選擇的餘地，無論如何，他不想輸，更不能輸，終究出了手！

但見他以手抱膝，整個人縮成一團圓球，在半空中愈轉愈急，一圈、兩圈、三圈，到了第四圈時，古劍向上縱躍，長劍朝上疾刺，半空中激響連綿，二人交劍數十次才同時落地，只見兩人卻凝住不動，魏宏風的劍尖正碰著古劍的脖子。

一陣冷風吹過，魏宏風忽感背脊一陣寒意，手中長劍哐噹墜地，慘笑道：「阿劍，恭喜！」

原來古劍抓住他旋轉時唯一的空檔，在上躍的那一剎那，在他背後衣衫劃了一道劍痕。這一劍說來容易，其實魏宏風翻轉極快，又蓄勢待發，真正守不到的地方，唯有這麼一小段。能抓住這麼一點微小空隙已經十分不易，出劍的時機與準度，除了不能有絲毫偏差外，更須有過人的膽識。

依試劍大會的規定，劃破衣衫視同見血，魏宏風當時便該棄劍認輸；但他不敢相信亦不願相信！仍繼續未完的絕招，直到落地之後稍稍冷靜，才黯然接受此一事實。

古劍道：「風師哥！你還好嗎？」

魏宏風還是苦笑，道：「別擔心。」說著轉身拾劍，拖著踉蹌的步履，緩緩往迎劍臺上走去。

古劍心情一鬆，忽然覺得全身筋骨酸軟不堪，四肢百骸無一不感疲累，才知道這場大戰，已耗盡了他全身的氣力。

才還劍入鞘，來不及顧目四盼，卻驚見向四海與裴友琴飛奔而來，同時躍上試劍臺。裴友琴橫劍靜立，紋風不動；向四海卻一躍而起，長劍凌空而降，斬將而下……

事情來得突然，到底是敵是友？是善意還是惡意？古劍無暇細想，本能的舉劍相迎。雙劍相交之際，忽覺一股難以抗禦的狂力透刃而入，長劍險欲脫手離飛！向四海一劍得勢，後招連綿而上，不給他絲毫喘息！古劍本來累得全身癱軟，連提劍都有困難，然而一旦面臨生死關頭，也不知哪來的氣力，竟硬接硬架！但覺對方用勁剛猛無儔，一劍比一劍來得猛惡，似乎招招都想把他手中的長劍給震脫離手，古劍心知若失去手中長劍，只能任人宰割，更不忍讓鑲玉劍落入冰冷湖中，反而握得更緊，勉強撐持十來招，漸有真氣亂竄，氣血逆流之感，臉色亦忽紅忽白。

這時裴友琴忽然撥劍削來，三把長劍同時觸碰！他的劍帶著一股柔勁，與向四海的剛勁相互激盪出一種極強極怪的扭旋之力，古劍終於握持不住，長劍脫手，飛向半空。

裴友琴面露微笑，伸手接下鑲玉劍，還劍道：「沒事了！」

古劍收劍還鞘，正想問一句：「怎麼回事？」忽覺天旋地轉，一陣暈眩，就要立足不穩。向四海一把抱起他，送回祭臺，程漱玉大驚失色，侯藏象衝將過來，連點他十幾個穴位，抱回藥桌。

他火速拿出數十根金針，分刺穴道，說道：「沒事的，不過是耗力過劇，導致經脈逆亂，只要把金針扎在十二經脈中一些主要穴位，導正真氣，很快便會清醒。」

程漱玉直盯著他扎針的手道：「你專心點，別扎錯了！」

侯藏象笑道：「小事一樁，怎麼可能出……」

話未說完，程漱玉叫道：「這一針該插厲兌穴吧！」

侯藏象若無其事的拔起插在內庭穴上的金針，改插至厲兌穴，哈哈笑道：「當然！但是在插厲兌穴之前，先給隔壁的內庭穴一點刺激，更有助於將胃經的真氣引導至脾經。」

古劍的親人也都圍聚過來，在侯藏象終於把穴位都插妥之後，古劍很快恢復神智，睜眼一望，除了至親之外，祭臺上的武林領袖們全都還在，眼神親和了許多。

向四海躬身賠禮道：「先向您賠個不是！小兄弟，向某太過莽撞，害你驚耗一場。」

古劍想要起身說話，卻被侯藏象推了回去，道：「真氣還沒暢通之前，別動，別開口。」

程漱玉道：「我猜他一定很想問：你為什麼要在這個時候找麻煩？」這話問出許多人的疑惑，眾人把目光移到向四海臉上，等著他說清楚。

向四海卻反問古銀山道：「古老爺，您可知古劍學的是什麼劍法？跟誰學的？」

古銀山心想：「阿劍說過這套劍法是他自創，別說我自己難以置信，照著說恐怕還會鬧出笑話！」說道：「好像聽他說過叫什麼『無常劍法』？至於跟誰學的，還是由他來講清楚些。」

向四海道：「這套劍法很像……『化身劍法』。」最後四個字，他花了一番勁才說出口。

韓翠卻道：「我雖沒見過什麼『化身劍法』，但我知道他是個好人，決計不會向一個失心瘋子史無涯學劍。你好歹也算一代大俠，口口聲聲說古劍的劍法像『化身劍法』，總要有個依據吧！」她對向四海十分不滿，明知他最忌諱別人提及「化身劍法」及「史無涯」，卻故意多說幾次。

若是平常，向四海脾氣一發，不免一陣惡拳上身，可如今自己理虧在先，說話之人又是一個荏弱的瞎眼婦人，心中再有不快，也發作不起來。

裴友琴見他含慍不語，說道：「『化身劍法』只重劍意，不重招式，同樣一招，可以因地、因時或因對手劍招的不同，而相應出無數的變化；因此使劍者除了須有心與劍通之靈氣外，亦重視別出機杼的創意，這些要求，古劍都做到了。」

華山掌門仲孫天說道：「在對上『搏熊劍法』時還看不太出來，到了『襲豹劍法』開始有了三分樣，換成『尋龍劍法』時，『無常劍法』受到激引，把上述的特點發揮得淋漓盡致，怎麼看，都有七分相似。」幾名曾經見過「化身劍法」的劍術大師亦有同感，紛紛點頭。

「還有一點亦極為類似。」朱未央道：「這兩套劍法，都是剛柔間雜，忽快忽緩，實虛不定，包含著數種不同的劍風。這種情形與武學中強調『劍風一貫，內外專一』的道理有所相違，實為罕見，真不知他們是怎麼練的？」

所謂「劍風一貫，內外專一」是指每一門派的武學都只有一種風格，如少林派的武學多走陽剛一路，武當派則全是陰柔一路；而內功自然也都配合其招式走相同路線，這樣才能由內引外，由外導內，達到內外合一的境界。如果叫少林武僧習練武當派陰柔的劍法，不但難以成就，更有走火入魔的凶險！朱未央言語中帶有褒揚之意，也說出了大家的疑惑。

向四海道：「常人練氣，只要打通任督二脈，便算小有所成，然而修習……『化身劍法』者卻得打通十二經脈。那瘋子練劍時，須同時修習五行內功，這五種內氣，不得干擾，不得混淆，而且進程必須保持一致，不可有此強彼弱之情形。五種內氣各修兩條經脈，當這十條經脈完全通暢之時，心包經與三焦經也自然打通。於是真氣在這十二條經脈間自然流轉，達到以氣御劍，內外相應，劍招多容，隨心所欲的境界。」一套氣功，十年有成，已屬不凡，史無涯竟能在短短十幾年內同時修成五套互不相容的氣功，其天資與奮進，聞者莫不咋舌！

古銀山問道：「這五套氣功容易修習嗎？」

向四海搖頭道：「沒有一套輕鬆的。」

古銀山轉頭對著明善道：「方丈大師，您是否記得老朽？」

明善笑道：「我老了！剛剛才猛然想起，有十五、六年了吧！施主帶著唯一的孫子，千里迢迢來到少林拜師。見您心誠意堅，我們收下古劍，這孩子十分勤苦，可惜不能適應本寺過於陽剛的武學，武藝遲遲未有進展，或許武當派陰柔的路子比較合適於他。」

武當掌門灰纓道長道：「確有此事，方丈大師親筆寫了書函，盛讚這孩子勤勉肯學，只是一時找不到適性的武功。老道收下這孩子，請本派最嚴、最懂得教武的無痕師姪悉心授劍，只可惜……」

古銀山道：「這個笨小子，還是學不會。我想，其他幾位掌門大師，如果不健忘的話，應該或多或少，還記得我這個笨孫子吧！」

七大門派所收的子弟雖多，然印象較深的除了出類拔萃的那幾位外，就屬最笨的弟子了。因此古劍雖在各大派所待時間不長，卻都給師長們留下深刻的印象。杜百陵、仲孫天等人，亦紛紛點頭表示還記得古劍這個「與眾不同」的弟子，只是萬萬沒想到數年不見，變化如此之大！

朱未央道：「古少俠游藝於七大門派期間，五行內氣均有涉獵，不知不覺中建立了些許基礎。」

古銀山道：「這孩子在十五歲離開青城派，距今不過七年，有無可能打通十二經脈？」

向四海斬釘截鐵的搖頭道：「絕無可能！即使是……史無涯，也練了整整十二個年頭才打通十二經脈。我想，除非有神仙幫忙，這個世上無人能在十年之內辦到！」

卻聽侯藏象嘻嘻笑道：「我就是那個神仙，花不上半個時辰，便幫古劍打通了十二經脈！」他得意極了，把用五色針刺五行穴的法子說個仔細，渾沒看見程漱玉射來的責怪目光。

商廣寒冷笑道：「這麼說來，古劍所學所使，仍有可能是『化身劍法』，卻用什麼『無常劍法』來混淆視聽！」

向四海卻搖頭道：「不可能！我方才不是試過了嗎？」

商廣寒道：「你們不是說這套劍法招式無常，怎麼才十幾招也試得出來？」

向四海道：「商掌門，您可知這套劍法為何稱之為……『化身劍法』？要如何習練？」

商廣寒搖頭道：「關於這套劍法，武林中傳言很多，也不知該聽誰的？」

「向某從未告訴任何人，江湖傳言，全是杜撰。」向四海深吸一口氣，續道：「『心劍合一』是所有使劍者畢生企求的最高境界，然要做到『心劍合一』，除了『心身合一』外，亦須『身劍合一』；『心身合一』已是不易，『身劍合一』更是難上加難。在場諸位都是一派宗師，想必明白刀劍乃身外之物，要讓它猶如自身手腳般隨心所欲，談何容易？」

明善道：「施主所言甚是。老衲浸淫武學近一甲子，江湖朋友抬愛，送了『拳劍雙絕』四個字。所修習的『少林心意把』自信已差不多到了『心手合一』的地步；然而『達摩劍法』，卻不敢奢言有三分火候。」

向四海道：「『化身劍法』的要訣便在於『化身為劍』，要求使劍者先做到完全的『身劍合一』，進而達到『心劍合一』的境界。」

崑崙掌門伶禽子道：「世上豈有這種功夫？要怎麼練？」

向四海道：「必須在孩童滿五周歲之前開始學習。習劍之前，先學握劍，塗藥於手掌，握緊長劍，用綿布緊緊纏裹。百日之內，他的手掌會反覆潰爛、流膿、出血，再浸泡藥水使之癒合，一共七次，無論發生任何事情，都不能拆布鬆劍。七次之後，綿布拆下，這把劍已成為手的一部分，無論吃飯、睡覺、洗澡或任何事情都不會離開他的手掌心。」

紀青雲道：「當年我曾與他同室用食，見不到他持劍的右手，只靠一隻左手夾菜、扒飯，原來是這個道理。」

向四海道：「我爹要他盡可能不引人注目，因此他平常總是反手持劍，把劍藏在特長的袖子裡面，不仔細觀察，也瞧不出什麼袖裡乾坤。這隻右手，除了使劍，絕不用於其他雜事。由於一直劍不離手，無論吃飯、飲茶、走路、閒遊，時時刻刻，心中都有一把劍，甚至在睡夢中也能練劍。這樣苦練了十幾年的『化身劍法』，與其說那把劍已成了手的延長，倒不如說整個人變成了一把會動的劍。」

江湖上一等一的好手幾乎都聚在這裡，聆聽至此，莫不對史無涯感到驚佩與惋惜，裴友琴點頭道：「他確實是裴某此生所遇最可怕的對手！當年若沒在最後關頭瘋性大發，在下必敗無疑。」

向四海道：「當然！一個人再怎麼厲害，又怎能打得贏一把會動的劍？」

商廣寒道：「因此你趁古劍疲乏不堪之際，以極強的盪劍手法，測試他是否仍能緊握不放。」

向四海道：「正是。如果他練的真是……『化身劍法』，無論我們施加在劍上的力道有多麼強勁怪異，也絕不會脫手而出；假若外力無限強橫，或斷劍或斷腕，就是不會鬆手離劍。」

眾人閒聊至此，古劍的臉色也已回復正常，侯藏象拔去金針，在他背部重重一拍，古劍「哇」的一聲，咯出一嘴黑血。

商廣寒道：「這是什麼？」

侯藏象道：「沒什麼，不過是內息逆亂，氣血阻滯所生之鬱血，拍出來就沒事。」

商廣寒轉頭問裴友琴道：「裴盟主，如果古劍使的就是『化身劍法』，百劍門將如何處置？」

裴友琴道：「這路劍法實在太過凶險，有了前車之鑑，為了讓大家安心觀劍，任何劍缽練此劍法，恐怕都得請他立即退賽除名。」

商廣寒朗聲道：「『無常劍法』雖非『化身劍法』，卻是形不同而意相似，必有淵源。今日激戰吐血恐為前兆，以他這種功夫，日後闖入奪劍賽，與三大劍缽更有一番龍爭虎鬥，誰知到時候會不會失心發狂？」

祭臺上論劍之人，雖未刻意放大音量，但這些人精修多年的內力，說起話自然比常人洪亮邈遠，再加上順風之便，有些距離稍近或是耳力奇好的觀劍者也聽進不少內容；即使一字未聞，就憑向四海那句「化身劍法」及種種異狀，也能拼湊個大概。商廣寒刻意放聲讓全場聽見，果然引起極大的騷動，許多人想起二十年前史無涯那種狂風捲葉無人能擋的劍法，血光四濺哀鴻遍野的慘象，不禁毛骨悚然！都說：「如果真是『化身劍法』這類邪派劍招，還是退賽為宜。」

郤聞裴友琴道：「這不同！現在已證明這兩套劍法並不完全相同，豈能僅憑一點臆測與推論，剝奪任何人參賽的權利？」

商廣寒道：「你別忘了當年的慘事，如果任他繼續參試，最危險的，恐怕會是裴、朱兩位公子！」

郤見裴問雪道：「多謝世伯關心！我想古兄性情謙和，應不至如此。」朱爾雅道：「比劍本來就有凶險，如果貪生怕死，何必當劍缽！」

「你們不瞭解他！」商廣寒轉身對著古劍道：「教你練這套劍法的人是誰？」古劍道：「我自己想出來的。」話一說出，大爺海上笑聲震天，人人不信，這等反應也在其意料之中，但他不想隱瞞杜撰，據實以答。

商廣寒一陣大笑，指著古劍鼻子道：「這小子當年在青城派廝混時，就是一等一的頑愚不化，奸邪狡怪；他說的話若能相信，太陽都要打西邊出來！」再怎麼說，商廣寒也是他當年的師長，事隔多年，古劍無意辯駁，也知道自己說不清楚，思道：「我句句實言，無愧於心，隨你們怎麼想！」

見他默認不語，商廣寒又補上幾句：「各位朋友都看到了！這小子連師承都遮遮掩掩，還能做出什麼光明正大的事？我看他為了金劍，早已著了魔心，會做出什麼事來，誰能預料？」他用內力把話聲傳遠，又引起一陣騷亂。

正在眾人紛紛議論之際，一道極為渾厚的聲音，清清楚楚鑽進每個人耳裡：「你們這些凡夫俗子，焉能理解世間奇才異能之士天馬行空的腦子裡，想的是什麼東西！」這聲音與商廣寒一比，高下立判。商廣寒為了讓遠處的人也聽得清楚，把附近的人嚇了一跳。這人發聲卻能穿透呼呼風聲，均勻擴散至每個角落，好像大爺海上有幾十道聲音同時發出，似遠又近，除了祭臺上幾名功夫深厚的高手之外，眾人東張西望，就是找不到發話之人。

但見商廣寒面朝西方，顫聲道：「您是……狐……前輩……」

大爺海上一陣譁然，眾人順著他的目光瞧去，一個瘦高的陌生漢子，腰身直挺，面無表情卻不怒自威！程漱玉只能換給他一張臉，無法掩住他孤高豪倔之氣，說道：「叫我狐九敗！劍客的世界裡，只有勝者敗者，沒有前輩晚輩；如果多練了幾十年的功夫還技不如人，豈有顏面妄稱前輩！」他說話嘴唇微動，聲音卻異常清晰，身旁的人個個退開十尺以上，狀甚恐懼。

商廣寒平日大模大樣，也有三分傲氣，但他自小怕慣了狐九敗，一見此人竟不由自主的膽寒心顫，明知自己也算一派宗師，萬不該在眾目睽睽之下亂了方寸，然而愈是這樣想，雙腳卻抖得愈凶！朱未央見狀輕拍他的肩膀，朗聲道：「您認得古劍嗎？是否教過他幾招？」

狐九敗道：「他的劍心無人能啟，我只能傳他劍理，任其自行摸索創思，藉由這段過程，慢慢參悟使劍的竅門。」

商廣寒慢慢恢復鎮定，尋思：「這裡高手如雲，我何必怕他？」鼓勇笑道：「就憑您短短幾句，便要我們相信這種事？」

狐九敗橫眉冷對，還沒開口，卻聽明善道：「阿彌陀佛！狐施主雖然孤傲，卻從不打誑語。」

灰纓道：「我也相信狐九敗，正因古劍曾習劍於七大門派，『無常劍法』才會如此繽紛多呈，包羅各路。」

狐九敗冷笑道：「聽見了嗎？商廣寒，你想振興青城，得先學學少林、武當掌門的恢宏氣度。你的劍缽輸就是輸，回去臥薪嘗膽，二十年後再來雪恥！何必學人家輸得不甘不願，硬要在口頭上討回便宜！」最後兩句說得駱龍與衛飛鷹的臉色一陣黑一陣紫，心中恨極，然而說話的人是狐九敗，倒也無可奈何！

商廣寒軟了下來，長吁一口氣，點頭默然，不再多辯。

幾經波折，塵埃終於落定，朱爾雅與裴問雪齊向古劍致意恭賀，整個大爺海人人起身擊掌，殘丐們更是相互擁泣，郭綺雲潸然欲淚，程漱玉欣喜微笑，古銀山和古鐵城卻是猶如驚夢，張目結舌不知如何是好！古劍對著遠處的狐九敗深鞠一躬，感謝他多次相助。他的臉上卻不見悲喜，一甩手將長劍架在肩上，逕自走了！

掌聲久久不歇，古劍轉頭瞧見魏宏風神情疲沓、目光渙散；貝甯愁雲漠漠、落淚如線，雙手合十禱唸不斷，他為之一怔，獲勝的喜悅不免沖淡了許多。

大爺海第一場比試在掌聲中結束爭議，緊接著進行第二至四場比試，這三場比試順利在午時結束，人潮並未立即散去，等著排名揭曉。

不一會工夫，紀青雲請十六組搶得劍首的劍主與劍缽上臺，手上拿了一張名單，唸出十六組劍缽的排名次序，毫無意外，前三名分別為古劍、換組之後的范濬、也經歷一番激鬥才出線的閭丘允照。

眾人熱烈拍手，掌聲方歇，紀青雲問郭世域道：「郭幫主，您的劍缽是這次求劍賽的狀元，請您在螭劍門中，挑一位劍缽作為明日爭劍賽貴門劍缽的對手。」

爭劍賽以挑試爭位為規則，為了讓被挑戰的劍缽有所準備，要求挑戰的劍門提早一天指定次日被挑戰的對象。這個挑試的權利，一般是由各劍門的劍主決定。

古劍代表殘幫出賽，自然應由殘幫的劍主來挑試次日的對手。然而郭世域心中明白，這個機會原本是古銀山的，他好心成全殘幫已不容易，怎忍令他辛辛苦苦培育的果實無法收成？韓翠道：「古老爺，古劍是您孫子，還是請您主意吧！」

古銀山不預期古劍會贏，事先沒什麼準備，而如今才知道，以古劍的武功無論挑誰都可輕鬆過關，這種情況，通常會從名次最前的挑起。排行八十五至一百名的螭劍門均可擇一選試，然而第八十五劍的劍主是他相交四十年的老朋友；第八十六劍的劍主，曾在二十年前幫助過他。古銀山稍一沉思，說道：「就挑試第八十七劍吧！」話方說出，第八十五與八十六劍門的人神情稍緩，第八十七劍的劍主與劍缽卻有如晴天霹靂般的愣呆起來！

決定完次日所有的挑試次序，求劍賽正式告一段落。此時大家早已飢腸轆轆，閭丘項山堅持要給兒子慶功，請古、洪、楊三家務必賞光，古銀山推拒不了，只能不斷嘀咕道：「真不好意思！這一餐我們也該請的。」

來到忘憂坊，才發現這裡已是座無虛席，眾食客一見到古劍，紛紛放下碗筷前來拉人，但他們一行十來人，怎麼也擠不下。正待要走，掌櫃的跑來說道：「古少俠，後邊有個包廂，是專門留給您的！」

古銀山問道：「是誰請的客？」

掌櫃的哈著腰說：「是揚州七彩布莊的黃老闆，他包下整個包廂，請您每日三餐都來光顧，直至試劍結束。」

洪承泰道：「七彩布莊的布匹供應半個江南，黃海天也算揚州城數一數二的巨富，吃他幾餐倒不算過分。」

楊繼道：「我記得『七彩劍門』排行七十二名，只要您後天不挑試他家的劍缽，這些錢就不算白出了。」

古劍恍然大悟，思道：「原來有錢還有這等好處！但這樣對較窮的劍門豈不有失公允？」他隱然覺得不妥，但古家一路白吃白喝，今日終於找到機會作東請客，可不能太掃興。

吃不到一半，一位老者抱著一個木箱進來，對著古銀山道：「古老英雄還記得我嗎？」

百劍門人數雜多，畢竟二十年才聚首一次，很多人都有幾分面熟，真能連名帶姓說出來的其實不多，古銀山努力回想，也只能搖頭道：「我老了！真對不住！」

那人咧嘴笑道：「我是廣州『本草堂』的陸青，一晃四十年，誰能不老？」

幾位老者都笑了，洪承泰道：「陸莊主，我記得沒錯的話，當年你我還曾交手過呢？」

陸青道：「四十年前我敗給了您，二十年前我兒子又輸給山西威遠鏢局的錢鳴飛，以致『本草堂』的排名落到了第五十七劍，今年可不能再輸了！」說著打開木箱道：「古老英雄，聽說您有些氣喘和風溼的毛病？這裡全是『本草堂』的藥，保證上貨全能對症，有衡山紫芝、長白仙參和千年何首烏……」

古銀山驚道：「這全是一些名貴的藥材，怎麼擔當得起，你還是拿回……」

陸青道：「您有一個這麼了不起的孫子，無論如何也要長命百歲！」

古劍本欲回絕，轉念思道：「這裡山高溼寒，對年邁的爺爺來說確實有些辛苦，也真該進補一番。」只好看著古銀山收下藥材。

吃完飯回到木房，陸續有人前來送禮，除了金銀珠寶一律回絕外，倒有一些東西收與不收，陷入兩難。也有人送不出厚禮，便過來套交情、求同情，弄得古家祖孫不堪其擾，這個時候忽然有殘丐跑來說幫主身子不適，請古劍和郭綺雲走一趟，二人坐得正悶，隨即趕赴跑馬梁。

如今他不再是個無名小卒，所到之處，有人豎起大拇指，也有人指指點點，感到頗不習慣。途經拔仙臺，忽然想再見貝甯和魏宏風一眼，卻又怕他們看到自己更加傷感，在八仙廟前躊躇一會，卻見門口的老道士沒好氣的說道：「青城派的人打輸了，連中午的飯菜都不吃就走光啦！你還來耀武揚威嗎？本來這裡是拔仙臺香火最旺的大廟，被你這麼一攪和，人人都說風水不對，神明不顯，以後還有誰敢來？」原來劍鉢打輸，連借宿的廟宇也跟著倒楣，古劍不敢跟他爭辯，趕緊賠錯離去，心中一陣悵然，思道：「他們想必十分失望與難過，才會走得這麼急！」

到了跑馬梁，只見郭世域平躺在石上，侯藏象與程漱玉都來了，剛把完脈說道：「從這脈象看來，郭幫主的五臟六腑似乎曾遭受極大的損傷……」

韓翠道：「他本是文弱書生，為奸人所陷鋃鐺入獄，被錦衣衛那幫魔鬼折磨了三個多月，體內體外，哪有半寸臟腑肉骨敢說沒事？出獄之後，咱們成了身無分文的乞丐，餐風宿露，難得飽食，若不是遇上了邴基師父傳了一些武藝內功，勉強護住真氣，恐怕早已……」

侯藏象道：「這就難怪！除此之外，再加上經年累月的積勞成疾，憂心難眠，導致氣阻脈虛，痰濁血滯，能活到現在，已是奇蹟。」

韓翠道：「他成天處理幫內大小事情已讓人忙不過來，還得為試劍大會操煩，當上幫主之後，更沒睡過一天好覺。」

侯藏象道：「也因為他身挑重擔全憑意志把病灶強壓下去，直到你們的劍鉢比了一場好劍，原本緊繃的心境突然放鬆，反而給予病魔可乘之機。」

古劍道：「嚴重嗎？正好有人送來一些珍貴藥材，我馬上回去拿過來。」

卻見侯藏象道：「用藥之道，在於對症，未必非要稀珍不可！我給他扎幾針，再開幾帖藥，三、五天即可行走如常；但他的病因非一日之寒，若要完全康復，非得徹徹底底的休養一陣不可，如果還要繼續幹幫主，任何仙丹也救不了！」說著接下程漱玉手上泡好藥水的金針，開始扎刺，同時雙手不斷在郭世域身上擊打輸氣。

韓翠眼眶微溼，轉身對著薛來俊與寇照東道：「薛長老、寇長老，你們誰肯幫忙，接下幫主一職？」

二人同時搖頭，寇照東道：「照當初的協議，誰的人搶到劍缽就該由誰出任永久的幫主，郭幫主不能視事，還有您郭夫人啊！」

韓翠道：「我們夫妻一體，我做幫主與他做幫主有何不同？再說夫妻同命，他身子衰敗，我也好不到哪裡！」郭世域夫妻從來不想當幫主，若不是薛來俊生性疏懶，寇照東氣量不足，二人出任幫主期間弄得幫務大亂紛爭四起，才不得不把這燙屁股的位子搶來坐。

然而如今郭綺雲傷目習劍，古劍入幫立功，這一家四口無一不對殘幫有莫大的犧牲奉獻，幫內人心早已完全倒向郭家，除了他們，任誰來做這個幫主，都是名不正言不順，人心更是難服，這種情況下，薛、寇二人對於幫主之位自然也意興闌珊。

薛來俊道：「郭夫人，您忘了我們倆也闖過錦衣衛大牢。臭要飯的，在這種年荒民飢的時代，活到咱們這等年紀已算高壽，誰要是認真幹幫主，都活不了幾年！」

寇照東道：「論本事武功、德行威望，幫內還有誰能和你們家相提並論？好不容易古少俠為咱們打出了一線生機，如果你們放手不管，偌大一個殘幫盡是老弱殘疾，該怎麼辦？」

三人爭辯正烈，忽見郭世域咯出一灘黑血，咿咿啊啊的喊了幾聲！郭綺雲臉色微變，韓翠則倒退兩步，道：「我們不是說好，試劍結束，一切安頓之後，立刻把他們逐出殘幫嗎？」郭世域又咿啊兩聲，韓翠道：「他已為殘幫付出太多，怎麼還忍心……」說到一半，忍不住哭了起來，眾人不約而同的把目光轉向古劍。

程漱玉驚道：「什麼？你們想叫古劍接任幫主？」

這事情來得太過突兀，古劍本人，卻是最後一個意會到真意之人。說道：「不……不會吧！在下年輕識淺，入幫不過幾天，怎能擔此大位？」

寇照東道：「這都不是問題，放眼武林，年紀輕輕就出任幫主的比比皆是；而你資歷雖淺，卻已立下我們永遠辦不到的大功大德，誰敢不服？」

薛來俊道：「並不是保住了四川地盤就太平無事！時局日艱，一般的百姓愈來愈窮，乞食愈來愈難。做幫主的，要讓兩萬多名殘弱乞丐平安有序的活下去並不容易，除了必須有德、有功、有望、有能之外，還要有過人的精力，這些條件，也只有你能符合！」

寇照東道：「這次試劍，少俠必能搶進前四，成為百劍門中西路的共主，若肯接任幫主，對內而言自能激奮人心，對外來說意義也截然不同，若由你出任幫主，試劍之後，殘幫便成了名副其實的四大劍門，再也無人敢欺侮咱們！」

古劍道：「幫主一職，責任萬分重大，在下惶恐，只怕力有未逮。」

寇照東道：「少俠年富力強，再加上綺雲姑娘從旁輔佐，兩位幫主稍加指導，很快便能熟悉幫務，遊刃有餘。」

韓翠道：「你若接任幫主，對所有的殘丐都有極大的好處；可是做娘的總有一點私心，總盼望我女兒嫁給你之後，能與你一道展翅高飛，無憂無慮過她下半輩子。一旦你接任幫主，立刻被一群殘丐綁在一地，連寧靜都不可得，實在太委屈你們，做娘的，終究開不了口！」

郭綺雲哭著叫了一聲：「娘！別再說了！讓他自己想清楚吧！」她明白殘幫幫主並不好幹，古劍娶自己已為殘幫做出莫大的犧牲，實不忍心看他再陪殘丐苦下去；然而若叫他不接，又是不孝！愁腸百轉，始終做不出任何表態。

古劍從不想做什麼幫主，創什麼門派，只希望試劍之後能回成都開一家鏢局，在平穩安靜中偶爾遊歷四方，賺一點溫飽，行一些俠義，一旦接下殘幫幫主，這一切俱成泡影。可是如果不接此位，岳父岳母就必須繼續勞苦下去，便是眼睜睜看著他們鞠躬盡瘁而不救，略一思忖，已明白自己難以推拒，正欲應承，卻見程漱玉挺身罵道：「太過分了！古劍本來不是你們殘幫的人，為了幫你們而成為殘丐已經很夠意思！怎能得寸進尺，逼他接下這種苦差！你們不覺得過分嗎？」

程漱玉對殘幫也有治病送藥之恩，說的話更是句句成理、鏗鏘有聲，沉寂了一會，寇照東才說：「姑娘所言甚是，硬要少俠為我們這些殘丐放棄展翅高飛的機會，的確太過自私，我們只能懇求，不敢勉強！」

薛來俊道：「試劍結束之前，劍缽不能當門主。古少俠可以慢慢考慮，無論決定如何，於情於理，我們都不會有任何怨懟之心！」

話雖如此，程漱玉與郭綺雲卻不禁擔心起來，她們明白，依古劍的性子，終究是難以回拒。

過了半炷香，郭世域扎完針、通完穴，出了一身的汗，沉沉入睡。侯藏象在程漱玉「更正」之下開畢藥方，收拾著正欲離去，忽見一名百劍門人喘著熱氣跑來道：「侯神醫，漢口白鶴莊一家三口全被人毒死在房裡，盟主請您過去瞧瞧。」

白鶴莊排名百劍門第七十五，恰比古家領前十六名，他們的木房便在古家的正對面，莊主吳鶴年慷慨樂善，經常有什麼好吃好用都不吝於分享鄰舍，與古家也頗有交情，因此古、郭二人亦頗為震驚，告別眾殘丐，與侯、程二人一齊趕回木房。

小小的木房能容納的人有限，多數人留在外面議論，古、郭二人也不便進去，留在外頭探問，趙石水正是第一個發現屍體之人，臉色泛白走到古劍跟前道：「真是嚇人！爺爺收到一堆藥材，叫我送兩條長白人參給吳老爺，我敲了半天沒人應門，便從窗櫺窺視一眼，卻見三具屍身橫七豎八倒在地上，趕緊把爺爺他們叫來，衝進門內，卻發現全都口吐白沫面容扭曲，早已斷氣！過沒多久，四大劍門的人趕來，確定他們全是中毒而死，至於死了多久？中了什麼毒？卻要等神醫看過才清楚。」

過不多時，房內的人一一走出來，除了侯、程二人，尚有四大劍門的劍主和幾位武林名宿，侯藏象攤開手中的一把米粒道：「這包米部分浸泡過『腐心水』，外表看不出來，味道也不明顯，若不是我湊近吸了兩口馬上頭暈腦脹，也未必能如此斷定。」

裴友琴道：「光聞就能讓人不舒服，可見這種藥水毒性甚強。」

侯藏象道：「一、兩滴就足以要人命！即使只在房裡聞了兩個時辰，今天或許沒事，明早起來，卻不免頭痛胸悶。」說著從口袋取出一罐藥丸，自己吃了一顆，其餘分送從房內走出來的十幾個人。

朱爾雅吞進藥丸卻立即嘔吐，臉色泛白，道：「是我太不小心！為了查出死因，扳開他們的嘴聞了又嗅。」

「這樣自然吸進大量的毒氣。」侯藏象道：「胖姑麻煩妳帶他回帳篷，怎麼治記得嗎？」

程潄玉道：「以艾草針灸百會、天泉、神門、委陽、湧泉等穴，放出毒血；再用川七、地黃、山苦瓜、蛇舌草各三兩，熬煮半個時辰的清血排毒湯，喝下之後，再拍打身上肺經、腎經共三十六穴……」

「你們去吧！」侯藏象放心送走兩人，續道：「這種毒並不多見，不但霸道，更極為殘忍。中毒之人立即癱軟，連聲音都發不出來，卻不會馬上死去，好像千蟲萬蟻在臟腑間咬齧不止，持續一個時辰，所以才會人人眼珠暴凸顏面扭曲，死狀甚慘！若非深仇大恨，一般不會下這種毒。」

崔釗道：「漢口與武昌不過一水之隔，我與吳老莊主相交多年，十分熟悉他的為人，白鶴莊向來與人為善，方圓百里之內都說他們是一等一的好人，別說與人結怨，就連爭執都少有聽聞！」這番話立即有許多劍門附和，都說白鶴莊雖然排名不前，卻是廣結善緣，任何百劍門的人經過武漢，都會給予熱忱款待，豈有得罪人的道理？

一名南路劍門的劍主問道：「吳老莊主家財萬貫，莫非有人見錢起意，為財殺人？」

崔釗搖頭道：「吳老莊主樂善好施，本身卻十分節儉。他嫌外食太貴，派管家黃炮下山採買食材，每日自行烹煮。此次上山只帶了三十兩銀子備用，方才我們卻在他口袋裡找到十九兩，顯然無劫財之可能；再說在這座山上，有誰敢為區區幾兩銀子殺人？」

朱未央道：「看樣子，還是得回到仇殺上面推敲，莫非與三年前的那件案子有關？唉！現在什麼證據都沒有，該說嗎？」說到後來，與裴友琴、崔釗、紀南圖各自交換一次眼神，似有什麼事欲言又止！

這時卻有一個黑臉壯漢喊道：「吳老莊主對我有恩，你們百劍門有所顧忌，我黑面鴨蔣朝堂卻顧不得什麼三長兩短，今日非說不可！」

朱未央又嘆道：「我們確曾封鎖消息，因為把事情鬧大對雙方均無好處，但事到如今……唉！蔣壯士你就儘管說出來吧！百劍門必定保你周全！」

有了這句話，蔣朝堂膽子更壯，說道：「三年前的武昌民變，崔園主應該還記得吧！」

崔釗道：「說來慚愧！那陣子我們正好上京城辦事，回來聽鄉親們提起才曉得事情鬧得這麼大！早知如此，當初就不該出門，或許還能幫上一點忙。」話說出來，自己也感到心虛，其實他早預料到事情會鬧得一發不可收拾，洗劍園貴為湖廣巨富、武林大派，很難坐視不管，卻又不想與朝廷正面衝突，便在事情暴發前幾天，藉口有要事須處理，舉家前往京城避難。

朱未央道：「這種事情，朝廷必會極力封鎖，湖廣一代的英雄自然清楚，卻有許多外省的好漢不甚明瞭，以訛傳訛，反生更多誤解。既然要說，就請壯士將事情的來龍去脈交代清楚，好讓大家參酌一二。」

蔣朝堂點頭稱是，說道：「大家都知道，這些年來，皇上派了許多稅監、礦監，四處加稅，搜括民財……」他話還沒說完，已引起眾人議論紛紛，有的人說他大膽至極，竟敢當眾批判皇上的不是；卻有更多人說他勇氣可嘉，說出大家心中的憤懣，這些稅監大肆掠奪的結果，已弄得民怨四起。

朱未央比手勢請眾人安靜，只聽蔣朝堂續道：「咱們湖廣黎民萬分不幸，來了一個太監陳奉，所到之處，除了大肆掠奪，更辱人妻女、亂掘人墓，窮凶極惡到了家！白鶴莊有水田百餘甲，給他隨手一比，硬說裡面有銀礦，一甲地須年繳二十兩白銀，吳老莊主氣死了，私下罵道：『就算這些水稻年年豐收，也湊不出這個數呀！』但是他沒法子，只好偷偷塞了五百兩銀子，請這個閹宦高抬貴手。

「這個人所做的壞事，三天三夜也說不完，總之民怨沖天，再加上兵備僉事馮應京上書皇上，報告陳奉十大罪狀，上頭要平息民怨，只好把他調至荊州，他走的那一天，有數千名百姓朝著他的車駕丟擲石子。

「他不思悔改，更挾怨報復，一年之後，找個機會先將馮僉事貶去，再派緹騎至武昌抓人。百姓們得到消息，數萬人聚集包圍官署，把他的爪牙緹騎丟進長江，這沒鳥的人嚇得半死，逃到楚王府，整個月都不敢出門……」說到這裡，竟響起了連串掌聲，顯然眾人對於這幫稅監實是恨之入骨！

「這件事情實在鬧得太大，皇上不得不撤回陳奉。看起來沒事了，哪知兩個月後，錦衣衛千戶陳襄調入漢陽驛，此人便是陳奉的乾兒子，沒多久即帶著百餘名廠衛進城抓人，連審訊都不用，直接就殺了邱旺、李長安兩人，李長安的妻子拚命叫嚷，索性也一刀砍死。這兩位大哥都是兩個月前武昌民變的帶頭之一，連我在內還有五個比較活躍的人，也是他們捕殺的目標。

「吳老莊主當初並未參與民變，卻在那個時候挺身而出，派人搶在錦衣衛趕到之前將我們五家的人全數接到白鶴莊內。這事雖然盡可能隱密卻還是被廠衛給查了出來，於是闖入莊內要人。吳老莊主讓我們躲入廳堂底下的地窖內，陳襄盛氣凌人，一面叫人搜索，一面破口大罵，隔著一個暗板仍聽得清清楚楚，只聽陳襄說：『吳鶴年，你好大的膽子，竟敢窩藏要犯！』吳老莊主說道：『什麼要犯？』

「陳襄說道：『你別裝蒜！好幾個人看見黃炮、蔣朝堂這些人匆匆忙忙進了白鶴莊。』吳老莊主說：『他們犯了什麼罪？』陳襄說道：『武昌民變，聚眾作亂，意謀造反……』吳老莊主說：『「意謀造反」是你自個加上去的吧！聚眾是事實，至於驅趕惡吏算不算作亂，倒有一番爭論。然無論如何，皇上已下旨免罪，君無戲言，莫非你要陷皇上於不義？』

「吳老莊主說得極有道理，那陳襄想是一時語塞，停了一下才說：『除此之外，我還發現他們勾結赤幫……』吳老莊主說：『證據何在？』陳襄道：『你是巡撫還是御史？憑什麼跟我要證據？』吳老莊主說：『無憑無據，看不順眼，只要一句「勾結赤幫」就能隨意殺人，難道我大明已經沒有王法？』陳襄卻哈哈笑道：『我們就是王法，從開國以來就設有錦衣衛，效忠於皇上，掌刑獄、侍衛，查察不法，緝捕叛逆，若遇惡徒作亂拒捕，可先斬後奏！』」

人人均知錦衣衛一向囂張跋扈，聽到這裡仍感憤慨。一名北方口音的粗豪漢子忍不住放聲罵道：「去他的陳襄，這兩年不知躲到哪兒去？下次被老子撞見，非把他大卸八塊不可！」身旁的朋友笑道：「裘老三，以您那手三腳貓功夫，別被人家剁成肉醬就好啦！」說得眾人哄笑起來，原本凝重的心緒也放鬆一些。裘老三搔抓頭皮道：「說得也對！我裘老三確實心有餘而力不足，但武林中人以俠義為先，你們百劍門高手如雲，真要打起來，什麼狐知秋、金克成這班人全不夠看，怎麼從來不見你們管事？試劍大會打得驚天動地，空有一身絕技，不用來行俠仗義，老百姓還是苦不堪言啊！」

裘老三這個人粗裡粗氣，一番直言倒說出多數人心底的想法。不少人跟著起鬨，也有些人老於世故，說道：「錦衣衛少說也有數萬人，只殺幾個有什麼用？難不成要百劍門揭竿起義，與朝廷大幹一場？」

第十九章 苦酒

朱未央請大家安靜下來，說道：「裘壯士仗義執言，百劍門萬分感激，不過今天以查究吳老莊主的死因為主，其餘的事咱們改日再聊。請蔣壯士繼續說下去。」

蔣朝堂道：「陳襄叫屬下把白鶴莊的人通通帶到大廳上，又對吳老莊主發了脾氣：『限你馬上把人交出來！否則我一聲令下，你白鶴莊一十六口，一個也別想活命！』卻聽吳老莊主說：『你是怎麼算的？這裡有十六個白鶴莊的人嗎？』過了一會，陳襄問道：『你孫子呢？躲到哪裡練劍？』吳老莊主說：『大老遠就發現你們鬼鬼祟祟的往這邊來，我叫煥新跑一趟洗劍園，武昌與漢口不過是一水之隔，順利的話也快到了！你想殺人得盡快動手，要不然崔老爺六個孫子隨便哪一個趕到，都能把你們殺得魂飛魄散！……』」

崔釗插口道：「我怎麼不知道這事情？」

蔣朝堂道：「其實錦衣衛來的時候，吳煥新正在穀倉練劍，發現他們在抓人，趕緊躲進稻穀裡面。吳老莊主頗有急智，知道陳襄絕對惹不起洗劍園，必不敢輕舉妄動；就算洗劍園沒人過去，只要他們漏殺一人，必會傳遍整個江湖。惹惱了百劍門，就算他陳襄整年躲在皇帝身邊，也會被揪出來砍頭！」

崔釗不悅道：「你這是什麼話？百劍一家，吳老莊主與我又是過命的交情，洗劍園豈有袖手旁觀之理！」

「是我說錯！」蔣朝堂道：「過了一會，屬下紛紛回報沒找到人，陳襄下令撤走，臨行前又放話罵道：『我派人守在四周，你一天不交人，就一天不撤人！若讓我發現有哪個反賊走出你白鶴莊大門……哼！休怪我無情！』」

「人走之後，我們商量了一會，便上去請吳老莊主把咱們五人交出，只求白鶴莊妥為照料家屬。吳老莊主卻指著廳堂上『仗劍行俠』的木匾一陣痛罵：『你們把我吳鶴年當成什麼？若這點道義都做不到，白鶴莊要如何立足於江湖？我百劍門這塊匾額是不是拆掉算啦！』

「這番話說得咱們既慚愧又感動，卻不知如何是好？倒是吳老莊主的孫子吳煥新頗為機靈，當時後花園正在做風水假山，要挖一條水道引水入池，他叫我們也在後園挖一條地道，白鶴莊就在漢水江邊，地道往前挖十餘丈就是河道；三天後的深夜，地道挖通，所有的人腰纏葫蘆綁在一塊，無聲無息一一入水，吳老莊主派人在百丈外的一個轉折處替咱們備妥船隻，咱們上了船，發現上面一口木箱，打開一看有五個袋子，每袋都寫上咱們的名字，各有二十兩銀子……連怎麼安頓都替咱們設想周到！這樣的好人，卻……」說到後來，語多哽咽，再也說不下去！

眾人無不鼻酸，一陣靜默之後，朱未央道：「你休息一下，剩下的由我們來說！」

「讓我說下去！」蔣朝堂邊搖頭邊拭淚道：「問題可能出在黃炮七十多歲的老母親，不諳水性又緊張，一個踉蹌不慎喝下幾口水，發出一點聲響。雖然當時無人追來，但我和黃炮總覺得有些不安，過了兩個月，一切安頓妥當，我倆決定回漢口探視吳老莊主。

「進了白鶴莊，只見白幡搖晃，靈堂上冒出十幾個牌位！原本熱鬧的莊園變得冷冷清清，只剩吳老莊主和吳煥新祖孫二人愁眉不展！我和黃炮驚愕不已，連忙追問怎麼回事，卻只見吳老莊主淡淡的說：『別提了！不過是一場瘟疫。』

「我們當然不信，然而無論怎麼追問，吳老莊主就是不說，吳煥新卻忍不住流下淚來，黃炮哭跪著說：『吳老莊主，那天是我娘發出聲音害了你們全家，我不能抓她來給您抵命，就拿我的命來換吧！』說完忽然拿出匕首，就要往脖子抹去！

「吳老莊主搶下匕首，這才告訴我們實情，他說當天並無異狀，錦衣衛監視幾天後也悄悄撤離，他們以為事情過去了，開始照常出入，就在一個月圓的晚上，吳老莊主帶著兒子啟仁及孫子煥新外出參加一個喜宴，回到家一開門酒全醒了！只見莊內血跡遍地，十三口人包括老弱婦孺無一生還！吳老莊主忍住悲傷，連夜趕到洗劍園求救！」

崔璨道：「我當夜即發出三封飛鴿傳書至胭脂胡同、莫愁莊和樂遊苑，三位劍主快馬日夜奔馳，不到幾日全都到了，很快把事情解決，還一個公道。蔣壯士您也累了，說到這裡就可以！」後面還有一些細節，竟不想讓他說下去！

然而蔣朝堂還想再說，看著四路盟主道：「事到如今，前因後果還不能說個明白嗎？」

朱末央道：「為了避免事情鬧大，難以收拾，我們確曾與對方約定不再多說；但今天吳老莊主再度發生這種事，而你也不是百劍門的人，知道什麼就說什麼吧！但說了之後，你得聽從我們的安排到一個僻靜之處，從此隱姓埋名。」

「沒問題。」蔣朝堂精神一振，清清喉嚨又說下去：「吳老莊主告訴我，你們到齊之後，當晚便闖入漢陽衛所，一百多個廠衛哪是對手？自然全被綁縛起來，一一追問，交叉比對，問了兩天兩夜，誰殺了誰，怎麼殺都弄得一清二楚，找出帶頭的和殺人的共十三個人，全部了帳！剩下的幫凶，剁下持刀的拇指，叫他們無法再為虎作倀！」這話說完眾人拍手叫好，卻有人認為這樣還不夠，這幫廠衛幹了這麼多壞事，就算全殺光也不足惜，最好燒掉十四個衛所，殺得他們片甲不留！

蔣朝堂道：「我和黃炮也是這麼說，廠衛之中像陳襄這等囂張跋扈之流所在多有，只要把白鶴莊滅門慘案公諸於世，百劍門登高一呼，就是這群鷹爪狼牙的末日！吳老莊主卻直呼不可，說道：『一旦全面開戰，就是公然造反！必將腥風血雨永無寧日，豈可為了一家私仇，拖累整個百劍門！懇求兩位，今日所言，千萬不要再傳揚出去！白鶴莊的事，就當作是一場瘟疫吧！』

「唉！吳老莊主都這麼說了，我們能不答應嗎？只是仍舊擔心錦衣衛向來睚眥必報，如今被挑去一個衛所，豈能善罷甘休？吳老莊主卻要我們放心，四路盟主自會解決，不久之後，便聽說有『什剎海……』」說到這裡，朱未央突然比出手勢請他不要說，人群中卻有人大聲說道：「『什剎海之諾』在江湖上流傳了兩、三年，早已人盡皆知，有什麼不能說的？」朱未央笑而不答，因為不對外公開，亦是「什剎海之諾」的一部分……

就在白鶴莊血案過後半個多月的一個黃昏，錦衣衛指揮使狐知秋百無聊賴，獨自在京城什剎海的湖心垂釣，忽然間船身輕晃，躍上來四個人，狐知秋也不回頭，笑道：「怎麼四路盟主的輕功如此不濟，才一上來就把我的魚全給嚇跑！」

朱未央也笑道：「我們來此之目的，正是不想讓您再多造業障！」

狐知秋道：「你們一口氣殺了十三個人，不也是殺孽嗎？」

裴友琴道：「這可不同！那十三個該死的人不除，百劍門人心浮動，雙方鬥下去永無寧日，必將造成更大的殺戮！」

狐知秋道：「你們來這裡，是想叫我就此罷手，別再追究下去？」

朱未央道：「白鶴莊死了十三個人，我們只殺你們十三人，可沒占半點便宜。」

狐知秋道：「你們剁了一百零六根手指，讓我們多了一百零六個廢人，難道就這麼算了？」

朱未央道：「咱們沒有監牢可以處置這些幫凶，只好用上江湖規矩！您如此斤斤計較，咱們該如何談下去？」

狐知秋道：「有什麼好談？」

朱未央正色道：「過去數十年來，錦衣衛與百劍門一直相安無事，靠的是一個似有若無的默契；但如今發生這等慘案，似乎在此亂世之下，默契不可恃！所以想請您傳下手書予同知、僉事、鎮撫史、十四所千戶及其下屬，今後若無明確證據、合理懷疑有人犯罪或窩藏罪犯，不可擅自進入百劍門中任一劍門。」

狐知秋靜靜聽完，將釣竿重新拋出，望著湖心，過了半晌才道：「叫我白紙黑字的乞和示弱，那我這個指揮使，將有何顏面帶領上萬錦衣衛？」

朱未央道：「不寫也行，但話一定要帶到；否則日後再起衝突，恐怕難以避免一場惡鬥！屆時雙方都將承受不起！」

狐知秋臉上露出一股莫測高深的微笑，把線一拉，鉤起一尾大魚道：「四位遠道而來，無可招待，這尾白鱘味道甜美至極，就當作是老夫的一點心意吧！」說著把魚裝進竹簍，就要遞出。

此時當然無人伸手接下，裴友琴道：「我們只等閣下的千金一諾！」

狐知秋笑道：「裴盟主果然乾脆！既然如此，老夫也有兩件事要請你們配合！」

裴友琴道：「請說。」

狐知秋道：「第一：若無充分證據，足以證明錦衣衛傷了你們的人，凡百劍門之人，均不可踏入任何錦衣衛所在之衛所及驛站一步！」

紀青雲道：「不能進去，怎麼搜羅事證？」

狐知秋道：「當然費事得多，可是你們剛剛的要求，不也是如此嗎？」這話倒說得四人啞口無言，狐知秋身為錦衣衛指揮使，豈能讓人予取予求？

四人短暫交換意見之後，朱未央道：「您說得沒錯，這樣才公道！那第二件呢？」

狐知秋道：「今日的承諾，請你們無論在任何場合，都不要公開承認！」

崔璨道：「一百個劍門、萬餘名錦衣衛都知道的事，能算是祕密嗎？」

狐知秋道：「大家都知道是一回事，公開承認又是另一回事，就讓它成為大家都知道的祕密吧！一來給老夫保留一點顏面，二來我更不希望江湖上各大幫派起而效尤，紛紛要求比照。」

裴友琴道：「就這麼說定！我們相信狐指揮使一諾千金，沒有準備文房四寶！」

狐知秋面帶微笑，又轉身拋竿道：「希望百劍門也做得到！不送！」……

裴友琴道：「這個暫且不提，請蔣壯士再說下去！」

蔣朝堂道：「我們稍稍放心，更讓人欣慰的是，經此打擊，吳煥新不但沒有因此懷憂喪志，還更加勤奮練劍，他說朱莊主曾指點幾招，讓他茅塞頓開，一定要把劍練好，不但照常參加試劍大會，更想加入赤幫，為對抗廠衛的暴虐，盡一番心力！

「我倆聽了十分感動，都下跪懇求吳老莊主讓我們留下來幫忙，吳老莊主本來不願意，幾經推託，最後決定黃炮留下，我則被趕回家照料家屬，沒想到，這次連黃炮也……」說到後來，語多哽咽，忽然跪地泣道：「裴盟主、朱莊主，你們一定要找出真凶，以慰吳老莊主在天之靈！」

裴友琴與朱未央一起將他扶起，連聲安慰，裴友琴道：「壯士請放心，百劍門決不會讓吳老莊主白白犧牲。只是現在無憑無據，說任何人下的毒手都還太早。」

朱未央道：「裴盟主所言甚是，我們仍以查案為先。如今已確定吳老莊主的死因，卻不知凶手何時將這把毒米摻入米缸？住附近的朋友，不知有沒有人看見吳老莊主今天早上吃些什麼？」

古鐵城道：「吳老莊主三餐都吃米，今天早上還送了半鍋肉粥來給古劍補元氣呢！」

朱未央道：「顯然毒米是在早上放進去的，不知附近有哪位朋友看見過什麼可疑人物？」

沒有人回答，只見侯藏象道：「早上古劍與魏宏風的比試難分難解，所有的人都跑去大爺海觀劍，這個地方變成空巷。別說進門放把米而已，就算脫光衣服大模大樣的在門口下蛋，也沒人理你。」說完不少人都笑了，有的人想到這樣笑不免對朱未央有些失禮，趕緊封嘴。

朱未央並未在意，問道：「在山上這幾天，不知有沒有朋友曾發現什麼行蹤可疑之人？」眾人依舊搖頭。

紀南圖開口道：「前兩次試劍，都可以看到大批廠衛來來去去，觀劍時占了大塊地盤，幾個錦衣衛頭子坐在一角，有茶有酒有人服侍，態度雖然驕橫，倒從來不在試劍期間抓人惹事。這次不見人影？反倒讓人有些不安！」

侯藏象道：「本來不想嚇唬大家，但如今不說也不成了！幾個錦衣衛大頭目，包括狐知秋、蕭乘龍、王遂野、劉易風與金克成，全都上了山，只不過個個易容換臉，不是我這等行家，一般人是瞧不出來的。」

話一說出人人大驚，許多怕事之人不禁惶惑起來，深怕這幾天一時口快，無意間議論兩句朝政，若被那位易容的廠衛聽進耳中，不免後患無窮；也有不少人張望左右，看看周遭有無奇怪的陌生人。

侯藏象道：「大家不必擔心，我已掃視一遍，至少現在看不到那幾個頭子。」

紀青雲道：「古劍與魏宏風比試之時，不知神醫有無發現他們的蹤影？」

侯藏象道：「當然有，而且比試前就等在那兒，全程觀戰，然而這也不能表示他們無涉，不過下個毒而已，何勞親自動手？」

朱未央道：「請教神醫，下毒的米應該不是臨時浸泡的吧！」

侯藏象道：「當然！要下這種米毒，必須事先調查下毒的對象吃的是什麼米，下山買來，在腐心水中浸泡半個時辰，然後靜置一天一夜，這時水分乾了，顏色沒了，味道也淡了，毒性卻還在，才是下毒的好時機；但如果置放超過兩日，這米粒很快就會爛掉，就算洗米的時候沒發現，毒性卻已散逸無蹤。吃進腹中了不起拉一陣肚子。」

朱未央道：「也就是說這種下毒方式，絕不可能臨時起意，必須有周詳的計畫，下毒之人事先預期，什麼時候可以神不知鬼不覺的把毒米撒入米缸。您又說他們比試前就在大爺海等著觀劍，顯然廠衛無孔不入，早已探知將有一場龍爭虎鬥。如此觀來，似乎……」

他雖未直指凶手，然眾人聽在耳裡，真凶是誰已呼之欲出。不少膽子大的、特恨廠衛之人，已開始鼓譟起來。

侯藏象道：「話是沒錯，可是比試前等著觀劍的，除去殘丐，尚有數百人之多，也不能就此斷定他們就是元凶。」

朱未央道：「的確！咱們不是巡捕或廠衛，不能只憑臆測抓人。請諸位朋友多給一些時間，待我們找出確切的證據，無論元凶是誰，都要還吳老莊主一個公道！」

裴友琴道：「各位朋友在山上這幾天，請時刻小心留意，若發現什麼可疑人士，煩請即刻告知。現在請吳老莊主的朋友多留一會，討論如何辦理後事。」

說完眾人一哄而散，只留下數十位與吳鶴年熟識的友人，經過一番擇日挑時，決定在試劍大會過後替他辦一場隆重的喪禮。

古劍與眾人同時離開，走了幾步，裴問雪從後方追來，邀古劍一同探望朱爾雅，兩人遂並肩往程漱玉帳篷處行去。

程漱玉與朱爾雅走回帳篷，兩人始終不發一語，她指著木床，比手勢請他自行躺好，然後蒸煮草藥，準備針灸，當她把金針扦入朱爾雅穴道時，他抖了一下，全身冷汗直冒，程漱玉心中一軟，終於開口問道：「不舒服嗎？」

朱爾雅道：「頭暈肚子疼，既冷又噁心，難過極了！」

程漱玉沒好氣的說：「誰叫你沒事要聞毒氣！」

朱爾雅忽地笑了起來，道：「能與妳見一面，吸點毒氣算不了什麼！現在身子雖難過，心裡卻開心極啦！」

程漱玉直視著他，一雙美目不知不覺滾出兩行清淚，道：「我等了好久，見這麼一面，真有這麼難？」

朱爾雅斂起笑容，正色道：「自從得到妳逃離京城的消息，我幾夜沒睡，懇求爹讓我救妳！可是……」

程漱玉道：「義父不答應，對嗎？」她從口袋裡掏出一顆蠟封的藥丸，道：「這是上京前他拿給我的『百了丹』，並告訴我，如果任務失敗，決不能供出一字一句！若是不想遭受折磨，就把它吞入腹中，一了百了！」

朱爾雅道：「妳別怪怨，他為了完成祖先遺志，甚至可以犧牲自己！」

程漱玉道：「義父救我養我教我，我的命是他給的，還給他也是應該！逃難途中，我幾次想吞下藥丸，但沒見你最後一面，又不甘心死去！我猜義父見我沒死，該會派人殺我，你若知道，必會趕來救我。我甚至夢見過我死在義父的手裡，而你晚來一步，抱著我漸漸冷去的身子，對著我微笑，帶著淚……」

「傻姑娘！」朱爾雅也忍不住目眶溼紅，哽咽道：「如果到試劍最後一天，我們還沒起義，妳一定要趕快離開，跑得愈遠愈好，別被他們找到！」

程漱玉道：「就讓義父來殺我吧！這麼一來，我就不再虧欠……」

朱爾雅猛搖頭道：「妳沒有虧欠！從妳答應入宮開始，就已經還他一命！」

「可是我失敗了！」程漱玉道：「我太自以為是，看不慣鄭貴妃欺負太子，害得自己陷於宮廷鬥爭之中，壞了任務！」

朱爾雅嘆道：「妳向來嫉惡如仇，遇到不平之事，很難視若無睹，遣妳入宮，本來就是冒險……唉！他對妳還好吧？」

程漱玉道：「常洛太子待我不薄，可說寵愛有加，言聽計從。他雖然有些懦弱，心地倒頗為仁善……」

朱爾雅突然插口道：「我說的不是常洛……」

靜默了一會，程漱玉眼眶又溼，才說道：「人不能選擇命運，拒絕緣分，他也已經……有了妻室，你還要我說什麼？」

朱爾雅抓住她的手道：「如果能有個好人照顧妳下半輩子，我應該高興才對；然而想到妳與他綁在一起好多天，看見他的劍鑲上妳心愛的玉珮，還有今晨他受傷時妳那關切的眼神，我卻……有人來了……」他聽見腳步聲，輕聲向程漱玉示警。二人趕緊拭淚，不多久帳幕拉開，來人竟是裴問雪與古劍！

「還好吧？」裴問雪見他氣色好多了，嘻嘻笑道：「我們是來刺探軍情，想知道十幾天後，您是否仍拿得起一把劍？」

朱爾雅笑道：「恐怕要讓你們失望啦！在女神醫妙手回春之下，待會不但完全復原，還多加了十年功力。」說完二人都笑！

古劍思道：「這兩人能如此隨意揶揄，顯然交情已非泛泛。」

程漱玉拔去金針道：「別胡扯啦！你至少還得頭暈目眩數個時辰，喝下幾帖藥，大睡兩、三天，才能神清氣爽，恢復原狀。」

裴問雪拿出一粒藥丸，道：「吞下這顆『百解丹』，保你立即復原！」

程漱玉驚道：「這是大內解毒聖藥，得來不易，你怎麼會有？」

朱爾雅笑道：「兩、三天的不適，我還受得了！既然這些藥得來不易，還是留給最需要的人吧！」

裴問雪把藥收回道：「這是我爺爺無意中從野史書上看到的宮廷藥方，成祖皇帝在永樂三年生了一場大病，群醫束手，在京城各處張貼告示，誰能醫好皇上，贈金萬兩。可是連御醫都醫不好的病，一般郎中怎敢輕易嘗試？萬兩黃金雖然珍貴，卻沒人敢拿自己的性命來賭，等了幾天，終於有一位叫沈濟的江湖郎中步入宮中，先給成祖服食一顆紅色的『清血丹』。不久後成祖皇帝全身抽搐，大叫不已，侍衛們一擁而上，就要將他砍於亂刀之下！沈濟叫道：『解藥在我身上，你們不知道哪一顆，我死了皇上也難活命！』說著打開藥箱，裡頭有六種藥丸、兩種藥膏。京衛指揮使張化把劍架在他身上，問他：『解藥是哪一顆？還不快送入皇上龍口之中？』」

朱爾雅道：「這是以毒攻毒的法子，在場的御醫們都瞧不出來嗎？」

程漱玉道：「以毒攻毒，必須知道當時下的是什麼毒藥，才能找出相剋之毒，而且用藥的時機與分量亦不得有任何偏差。成祖被人下毒之後，拖了這麼多天，又亂吃了一堆解毒藥和一些吊住性命的補藥，體內毒性難免產生變異，已經看不出來下的是什麼藥？隨便以毒攻毒，只會毒上加毒。」

裴問雪道：「正是這個道理！是以必須服以毒王之王——清血丹，此時兩種毒素在體內交攻，自然痛苦萬分，約莫一炷香之後，清血丹的劇毒將腸胃及血液中的舊毒完全殺死，人也奄奄一息。這時候再服上一顆專解清血丹之毒的『回血丸』，大吐大瀉半天，總算撿回一命。

「成祖皇帝征匈奴、奪帝位，向以驍勇自豪，這個江湖郎中雖然救了他一命，卻害他在沒有準備之下，於臣子面前痛苦的哀吼嘶叫，實是奇恥大辱！痊癒後第一件事便是把沈濟找來，問道：『你怎麼不事先告訴朕，這清血丹吃了之後竟會如此難受？』這沈濟以為他救了成祖一命，功大於過，滿不在乎的答道：『如果草民事先告訴聖上這顆藥是百毒之王，吃了之後痛苦萬分，您還敢試嗎？』

「成祖皇帝勃然大怒，道：『君無戲言，你救了朕的性命，理該贈予黃金萬兩；但又犯了欺君之罪，理應處死！為今之計，只有將你殺了，再用萬兩黃金陪葬！』

「沈濟這才驚慌不已，忙道：『啟稟聖上！這箱子裡的八種藥，各有奇效！若肯饒過草民一命，草民連黃金也不要，再寫下所有的藥材與調配方式。聖上得此藥方，便可年年調配，有病治病，無病補身，活到九十也行！』成祖皇帝道：『寫寫看吧！真有奇效，或可饒你不死！』沈濟當場寫下所需藥材與煉製方式，寫到一半，或許是覺得成祖皇帝喜怒無常，若享高壽，實非黎民之福。剩下四種藥方，各留一、兩處錯誤，總之朝廷後來煉完八種丹藥，卻發現四種有效，四種無效。」

程漱玉道：「是否又派人把沈濟抓來，拷問真正的藥方？」

裴問雪道：「這八種奇藥，其中總有一、兩項藥材珍稀難得，成祖皇帝怕一旦處方洩露，這些藥材會被百姓們搶挖一空。於是自己保管處方，派人搜羅藥材，只讓一名親信御醫懂得煉丹之法，還沒等到藥煉製完成，已先派人將放出去的沈濟殺了滅口。」

古劍道：「做皇帝的真有這麼自私？從野史上讀到的東西，能相信嗎？」

「正史其實真中有假，野史卻是假中藏真。」裴問雪道：「我爺爺讀史書讀出了興味，為求證這段史實，便照著書上所述採藥煉丹，果真發現前面四帖藥有效！後面四帖無效！我爺爺把這藥方傳給我爹，我爹又叫我牢記於心，希望有朝一日找到一位仁心仁術又精通醫理的大夫，把後面四帖藥方補齊，救助需要幫助的人。」

程漱玉道：「這種工作，我師父最合適！」

裴問雪道：「以侯神醫的修為，確有補齊藥方的本事。只是他個性急躁，怕他急於求證藥效，又去抓一些活人試驗。這些藥配製不易，只要一點微小的錯誤，便可能有一些意想不到的危險。這幾天我們觀察探問，發現姑娘心慈意敏，且無散漫糊塗之弊，不出幾年，必能成為一大聖醫，改正藥方謬誤之處，煉出丹藥，救治萬眾。姑娘如果願意，可否借紙筆一用，裴某現在就將這八種藥方寫下！」

程漱玉道：「您太抬舉我啦！」嘴上如此，還是笑嘻嘻的拿出文房四寶，磨墨鋪紙。

朱爾雅打一呵欠道：「你們倆慢慢寫吧，我覺得氣悶，想出去透透氣。古兄，不知能否扶我小走幾步？」

兩人來到僻靜的崖邊，看著霞光雲海，朱爾雅問道：「你娶了一個好妻子，是否曾在午夜夢迴之際，腦裡浮現的，卻是另一個姑娘的身影？」

古劍感到突兀，不知如何回答！

朱爾雅又道：「我指的是漱玉，也就是方才帳篷裡面的胖姑！」

古劍驚道：「你……怎麼知道的？」

朱爾雅道：「鑲嵌在你劍柄上的玉珮，從小就戴在她身上，我們倆從小一起長大，怎麼不認得？」

看著他憂濛的眼睛，古劍似乎懂了一些，道：「她曾說無論如何也要見一個人。莫非是……」

朱爾雅道：「是我吧！她還說些什麼？」

古劍搖頭道：「沒了！她不肯多談。」

朱爾雅道：「她發過毒誓，不能說。」

古劍道：「你能告訴我嗎？是誰把她送入宮的？」

朱爾雅道：「我爹。」

古劍道：「你怎麼不阻止？」

朱爾雅道：「她自小是個孤兒，才七、八歲大便被我爹從妓院中買了回來。見她聰明伶俐，沒把她當成婢女，學習詩書琴畫以及如何成為一個嬌媚可人，楚楚動人的姑娘，目的便是要選入宮中……」

古劍忍不住插話道：「她的性子外放不羈，送入宮中豈不悶壞？」

朱爾雅點頭，卻道：「我爹贖她、養她、教她，目的便是要她入宮幫忙！」

古劍愣了一下，問道：「幫什麼忙？」

朱爾雅道：「你聽過建文帝嗎？」

古劍搖頭。朱爾雅輕拍他的肩膀道：「坐下來！聽我講個故事。」

古劍跟著朱爾雅坐下，見他娓娓說道：「我朝太祖皇帝建國之後，為了使大明根基永固，立國之初，便冊立長子朱標為皇太子，積極培養繼位之人。太子朱標很早就開始參與國政，勤政仁和頗受愛戴，卻不料在一次西巡後染病去世。

「為了避免日後兄弟爭位之憾事發生，太祖決定建立嫡長子接任大位的慣例，立了朱標當時年僅十六歲的兒子朱允炆為皇太孫，並定下許多嚴密的祖制，約束藩王、大臣們務必忠心不二，效忠日後接位的新皇。

「幾年之後，太祖駕崩，新皇即位，號建文帝。新皇年少，卻是銳意革新，重文舉賢、務崇禮教、赦放冤獄、減免賦稅，一時之間，百姓安富，舉國稱揚，稱為『明君』。

「年紀輕輕的建文帝雖得百姓愛戴，然而横在眼前的，卻是藩王割據……」

古劍問道：「什麼是藩王？」

朱爾雅道：「開國之初，太祖皇帝為了防範韃靼女真等外患，將皇太子之外的其餘兒子分封藩王，各擁重兵鎮守邊塞。這些藩王在建文帝即位時均已成氣候，又自恃為皇帝的叔父，擁兵自重，早忘了太祖皇帝當年的交代，不把這位少年皇帝看在眼裡，多所掣肘。

「為了讓新政順遂，也為了國家的長治久安，建文帝不得不下令削藩；雖然開始時順利削去五個藩王，然而鎮守北平的燕王朱棣，擁兵最重又自恃戰功，不但不肯釋兵權，更進而起兵造反！

「鎮守北平的軍隊，乃本朝精銳之師，儘管人數稍遜，然個個身經百戰訓練有素，再配合種種巧計奸謀，竟然天理失序！重武的藩王打贏重文的皇帝，叔叔篡了姪子的皇位。建文四年，都城淪陷，建文帝下落不明，朱棣登基，也就是方才問雪口中凶殘自私的明成祖。

「關於建文帝最後的去向眾說紛紜，有人說他含憤自盡，也有人說他勘破紅塵，出家當了和尚。其實這位失勢的皇帝外柔內剛，雖知大勢已去這輩子復位無望，依舊忍辱負重，帶著幾名家眷和百餘名親信武將逃往南洋。

「當年建文帝離京時，還帶走了數萬兩黃金，可供數十代子孫享用不盡。他卻另外帶著一本劍譜、一本家訓，找到一個島嶼，忍受狂風惡雨，溼熱瘴氣，更要逃避鄭和七次出海的追殺緝捕。但建文帝並不灰心喪志，堅信天理迢迢，只要奮進堅持，終有一天，他的子孫定能奪回王位，還給大明一個正統尚仁的明君。

「他讓子孫努力習武學文，也讓親信們開墾營生，並與當地女子繁衍人口，於是他的子孫一代比一代強，島上的壯丁也逐代倍增，足以組成一個精銳之師。經過百餘年，萬事俱備，只等待一個時機。」

古劍問道：「什麼時機？」

朱爾雅道：「如果朱棣的子孫代代都英明神武，勤政愛民，若以還位正統之名出師，只不過是為了家仇而掀國禍，名雖正卻理不直，勢難成功。

「不知幸還是不幸，朱棣的嫡系子孫，卻是一代不如一代，有的殘暴昏庸、有的荒嬉懶散、有的專寵權宦、有的迷信鬼神；太祖偌大的基業被這些不肖子孫日益腐蝕，早已搖搖欲墜！如今這個萬曆，終日沉溺於酒池肉林中，不理政事，罷黜精明勤幹之吏，任用阿諛怕事之輩，再加上驕奢日甚貪婪無道，弄得政事紛擾百姓憐苦，種種亂事，想必您也看了不少，無須我再贅述。」

這幾個月來所見所聞，確實很難讓古劍對當朝有所期望，突然若有所悟，問道：「莫非你就是建文帝的子孫？」

朱爾雅微笑默認。

古劍道：「所以程姑娘不過是你爹預先安排，作為日後起義的眼線或內應！」

朱爾雅道：「其實我爹待她如親生女兒，甚至比我還親。可是送她去京城當天，我和我娘跪求他收回成命，卻怎麼也勸不動。我看得出他也萬分不捨，卻說為家為國，沒有什麼不能犧牲！」說到後來，聲音哽咽，眼眶上有微微淚珠。

「後來她選秀進了太子東宮，並成為常洛最寵愛的選侍。或許是個性使然，終究忘了我爹的叮囑，沒能對一些宮中無理之事視而不見，漸漸捲入宮內的紛爭，弄得鄭貴妃派刺客去行刺她。

「刺客避開侍衛，卻沒想到她也會幾手功夫，行刺雖然失敗，然宮中內規，任何參與選秀的姑娘，除了身家清白之外，不能練過任何武術；她雖逃過一劍，卻犯了欺君大罪，只好跟著我派入東宮，負責保護她的六醜逃出禁宮。」

古劍道：「你們早知道了？怎麼一直沒來救人？」

朱爾雅道：「我得到消息，立刻快馬疾奔三天三夜，卻被正在山西辦事的父親攔阻下來，他說狐知秋除了抓人之外，更布下天羅地網要誘捕背後的主使者，說什麼也不能任由我為了私情，壞了大局。

「我留在山西，偷偷派人設法與我們在錦衣衛的內應取得聯繫，第一次傳回來的消息說她逃到陝西，第二次卻說六醜已壯烈犧牲，她正往南奔逃。想到她孤伶伶走在風沙漫漫的黃土上，我無心練劍，當夜便瞞著我爹喬裝出走，直奔川北。

「玉兒沿途留下暗記，終於讓我在成都找到你們；由於錦衣衛在當地布滿眼線，不宜現身，遠遠跟了幾天，看到你大敗錦衣衛四大統領，才放心回到江南！」

古劍靜靜的瞧著他，但覺眼前這個人不再像是傳說中堅毅爽朗的朱爾雅，反倒心生親近之感，卻也在諒解中交雜著一點莫名的妒意。

朱爾雅又說：「當我見到她在你的保護之下露出安詳輕快的笑容時，心中卻是五味雜陳。我已經有了妻室，看到她有個好人可依靠，也該替她歡喜，沒想到你也……唉！」

古劍道：「你不能再娶嗎？」

朱爾雅道：「我的岳父是川陝總督汪可受，擁兵十萬，是我們未來起義時極為重要的奧援；如果此時為了添房之事惹惱於他，一匹馬也不會讓你派！」

古劍道：「你為此而娶了他女兒？」

朱爾雅微微一笑，又說一次：「為家為國，沒有什麼不能犧牲！」

古劍萬沒想到世上還有一個人一直深愛著程漱玉，卻不能擁有她！望著眼前的朱爾雅，不免生出一種複雜奇異之感。愣了一會，還他一個諒解的笑，說道：「今天這番話隨便挑一句傳了出去，都是抄家的死罪，您不會無緣無故的說了這麼多吧！」

朱爾雅道：「我想要邀您加入赤幫，齊心為天下百姓奮戰到底，非得開誠布公不可！再說你怎麼看，也不像一個會出賣朋友之人。」

古劍若有所悟，驚道：「你是赤幫的人？」

朱爾雅點頭，取出一顆琉璃珠子，對著日照處轉個角度說：「有沒看到裡頭『天機星』三個小字？」

古劍點頭稱是，又道：「由你們主事，難怪赤幫二十八星曜大有俠名，做了不少大快人心之事。」

朱爾雅道：「雖說是二十八星曜，但要找齊二十八個志同道合的高手並不容易，一直沒能補齊。」說著拿出另一顆琉璃圓珠道：「阿劍！以你的武功與機智，如果願意，收下這顆『太陽星』正合適！」

古劍大吃一驚，他練過崑崙派的「星轉劍法」，雖只練出皮毛，卻知道二十八星曜中，「太陽星」僅在「紫微」、「天機」之後，排行第三。說道：「我無才無德，更無半點功業，怎能承受得起？」

朱爾雅道：「我爹交下這顆琉璃圓珠，要我找一個可以並肩打天下之人。你就像我的兄弟，怎麼不行？」

古劍頗為動容，但此事實在非同小可，不得不多考慮一會，朱爾雅見他略顯猶豫，又說：「我明白起義本來就是一場冒險！無法保證參與之人全都能安然無恙，但如今時機逐漸成熟，不瞞您說，我軍的船艦已在南洋啟程，約莫再半個月可自渤海登陸，雖然只有區區六萬餘人，但十年苦訓，個個都有以一當十的本事。一旦捷報傳來，我爹將在此登高一呼，如今的朝廷已天怒人怨，只要是熱血漢子，都會響應！

「到時候東邊有六萬精銳，西邊有我岳父的十萬大軍，再加上各地百劍門及成千上萬的武林英豪，對上萬曆那幫烏合之眾，我們勝算極大。」

古劍道：「我不懂得帶兵打仗之道，甚至連四書五經也沒念完！能幫上什麼忙？」

朱爾雅連連搖頭道：「沙場便是最好的兵書，史上有許多目不識丁的良將，憑著機敏的悟性，在經驗中領會出最好的戰術，以你的才智，這絕不是問題！」見古劍仍有顧忌，又道：「如果你在路上看見錦衣衛在欺壓平民，不知會如何？」

古劍道：「習武之人路見不平，拔刀相助乃天經地義的事！」

朱爾雅道：「辛苦幾個月，打幾場硬仗，除去成千上萬個禍國殃民的奸官惡衛，拯救百萬黎民於水火之中，不是更有意義？」

古劍想起廠衛之可惡！百姓之苦難！心中忽然湧起一股熱血，眼睛一亮，就要點頭！卻見朱爾雅又道：「若能同意！將來得到天下，封侯封將，富貴榮華，必定留你一份！」

古劍只希望這輩子能生活安樂，無憂無慮，至於榮華富貴，倒不怎麼在乎！朱爾雅畢竟是初識，沒能十分瞭解自己；這番話反令古劍稍稍冷靜，說道：「此事牽涉太廣！很難驟下決定，讓我回去多考慮幾天好嗎？」

朱爾雅點頭微笑道：「無論你的決定如何，我們都是朋友！」

古劍道：「無論我如何決定，今天的話，決不外傳。」

朱爾雅道：「不用多說！我相信你！」兩人不約而同面露微笑，似乎經過這一番交心之言，二人已是知己。

二人走回帳篷，裴問雪早已將藥方全部寫畢，篷內除了裴、程二人之外，朱未央與侯藏象也在裡頭。侯藏象一見朱爾雅，劈頭就唸道：「哎呀！瞧你那麼聰明，怎會如此糊塗？難道沒注意那些人舌頭發紫、口沫泛青，明顯的身中劇毒嗎？」

朱爾雅道：「在下對於毒物的常識的確十分欠缺，若非神醫即時伸出援手，後果不堪設想！」

侯藏象道：「我告訴你，世間的毒物千奇百怪，有口服的、有吸入的、有的從傷口侵入體內、也有的從肌膚滲入……；若依傷處來分，有傷腦的、傷胃的、傷心的、傷肺的、傷眼的、傷喉的……」

程漱玉十分清楚這侯藏象只要開始論及醫理，就會口沫橫飛說個不停，愈說到後來愈愛賣弄艱深，除她之外，一般人聽了無不昏昏欲睡，只好藉故將古劍與裴問雪趕走，並加緊煎藥，好讓朱家父子能盡快抽身。

古、裴二人信步而行，走到一個荒靜之處，古劍忽然停步問道：「問雪兄，據說您飽讀史書，可否向您請教一事？」

裴問雪道：「飽讀不敢說，但讀史可鑑往知來，確實有趣，您請說。」

古劍道：「想問當今神宗皇帝，究竟算不算一個壞皇帝？」

裴問雪露齒微笑道：「是！但又似乎還不夠壞。」古劍問：「此話怎講？」

裴問雪道：「萬曆皇帝為了立太子之事與群臣鬥法，不喜上朝，確有不是！但他不是暴君，亦非昏君，頂多只能算個懶君；或許有些貪財，算半個貪君。但許多奏章積壓良久，許多官員遺缺未補，管事的人變少，法令不常換，反令貿易蓬勃，商賈大興，尚稱繁華。」

古劍道：「既然如此，怎會弄得民變四起，乞丐暴增？」

「富人變多，窮人卻未必減少！」裴問雪嘆道：「近年來氣候苦寒，常生饑荒，宮廷宗藩奢侈浪費之習卻不減反增，稅官蠻橫動輒加派田賦、礦捐、鹽稅等等，自是民怨沖天！唉！天災人禍交相襲來，大明的江山，莫非氣數已盡？」

古劍又問：「現在發生白鶴莊這等事，百劍門人心浮動，如果當真查到確是朝廷所為，該當如何？」

裴問雪道：「據說狐知秋有謀有智，不像是一個會無端招惹是非的錦衣衛頭子，此事頗有蹊蹺，在真相水落石出之前，不應魯莽行事。」

古劍再問：「市井傳言：『神龍再現，天將巨變。』似乎預言有人正準備起義造反。既然君主無道，百劍門與朝廷間又是如此暗潮洶湧，是否該……」

不等說完，裴問雪已知他想問什麼，答道：「無論是誰當皇帝，都不會喜歡這麼大的江湖組織；如果反抗朝廷，無論成敗，百劍門都會煙消雲散！但這並不重要，要緊的是黎民百姓是否真能否極泰來？」

古劍道：「難道不會嗎？」

裴問雪想了一會才答道：「翻開史書，壞皇帝總是遠多於好皇帝，如果只要皇帝不夠好就要推翻，不是永遠都有打不完的戰亂？夏商至今，聚眾造反之事屢見不鮮，失敗的不提，即便成功，這太平盛世也不知能維持多久？然而只要開戰，兵荒馬亂，生靈塗炭，短則數月，長則數十年，天下蒼生流離失所，是正義還是造孽？」

裴問雪飽讀史書，智慧過人，古劍本想從他身上問出一些答案，卻不料更加複雜難解？裴問雪見他一臉迷惑，嘆道：「除非能回到禪讓，否則長治久安畢竟只是夢想；但世間能有幾個堯舜？或許以後的人比我們聰明，能想出更好的法子。無論如何，參與起義是件大事，還請您深思其中利弊，再作定奪。」說完二人相互道別，帶著心事各自離去。

侯藏象繼續又唸了一炷香，直到草藥煎妥，還有些燙，朱爾雅一口氣喝完整碗，直說有要事須處理，下次再來聆聽高論，與父親一同快步離去。

父子倆專挑僻靜小路，邊走邊談，朱未央問道：「你和古劍談的結果如何？」

朱爾雅道：「還算順利，看來已有七分意思。」

朱未央道：「劉備三顧茅廬才請到諸葛亮，你務必加把勁，把他給拉攏過來！如果該說的都說了，他還是無意加入，只好……」說著做了一個殺頭的手勢。

朱爾雅驚道：「有必要嗎？」

朱未央臉色一緊，道：「你連他都不敢除去！要怎麼殺玉兒？拋不去兒女私情，心存婦人之仁，要怎麼打天下？」

朱爾雅道：「您是鐵石心腸嗎？怎麼又叫我動手？她可是您的義女，您看著她長大……」

朱未央道：「我待她如親生女兒，她卻喜歡上我的兒子！更任性行事，壞了任務……」

朱爾雅猛然搖頭道：「我不！絕不！你明知我和她的關係，還逼我動手！世間殘忍，莫過於此？」

朱未央道：「秦始皇如果不夠狠絕果斷，能統一六國嗎？李世民不弒兄逼父，有日後的貞觀之治嗎？趙匡胤若不耍點手段，籌演一齣『陳橋兵變，黃袍加身』，豈有宋朝？甚至咱們的太祖皇帝，為了鞏固子孫基業，也不得不誅殺功臣，創錦衣衛，興文字獄！你知道嗎？天下英才濟濟，而能開朝建國有幾人？做不到不擇手段，哪有成就大業的一天？「你的心腸不夠狠！我卻沒時間讓你慢慢成長，所以才要把玉兒留給你處理；只要能親手殺死她，今後便沒有什麼瞻前顧後的腐儒心思，做什麼都容易！」

朱爾雅道：「您把兒子逼成一個無情無義之人，難道不怕有一天我會對您不孝？」

朱未央哈哈笑道：「沒有什麼人是不能犧牲的。如果有一天，你覺得我會壞了您的復位大業，請毫不遲疑的殺了我！」

朱爾雅怔怔望著父親，說道：「爹！我們別去搶什麼皇位！現在的日子，不也十分風光？」

朱未央作勢要打他一巴掌，手臂舉在半空，凝視著兒子，卻又慢慢放下，道：「你命好！不像我從小沒了父親，必須提早知道許多事情。」

朱爾雅道：「爺爺怎麼死的？您怎麼從來不說？」

朱未央拍拍他肩膀道：「坐下來！這裡四下無人，爹把一切事情都告訴你。」

兩人在一塊岩石上坐定，朱未央道：「嘉靖末年，也是一個紛亂多憂的年代，你曾祖父鴻飛公看準時機，與東洋倭人聯手在東南沿海做出不小的聲勢……」

朱爾雅道：「您說的是倭寇？那幫人凶殘橫暴，焚殺無數！」

朱未央道：「他們要的是財，我們要的是勢，各取所需，也很難多所干涉。這兩幫人馬刀劍鋒銳，戰術高明，往往能以寡擊眾，明軍多方圍剿，始終莫可奈何；直到戚繼光帶著他的戚家軍投入戰場，這批部隊訓練有素紀律嚴明，並針對我們的兵器與戰術設計出破解的『鴛鴦陣法』，接連打敗我軍。

「更麻煩的是，雖然盡可能隱密，然而在當年的東廠首席秉筆太監狐龍藏鍥而不捨的追查之下，已經開始懷疑你曾祖父便是這批漢人與東洋人聯軍的幕後首領。

「於是我們不得不兵分兩路，由你曾祖父至福州狙殺狐龍藏，而你爺爺朱流雲則帶著馬進及另兩位東洋忍者……」

朱爾雅面露驚色，道：「您說的這一段，莫非就是傳說中的『仙遊之戰』？死在貝遠遙『尋龍劍法』之下的中原刺客，莫非就是……爺爺？另一位中原高手不是傳說中的狐龍藏嗎？怎麼變成馬進？他是誰？」

朱未央道：「馬進默默無聞，九歲時父親得罪了當時的提督東廠何奉，全家死於非命，只有他藏身在米缸裡僥倖存活，為了報仇隱姓埋名四處拜師，後來拜在悟創『織花劍法』的狐仙宋玉娘門下，這個人也算一代怪傑，明明是男身，舉止卻比姑娘還姑娘，劍法中的柔媚妖嬌更遠勝世間一般的女子劍法，生平只收兩個徒弟，開山弟子狐龍藏，關門弟子便是馬進。

「『織花劍法』強調瞬息萬變的快與柔，一般女子使不出那種力道，男人卻不易體會那種柔勁，若非像宋玉娘這種天生異體之人，想練得好，最快的法子就是去勢，所以狐龍藏後來當了太監，馬進終生未娶，但他全家死於太監手裡，寧死也不當宦官。

「二十出頭時的馬進年少氣盛，劍法初成便急著尋仇，然而這個仇家何奉身邊不乏高手，反令其身陷重圍難以脫身，剛巧被你曾祖父遇上，出手救他一命，更助他殺盡仇人，從此馬進投靠莫愁莊，成為你祖父得力助手。」

朱爾雅道：「若說在仙遊之戰中死去的兩位中原高手是爺爺和馬進，為他們報仇血恨，在幾年前發出六張慕名帖，殺死那六位英……那六個人的，莫非就是您？」

朱未央道：「江湖上人人說他們是英雄！可是對我而言，卻是不共戴天的殺父仇人！」

朱爾雅愈聽愈是難過，原來他的曾祖父、祖父及父親，全都做過這些難以啟齒之事。說道：「據說這些人個個死狀極慘，您為父報仇殺死他們也就罷了！有必要將他們的遺體毀損至此嗎？」

朱未央道：「別急著瞎問。聽我慢慢道來，自會明瞭這些苦心是為什麼？」

朱未央續道：「當年決定放手一搏刺殺戚繼光，包括你爺爺在內的幾位刺客也都抱著『不成功，便成仁！』的想法，即使屍骨無存，也絕不能讓莫愁莊多年辛苦建立起來的俠義之名毀於一役，否則日後不但難以在百劍門中立足，起義時更無法得到江湖朋友的支持；因此你爺爺除了蒙著臉之外，在與中原高手過招時盡可能避用『卻亂劍法』，而用跟馬進學來的『織花劍法』殺敵。

「可惜那一仗隨著大軍的敗北，四人的刺殺行動也跟著失敗，據唯一生還的倭人回報，當時你爺爺因一時心急，竟不慎中劍而血流如注，首先想到的不是保全自己性命，而是如何不讓人發現自己的真實身分，以免莫愁莊多年的俠名毀於一旦！

「他們一路逃到岸邊，此時幾十艘倭船都被戚家軍放箭火燒，我爹和馬進身負重傷，兩人跳上小舢舨並划向一艘火勢稍小的戰船上，那六人也另搭小船，依舊死追不放！你爺爺和馬進上了大船之後各取兩塊金條塞在衣袋中，接著一躍落入數十丈深的海底，誰也打撈不著！

「當年你爺爺為了保全莫愁莊的聲名，不惜令自己屍骨無存，我連想替父親收屍都辦不到！」

朱爾雅第一次看到父親的眼淚，心中湧起一股悲涼，不禁也溼了目眶！說道：「因為如此，仙遊六俠也得慘死在你的劍下，不得全屍？」

朱未央道：「我殺人毀屍，一來是因為你祖父死狀極慘，若不以牙還牙，怎能叫報仇？另一方面則是狐知秋緊盯著莫愁莊的一舉一動，惹人厭憎；既然要嫁禍，手段愈顯激烈，就愈能讓江湖朋友更加痛恨廠衛並厭惡朝廷，有利於復位大業！」

朱爾雅道：「那六人自始至終都瞧不到爺爺的面容，卻識得『織花劍法』，自然而然會猜疑到狐龍藏身上。可是怎麼後來狐知秋還是洗脫了嫌疑？」

朱未央道：「每次在發出慕名帖之前，先讓赤幫弟兄在附近犯下大案，目的是把狐知秋給引來，因此每次殺了人，附近總會有人發現錦衣衛的蹤跡。江湖上武功奇高的惡人不多，再加上原先被懷疑是仙遊之戰主謀的狐龍藏是他的親叔父，對他有養教之恩，人們自然會聯想到此人。幾次之後，他已成為眾矢之的！

「然而這錦衣衛頭子比我想像中狡猾，殺死幾人之後，輪到董海川時，我先設法將他引至福州，再發出慕名帖約鬥董海川，但他似乎看穿咱們的計謀，在決鬥前夕便易容出城，騎著快馬連夜直奔溫州，董海川次日正午死去之時，他已在六百里外的溫州四處亮相。

「若非狐知秋，狐九敗便成了最有嫌疑之人，而他的武功更高，絕對有能力殺死這些高手，再算上他與狐龍藏及狐知秋的關係，似乎也有動機殺人。妙的是此人心高氣傲不屑辯解，對外界指控保持沉默不置可否，更加坐實眾人之疑惑，我們稍加傳布，說他和狐知秋兩兄弟裡應外合，意圖替叔父報仇，甚至想要剷除整個武林，多數的人都信以為真。」

朱爾雅道：「此人行蹤飄忽，向來不易尋獲，就算被人碰上，一對一也沒人是他的對手！沒想到他今日竟敢公開露面，難道不怕各大門派的高手合力對付他？」

「會怕的話，就不叫狐九敗啦！」朱未央道：「稍早駱龍遊說少林、武當和華山掌門，要求四大掌門聯手對付他，替死去的同門報仇。只有仲孫天同意，明善大師和灰纓道長卻仍不信狐九敗就是王之仁，異口同聲說：『如果狐九敗真是殺人凶手，他絕對敢承認！』」

朱爾雅道：「爺爺從此之後憑空消失，江湖上的朋友不覺得奇怪嗎？」

朱未央道：「當然會！只好再犧牲你叔公。」

朱爾雅道：「我哪有什麼叔公？」

朱未央道：「你以為我們家族總是如此人丁稀少嗎？」

朱爾雅道：「我一直覺得奇怪，除了您跟叔叔這一代有兄弟兩人外，其他幾代都是單傳。」

朱未央道：「太祖皇帝生了十幾個兒子，每個人都封地封王，正是種下日後『靖難之變』叔姪相爭的因果；如果我們也學他們，就算不打起來，每個兄弟都分一點，久而久之財帛兵力愈分愈散，還談什麼復位大業？因此每一代男丁，只留長子，次子之後一出生便交由南洋的親信部將帶至遠方撫養。」

朱爾雅道：「難怪我常見娘獨自哭泣，卻不肯說原因。」

朱未央道：「沒有什麼不能犧牲！為了成就大業，莫愁莊每一代都有孤單的主人和拭淚的女子。」

朱爾雅道：「我有幾個弟弟？」

朱未央道：「兩個，一個在中原，一個在南洋，我偷偷看了三次，過得還算平安。別讓你娘知道！」朱爾雅瞧著父親緊皺的雙眉，才發現他也不是天生的冷硬心腸。

朱爾雅道：「既然每一代都只能留下一人，叔叔又是怎麼留下來的？」

朱未央道：「我小時候身子不好，似乎隨時可能夭折，於是就把二弟給留下，直到我七、八歲身子好些，爺爺瞧這個小孩絕頂聰明，又善於討長輩歡心，終究捨不得把人送走，但始終沒讓他學『卻亂劍法』，並要他自小立誓，日後定要輔佐我完成復位大任。」

朱爾雅道：「二叔雄才大略，更精通各派劍法，會不會……」

朱未央道：「他有這番事業，莫愁莊出力不少，有我在應不致如此；但若為父有什麼萬一，你得千萬提防……回到正題，這位叔公是你爺爺的孿生兄弟朱流風，出事之後，你曾祖父立刻修書，派人將他從南洋接到泉州……」

朱爾雅問道：「怎麼不在南京城？」

朱未央道：「他們最後一次露臉就是在泉州，自然要在泉州開始。而且若帶回莫愁莊，別人瞧不出來，卻瞞不住你曾祖母和奶奶，若裝得不像，一切苦心都白費！」

朱爾雅道：「可是這個冒牌的朱流雲沒練過『卻亂劍法』，沒比過試劍大會，早晚會露出馬腳。」

朱未央道：「所以幾次露面，都必須與江湖朋友保持一定的距離，一個月後再安排一次意外，以你爺爺當時的年紀和武功，說他是病死或被殺都不合理，只好讓他中毒身亡。」

朱爾雅道：「有些毒藥會讓人面目全非，更方便找個屍體冒充，再偷偷把叔公送回南洋。」

朱未央道：「這個法子只能騙到一些外行人，試劍大會的金劍得主突然暴死乃江湖大事！登門弔唁之人必然絡繹不絕，本來對我們已經有一點疑心的廠衛們更會趁此機會多方刺探。任意造假，只要有一個環節出錯，後果不堪設想！」

朱爾雅以為自己聽錯，又問了一句：「您是說他們真的把這個叔公給……？」他不可置信的比了一個殺人的手勢！

朱未央點頭，又道：「出殯的那天，我還是個懵懵懂懂的小孩，只記得娘和奶奶都哭得死去活來，絕非作偽！至於我爺爺，從那天起就沒再笑過，每天加緊督促我白天練劍晚上習文。所謂的習文，除了四書五經之外，還包括史書、兵書，並鑽研法家治國之道、鬼谷子縱橫權謀之術及帝王心術等實用雜學。

「你曾祖父就這麼抑鬱數年，鐵打的漢子也不免病倒，臨終前在床榻邊老淚縱橫的把這一切說給我聽，要我記取教訓，及早準備，日後把這一切犧牲，連本帶利討回來！」說完嘆了一口氣又道：「那年我才十四歲，卻在瞬間長大！」

這番言語一字一句敲進朱爾雅心中，震響不已，今天終於知道：為何父親總是這麼嚴苛！如此無情！

朱未央又道：「兒子，這些話本想留待試劍結束再與你說個分明，如今見你這番心腸，卻讓我不得不擔心：如果我不幸失敗，你是否還能接下此一重擔？」

朱爾雅道：「您臥薪嘗膽擘畫多年，如今時勢又對我們極為有利，豈有失敗之理？」

朱未央道：「在巨龍石被人劈斷之前，我的確信心十足。」

朱爾雅道：「什麼巨龍石？」

朱未央道：「百劍門早在二十年前就決定將在太白山舉辦第五次試劍大會，隔年我便派人找一顆巨石，請石雕師傅刻出一個粗略的龍形後放到瀑布下方，讓水流沖去斧痕，兩年後這顆龍形巨石看起來就像山裡挖出來的石頭一般自然，再偷運到太白山上找個地方埋放。

「埋石之前，先種下龍鬚根，這種藥最愛長在一半石頭一半泥土之地，吸收泥土的陰氣與石頭傳來的日照熱氣。攀石而上，經過十幾年的風吹雨打日曬雨淋，根、石、土混為一體，看起來就像擺在這裡千年萬載的一顆龍石。」

朱爾雅忽然想到這些年來流傳在市井間的傳言，問道：「這些年來市井傳言：『神龍再現，天將巨變』，莫非……？」

「沒錯，是從莫愁莊散播出去的。」朱未央點頭道：「看過野史或常聽說書的人都知道，歷代的開國皇帝，往往在稱帝之前已有許多奇奇怪怪的傳說，有的人出生時天生異相；有的人總能化險為夷，歷經九險而不死。就拿太祖皇帝來說，據說他一跪千斤重，受禮者輕則頭痛腹瀉，重則一場大病。這種種傳言，是真是假如今也無從考證，然而可以肯定的是，只要這些故事傳揚開來，讓世人以為找到亂世中的『真命天子』，必可吸引眾多信者甘心追隨！

「所以我埋下巨龍石與龍鬚根，二十年後上萬人待在太白山上，必有一些身子稍虛之人受不了連日的冷風而生寒病，只要稍加安排，令人在眾目睽睽之下挖出藥與石，龍鬚根再加上龍形的巨石，太白山上真龍再現，人們自然相信起義必成，再適時登高一呼，不愁沒人響應。

「可是人算不如天算，儘管埋得十分隱密，還是被人提前發現，取走龍鬚根不說，竟一錘將堅硬的巨石擊成兩半！原來的吉兆變成凶兆，從那天起，我就有股不祥的預感，真怕……」

朱爾雅道：「您多慮了！這不過是個偶發事件。有查到是誰打碎的嗎？」

朱未央道：「十分明顯，數百個衣著單薄的老弱殘丐上山，待在跑馬梁那種透風之處，若沒有龍鬚根來維持體熱，早有一半要抬下山。」

朱爾雅道：「可是殘幫之中，誰能夠一錘擊裂巨石？莫非是……」

朱未央道：「我已查到，找到龍鬚根，擊裂巨龍石，正是玉兒與古劍的傑作！」

朱爾雅「啊」的一聲！道：「所以你一直想殺他們！難道莫愁莊歷代行善修德，只是為了掩飾這種種惡行？」

朱未央突然一巴掌揮將過去，打得他臉上辣辣生疼！說道：「我也不愛殺人，更希望天天行善；如果有朝一日，我們登上了九龍寶座，不是能行更多的善事嗎？」

朱爾雅道：「我們為了作惡而行善，也為了行善而作惡。這樣對嗎？」

朱未央道：「有的時候善與惡，很難一劍切開。如果只憑婦人之仁也能建立什麼豐功偉業！我何必如此？成王敗寇，只要復位成功，百年之後，除了幾個吹毛求疵的史家之外，誰還會計較這些手段？我先走了，你一個人好好想清楚！」說完逕自離去，留下朱爾雅獨自靜立在寒風之中。

「爭劍賽」分成兩組，單數名次在大爺海，雙數名次在二爺海。第一天由於身為求劍賽狀元的古劍，挑試的對手退了兩名，接下來的榜眼范濬和探花閭丘允照便往前挑試螭紋劍第一、第二名的劍缽。

范濬自從敗給了魏宏風之後，信心大受打擊，劍法中該有的霸氣消失無蹤，竟費了一番手腳才取勝，垂頭喪氣的走回來，駱龍與衛飛鷹鐵青著臉，搖頭不語。

古劍接在范濬後面出場，挑試螭紋劍第三，溫州「廖家」的劍缽廖定謀。上了試劍臺，卻發現對方無精打采，眼神中似乎微有恨意！行禮完畢，刺出來的第一劍就因過於著急而露出極大的空門。

現在的古劍當然看得到，心想：「苦練十幾年，如果亮不到幾招就這麼慘敗，任誰都會心有不甘！」長劍只稍稍帶了一下，提醒他道：「別慌別急，用平常心。」

廖定謀怒道：「什麼叫平常心？反正輸定啦！這是我唯一一場比試，當然要盡快把最好的招式全使出來！」

古劍沒有工夫瞧他說話，但見他口中唸唸有詞，劍法卻漏洞百出，道：「專心比劍！你一說話分了神，破綻更多！」

廖定謀道：「既然你劍法強我百倍，看見破綻就殺來吧！也好讓我早點回家歇息。」

古劍道：「廖家劍法嚴密中見刁鑽，你一路急攻，劍法的長處，恐怕很難徹底發揮！」

「嚴密中見刁鑽」，確實是一些熟朋友對廖家劍法的評語，沒想到如今鼎鼎大名的劍缽古劍竟也知道；原來這個理應高高在上之人，一直沒有小看自己，竟肯先行打探對手的武功特長，思道：「他一直都是好意，希望我即使取勝無望，也要盡力施為。既然如此，真得拿出最好的功夫，讓這些江湖朋友瞧瞧咱廖家劍法的本事！」

心念如此，劍法也慢慢漸入佳境。古劍十分清楚，在萬目關注的大場面比試之人，表現往往不是大好就是大壞。他適時引導，讓廖定謀隨著自己劍招中漸增的變化與力道，逐漸激發出潛能，果然引出他許多平常辦不到的絕妙劍招。觀劍人眾眼睛一亮，都對廖家劍法刮目相看！

胡遠清道：「我說得沒錯吧！世間沒有二流的劍招，只有二流的劍客；劍法的好壞，劍招本身還在其次，主要看你怎麼教怎麼學。」

尤寡婦道：「看來你這中原武林第一試劍師的頭銜，恐怕也要讓賢啦！」

胡遠清道：「胡說！他是不錯，但跟我比還差得遠呢？」嘴巴這麼說，內心卻不免嘀咕：「如果這小子教劍老是不收分文，豈不破壞行情？」

過了百餘招，古劍才將比試結束，廖定謀感到酣暢淋漓，這一生從未輸得如此痛快，和古劍道聲：「多謝！」在掌聲中昂首闊步走回迎劍臺上。

第三場是螭紋劍第五的劍缽比試，第四場便輪到排名螭紋劍第七的古家劍缽接受挑戰。

許多人對於殘幫望江樓大會，郭綺雲未出半招而成為劍缽一事略有耳聞，親眼見識過其劍法之人卻沒有幾個，不免有幾分期待，也有幾分懷疑。是故求劍賽排名第七與第八的劍缽，為了謹慎起見，刻意避開她；然而排名第九的無極劍門劍主吳鳳儀和劍缽吳昊，卻不相信一個瘦弱的女瞎丐能使出什麼了不起的劍術。

輪到這兩人比試，吳昊一溜煙躍上試劍臺，好整以暇的等這個對手緩緩前進。郭綺雲卻得彎下腰身，每跨一步，都必須先以長劍探觸下一支木樁的位置高度，再躍至下一木樁。

這三十六根木樁截面不大，只容單腳站立，而且為了配合水底的地形，個個距離與高度均未必一致，甚至不是直線，即使是一般不諳輕功的明眼人，也不易順利走完，何況是個目不視物的瞎子？但見她單薄的身子在山風呼嘯中一步步緩緩前進，真怕她一個失足，滑落冰冷的湖水中。也有人擔心就算走得到試劍臺上，已沒精神比試。

算計時間，恐怕一般人已比完數十招，她還沒有走完，吳昊索性坐了下來，雙手環抱胸前，露出些許不耐的神情。又過了一陣，終於等她躍上試劍臺，二人互行一禮，吳昊心想：「終於可以一展功夫！」拔出長劍，還沒完全刺出去，頸項間已有一股涼意，他驚愕不已！沒想到根本還沒看清楚對手來劍，已經輸得莫名其妙！

吳昊或許有些輕忽，然詭奇飄忽正是「魑魅劍法」的特色，一般人若非十分熟悉，根本過不了幾招；而郭綺雲目不視物，出招應劍全憑聽力與直覺，一招一式都必須完完全全的專注，當中哪怕只有半分容讓之心或其他雜念，都可能發生無可挽回的疏失，當然不能冒這個險；再說范濬仍是她未來不可避開的勁敵，正睜大眼睛看她比劍，若讓他恢復自信又熟悉其劍法，將不再有獲勝的機會。因此她與古劍不同，無論多麼同情對手，都必須盡早結束比試。

沒人料到差距如此懸殊，觀劍人眾無不訝異，尚未回過神來，又見郭綺雲輕飄迅捷的踩著木樁回來！原來她已將三十六根木樁的方位、遠近與高低全記在腦中，倒背如流，絲毫無誤！眾人驚上加奇，報以如雷掌聲，但見她臉上卻仍平靜如昔，彷彿世間榮辱，與之無關。

接連數日的爭劍賽，每晉一級，所遇的對手名次愈前，劍法自然更加高明，但對古劍、范濬與郭綺雲來說，仍難以構成威脅。相同的情況一再發生，古劍總有辦法讓對手感到雖敗猶榮，郭綺雲每次都迅速結束比試，范濬則時好時壞，似乎還未能完全走出敗仗的陰影，駱龍與衛飛鷹憂形於色，終於忍不住罵道：「再這樣下去，別說贏不了古劍，就連碰上郭綺雲也得輸！」

六天的爭劍賽結束，參與排劍賽劍缽之名單與初始的排序也已確定，身為丐幫劍缽的范濬，縱使狀況不穩，仍堅持每次都挑試第一位劍缽，因此到最後仍舊排在首位。郭綺雲的第七也未變動，如無意外，這兩人將在排劍賽第三天一較長短。至於古劍，一路退名挑試，最後以第十二名定序，要到最後一天，才有可能碰上范、郭二人的勝者。

除了古劍夫妻，洪子揚、閭丘允照與楊放三人也都順利搶進排劍賽，這一次試劍，果真讓巴蜀武人揚眉吐氣，包下整座忘憂坊，給這五位少年英雄慶功一番。杯晃交錯中，眾人輪番進酒，都說峨嵋、青城向來高高在上，遠不如百劍門可親，今後毫無疑問，古家便是四川武林的龍頭老大！古銀山自然連稱不可，卻也難堵眾口。

正熱鬧時，跑堂的拿給古劍一只繡花布包，打開一看，裡頭兩顆夜明珠子，這不是程姑娘身上的東西嗎？他酒醒了一半，問跑堂的道：「誰拿來的？」跑堂的道：「不曉得，神情語氣倒有七分像是當差的。」這些跑堂見多識廣，猜人極少出錯，古劍想到錦衣衛的凶殘狠辣，不敢輕忽，立即奔了出去。

門外果然有一藍衫人，一見古劍便說：「快跟我來！」逕自轉身朝北急奔。那人奔行極快，輕功並非古劍所長，在後面追得並不輕鬆，幾次請他留步，那人卻置若罔聞，古劍內心疑竇叢生：「難道他也聾了？這個人我從未見過，怎麼知道程姑娘上山來？又怎麼知道我認得程姑娘？」

一口氣奔行十來里路，藍衫人鑽進一個隱密的洞穴之中，古劍心生疑慮，但一想到程瀲玉的安危難料，就算是龍潭虎穴也得闖它一闖！跟著鑽入洞內。他以劍引路，邊走邊用長劍碰刺前方山壁，卻始終沒遇上什麼機關，十餘丈後才見燭光，來到一個方圓數丈的平地，裡頭擺著幾顆大石頭，除了藍衫人外另有五人，其中卻有四個舊識，正是錦衣衛蕭、劉、王、金四大統領！蕭乘龍乾笑兩聲道：「好久不見。」

古劍心中一震，繃緊神經，往後退開半步道：「你們怎麼沒易容？」

劉易風道：「貴客光臨，我們頭兒要大家以真面目示人。」說完引見唯一坐在石上的高瘦漢子道：「這位便是我們的頭兒——錦衣衛指揮使狐知秋大人。」古劍多瞧了兩眼，這人神情冷峻，眉宇之間確與狐九敗有幾分神似。

狐知秋道：「他們四人都說被一個初出茅廬的無名小子整得死去活來，壞了任務。狐某本來不大相信，然這幾天親眼見到你不凡的身手，方知英雄出少年，確實了不起！」

但見此人威儀凜凜深邃莫測，古劍握緊長劍，又往洞口處退了兩步，思道：「這五個人不再群龍無首，足以打敗兩個古劍。」說道：「別說我啦！程姑娘呢？那顆夜明珠是怎麼回事？」擺出一副凜然不懼的表情，其實心中七上八下。

劉易風笑道：「程姑娘十分機警，我們請不到本尊，只好出此下策。這種繡花布包後宮到處都有，而夜明珠少說也有幾百顆，咱們頭子立下這麼多大功，皇上龍心大悅時，賞個兩顆也不過分。」

蕭乘龍道：「自從幾天前被人嫁禍之後，錦衣衛在這太白山上便成了過街老鼠，行動極為不便，為了與您見一面，不得不用點小伎倆，尚請莫怪！」

古劍道：「若不做虧心事，哪有這些避忌？」說來還是一臉的不悅。

狐知秋揚腳踢一塊石頭過去，道：「這事說來話長，你先坐下，聽我慢慢解釋。」見他輕描淡寫的將兩、三百斤的巨石踢得又準又穩，古劍心下駭然，豈肯依言就坐？又退了一步。

狐知秋面露微笑，為示尊重，也起身不坐，道：「程姑娘的確有了大麻煩，只有你能救她。」

古劍道：「怎麼說？」

卻見狐知秋話鋒一轉，嘆道：「如今天將大亂，朝廷有難，你知不知道？」

古劍搖頭，不想和錦衣衛談太多。

狐知秋道：「才剛剿清倭寇，又耗資費兵打了幾年的援朝抗日之戰，朝廷已元氣大傷，外強中乾；而北方除了韃靼虎視眈眈外，努爾哈赤統一女真族後，更是狼心頓起！光是這些外患，已令皇上寢食難安，在這個時候，卻有一群居心叵測之人，組成赤幫，意圖挑撥黎民，密謀造反！」

錦衣衛懷疑赤幫想造反一點也不令人意外，古劍不必故作驚奇，說道：「如果百姓們都安居樂業，任誰也難以挑弄。但據我所知，現在無論山賊還是乞丐都愈來愈多，看來……」

狐知秋道：「我明白你的意思，但國事繁雜，不是三言兩語就能說個清楚。我只能告訴你，一旦造反成勢，又是一場生靈塗炭、屍橫遍野的惡戰！蒼生何辜？」這番悲天憫人的話語，從一位錦衣衛頭子口中說出，不免令人感到突兀。

古劍說道：「古某只是一個尋常百姓，不知你為何要談這些道理？」

狐知秋從口袋裡取出一把匕首，晃動幾下道：「你以為她真能就此平安無恙？」

古劍看得出來那是程潄玉所用的匕首，驚道：「你們承諾過，不再為難程姑娘！」

狐知秋笑道：「他們四個答應了，我可沒同意。」

古劍道：「你們這些廠衛說話真假難辨，多聽無益，我還是回去算了！」說完緊握劍柄，正欲離去。

狐知秋卻道：「其實程姑娘最大的威脅不是我們，而是赤幫！」

古劍收回提起的腳，問道：「怎麼說？」

狐知秋道：「種種跡象顯示，程姑娘與赤幫有極深的淵源，甚至可能熟識赤幫的首領。起初我下令半追半放，等她出了京城再抓人，這麼做無非是想利用她引蛇出洞，我猜赤幫的人即使不想救她，至少也會派人殺她……」

古劍驚道：「不是說她與赤幫有淵源？」

狐知秋道：「她已無利用價值，卻知道不少赤幫的祕密，只要一日不死，赤幫的首領『紫微星』便一日難以成眠。」

古劍道：「據說赤幫高手如雲，如果想殺程姑娘，應該不是難事；可是逃避你們追捕的那段期間，始終也沒見任何赤幫殺手。」

狐知秋道：「我也覺得奇怪，直到有一天，我發現四位得力下屬之中，竟有一位內奸！才豁然開朗……」說到末處目光犀利，逐一往蕭、王、劉、金四人臉上掃去，平時耀武揚威不可一世的四大統領，竟不約而同的打了冷顫！

狐知秋來回掃視數遍，最後停駐在王遂野身上，王遂野全身發抖，撲通跪道：「不……不……不是我……」

狐知秋冷冷問道：「六醜是誰？」

王遂野顫慄不止，道：「下……官不知……」

「讓我告訴你！」狐知秋道：「六醜是一個太監，在程漱玉入宮之後不久即被選入宮中，一直暗中保護她。當程選侍出事時，靠著此人殺出一條血路，才得以逃離深宮，並一路護送出京，死在半途。」

王遂野道：「下官只知道他叫『喬六安』，什麼時候……變成了六醜？」

古劍終於知道，為何程漱玉在逃亡期間化名「喬小七」，原來是感念這位曾不顧死活，捨身保住其性命的義兄。

狐知秋道：「喬六安是化名，『六醜』卻是此人在赤幫內部的稱呼。兩年前山西一場囚車劫案，三名蒙面匪徒殺光我們負責押解犯人的官兵，向囚車內的囚犯自報名號，分別叫什麼『二癲』、『四傻』與『八怪』，沒想到百密一疏，一名百戶重傷未死，爬著回來向我稟告。

「後來我明查暗訪，費盡工夫，直到最近才查出來：這三個人和一個叫『六醜』的傢伙都是赤幫的人，武功、聲望或許還不足以列入二十八星曜，卻對赤幫首領忠心耿耿，經常奔走連絡於二十八星曜間，他們的名號，除了赤幫之外無人知曉。所以本座十分好奇：為何你在幾個月前，就能脫口說出『六醜』兩個字！」

原來狐知秋一直在自己身邊安插人馬，隨時監視。王遂野寒毛直豎，想起在地窖囚禁古、程二人時，為了確認程漱玉不會輕易出賣赤幫，確曾試探的問程漱玉六醜是誰？他心中一沉，仍試圖辯解道：「下官聽見程漱玉在睡夢中喊過這個名字，才會以此相詢。小的對您一向忠心不二，天人可鑑，請您明查，別聽信任何一個小兵胡言亂語！」

「是嗎？」狐知秋笑道：「為了怕冤枉你們，本座在你們身邊至少各派了三名親信，記下你們生活起居。遇到一些重要事情，更會分開詢問每一個人，如果有人答案與他人不同，就把他的頭給砍下來！這樣還會有錯嗎？」

王遂野自知瞞賴不掉，反而漸漸冷靜下來，道：「下官把知道的全說出來，只求您讓我痛快死去，留個全屍！」

「你以折磨他人為樂，沒想到也會懼怕這麼一天！」狐知秋笑道：「好吧！從你如何加入赤幫開始！說得愈多，屍體自然愈完整。」

王遂野癱坐在地，娓娓說道：「十幾年前下官只是東方敬手下的一名百戶，他雖然是我大師兄，卻不怎麼瞧得起我，平日對我不假辭色也就罷了，對我的看重亦不如另兩位百戶。日子久了，我對他崇敬之意漸減，懷恨之心卻與日俱增，若不是武功遠不如他，真想……

「某一天我被東方敬莫名其妙的責罵一頓，心中氣悶，一個人酒樓買醉，喝得正是暢快，忽爾瞥見東方敬的小妾正在對街選買胭脂。這女子妝扮冶豔，舉止撩人，倒頗有幾分姿色。平常我可不敢招惹，那天卻壯著酒膽衝下樓去，嫂子長嫂子短的，把她騙到一條偏僻的小路……」

狐知秋道：「原來東方敬那個妖豔的小妾，也是你姦殺的。」

王遂野道：「姦了之後，非殺她不可！殺人之後，剛把屍首埋妥，忽然冒出一個蒙面人！我大吃一驚，卻也沒忘記要殺人滅口；可是此人武功奇高，遠遠在我之上，卻等我使完一套槍法，才把長劍架上脖子。我閉目待死，那人卻說出我使槍的四大缺失、八點錯處！

「那人實在厲害，只看那麼一次，就點出我槍法中所有的問題，我聽得直冒冷汗，就說：『你說的似乎句句成理，卻與我師所授頗有出入。』那人笑道：『九臂槍王顏赫行槍法造詣當然沒有話說，只不過徒弟有親疏之分，所教的槍訣槍法，自然跟著不同。』

「我回想當年學藝時，師父在練武場上蓋了一座石牆，將我們師兄弟分成兩邊教武，一邊只有東方敬一人，其餘之人全在另外一邊。師父說習練槍法必須循序漸進，東方敬比起我們都要早入門幾年，彼此功夫差距懸殊，在我們追上來以前，不但不宜一起練功，連互相窺視都會彼此影響，嚴禁我們偷看大師兄習武。當時我們覺得理所當然，每個人都勤奮不懈，期望能早日趕上大師兄，到隔壁學習更高深的槍法。然而一直到東方敬出師以前，始終沒人辦到。

「後來與東方敬共事，才真正見識到他的槍法，總覺得與師父教給我們的略有不同。我暗暗起疑，某日藉著酒膽嘗試套問，他勃然變色，把我狠狠臭罵一頓，說我狼心狗肺不念師恩，師父教授槍法當然一視同仁，是我們沒學到家，才會弄得似驢非馬！

「想到此節，我問蒙面客：『你知道什麼？』那人說：『你想不透嗎？你師兄東方敬是顏赫行的私生子，他怕你們喧賓奪主，把槍法學得比親生兒子還要強，故意藏私教錯幾招！』

「原來如此！我忽然覺得這對師徒果真有幾分相像，這父子倆可惡透頂，害我為了一套二流的槍法孜孜苦練十餘年！我師父已死，恨意自然全算在東方敬頭上，對著埋屍處多踩兩腳，拎著長槍就要去找他！

「那蒙面人攔在前頭道：『找死嗎？』我說：『我管不了那麼許多！』那人說：『君子報仇三年不晚，你何不記下方才我所說的每一句要訣招法，再苦練個三年，憑本事把他殺了！』當時東方敬的槍法比我高明許多，不禁懷疑道：『可能嗎？』他反問我道：『你認為我與尊師的武功誰高明？』我說：『當然是你！』他又問說：『你覺得天資才幹不如東方敬？』我說：『絕不！』

「這兩句話有如當頭棒喝！令我信心大增，返家苦練新的槍法，三年後我回到京城，先把東方敬的妻小全數抓到荒郊野外折磨個半死不活，再去把他騙來。東方敬到了現場，氣得兩眼暴凸，與我惡戰一場，才知我已非昔日吳下阿蒙，當場慘死在家人眼前。」

狐知秋道：「當時我還以為東方敬殺孽太重，慘遭報復，沒想到是你這個表面上哭得死去活來的師弟所下的毒手。後來瞧你武功智計都不遜師兄，還把你提拔上來，補了他的缺。」

王遂野道：「那是我和東方敬的私人恩怨，對於頭子您，下官一向崇敬有加，從不敢存絲毫惡念。」

狐知秋道：「不存惡念，怎麼又入了赤幫？」

王遂野嘆道：「東方敬死去不久，那蒙面人又來找我，與我談論許久，我問他為何要幫我，他說他精研五術天相，料定天將大變，只要湊齊二十八星曜，齊心共力，必可創一番大業；而我，就是他尋覓已久的『天鉞星』轉世。」

狐知秋冷笑道：「二十八星曜由十六顆主星和六吉、六煞組成，天鉞星排在六吉星之末，值得你如此賣命？」

王遂野道：「這個人無論學問、武功與智慧，都讓人不得不打心眼佩服。他幫過我大忙，也抓住我的把柄，無論我信或不信，這輩子都別想逃出他的掌心！」

狐知秋道：「你知不知道他是誰？」

王遂野搖頭道：「他自稱『紫微星』，也就是二十八星曜之首，每次見他都蒙著臉，壓著嗓子說話。」

狐知秋又問：「你們如何聯繫？」

王遂野道：「我與他並不常見面，與組織聯繫的方式與地點不斷在變，若有重要事情，則另派『四化星』找我。這四個人也是神祕兮兮，不是易容就是戴上面具，連化名都是祕密！也就是您所說的二癲、四傻、六醜、八怪。

「程姑娘進宮之後不久，六醜跑來找我，說他身負一項機密重任，必須進宮當太監，說完揭開面具，果然長得醜，我說：『進宮的太監都要白白淨淨，像你這副尊容，恐怕很難被接受。』他拉下褲襠，竟然已經去了勢！還說無論如何，都要進宮。

「我只好找人幫他修一修，套了不少交情，塞了許多銀兩，才幫他在太子東宮找到一個打雜的活兒。後來程姑娘東窗事發，我才知道，原來六醜入宮之目的，是為了保護她的安危。」

狐知秋道：「程潄玉逃亡期間，他們給你下了什麼命令？」

王遂野道：「沒有任何指示，真的！我也百思不解！甚至留下不少暗記，又在地窖裡等了他們七天七夜，就是沒有人來，弄得我不知該殺還是該放，只好帶著她北上，如果赤幫遲遲不理，送回京師邀功也好。」

狐知秋道：「我認為赤幫內部有兩種意見，一派與程姑娘親密，主張要救她；一派卻認為她任務失敗，留下來只會成禍害，堅持要殺她。兩方相持不下，便弄成不理不睬，任她自生自滅。不過我想拖到最後，終究難逃一死，因為對於這種野心勃勃的人而言，沒有什麼是不能犧牲的！」

古劍心頭一震，「沒有什麼是不能犧牲的！」不正是莫愁莊莊主朱未央所說的話嗎？

王遂野點頭道：「以她的性子與當時的身子，即使嚴刑逼供，頂多也只能得到一具屍體，反而得罪了太后與太子。如果她夠謹慎機靈，即使送進天牢，短期之內，沒有人能從她口中問出什麼。而赤幫的眼線遍布京畿，無論她關到哪裡，想救她或許得花一些工夫，要殺她卻十分容易。

「他們相信程姑娘不會輕易出賣他們，我卻沒這麼放心，才試著提起六醜的名字；但她十分小心，完全看不出有何異狀，才敢把她押解上京，沒想到我只提一次，還是被您查了出來……」說到此處，自知絕無倖存的機會，半截長槍直貫心窩，已趕赴地獄見他師兄。

狐知秋轉頭對著古劍道：「你以為赤幫二十八星曜盡是一些任俠仁義之士？」古劍點頭，王遂野的凶殘狠辣他可是親身體驗過，如果這等惡人也列入二十八星曜，那……今日這一幕可是親目所見，絕無造假之可能，古劍對於這個神祕幫會的敬意不免大受衝擊！

狐知秋道：「我們明查暗訪，對於赤幫組成人物，早已掌握過半，只不過現在還不是開戰時機；但本座可以肯定的告訴你，二十八星曜中，像他這種人，絕對不在少數。這幫人表面上沽名釣譽，其實骨子裡多是一群為得天下而不擇手段的狂浪武人。」

古劍問道：「你為何跟我說這些？」

狐知秋笑道：「如果我猜得不錯，近日之內紫微星或天機星必會找你，費盡口舌邀你入幫！」

古劍暗暗驚佩於他料事之精準，不露聲色的道：「閣下未免太抬舉古某！」

狐知秋搖頭道：「絕不！打敗魏宏風之後，你聲譽鵲起，闖入四大劍門，取代樂遊苑成為百劍門中『西路』共主已成必然；而你妻子亦有驚人武藝，再加上兩萬餘名的殘丐，無論是否奪取金劍，都能與任何一家劍門分庭抗禮。」

古劍道：「那又如何？」

狐知秋道：「赤幫想要造反成勢，至少需要鼓動三、四成的武林朋友加入他們所謂的『義師』；若要達到這個目標，百劍門本身要有過半響應。可是百劍門的朋友多半家產豐厚，要他們造反，便是拿出全部的家當豪賭一場，若沒有極大的聲勢與勝算，並不容易。「而百劍門向以四大劍門馬首是瞻，四大劍門中，如果有一家不附和，他們的聲勢就小了許多；如果有兩家反對，可能變得難以成事；如果其餘三大劍門都不以為然，願意跟著他們造反的其他劍門恐怕寥寥無幾，更何況是其他的江湖幫派！」

古劍終於明白為何莫愁莊急著要他表態，思道：「胭脂胡同無意加入，如果我闖入四大劍門卻拒絕入幫，便有一半無意共舉義旗，對他們傷害不輕。」

狐知秋道：「不管你有多麼討厭錦衣衛，我們卻希望與你是友非敵。只要程姑娘不再洩露身分，不再為虎作倀，狐某以及所有的錦衣衛，都不會再動她一根寒毛。只盼您回去之後，為大明、為百姓、為殘幫以及您的家人仔細想想，該怎麼做才對？」說完比個手勢，讓古劍離去。

古劍身陷賊窟，能如此輕鬆的走出來，自己也頗感意外。沿路想著狐知秋、朱爾雅及裴問雪的話，似乎每個人都說得極有道理，卻又相互矛盾，沒想到知道的事情愈多，卻讓人愈加困惑！

走回木房，還未進門，卻見郭綺雲跑出來道：「你去哪兒？縉雲山莊出事了！」

古劍驚道：「什麼？」

郭綺雲道：「楊莊主祖孫三人不知為了什麼，在冷水泉被人襲擊，楊讓和楊放當場斃命，楊老莊主也受了一劍，被人發現，抱回山上卻也是奄奄一息，生死未卜。」古劍問道：「人在哪裡？」

郭綺雲道：「在朱莊主的大宅內，侯神醫與程姑娘正設法救治，楊老莊主卻直嚷著要見你！」古劍聽了，牽著郭綺雲的手，拔足便往大宅奔去。

三人被隨州的獨行劍客傅九庸發現時，楊讓和楊放早已氣絕，他抱著還有一點溫熱的楊繼直奔山頂，山頂上處處是人，消息很快傳遍整座太白山，朱未央飛奔出來，把楊繼抱進宅院，以真氣暫時護住性命，派人急請神醫。過不多時，宅院內外已擠滿了人，包括各大派的首要人物及楊繼的友人古銀山、洪承泰等都前來關心。

楊繼的傷口雖深，並未傷及要害，經侯藏象一番處理算是保住了性命。睜眼見到古銀山，竟掙扎著起身要跪！古銀山趕緊過去扶住他，楊繼老淚縱橫的說道：「叫古劍幫我們報這個仇啊！」

侯藏象道：「你一激動，傷口又裂啦！」

楊繼道：「縉雲山莊毀了！我還活著幹嘛？」果然胸口包紮的白布又滲出血水。

侯藏象罵道：「別讓人家笑我堂堂神醫連個普通劍傷都治不好！你就算不想活，也得等我醫好再自盡！」邊說邊在他身上連施幾手重穴，讓他動彈不得。

程漱玉道：「您得先冷靜下來，才能仔仔細細把事情始末說個清楚，抓出真凶。」楊繼直挺挺躺在床上，木然直視，一眨眼卻擠出一串淚水，眾人看得搖頭直嘆！程漱玉道：「你們出去一下，我勸勸他，等病人情緒穩定了再來問話。」這個時候大夫最大，站在裡頭的十幾位武林名宿們，只好移動尊步，走出屋外，與人群一起等候。

朱未央問洪承泰：「洪老莊主，您與楊老莊主相識多年，可知他有跟誰結仇？」

洪承泰道：「楊莊主個性雖然剛烈了些，但為人十分正派，不會無緣無故找人麻煩，一般人也不敢招惹他，除了偶爾議論時政，從未聽過有什麼仇家。」

裴友琴道：「無冤無仇，怎會無緣無故下此毒手？」

洪承泰道：「據我所知，楊莊主早年曾是抗倭名將俞大猷手下的一員猛將，打贏不少戰役，卻不善為官，在官場上被人鬥得一敗塗地，憤而遠離京師，定居四川，提到朝廷那幫只會逢迎拍馬的貪官汙吏，總是一臉的不屑。」

人群中有人喊道：「不用說了！定又是那些廠衛幹的好事！」這人一開口，立刻有人跟著起鬨，紛紛罵起錦衣衛的不是。

朱未央朗聲道：「現在還有很多事情沒問清楚，別過早下定論。」轉頭又問洪承泰：

「山上的澡堂日日有人生火煮水，怎麼他們還要去冷水泉？」

洪承泰道：「練楊家劍法的人無論寒暑都是洗冷水澡，愈冷愈能刺激身子，讓楊家氣功更加剛強猛健。他們上山之後發現冷水泉的水特別寒冷，一般人受不了，他們反而如獲至寶，每天清晨都要洗一趟。自從白鶴莊出了事之後，我勸他說那個地方太過僻遠，還是少去為宜；他卻說洗慣了，一天不洗就一天不自在，只是把出發的時辰從凌晨改成不定時，沒想到還是被盯上。」

紀南圖道：「可見這個殺手不但極有耐心，跟蹤的本領也有一套，而暗殺與跟監，正是錦衣衛的看家本領。」

朱未央道：「即使如此，也不能只憑這一點推論，就斷定他們是行凶之人！」

話方說完，卻聽房裡傳出微弱的聲音道：「錯不了！凶手定是狐知秋！」眾人一聽，又紛紛走進屋內。

楊繼躺在床上，情緒已稍事平復，說道：「我們祖孫三人在忘憂坊吃完慶功宴便直接去冷水泉洗澡，通常都是我和放兒先洗，阿讓一旁警戒。才剛下水，林中忽然走出一個身形高瘦的陌生人……」

朱未央插口問道：「你確信沒見過這個人？」

楊繼道：「沒有，但他臉上似乎有些不甚自然的妝，並散發淡淡的藥水味，應是剛易容不久。那人拔出長劍，來意不善，卻比個手勢叫我們先穿上衣服……」

灰纓道長道：「這正是狐知秋的作風，他自視甚高，根本不屑偷襲。」

楊繼續道：「是的，他不發一語，靜靜等我們擦乾身子，穿上衣裳，拔劍出鞘，才正式使出第一招。此人劍法極高，我們以三打一，卻發現連逃命的機會都沒有！均是一劍穿心，四尺長劍從左胸透骨而入，只恨我心臟長在右胸，沒能和我兒孫子共赴……！」

朱未央怕他愈說愈激動，趕緊問道：「他的劍法有什麼特別之處？」

楊繼道：「十分詭異，我……說不太上來！」

朱未央道：「各位前輩見多識廣，不知有無見過『織花劍法』？」廳內至少十來位出道超過二十年的武學大師，竟無人應答！

沉寂了一會，灰纓道長才說：「據說無論當年的狐龍藏還是現在的狐知秋，一旦使出『織花劍法』，就非把對手殺死不可！因此看過這套劍法的人，少有能活下來的！」

明善道：「如果當年仙遊之戰其中一位死去的中原人確是狐龍藏，就曾經有六個活人看過，可惜如今也都不在世！」

朱未央道：「這六位前輩英雄回去之後，難道沒有試耍一番？」

明善道：「我們曾請明性師弟演練幾招，他面有難色，只說這套劍法使起來就像大姑娘繡花織布般彆彆扭扭，不是正常男子學得來的。」

楊繼道：「沒錯！他的劍法詭異中帶有幾分忸怩，必是『織花劍法』！這個人必是狐知秋，當年他欲從軍，無功無勞就當上了參將，讓咱們這些在沙場上拚死拚活才得到一點芝麻小官的人難以服氣，直接找上大學士張居正，說他叔父狐龍藏與倭寇沆瀣一氣，被正道的俠客擊斃於仙遊之戰，這種人的姪子怎能授以大任，手握軍權？

「他被我們斷了將軍之路，卻跑去當錦衣衛，一路竄升，很快又壓過我們，把所有曾經參他一筆的人一個個整得死去活來！我鬥不過他，只好解甲歸田。沒想到事隔多年，他還是不放過！」他說到後來，又不知不覺的激動起來！

程漱玉道：「休息吧！再罵下去，你就再也看不到仇人死去！」說著給楊繼餵上一顆藥丸，他馬上兩眼惺忪，找周公申訴去！裡頭的眾高人十分識趣，不等人趕，自動走到室外。

紀南圖道：「依此看來，連同幾天前的白鶴莊慘案，恐怕都與這幫廠衛脫不了干係。」

朱未央道：「即使廠衛們有能力有動機，可是這些仇怨不是這幾天結上的，為何不在幾年前了斷？挑這個時地殺人，豈不麻煩？」

丐幫的衛飛鷹道：「狐知秋喜歡艱難刺激，如果到他們家鄉動手，對他而言太過容易，一點興味也沒有。」

紀青雲道：「雖然這些年來彼此相安無事，然而這幫廠衛甚至整個朝廷從來沒喜歡過百劍門。狐知秋在這段期間連毀了白鶴莊與縉雲山莊，除了報仇立威之外，把整個太白山弄得風聲鶴唳人心惶惶，藉以破壞試劍大會，或許才是他們真正目的。」

朱未央道：「如果真是如此，百劍門也不是軟弱可欺……」

這些年來朱未央積極參與江湖中大小事務，已儼然成為武林領袖，聽到他堅定的聲音所流露出的不滿，圍觀人眾不禁想起多年來所受到的種種壓迫，不免跟著憤慨，紛紛痛罵起來！有人喊道：「不用再查了！那幫爪牙只要有三分懷疑，就開始胡亂抓人殺人，咱們還跟他講什麼仁義道理？」有人道：「狐知秋和他的爪牙這些年來作惡多端，無論如何都罪該萬死，趁此機會為民除害，也是功德一件。」

有些老成之人卻說：「他是朝廷命官，把他殺了，便是反抗朝廷，如何交代？」另有人道：「怕什麼？如果朝廷要追究，咱們連皇上也反了！」這幾句話似乎過於大膽了些，一時間沒人接口，沉寂半晌，才有人道：「說得好！咱們江湖好漢，怕什麼狗官鳥兵！他家的狗亂咬人，還要我們賠罪嗎？當然要連人帶狗一併教訓！」這人比喻鮮活，大家都笑了，人多膽子也大了起來，紛紛又罵起朝廷的不是。

眾人罵得正興，忽聞背後有人說道：「楊老莊主一家三口，不是狐知秋殺的。」這聲音並不特別大聲，但獨排眾議的話總令人感到刺耳，眾人不約而同往後瞧，發話之人，竟是剛到不久的古劍！他知道此話一說出口必會引來眾人的驚疑，甚至有些事情不便說，恐將為眾人誤會；但無論如何，楊放是他的朋友，若不把事實說出來，怎麼找到真正的凶手？

古銀山道：「阿劍，不清楚可別亂說呀！」

古劍道：「我沒胡說！狐知秋與他四個手下，在一個時辰之前，正在蓮花谷附近的一個山洞裡。」

朱未央問：「你是親眼所見嗎？」

古劍點頭稱是，又引起一陣騷動。

朱未央又問：「據說這些人都易了容，你怎會認得他們？並確定他們不是冒充的？」

古劍道：「我認得蕭、劉、王、金四大統領，這幾個人在山洞內並未易容；另一人雖為初識，但我十分肯定此人確是如假包換的狐知秋。」

朱未央又問道：「你為何去那裡？」

古劍道：「我是被騙去的。」

朱未央道：「怎麼說？」

古劍道：「他們給了我一張字條，說我一個朋友有了麻煩。接著就有一個陌生人帶我進入蓮花谷的山洞中。」

朱未央道：「你就這樣跟著陌生人進了山洞，不怕有陷阱？」

古劍道：「朋友有難，古某不能棄之不顧。」

朱未央道：「你能否告訴我：那位朋友是誰？他有什麼麻煩？」

程漱玉的事情，豈能在大庭廣眾之下談？古劍搖頭道：「我不方便說。」

朱未央又問：「他們有試圖傷你嗎？」

古劍道：「這幾個人要殺我綽綽有餘，但他們只是跟我談事情，完全沒動手。」

朱未央問道：「你能告訴我談些什麼嗎？」

山洞裡所說的那些話全與莫愁莊有關，而他答應過朱爾雅，絕不能洩露有關起義之事，古劍想了一會，仍搖頭道：「不行！」

他連著兩次拒絕說明，引起一片譁然，古銀山急道：「快告訴大家！咱們坦坦蕩蕩，沒什麼不能說的！」

古劍仍堅決道：「現在還不是時候！」

古銀山無奈的嘆了一口氣，不再多說。

衛飛鷹道：「有什麼不可告人？難不成你與狐知秋在山洞裡把酒言歡，商量著要怎麼毀掉百劍門？」他說得十分不客氣，卻有不少人同聲附和，心想這小子如此頑固，不說點重話不行。但見古劍依舊搖頭。

朱爾雅道：「古劍是個君子，無論如何都不會與廠衛有所牽連！」

裴問雪亦說：「他不想說自有難言之隱，大家別多心。」

朱未央道：「既然古少俠證明了錦衣衛的清白，一時之間恐怕很難再討論出什麼結果。咱們定會繼續追查，直到元凶抓到為止，請各位朋友回去之後多加留意各種蛛絲馬跡，一有發現，請立刻告知。」

朱、裴兩家都挺古劍，眾人疑慮再多也只好暫放心裡，在議論中逐漸散去。

古鐵城憂心忡忡，古銀山不住嘆氣，他們知道古劍倔起來時，說什麼都無用！只能看著他頻頻搖頭。韓翠卻過來安慰道：「別擔心！事情總會解決的。今晚我們也要酬神慶功，你和綺雲來一趟。」

傍晚時分，古劍與郭綺雲來到跑馬梁，殘丐們正烤著山豬。這頭山豬是幾名殘丐跟著古劍學來的陷阱所獲，他們興奮的抬上山，都說要與古劍一道享用。地上一缸酒，卻是眾殘丐一人出兩分錢，從山下抱上來的，不是什麼好酒，心意卻讓人感動，群丐們席地而坐，輪番前來敬酒，古劍酒量不佳，但推拒不了這些誠意，雖然杯杯隨意，喝到一百多人時，已是酒意甚濃，神志恍惚，韓翠冷不防問出一句：「你和錦衣衛談些什麼？現在可以告訴我嗎？」

古劍迷迷糊糊的道：「我答應人家，不可以說的！」

韓翠道：「為什麼？」

古劍道：「狐知秋找我討論之事，涉及他人不可揭露的一項計畫。」

韓翠道：「什麼計畫這麼隱密？莫非是有人想造反？」

聽到「造反」二字，古劍突然清醒起來，道：「岳母大人，您怎麼套起我的話來？」

韓翠道：「不這樣你肯說嗎？」

古劍道：「我不能說！」

韓翠道：「你獨自跑去見狐知秋，談了半天，再安然無事的走出來，然後在眾人面前幫他們開脫，人們會怎麼想？」

古劍道：「難道你們也不相信我？」

韓翠道：「我們信得過你，但別人呢？江湖中沒幾個人不痛恨廠衛？如果讓人覺得你和他們是一丘之貉，將會從人人景仰的英雄，變成處處喊打的寇賊！」

古劍道：「真相早晚會大白，我無愧於心，何必怕人說嘴？」

韓翠道：「你不在乎虛名！可是你爺爺和你爹在乎！我們更是在乎！你自個回去想想，該不該因為你的一意孤行，害得殘幫在江湖上再度陷入孤立無援的處境！」說畢揮手讓古劍離去。

天色已暗，兩人在月色中默默走著，來到一段崎嶇小路，古劍欲牽妻子的手，郭綺雲一手甩開，蹲在地上哭將起來！

古劍輕聲問道：「怎麼啦？」

她沒回應，哭了一陣，擦乾淚珠起身問道：「中午那跑堂的拿給你什麼東西？」

古劍道：「一個繡花布包和兩顆夜明珠，看起來像是程姑娘的東西，我以為她有麻煩。」

郭綺雲道：「就為了一張字條和兩顆月明珠子，你就不顧性命的跑去？」

古劍無話可說，她已是他結髮妻子，絕對有權生氣。

郭綺雲又道：「你為何不帶我去？甚至連半句話都沒說就走？」

古劍道：「我不想妳跟著冒險！」

郭綺雲道：「原來你把我當成了累贅！」

古劍道：「不……不是的，洞穴中數名錦衣衛高手，若真的打起來，我們還是要吃虧，何必賠上妳一命？」

卻見郭綺雲道：「你可以為她捨命！難道我就不能為你而死？」

古劍愣住了！既感動又愧疚，原來她是責怪自己沒把她當成真正的妻子看待！

郭綺雲道：「從現在起，你不要碰我，也不要跟我說話！」說完一個人以劍點路，彳亍緩行，古劍跟在後面，想扶又不敢！忽然覺得方才喝進肚裡的酒，既苦又腥，想吐又吐不出來！

第二十章

郤亂

韓翠的憂慮成真，為了一番話，古劍從最受矚目的英雄，變成最受議論之人。由於太多細節含糊不清，許多人不認為其證明錦衣衛不在場的言辭可信，慢慢的傳言多了，有人說：「古劍收下重金，為利賣義，才會幫狐知秋開脫。」「古家本來就缺錢，不知收下多少禮金，一路降名挑試，從求劍賽的狀元，比成了爭劍賽的第十二名。」「錦衣衛右副指揮使懸缺多年，立了這麼一個大功，想必是已是囊中之物，日後榮華富貴，權勢熏天，不可限量！」

古劍輾轉聞之，並無任何表示；反正只要等莫愁莊公開起義之後，再向江湖朋友們說明原委，不必太多唇舌，自能獲得諒解。

這番話也成了錦衣衛的護身符，當天晚上木屋巷旁的空地處多了一個錦衣衛帳篷，不但不再易容，每次出門都在白晝，大搖大擺，盡往人多處走去。這個舉動告訴所有的人，接下來任何人出事，別再賴到我們身上！

江湖中人向以與廠衛打交道為恥，除了得罪不起且打從心裡厭惡之外，更怕不小心交談幾句便會被誤解為這群鷹犬的走狗；因此他們所到之處人人閃避，即使在稠人廣眾的大爺海上，這四人身旁三丈之內，也沒有任何人願意接近！

百劍門無奈，儘管看到他們就討厭，卻找不到趕人的理由。遷怒於古劍之人日漸增多！

接下來的「排劍賽」由十六名劍缽相互比試，一日八場，全在大爺海。比完「爭劍賽」暫時排在第十二名的古劍，前兩天分別對上排在第五、第四名的劍缽。能搶進「排劍賽」的劍缽，手上功夫絕不含糊，古劍不敢輕忽，贏得依舊精彩，但因人緣已大不如前，掌聲稀稀落落。

反正聽不到，古劍並不怎麼在意，唯一不慣的，倒是郭綺雲的不理不睬！

第二天比完試劍，古劍來到二人成親後常去的樹林，如今無人陪練，拔劍獨自揮舞一陣，卻是心亂如麻，始終無法專心。他收劍入鞘，這時才發現程漱玉一直站在不遠處，欣然笑道：「怎麼不練？」

古劍苦笑道：「思緒紛亂，練了也無用。」

程漱玉笑道：「是不是郭姐姐不跟你練劍，很不習慣？」

古劍笑道：「妳怎麼知道？」

程漱玉道：「這兩天你們在大爺海，總是相隔五尺以上，哪像一對恩愛夫妻？」

古劍收起笑顏，低頭嘆道：「是我不好！她應該生氣！」

程漱玉笑道：「是呀！碰到笨驢，再好性子的姑娘都會受不了。」

古劍道：「別再笑啦！快告訴我，要怎麼讓她消氣。」

程漱玉果然正經起來，說道：「可以說說好話，逗她歡喜。」

古劍道：「什麼好話？」

程漱玉笑道：「比如說『夫人請息怒，惹您生氣，愚夫罪該萬死！』、『下次不敢啦！下半輩子做牛做馬，任君差遣。』、『我喜歡妳！就算生氣也好看！』……」

瞧著古劍一臉的為難，程漱玉做了一個無奈的表情，道：「你不是這塊料！當我沒說。」接著又道：「要不買個東西送她，可知雲姐姐喜歡什麼？」

古劍苦笑搖頭，程漱玉道：「你得好好想想，直接買來送她。如果東西對了，她一歡喜，興許就不生氣啦！」

古劍抓頭搔耳，只記得郭綺雲清心寡欲，一時間倒想不出她要什麼。

程漱玉道：「我見她和你練劍的時候還挺開心呀！或許可以想辦法和她練一套雙人劍陣，就像你岳父岳母那樣。」

古劍搖頭道：「別人的功夫我學不來，何況岳父練的是刀！也沒同意我學『魍魎刀法』。」

程漱玉道：「你能創出『無常劍法』，難道想不出『魍魎劍法』嗎？只要有這份心意，就算弄得不三不四，郭姐姐也會歡喜啦！」

「聾刀瞎劍」長期共修這套「魑魅魍魎刀劍合璧」的功夫，或許也是他們心意相通，一世恩愛的原因之一。古劍想到這裡，腦海裡馬上閃過幾記妙招，正能與郭綺雲的「魑魅劍法」相互配合，興奮道：「說得極是，這套劍法我與她對練不下百遍，算是略有心得，或許真能想出幾招好劍。」

「小心別弄成了天下無敵，日後行走江湖，可就不好玩啦！」程漱玉道：「還有一點你得切記，送禮也好，練劍也罷，最好都別讓她先知道！」

古劍道：「為什麼？」

只見程漱玉欺近眼前，做了一個怪臉道：「反正姑娘家就喜歡這樣嘛！說了你也不會懂！」

古劍傻傻笑著，忽然想起一事該告訴她，說道：「以後別再擔心，今後錦衣衛應該不會再為難於妳！」

原本面帶微笑的程漱玉突然目眶微溼，說道：「你怎麼那麼傻，一顆普通的夜明珠就給騙了過去！」

古劍吶吶的不知該說什麼，程漱玉拿出十一顆藥丸，大小相同顏色各異，說道：「我有這些藥丸，今後再也不怕他們！」

古劍問道：「這是什麼仙丹嗎？怎麼可能吃了就不怕廠衛？」

程漱玉道：「其中一顆是毒藥，在錦衣衛抓我之前先吞入肚子，如果他們要拿我威脅別人，我決不吃解藥，半個時辰內必死無疑。」

古劍道：「解藥也在妳身上，他們不會逼妳吃嗎？」

程漱玉道：「剩下的十顆藥丸，只有一顆是它的解藥，另九顆卻是讓人服食後立即身亡的劇毒。他們要賭，只有一成贏面。但一個不小心，或許我又咬舌自盡啦！」原來她不想古劍再次為了自己惹上麻煩，想出這招毒計。

古劍道：「妳何苦？」

程漱玉道：「我早已是該死之人，能多活這麼幾天也應滿足啦！」

古劍深感不忍，卻知多勸無用，說道：「我看狐知秋並非言而無信之人，如今又有百劍門保護，不會有事的。江湖上醫術好又細心的大夫不多，妳可要保重啊！」

「哪裡學來的馬屁神功？」程漱玉笑道：「話說回來，我學醫可不是為了替這些好勇鬥狠的人收拾善後。等學得差不多，自會遠離江湖是非，懸壺於水秀山明靜僻之地，或做個遊方郎中，行醫救人之餘兼遊山玩水，不也挺快活！」

古劍道：「只有一個人，不嫌孤單嗎？」

程漱玉道：「怎會呢？我還會木刻呢！如果無聊，想起以前曾經對我好的人，就給他刻一些雕像，有站的、坐的、躺的、發呆的、傻笑的、舞劍的……慢慢的，就不覺得寂寞啦！」

看著她說話時努力微笑的樣子，想起朱爾雅和自己都與她無緣，古劍忽然一陣心疼，難過得說不出半句話來……

「排劍賽」經過兩天的比試，十六名劍缽只剩古劍、郭綺雲、范濬和幻劍門的李鳴幽不敗，第三天的試劍將由郭綺雲對上范濬，古劍對上李鳴幽，這第一次的「丐殘之爭」精彩可期，大爺海又是早早爆滿，誰也不想錯過。

試劍愈到後來，劍缽之間的殺搏愈見激烈，不但耗費的時間更長，意外的機會也多。這兩人的比試排在第七場，輪到時已近酉時。

今日太白山上濃雲密布，山風呼嘯，颳得人們刺骨生疼，范、郭二人在試劍臺上行完禮，默然對立，相距一丈，卻是誰也不肯先出招。

瞎子使劍，依靠聽力與一種奇妙的感應能力，對手移動得愈快捷，她的感應就愈精準；但若對手完全不動，恐怕連他所站立的方位都難以測知。如果對手的武功不高，可以試刺兩劍逼他移動，即使因此露出小小破綻，並無大礙；但如今她面對的是頂尖高手，第一劍絕不能毫無把握的盲刺而出。

范濬看穿了她這個弱點，足不穿鞋，提早兩步趕上試劍臺，落地後輕移半步，長劍早已拔出，蓄勢待發，像是設了一個陷阱等著她。

一個想要占便宜，一個不想吃虧，兩人竟像雕像般動也不動的站在試劍臺上。時間走得極為緩慢，一炷香、兩炷香、半個時辰過去，但見兩人站在臺上，任憑寒風冽冽呼嘯而過，依舊凝立不動。許多不知情的人紛紛抱怨不已，都說豈有這種打法？但內行人心裡明白，兩人雖未出劍，如此對峙卻不能有須臾鬆懈，所耗心力絕不亞於比劍，更讓人難熬。

眼看著時間一點一滴過去，古劍不禁感到憂慮，思道：「綺雲目不視物，必須花加倍的精神留意對手，拖久了更加不利！而今天的范濬，比起與魏宏風決戰時更有耐性，更為可怕！綺雲可別上當！」

本來的范濬心高氣傲，缺乏耐性，總認為他的「天擊劍法」超群絕世，任何劍缽都禁不起其一輪猛攻，完全沒有興趣做什麼修心養性之事；直到敗於魏宏風之手，方知人外有人，痛定思痛之餘終於明白：要成為一個真正的頂尖高手，除了劍術之外，絕不能忽略心性的修養。

他忽然變了一個人！以前最不愛打坐，從那天起，除了吃飯、比劍之外，整天都關在房裡打坐冥思。剛開始不到半炷香便覺得煩悶欲狂，但敗劍的刺激促使他一試再試，漸能控御自己的脾性，慢慢寧定下來，也逐漸恢復自信。之前幾場比試故意表現得略為失常，完全是障眼手法，想讓古、郭二人掉以輕心。

今日他遲不出劍，觀劍臺上議論紛紛，有人替郭綺雲抱不平，有人卻說：「兩人試劍，除劍招之外，心理、意志也是關鍵。」「比武競技向來以求勝為先，用一點伎倆倒無傷大雅！」

漫天烏雲久久不散，日晷上看不出時辰，只能靠著祭臺上一個巨型沙漏計時。這個沙漏一個時辰翻轉八次，到第六次時，多數的觀劍群眾已有飢寒交迫、昏昏欲睡之感，抱怨的聲音卻少了。看著郭綺雲單薄的身軀被這冷冽的山風吹得微微晃動，自己這麼一點苦累實微不足道！

沙漏第七次翻轉，估算時間，離日落已不到一個時辰。郭綺雲的嘴巴忽然發出「嗒嗒嗒」的聲響，范濬正是詫異之際，卻見一把長劍，不偏不倚朝著胸口疾刺而來！即便他反應奇快也嚇出一身冷汗，觀劍人眾更是百思不解，許多人甚至懷疑郭綺雲的眼睛從沒瞎過！

小時候的郭綺雲，為了躲避廠衛的追捕，曾與爹娘在洞穴中住了一段日子，偶然間發現在一片漆黑的洞穴中，似乎可藉著說話時的回音，判斷出石壁的遠近。那時年紀還小，對什麼事都好奇不已，小綺雲興奮的將此一發現告訴爹娘，卻被斥為無稽，為了證明她沒錯，當時雖然沒瞎，卻把眼睛蒙起來練了一陣子，剛開始只能感應大面的牆，慢慢的感官愈發敏銳，有時還真能感應到人。

一個半時辰過去，郭綺雲臉上神情不變，精神與聽力卻開始感到疲乏，心知再拖下去只有更加不利。無計可施下，忽然想起當年發聲辨認靜物一事，抱著姑且一試的心態，沒想到這次感覺十分清晰，才知道多年的眼盲，可以讓人的聽覺變得如此敏銳。

確認范濬站在前方七步右方兩尺的位置，郭綺雲長劍向前直刺，卻在中途陡然轉向！這劍來得太過突然，范濬應變不及，慌亂中一個懶驢打滾才驚險避過，還沒站穩，卻見對手一劍緊著一劍削刺而來，刁鑽飄忽如鬼似魅，絲毫不給他喘息扳平的機會。他擋架不及，處處被封，每接一招退一步，退到第九步時，雙足騰空，在觀劍群眾的驚叫聲中往下直墜。

已經有過落水而敗經驗的范濬這次有了準備，伸出左手搭住平臺邊緣。那些叫聲救了他，郭綺雲疲倦加上緊張，這次竟然受到干擾，沒能聽見手掌碰觸平臺的聲音。

范濬整個人吊在平臺外，不敢大聲喘氣。但見郭綺雲沒有遲疑太久，再次發出「嗒嗒」響聲，長劍沿著平臺的邊緣直削而下！范濬這回有了準備，左手回縮，右臂使勁，將長劍刺入平臺踏板的側面，入木三寸。只聽「噹」的一聲，郭綺雲削到的是劍；而范濬雙手緊握劍柄，吊得更加外面。

郭綺雲再往前半步，算準劍柄位置，彎腰出劍削向手腕。范濬被逼得無路可退，竟然伸出右手欲夾住劍刃，這一夾實在大膽至極！如果對手是魏宏風或古劍，必然齊掌而斷！郭綺雲勁力雖不如男子，但出劍極快，仍有可能傷筋斷骨，終生無法使劍。

郭綺雲一向心慈，真怕造成嚴重的傷害，在碰觸之前，硬收了三分力道，希望只在他手上留下一點傷痕即可。但這力量拿捏不易，就這麼一點放輕，長劍竟讓范濬牢牢夾住！兩人相互拉扯，一個姿勢占了便宜，一個力量取得優勢，竟是動也不動！

這下子大家都傻了！對於勝負的判別，試劍大會定下不少規則，例如觸身、破衫、見血、落水、棄劍等等都算輸，卻沒提到長劍被手夾住時該怎麼算？

迎劍臺上的韓翠問道：「他的手碰到劍了，算不算『觸身而敗』？」

負責比劍事務的紀南圖還沒回答，卻聽另一端迎劍臺上的衛飛鷹道：「笑話！兵器都被人夾住了，怎麼還敢稱勝？」

韓翠道：「夾得住未必表示奪得下來！」

衛飛鷹還想說，裴友琴道：「如果夾劍的一方手掌因此而流血，就符合『見血而敗』，否則還得繼續比下去。」

韓翠道：「也許范濬的右掌已經流了幾滴血，只是我們看不到，綺雲也看不到，只有他心裡有數！」

紀南圖道：「如果真有了傷口，不會馬上消失，何不等比完再行確認？」

韓翠本欲要求停賽驗傷，但轉念一想：「如果范濬當真毫髮未傷，比試從頭開始，那時范濬有了戒心，綺雲的奇招恐怕難以再度見效，而『天擊劍法』恰能克制『魑魅劍法』，非輸不可。現在形勢正好，何必破壞？」

兩人僵持了一陣，范濬大吼一聲，忽施怪力，右臂反拉為推，郭綺雲本來全力拉扯，忽然一股極為霸道的推力借劍傳來，不由自主蹬退數步！趁這個時候，范濬雙足夾住試劍臺的橫梁，左手突施震力拔出長劍，腳底略施巧勁，一躍丈餘，落下時如蒼鷹搏兔，連綿快劍攻向郭綺雲周身要害，「天擊劍法」正式展開！

范濬這一手從絕境中起死回生，顯露出高人一等的內力、輕功、膽識與應變，大爺海上的觀劍群眾都興奮起來，紛說：「這小子不但完全恢復，甚至比原先更加強悍！」

「天擊劍法」虛實交雜、快慢不一，郭綺雲此時聽力已略有耗損，以耳代眼，抓得到對手出劍的方位，卻抓不準時間，不免漸露下風。她明白最好的機會已經錯過，如今除非對手犯下大錯，取勝的機會十分渺茫。但她仍竭力奮戰，能多耗對手一分氣力，明日古劍就多了一分勝算。

「魑魅劍法」講究快、險、奇，一旦被摸熟了，威力不免稍降。隨著招數的增加，范濬愈見熟悉，愈來愈能掌控戰局。慢慢的，郭綺雲開始有些小小的破綻出現，一般人看不出來，卻瞞不住高手的眼睛，但他似乎過於小心，始終沒有趁勢攻上。

天色逐漸變暗，沙漏第十次翻轉，郭綺雲心中一驚，思道：「我幾次力有未逮露出空門，以他的本事與膽子不可能一再錯過，莫非是想蓄意拖延時間？讓下一場比試摸黑進行，對古劍大大不利！」想到這裡，郭綺雲劍風一變，全是又急又快的進手招式，攻得凶猛，卻完全不設防！

此時郭綺雲露出的破綻十分明顯，范濬卻視若無睹，硬是死守不攻！大爺海上議論四起，紛紛說道：「一個拚命要輸，一個故意不贏！這是怎麼回事？」一些老江湖卻猜到了原委，說道：「今日整天烏雲密布，月光照不下來，大爺海上經常一入夜就起濃霧，就算點了幾盞燈籠，光線也極為模糊，對古劍大大不妙，卻對擅長以虛幻劍招迷惑對手的幻劍門劍缽李鳴幽極為有利！」

郭綺雲愈打愈是焦急，劍尖卻離對手身子愈遠，這樣下去，范濬將在天黑之前結束比試，對古劍大大不利。她想不出更好的法子，正想棄劍而降算了，卻在這個時候，隱隱約約感覺到有個聲音告訴她：「別擔心我！把心靜下來，再守穩半炷香！」

這時候大爺海上略顯嘈雜，按規則站在迎劍臺上的古劍更不能出口指點，但他的心念確實如此！

「魑魅劍法」強調「以心御劍」，習練到某一境界，聽力成了輔助，靠著心念更能精確感受對手的姿態劍勢，郭綺雲的心思比常人敏銳，眼盲之後心更亮，方能把這套劍法練至極高境界。

練了幾年的心劍，卻發現自己除了劍法之外，竟不知不覺的產生其他難以解釋的怪異本領。有時候心血來潮，能猜中廟口的賭徒，手上抓的是什麼牌？或是準備施捨的路人，手上的銅錢是五分還是一錢？甚至偶爾爹娘對她默默的關心疼惜，不用語言，沒有聲音，卻能鑽進她的心底。

她父母也有這個本領，郭世域經常無須開口，就算開口，咿咿呀呀的話語也含混不清，但韓翠總能傳達無誤。

但這心劍不是想來就來，這兩天心思雜亂，再加上比試壓力極大，愈想用反倒愈用不出來！古劍在郭綺雲的心裡，其實似近又遠，熟悉又陌生，總覺得爹和娘心意相通的境界，離他們十分遙遠；因此當她突然感受到古劍心念時，心中既驚又喜！一股暖流流過心頭，忽覺神清氣爽，收招退步橫劍靜立。她相信古劍自有法子應付各種逆境，這時候心思空明，決定與范濬再做一搏！

范濬略感意外，抬眼看天色已經暗了一半；停劍觀察對手，卻見郭綺雲神情專注，一片寧靜安和之態，挺劍再攻！雙方交換幾招，卻發現她回劍更快更準！

范濬得過教訓，一直都不敢輕忽對手，發現她突然變強，也激起鬥性，施展「天擊劍法」第三重，變化繁複詭譎難測，連綿快劍強攻不止，試試她能撐幾招。

以劍路而言，快慢無常的「天擊劍法」恰能克制「魑魅劍法」。試劍臺上劍氣大盛，郭綺雲被逼得幾乎喘不過氣，但她心思澄明，運劍沉穩，范濬攻勢雖猛，一時之間竟莫可奈何！

站在迎劍臺上的丐幫諸老都明白，一旦天色盡墨，世上沒有人能打贏郭綺雲！原本一直胸有成竹的衛飛鷹，隨著天色逐漸昏暗，心中不免也漸增焦慮。他們苦心謀策，要范濬拖延時間影響古劍，如今反而可能害了自己。

數十招過後天色黯淡，從觀劍臺上只見寒光點點黑影幢幢，一般人已難以從微弱的光影中分辨劍招。目力好的人卻見范濬身子凌空忽地前撲半步，連劍帶柄伸進郭綺雲守禦的劍網之中，接著兩人各退三步，已分別中招！

沒有多少人看清楚怎麼回事，大爺海上一片沉寂，夜幕低垂，祭臺上點起了四盞氣死風燈，勉強給了一點微弱的光源。待兩人回到各自的迎劍臺上，裴友琴道：「二位劍缽同時中招，我們必須查看傷勢，按照試劍規則，以傷重者獲勝。試劍大會鼓勵比劍者點到為止，規定若兩方同時中招，傷勢較重的一方反而判定為勝。」

范濬走上前去伸出右掌，掌心處一道劍痕，並不算深，仍流了不少血。四大劍門的劍主一看再看，都沒說什麼，韓翠卻問道：「有幾道劍痕？」

紀南圖道：「只有一道。」

韓翠扼腕不已，說道：「該死！著了他的道！」

原來范濬先前以掌夾劍時，的確出現了傷口，這傷口極輕，只流出一、兩滴血，在郭綺雲的劍刃沾了一點小小的紅點。當時沒人看得出來，但比劍結束之後，近身一驗必定瞞不住人。於是他不得不設法在最後一擊時，巧妙的將自己的手掌迎向郭綺雲削刺而來的長劍！他出手精準，第二道劍傷與第一道重疊，完全掩蓋住第一道劍痕，眾人儘管心中起疑，卻已沒有任何證據，真相如何，他不承認，再也沒人能證明。韓翠知道多費口舌也無用，不再多說！

紀南圖道：「古夫人傷在何處，能否借觀一二？」

郭綺雲卻道：「不用看了！我沒有傷口，只有衣服被劍劃開。」

紀南圖道：「妳最好讓我們看看，有時候衣服陳舊變緊，一伸手一抬足也會扯破。」

郭綺雲道：「不用！確為利刃所割，我認輸了！」

紀南圖隨口又問：「在哪個部位？」

郭綺雲靜默不答，觀劍臺上某個角落卻有人喊道：「別問啦！在胸口！」話一說出，不少輕薄之徒放聲大笑。郭綺雲一直躲在古劍身後，這時更加不肯見人，程漱玉趕緊脫下披風，過去給她套上。

一般人與女子比試，有幾個地方是絕對不碰，前胸正是其中之一。范濬竟然不忌失禮，蓄意在郭綺雲胸口下方劃上一道長長的裂口，目的卻是要激怒古劍，讓他在接下來的比試或明日之試劍中失去冷靜！

古劍不知遭受過多少屈辱折磨，卻從未像現在如此氣憤難平，不忍回頭再看妻子，握在手中的劍卻震得嘎嘎作響，此時一隻溫軟的細手握了過來，緊緊抓住他持劍的手。這個時候，反倒是郭綺雲安慰起他來！古劍心中一陣溫甜，慢慢放鬆身子，手中長劍，終於安安靜靜躺在劍鞘裡。

范、郭之戰告一段落，紀青雲喊道：「第八場比試，請京城『幻劍門』李鳴幽、成都殘幫……」

話未說完，韓翠卻道：「天這麼黑，要怎麼比試？」

紀青雲道：「今日的賽事若不比完，明日這兩位劍缽必須一日兩試，未必公平。除非兩家劍門都同意，否則……」

幻劍門門主李輕舟道：「當然無法接受！兩場試比試都是硬仗，沒有充分休息，怎麼受得了？」

紀青雲聳肩道：「沒辦法，只能挑燈夜戰了！」試劍大會從未打到夜晚，根本沒有備燈，僅有的四盞氣死風燈都是向四大劍門借來的，紀青雲指揮家丁，分別掛上試劍臺的四個角落，根本不夠亮，古銀山道：「哪位朋友還有燈？能否商借一二？」

如果在幾天前，古銀山不用開口，自會有人爭先恐後的借燈。但自從古劍與人人痛恨的廠衛有了瓜葛之後，百劍門少說也有二、三十盞氣死風燈，竟然只有洪承泰一人願意回木房巷拿！古劍終於明白自己的處境，只多一盞燈無濟於事，也不必為此耽擱，默默往試劍臺走去。

古、李二人在霧中躍上試劍臺，相互行禮後，李鳴幽長劍出鞘，抖出一串劍花，但見幻影幢幢劍影重重，好似數個人數把劍同時突襲而來！

這幻劍門每次都能打進排劍賽前四名，靠的就是不斷快速移動所產生的幻影虛劍，頗能擾亂對手視線，光影愈昏暗天色愈朦朧，劍法威力愈強。古劍並無聽力輔助，在光影模糊昏暗的試劍臺上更是難辨其真假，彷彿一個人同時對上數名高手，儘管「無常劍法」精妙絕倫，仍不免陷入苦戰！

所幸古劍一直不敢輕忽這個對手，連著三天觀察他比劍，許多招式略有印象，爭取到一些反應的時間；而「無常劍法」餘威太盛，李鳴幽儘管大占上風，仍不敢肆無忌憚的強攻，雖然驚險連連，一時之間倒不致落敗。大爺海上有霧也有風，風大時把霧吹得薄一些，甚至可以略微喘息。

燈影稀微，隔著一道霧氣，大爺海上的觀劍人眾多數時間連個影子都瞧不著，但劍聲連綿，聽著也扣人心弦。一段時間過去，忽然東北方的燈籠滅了，又過了一陣，西南方的燈籠又滅……

原來李鳴幽久攻不勝，卻覺得對手正逐漸熟悉自己的劍招，不免感到心焦。一陣強風吹來，吹得燈籠內燭影搖晃，他心生一計，慢慢移到角落，待風勢稍大，一記掌風打向燈口，立即打滅燭火。太白山頂空氣稀薄霧氣溼重，氣死風燈仍有可能死於風，除了古劍之外，誰也沒瞧見他動了手腳，就這樣一盞接著一盞，最後一盞燈籠在驚呼中熄滅，試劍臺上一片漆黑。

習武之人練手、練腿、練目、練耳，據說幻劍門特別注重「練耳」，一強一弱，古劍這下子該慘啦！眾人正是這麼想時，卻開始聽到「錚錚……錚錚……」的聲音斷斷續續響起，眼睛銳利之人，偶爾可以看到極微弱的火光，一閃一滅。

原來古劍不斷的以長劍削切劍鞘，藉此產生的火花光線極微，反倒濾掉對手虛幻之劍；但可惜這微光一閃即滅，這麼做又耗力阻勁，古劍來得及守，卻不方便攻。拖延下去，劍硬鞘軟，很快會被削掉。殘幫與古家的人頻頻抬頭望天，只盼老天爺開眼，讓太白山上這片烏雲，速速消散。

李鳴幽強攻幾次，占不上便宜反倒吃了幾次險，索性不再擅攻。僵持一陣，忽聞破風之聲，對手的劍鞘竟脫手而出，被長劍擊飛，朝著他胸口疾飛而來！先擲器物擾亂對手再和身撲上，乃一般比武時常用的招術，若運用巧妙，確能收出其不意之效；但李鳴幽年紀雖輕經驗卻頗為老到，反應不俗，閃身躲過之後，同時留意古劍緊隨而來的攻刺，輕描淡寫擋了開去。

眾人仍看不見經過，但從劍鞘落水聲及郭綺雲按捺不住的一聲驚呼得知，情勢對古劍更加不利。果然李鳴幽積極搶攻，招招進逼。

古劍很快被逼到角落，最後一搏劍勢快奇，但李鳴幽早有防備，抬起左手劍鞘架開長劍，踏前一步，右手利劍直刺而出，要他在落水與中劍二者擇一！

未料長劍送出一半，竟被一長形鐵器架開，暗叫：「不妙！」還來不及反應，胸口已被結結實實的踢著一腿，如斷線風箏般離地而起，飛落水中！一股寒意從李鳴幽腳底直竄腦門，卻還是想不透古劍手裡，為何憑空又多了一把劍鞘？

多數人看不清結果，以為落水的人是古劍，紛紛拍手叫好！還有人趁黑罵道：「輸得好！鷹犬走狗，總沒好下場！」也有少數人感到惋惜，說道：「這場比試實在不公！他若肯跟廠衛劃清界線，大家都會幫忙，只可惜……」這些非議之聲此起彼落，尚未平息，試劍臺上的燈又亮了起來，卻見古劍提著一盞氣死風燈，緩緩走回迎劍臺上！眾人沉寂，只有殘幫和古家歡欣鼓舞！

落水的李鳴幽很快被舢舨救起，送回幻劍門的迎劍臺上，抖著身子瞧古劍，發現他還有一半劍鞘在手上，這才恍然大悟！

原來劍鞘的製法，是將兩片細長薄鐵的中間打凹，再將邊緣加熱銲住即成。古劍不斷削劍打光，慢慢把邊緣削掉，劍鞘又變回兩片薄鐵，順手一打擊飛一片，李鳴幽耳力再好，也聽不出來，以為古劍當真弄失整把劍鞘，成了待宰羔羊，警覺降低，放膽攻之，卻不料因此而中計！

儘管中計而敗，李鳴幽卻輸得心服口服，無話可說。

散場後回到木房，古銀山與韓翠等人又逼問古劍，要他把那天與狐知秋見面時所說的話一字一句都講出來！然任憑他們說破了嘴，古劍依舊不肯透露半句。這時候朱爾雅卻提著燈籠前來，把古劍約到僻靜空地，一開口便說：「狐知秋找你，一定說了不少赤幫的壞話？」

古劍道：「錦衣衛頭子所說的話，不必當真。」

朱爾雅道：「我無意探問你們那天說些什麼，但為了替我們保守祕密，卻令您遭受莫大的誤解！朱某覺得萬分難過！」

古劍道：「比起你們的付出，這點小小犧牲算不了什麼！」

朱爾雅神色稍緩，緊握古劍雙手道：「我們沒看錯人，你的確是個好漢。古劍！若一切順利，七月十八，也就是試劍大會的最後一天，我爹將在比試結束後的『百劍宴』中振臂一呼！號召百劍門與江湖上的熱血豪漢，共舉義旗。你我便能並肩作戰，開創一番大業！」

古劍卻道：「朱公子，我考慮了幾個晚上，決定暫不加入貴幫和義師！」

朱爾雅一臉錯愕，鬆開雙手問道：「為什麼？」

古劍道：「錦衣衛遍布天下，最主要的工作就是緝訪謀逆，一旦我們誓師起義，不怕他們……」

朱爾雅道：「您大可放心，我們在各地都有人，一旦確定你願加入義師，立即飛鴿傳書，派遣留駐成都的人將把你家人帶至隱密處所，並張羅三餐。頂多一個月，到時候戰事吃緊，大多數的廠衛、軍隊將被調去北方作戰，哪還有閒工夫抓人？」

古劍卻道：「可是殘丐呢？我已是殘幫之人，一旦加入義師，萬一官府要找他們出氣，兩萬多名殘弱乞丐要躲去哪裡？誰來供他們吃喝？都是苦命之人！我有機會幫點忙，怎麼忍心又害他們！」

朱爾雅道：「兩萬多名殘丐，也可全數加入義師啊！」

古劍搖頭道：「盡是老弱殘疾，恐怕一場普通戰役，已十去八九。」

朱爾雅道：「就為這樣，你要放棄大好前程？」

古劍道：「對不起！辜負貴幫的抬愛。」

朱爾雅靜靜看著古劍，只見他面容誠樸神色堅毅，知道多說無益，嘆道：「人各有志，也不好勉強。我們還是朋友吧！這些祕密，恐怕還得請您……」

古劍道：「當然！關於赤幫與起義之事，無論如何，有生之年都不會向任何人說起！」

朱爾雅道：「萬一有什麼變化？我爹未能即時宣布起義，可能要害得你繼續委屈幾年！你不擔心嗎？」

古劍道：「終有水落石出的一天！我怕什麼！何況這是為了天下百姓，個人榮辱，何足掛懷！」說開了兩人相視一笑，又聊了一陣子，朱爾雅口才辨給，學問淵博，無論臧否時政，笑談江湖，都說得頭頭是道。古劍心中思道：「日後他登上了大位，應是個勤政愛民的好皇帝吧！」

太白山的天候變幻莫測，昨天整日的烏雲，隔了一夜已消散無蹤。大爺海上一大早就擠滿了觀戰人海，興沖沖議論起昨日的戰況，猜測今日之古、范之戰，究竟誰會勝出。雖說古贏魏，魏勝范，但從昨日的一戰可知，范濬已從敗戰中得到教訓，不但驕氣盡去，劍法也變得更強！再說二人之間本來差距極微，臨場應變有時還比真功夫重要，就算昨天才贏過，今天也不能說必勝。更有不少人說：「邪不勝正，和那班鷹爪牽扯不清、沆瀣一氣之人，終將遭到天譴！」

排劍賽最後一日，排名愈前的劍鉢愈晚比試。最後一場比試的古劍與范濬仍為萬眾矚目的焦點；然而到了第七場比試開始，都還不見古劍身影！這場比試是由郭綺雲與李鳴幽做三、四名之爭，一般認為幻劍門的幻劍招術，只能迷惑眼睛，無法混淆聽覺，郭綺雲很快便能獲勝。

兩人交鋒之後，卻見郭綺雲出劍十分保守，始終不肯放膽強攻，以至於戰況膠著，竟拖了一個時辰未分勝負！

直到未時過後，古劍終於出現在迎劍臺上，引起不小騷動，有人忍不住罵道：「武功變高，架子也變大了，竟然這個時候才出現！」也有人說：「新婚妻子比試，做丈夫的竟然漠不關心！」一個人如果開始被人討厭，做什麼事都錯，所幸古劍聽不見。

郭綺雲正與李鳴幽殺得難分難解，這時卻忽然精神大振，劍光縱橫快招紛出，不多久已將對手制伏。

第八場比試接著上場，古、范二人踏上試劍臺，行禮時雙方四目相交，范濬嘴角上揚，露出一種似笑非笑的神色，彷彿在提醒古劍，昨日與他妻子的一番戲耍十分有趣！

忽見古劍縱身一躍，雙手持劍，奮力下擊。眾人見他一開始就急著狂攻，豈不犯了比武大忌？且從招式看來，似非「無常劍法」，不禁讓人懷疑他是否怒火攻心，亂了章法，不正好中了對手圈套？然而再看下去，卻見范濬招招拘束，連連騰退，竟像遇著了剋星！除了郭綺雲外，人人感到驚奇不已，怎麼也想不透，這個人怎麼一夜之間變得如此可怕？

昨夜古劍很早就被家人催促睡覺，養精蓄銳，準備應付今日的硬戰。然而當他閉上雙眼，妻子受辱時羞慚無助的神情便浮上腦海，許多漢子可以忍受極大的屈辱，卻見不得妻女受到一點委屈，古劍試圖壓抑這種憤怒的情緒，卻怎麼也難以平靜入眠。

他心知這樣下去，對明日的比試不利，輾轉反側半個時辰，卻是愈來愈難平靜！甚至腦海裡持續湧現奇怪的影像，想像著自己在盛怒之下，不斷用一些怪招狂攻范濬！偶爾冷靜一下，不禁啞然失笑！思道：「我真是氣過頭了，怎麼淨想一些無用的招式來發洩！」

但轉念一想，卻又覺得這幾招劍法，似能克制「天擊劍法」！心情不禁激盪起來！

狐九敗曾說有時候比劍時生氣未必是壞事，關鍵在於是否仍能控御劍招。以前曾有人創立「怒拳派」，愈是生氣威力愈強，他們風光了十幾年後，怒拳的祕密逐漸為人所知，後來找他們比武的人，都知道要挑他們心情愉悅時挑戰，怒拳的威力使不出三成，敗多勝少，逐漸消聲匿跡。

橫豎睡不著，古劍想到這裡，索性下床取劍，摸黑走到平常練劍的樹林，試試是否真能想出幾招專門克制「天擊劍法」的「怒劍」。

另創新招本是古劍所長，再加上一股怒氣無從宣洩，靈感竟是源源不絕，沒多久便想出三十來招，這時忽然一陣急雨傾盆而下，正愁無處躲雨，暗夜中一隻溫軟的手摸了過來，打在頭上的雨也停了，古劍一陣心暖，說道：「綺雲，妳怎麼也來了？」說完才想到她曾要自己別碰她，別跟她說話！

過了一會，郭綺雲卻在他手上寫道：「有打雷，帶傘來。」

古劍道：「多謝！妳不生我氣啦？」郭綺雲聽了卻丟開他雙手，不再理他！

這雨來得急去得快，不一會雲開霧散，明月終於露了臉，郭綺雲道：「你不好好休息，一個人在這裡拿劍亂砍能消氣嗎？明天兩眼惺忪，帶著一肚子氣上臺比武，豈不更趁了人家的意？」

古劍道：「今天就算暫時壓住怒氣，明天也難保不被激怒！不如設法讓自己在盛怒之下，也能控御劍招。」

郭綺雲道：「你的膽子也真大！萬一不管用呢？」

古劍笑道：「其實明天的比試不算重要，如果輸了，只不過得和洗劍園的崔榕另比一場『搶劍賽』，贏了還是能進入四大劍門，四人循環，仍有再次較量的機會。」

郭綺雲卻搖頭道：「盛怒之下的人容易犯下大錯失控受傷。我以為范濬費盡苦心激怒你，絕非只為了贏一場意義不大的比試！只要你稍有不慎，他出劍絕不容情，或能將你殺成重傷，便一勞永逸。」

古劍道：「這麼說我更得仔細想想，找出破解『天擊劍法』的關鍵。可惜我記性差，記得的招式還不到一半。」

郭綺雲二話不說，以傘作劍，卻開始比劃起「天擊劍法」來。古劍愈看愈是驚佩，他先後與秦圭、李奇鋒交手，又觀看多次，其中有兩次十分完整，仍有大半招式記不起來；而郭綺雲只憑一次交手，竟能使得一招不差！除了勁道、速度略有不足，方位稍失精準外，每個細處都不忽略。使到二十餘招，古劍道：「一招一招慢慢來吧！」

兩人一個演練，一個解劍，將百餘招「天擊劍法」徹底鑽研一遍，終於抓到這套劍法的弱處，想出了二十六招克敵招式。

此時已是四更天，古劍催促郭綺雲先回去睡覺，郭綺雲道：「你不睡嗎？明天累了怎麼比劍？」

古劍道：「我得把這幾招練熟才行。」

郭綺雲道：「要多久？」

古劍道：「至少要兩個時辰。」

郭綺雲道：「天亮再練吧！我會設法讓你練足一個早上的。」

古劍這二十六招「怒劍」全是雙手持劍，由上往下全力重擊，變化或許不如「天擊劍法」精微，勢勁卻強猛數倍，他把心中的怒火貫注在劍上，范濬只覺得有如百斤大斧從千尺掉落，震得全身都麻，想轉守為攻採取主動，但對手一劍接著一劍狂擊不停，根本還不出手。

倒是古劍所使劍法更像「天擊劍法」，眾人看得目瞪口呆，原來破解「天擊劍法」最好的法子，便是一路壓著它。

但見范濬一路閃退，不過第十九招，忽聞喀啦一聲，腳下的木條竟然又斷成兩半，落入湖中！

所有的人都認為這場龍爭虎鬥，起碼得打個三、五百招，因此當范濬落水時，除了一些丐幫幫眾的慘叫聲外，大爺海上一片沉寂。浸在水中的范濬一臉的不可置信，身寒心冷，望著上方斷裂處發呆不語。

似乎是冥冥之中注定的，這塊斷裂的木板，正是上次被打斷後修補的那塊，昨日范濬差點被郭綺雲逼下水時，便靠著一劍刺入這塊木板而得以起死回生，劍刺的洞不算寬厚，但一塊木板只要有點凹痕，要弄斷就容易多了！這是主辦劍門的疏忽，丐幫這回卻不想再爭，他們看得清楚，即使這塊木板未斷，己方的劍缽也不過多拖延幾招！

衛飛鷹把全身顫慄不止的愛徒抱回迎劍臺上，這才發現，他的手掌血流不止，昨日的傷口在連番重擊之下，裂縫更深了許多！

范濬昨夜被郭綺雲劃到的手掌，原本只是皮肉之傷，丐幫不信任別人，拒絕讓程漱玉擦藥，而用自己帶來的「神草膏」塗抹傷口。這「神草膏」藥效神速癒合極快，卻只是表皮而已，如果所受衝擊過大反倒可能傷得更重，程漱玉明白這個道理，卻故意不說，也不告訴古劍，以免他知道了，出招有所顧忌。

其實這場比試無論勝敗，兩人都是排劍賽的前兩名，進入四大劍門的希望極為濃厚，仍有一拚的機會。然而范濬輸過一場，太想從古劍身上奪回顏面，因此不擇手段的激怒對手，未料卻害了自己！

丐幫幫眾個個面色凝重，駱龍、衛飛鷹扶著范濬回去，三人不約而同冷眼瞧看古劍，眼裡全是恨意！

古劍道：「對不起！我不知會傷得……」

衛飛鷹道：「別假惺惺！我們瞧得清楚，你根本就是要他不能握劍，從此難以翻身！」

駱龍更向紀南圖說：「主辦劍門，本幫劍缽受了重傷，放棄明日的『搶劍賽』！」

話一說出，丐幫幫眾無不神情頹然，殘幫幫眾卻是相擁而泣。許多人頗感意外，但轉念一想，范濬明日的對手崔榕絕非弱者，即使身子無恙也需小心應付；如今他的手傷直接影響到使劍的威力，鬥志、信心亦難在短時間內回復。既然勝算渺茫，且即使僥倖贏了也絕非裴、朱、古三人之敵，倒不如及早棄賽，尚可保留一點顏面。

丐幫不但輸了殘丐之爭，連四大劍門都搶不到手，名聲威望毀於一役，可說是一敗塗地。大爺海上哄鬧不休！惋惜的人有之，不平的人有之，但試劍本是如此，再強的劍缽也不敢保證一定贏。

排劍賽的前四名，取得挑戰四大劍門的資格。古劍排名第一，由於四大劍門中排名第四的樂遊苑這次未派劍鉢，無須比試便進入四大劍門；第二名的范濬棄賽，崔榕撿到便宜不用比劍即保住四大劍門；第三名的郭綺雲與第四名的李鳴幽，則分別敗給了朱爾雅及裴問雪。郭綺雲沒有搶金劍的野心，輸了並不令人意外，可惜的是她用盡全力，仍未能試出朱爾雅的武功深淺。第五次試劍大會的四大劍鉢終於定了下來，分別是裴問雪、朱爾雅、崔榕及古劍。

依往例在確定四大劍鉢之後，主辦劍門將出面邀約新四大劍門的劍主及劍鉢小聚一番，頗有先友後武、英雄惜英雄之意。這個時候新的四大劍門排名未定，討論起事情來更能暢所欲言，故有許多對於百劍門甚至整個武林影響重大的興革提議，都在此時拍板定案。這一餐雖不張揚，卻仍受人矚目，而被武林中人以「英雄宴」稱之。

依禮這張請柬被送到殘幫，郭世域心知古銀山才是真正的劍主，推稱有病在身，請古銀山代為出席。

能參與英雄宴，與朱未央、裴友琴和崔釗等劍主把酒同歡，那是古銀山與古鐵城連作夢也不敢想的事！他興奮異常，酉時未至，便催促著古劍著裝赴宴，祖孫三人剛換好衣裳，門一打開，卻見一個滿臉鬍髭的方臉老者和一個瘦骨嶙峋的中年漢子站在門外。這兩人出現得冒失，古劍正想問明究竟，仔細一瞧，卻瞠目結舌，驚詫道：「您是……」

那方臉老者接口說道：「沒錯，我是羅萬鈞啊！」說完已是老淚縱橫，不能自已！

古劍安慰他坐下，羅萬鈞拭淚道：「那個夜晚，錦衣衛把我打得血脈翻騰，奄奄一息，那幫花子臨走前又對著我的腰身補上一刀，眼看是不活了！卻被『埋屍人』給救活……」

「什麼埋屍人？」古銀山也算老江湖，卻也是第一次聽到這個詞。

羅萬鈞道：「那幫花子個個心狠手辣，每次劫寨務求趕盡殺絕，不但一個不留，臨走前再對每具屍體補上一刀。但殺了幾百個人，總有一、兩個沒有死絕，等他們走遠，埋屍人會逐一搜尋，只要還有一口氣便會盡力救治。每救回一條命，就多了一個埋屍人。我如今叫埋屍人『羅十九』，這位便是首名埋屍人『黃一』。在淨幫被消滅之前，我們不恢復本名，只以姓氏和被救活的次序稱呼。」

黃一道：「淨幫屠寨時，我被花子一腿踢下山崖。或許命不該絕，跌斷了腿卻逃過一刀，掙扎著爬回山寨，那幫弟兄們……已全部斷了氣！」他愈說愈是哽咽，停了一會，又道：「我當場發願，窮我一生之力，非把這群殘暴嗜殺的淨幫給毀去不可！於是遠遠跟在花子後頭，在他們洗劫之後逐一搜尋一息尚存者，多救活一個人，便多了一個埋屍人。」

古鐵城道：「到目前為止，總共救活多少人？」

黃一道：「三年來共二十三名。」

古銀山道：「兩位立志除惡，不畏艱難，老朽十分感佩！」心中卻想：「二十三名埋屍人，怎麼跟淨幫對抗？」

古劍問羅萬鈞道：「你不回西安嗎？」

羅萬鈞道：「我走丟了鏢，如今獨子已死，所有鏢師無一倖還，沒能把『龍吟劍』原封不動送到百花莊之前，哪還有臉回鄉？」

古劍道：「這不成問題！洪莊主我熟，可以帶你見他，畢竟您已盡力，不該再苛求！」

羅萬鈞搖頭道：「咱們走鏢的最重信譽，走丟鏢貨，豈能只想求貨主原諒？無論『安西鏢局』還要不要再開下去，只要我羅萬鈞還有一口氣在，都要把它給追回來！」

古劍豪氣一發，道：「總鏢頭所言甚是，龍吟寶劍是在我手上弄丟的，自有義務奪回！咱們要把這趟鏢走完，在此之前，古劍仍是您的趟子手！」

有了這等趟子手，安西鏢局立即成了中原最強的鏢局，還有什麼鏢貨追不回來？羅萬鈞眼睛一亮，道：「太好了！你可知是誰奪走鏢貨的嗎？」

古劍道：「回想當夜情景，最後拿走寶劍之人，大概不脫王遂野與魏進忠二人，但王遂野練的是槍法，我與他交手多次，從未見他帶劍。依我所見，龍吟劍多半是被魏進忠拿走！只是淨幫四處流竄，他身旁又隨時跟著數百名花子，要從此人手上奪回寶劍，並不容易！」

黃一卻道：「我們此番上山之目的，便是要求助於百劍門，只要四大劍門肯幫忙，淨幫必亡！」

古劍道：「百劍門就算同情你們，也不可能替你殺幾千個人！」

羅萬鈞道：「這幾千個花子是由『淨幫十三鷹』所控制，只要殺死這十三個帶頭之人，那幫花子群龍無首，自會瓦解。」

黃一道：「淨幫屠寨只在春夏兩季，秋收冬藏，人們以為他們掠奪了半年，也要留半年的時間來花用這些不義之財。但我們派人進去臥底，終於發現……」

古銀山驚道：「這些人自願混入花子堆中，日子久了，不怕被發現嗎？」

黃一道：「當然得跟著去勢啊！」古銀山沒再多說，只是搖頭。

黃一接著說道：「每到中秋，流竄在各地的淨幫十三鷹便會聚集到一個極為隱密的山洞裡閉關練功，那兒不知刻上什麼厲害的劍譜或是有什麼高人從旁指點，只知他們每次出關，劍法又精進了許多！」

羅萬鈞道：「我們本領低微，連一隻惡鷹都對付不了，只好上山請求四大劍門拔刀相助！」

古銀山道：「你們想在這場『英雄宴』上求情？」

黃一點頭道：「現在正是最好的時機。」

古銀山道：「跟我來吧！」

五人來到樂遊苑的別院時，紀青雲親自站在門口相迎，簡短寒暄後，古銀山道：「不好意思，我們有事延遲了一會，他們都到了嗎？」

紀青雲笑道：「不打緊，大家都剛到不久，這兩位是……」

古劍道：「這兩位是我的朋友，有要事求見幾位莊主，不知能否……」

紀青雲道：「你們不會無緣無故帶人進來，當然可以！咱們進去吧！」

進入廳內，眾人寒暄幾句，古銀山簡單引介羅萬鈞與黃一，二人突然下跪道：「我倆代表三山五嶽的綠林朋友，懇請各位英雄拔劍相助！」

朱未央過去扶道：「兩位請起，有什麼話請站著說。」

二人都說：「打擾各位用餐的雅興已是罪過，我們該跪著說的！」話方說完，卻有一股無法抗拒的力量將二人抬起，朱未央道：「站著說清楚些，只要言之有理，我們豈有拒絕之道？」

裴友琴道：「請二位從頭說起，到底要我們幫什麼？」

二人把來龍去脈一口氣說完，幾位劍主聽完卻默不作聲，交換眼色之後，朱未央道：「這等遭遇，確實淒慘；但你們與淨幫之事，百劍門恐怕不便插手！」

羅、黃二人一臉失望，問道：「為什麼？」

朱未央道：「淨幫的手段確實殘酷了些，但這幾年來，他們沒殺過半個平民百姓。百劍門向為正道中的中流砥柱，要我們為了你們殺人，實有師出無名，角色錯亂之感。」

黃一道：「您是說咱們綠林中人都是黑道，黑白兩道壁壘分明，沒有為我們出手的道理？」

羅萬鈞道：「我本是安西鏢局的總鏢頭，原本最痛恨綠林人物，也曾以為淨幫的作為是替天行道，凡俠道之人都應樂觀其成。然而這些日子與他們朝夕相處，方知綠林之中不乏血性漢子，當初棄良為盜多半也是迫於無奈，罪不至死啊！」

黃一道：「我本是泰山雲嶺寨的六寨主，本寨一向只劫貪官惡豪，對一般平民百姓不但不搶不奪，若有結餘還會周濟一番。方圓五百里內，都稱義賊，那幫花子掠殺之前都會先摸清對方底細，不會不知。然而他們依舊打著替天行道的旗幟，把雲嶺寨三百八十七人，殺個雞犬不留！」

裴友琴道：「如此趕盡殺絕，確實過火了些，或許該勸勸他們少造點殺孽。」

黃一道：「怎麼勸？那幫人凶惡成性，會聽話嗎？除非我們將寨裡的財物雙手奉上，否則一個也逃不掉！但要我們侍奉這群不男不女的傢伙，還不如一死！」

崔釗道：「既然如此，你們何不趁這時候改邪歸正？」

黃一怒道：「這個世道，改邪歸正談何容易？你們百劍門大多出身富貴，哪知道咱們貧苦賤農看天吃飯，苛繁稅重，三餐不濟之苦？」

朱未央問道：「你們可知山洞裡有多少祕道？有無機關陷阱？」

黃一連連搖頭，道：「淨幫十三鷹個個多疑，咱們臥底的弟兄混不進核心，只知山洞在京師近郊，至於確實地點？長什麼樣子？完全打探不到！」

崔釗道：「那就是要我們冒險一闖！萬一失敗，我們賠了幾條命也就罷了，但若未殺盡這十三鷹，這些人逃了出來，要找百劍門報復，你猜會發生什麼事？」

一旦讓這些人活著出來，絕不會善罷甘休。論武功，這十三鷹不如四大劍門的高手，但淨幫人多勢眾，百劍門又散居各地，保護起來不免顧此失彼，必有一番浩劫！眾人想到這裡，心中不免都是一驚！

羅萬鈞道：「這麼說，你們也不便出手？」

朱未央道：「事關整個百劍門的生死存亡，四大劍門也不宜擅作主張。」

羅、黃二人心中一寒，面露失望。古劍熱血一湧，挺身道：「在下願意先行探路，設法把整個祕洞摸清楚。」

裴友琴搖頭道：「一個人恐怕對付不了十三鷹，何況你聽不見，孤身進入暗黑的山洞裡更是險上加險！」

古劍道：「在下願意冒這個險！」

古銀山道：「傻子！你死了不打緊，可是萬一被他們發現身分，那些有仇必報的花子，豈有不找殘幫報仇之理？你要害死他們嗎？」

黃一勃然怒道：「你們這也顧忌！那也顧忌！難道要眼睜睜的瞧著這幫花子肆意殺戮，日漸坐大嗎？」

崔釗道：「他們若真做得太過火自有天譴，兩位不如趁這時候去勸你們那幫綠林好漢們改邪歸正，那幫花子無人可劫，或許慢慢就散了！」

黃一哈哈狂笑，忽地拔起腰間匕首，往心窩一刺！

所幸古劍與朱爾雅站立處與他相距不遠，兩人同時出手，一人抓住手臂，一人點上要穴，匕首未深入臟腑。裴問雪給他處理傷口，裴友琴在他背後灌輸真氣，羅萬鈞緊握他的雙手問道：「你為何如此？」

黃一神情悲憤，說道：「我不能替那幫死去的弟兄復仇……還有什麼顏面苟活？」

羅萬鈞道：「傻子！他們不理人，還有少林、武當啊！」

黃一道：「連素聞急功好義的百劍門都不肯相幫，少林、武當那些唸佛修道的化外之人，更不可能為咱們這群惡賤之人大開殺戒。」

羅萬鈞道：「事在人為，你不試怎知？」羅萬鈞把他抱起，逐一掃視廳內之人，帶著失望與憤慨的眼神離去！

無端被鬧了一場，眾人俱感掃興，好好一場英雄宴變得食不知味，草草結束。

七月十六至十八，按例是整個試劍大會最後也是最精彩的奪劍大賽，由四位最強的劍缽交互比試，一連三天的龍爭虎鬥分出高下，按照四大劍門劍主所抽中的籤序，第一天由古劍對上崔榕，裴問雪決戰朱爾雅。

大爺海上一早便擠上滿坑滿谷的人，時辰一到，古、崔二人躍上試劍臺，行禮之後同時拔劍出招，纏鬥激烈。

這是兩人第二次對招，前一次比試，古劍全無求勝之心，崔榕也未盡全力，這次為了家族榮耀，自然毫無保留全力以赴。

雖然先前幾次試劍，洗劍園的劍缽總是屈居第三，然「忘情劍法」絕對是江湖上頂尖的劍法之一，即便是朱、裴兩家的劍缽，亦從不敢輕忽其威力。而這一代的崔榕十七歲不到便悟通劍法精要，闖蕩江湖多年，會過無數高手，劍法使來飄逸自然，經驗、火候均超越前人。

他與古劍對彼此的劍法並不陌生，上次在升仙石的交手，崔榕曾蓄意留下幾招似有若無的破綻，其實都是陷阱，如果古劍針對這些破綻預出殺著，那便中了他的計，將有更厲害的劍招等著。

他算得精明，當時一口氣留下了十一個破綻，卻不知古劍記性向來不好，也沒特別留意，事隔多日，早將對手所有的好招壞招混在腦中，沒留下半招，只對其劍風、劍意留下深刻印象。這麼一來卻讓古劍無須適應，無論對手的劍法如何轉變，「無常劍法」仍來去縱橫，絲毫不讓。

反觀「忘情劍法」講究流暢自然，愈是心無滯礙，才愈能達到物我兩忘的超凡情致；但崔榕老想等對手落入陷阱，心境不免受到拘束，使得原本該有的威力大打折扣，很快落入下風！他急於扳平，招式忽變，但見劍氣瀰漫，「忘情劍法」加倍的狂放凌厲！

這是「忘情劍法」中最著名的十三招，通常在使完前面一百一十七招後，手腳熱了，心懷開了，方能達到物我兩忘的境界！但他急於施展，卻忘了威力雖增，破綻卻不免明顯！古劍瞧得清楚，長劍斜引，輕劃一劍，在他衣袖上留下一道劍痕。寒風吹過，崔榕忽感手臂一涼，心中升起一股寒意！

對一般的劍門而言，能擠進四大劍門便是天大的榮幸。然洗劍園連拿了四次的麒紋銀劍，卻是亟盼能再進一步，崔榕慧根早現，很小便脫穎而出，成為家大族繁的洗劍園傾力培養之劍缽，年紀輕輕已名震江湖，家族長輩們無不對他寄予厚望，期待他能替洗劍園爭到一把金劍或玉劍。

其實崔榕的劍法與古劍等人相距有限，若能以平常心盡情揮灑，他的對手不是聖人，未必找不到機會；但他表面瀟脫自若，其實心底十分在乎，或許就是太過在意，才會試圖以機巧取勝，不免患得患失，身手僵硬劍招走樣，終於立下敗局。

試劍臺上的崔榕，往日的瀟灑倜儻已不復見。古劍贏得輕鬆，自己也略感意外，瞧著他黯然離去的身影，心中卻不免感傷。

古劍這一場勝得乾淨俐落，然除了祭臺左側殘丐聚集之處一片歡呼之外，觀劍臺上其他地方掌聲稀稀落落，也許太早分出高下令人失落，或是比試結果不符多數人的期望！古劍倒不怎麼在意，走回殘丐堆中，他們留了好位置，讓他得以細觀朱、裴二人的比試。

古劍方自坐定，但見觀劍臺上響聲暴起，兩道飄逸的身影同往試劍臺上，還未拔劍，觀劍人群卻已抑制不了興奮！

一般比武競技，尚未開始便擊掌叫好其實有些失禮。但話說回來，試劍大會興舉多次，往往最令人回味無窮、傳誦多年者，還是朱、裴兩家劍缽的一番龍爭虎鬥。許多人不遠千里跋山涉水，就是期待觀看這一場精妙絕倫的試劍。等待二十年才看得到，人們難抑亢奮，藉此發洩一番倒也十分自然。

兩人相對而立，俱是氣定神閒，待掌聲稍歇，彼此行禮，朱爾雅一聲：「留意了！」緊接著一聲嗡然，手中赤淵劍在「轉丸氣功」的激震之下脫鞘而出，以極強的劍勢，極快的劍招，破空直劈！站在他對面的觀劍者，明知這一劍無論如何也碰不到自己身上，仍有不少人冷不防吃了一驚！裴問雪一劍橫架，看不出多快多強勁，但見雙劍相交，赤淵劍發出高亢激昂之巨響，藏墨劍則低沉輕鳴，幾近無聲。

緊接著裴問雪挺劍直刺，朱爾雅揮劍格開；朱爾雅橫劍切來，裴問雪豎劍封擋……二人你來我往，竟全是一些直來直往的基本式！所謂的劍法基本式，共有刺、砍、削、切、擋、格、架、截、撩、挑、提、掛、推、穿、擺、抹、崩、挍一十八項！所有的劍招無論多麼奇變複雜，都是由這十八項基本劍式組合演化而成，無論學劍之人進入哪個劍派，剛開始都是從這十八項基本劍式學起，可以說比入門劍法還更入門，但也因為太過單純，這十八項基本劍式，甚至連稱「劍招」都不配。

基本劍式人人都會，一般江湖上比試武藝，在本門劍招中夾雜著一、兩劍基本劍招，或有收出其不意之功，但連續施展卻是絕無僅有，如今竟出現在試劍大會中最令人矚目的一場對決！十來招一過，觀劍人眾再也忍不住滿心疑竇，眾口譁然紛道：「這是怎麼回事？」

只有少數行家猜到了原委，原來朱爾雅發現古劍似乎有種特殊的天賦，再複雜深奧的劍法被他多瞧個幾次，往往能悟出對應之道，然而朱、裴兩家彼此熟悉對方的劍法，絕非三招兩式可以分出高下。既然如此，真正的絕妙好劍又何必過早顯露？於是以基本劍式作為熱身起頭。而裴家的劍法講究順應自然，也以基本劍式應對之。

基本劍式極為單純，但絕不粗淺，稍有一些武學根基之人，瞧見朱爾雅隨手一劈，竟有開山裂石之勢！裴問雪任意格架，亦顯舒緩自如。才發現這些看似平平無奇的劍招在這二人手裡使來，亦有莫名的威力！閭丘允照與洪子揚此次試劍的成績不俗，卻是愈瞧愈驚駭，不禁思道：「若換作是我，不知還能接下幾招？」各門前輩紛紛叮囑年輕徒兒晚輩們加倍努力的瞧：「若能看出一點真味，畢生受用不盡！」

劍招雖然簡單，卻也最耗氣力，數百招匆匆而過，二人早已汗流浹背，朱爾雅劍風一轉，招式繁複而變化精微，劍勢卻是勁雄勢急，矯矢奔騰，如龍如獅；裴問雪運劍如風，隨勢而轉，身形飄逸。

「卻亂劍法」！「秋水劍法」！許多人忍不住叫了出來……

「卻亂劍法」為鬼谷子所創，此人乃春秋時期的一代奇人，自創縱橫家一派，講究權謀計略、言談巧辯，與孔孟學說所倡議的道德仁義大相逕庭，故在諸子百家之中，被譏為末流。然觀諸後世從政之人，又似乎鬼谷學說才是真正的主流。

所著《鬼谷子》共十四篇：〈捭闔〉、〈反應〉、〈內揵〉、〈抵巇〉、〈飛箝〉、〈忤合〉、〈揣篇〉、〈摩篇〉、〈權篇〉、〈謀篇〉、〈決篇〉、〈符言〉、〈轉丸〉、〈卻亂〉。如今世人所見，只有前十二篇，後兩篇佚失，殊不知〈轉丸篇〉其實是一種氣功心訣，〈卻亂篇〉卻是劍譜！

當年朱元璋東征西討，無意間得到了〈轉丸〉與〈卻亂〉兩篇，看了幾頁，不知所云，隨手將之丟棄於火爐之中。身旁策士劉伯溫瞄到封皮上「鬼谷子」三個字，搶步伸手，從爐火中撈起這兩本奇書！他也是一代奇人，醫卜星象雜說異學無一不通，對武學亦有相當涉獵，只見他凝神翻閱，愈看愈是驚奇，不住點頭。

朱元璋問道：「這是什麼東西？怎麼連先生這等見識之人也如此著迷？」

劉伯溫道：「這兩本武學奇書若能參透，將無敵於天下！」

朱元璋笑道：「我統率千軍萬馬，即將一統中原，何須再無敵於天下？這兩本書就給你吧！」

劉伯溫卻急急搖頭堅辭不受，趕緊把書呈回朱元璋手上，原來他深諳帝王心術，心知朱元璋現下一時興起慷慨贈書，日後登基，想到身旁有個身懷絕技之臣，隨時有出手挾制自己之能，豈有不寢食難安之理？

朱元璋笑著把書收回，稱帝之後，也因國事繁忙無暇習練而束之高閣。洪武二十四年，原本準備接位的太子朱標突然病死，不得不立長孫朱允炆為皇太孫，儘管朱元璋三令五申的約束功勳大臣與眾藩王，仍擔心這年幼的長孫未來的帝位不穩固，於是交下這兩本武學奇書，囑咐他時時勤修，並道：「書上的武功學成之後，若有誰敢覬覦你的帝位，可以親手殺了他！」

朱允炆銘記在心，然而這兩本書艱澀難懂，找了當時的武狀元向天文，兩人共同參研了數年才理出一點頭緒，太祖卻在此時駕崩了！朱允炆即位成為建文帝，推新政、廢藩王，接二連三的征戰使得他根本無暇習武。

建文四年，南軍不敵燕王朱棣的燕軍，南京城破，朱允炆與幾十名親信將士避走南洋，仍試圖有朝一日能奪回大位，帶在身上的，除了玉璽外，便是一套完完整整的十四篇《鬼谷子》。

朱允炆本是聰明人，明白這兩本書對於日後的興復大業有莫大助益，隨著心境漸趨平靜，他在孤島上潛心習武，慢慢體悟出「轉丸氣功」與「卻亂劍法」的心法劍訣，傳給兒子，要他一代一代傳承下去……

「秋水劍法」是從「裴家劍法」演化而來。裴家人嗜讀經史，世代為「史官」，經年累月伏案埋首不免氣滯身疲，為活絡筋骨，便從野史文獻中找到幾套漢代留傳下來的古劍法；然而以前寫史之人多不懂武學，記錄下來的劍譜大多殘缺不全，東拼西湊的結果，勉強弄成一套「裴家劍法」，自不可能高明到哪裡！是以「裴家劍法」一直默默無聞的傳了幾代，反正他們習武之目的在於強筋健骨，從不以劍法平凡無奇為憾。

「裴家劍法」傳了幾代，到了裴索嵐手裡，這個人生性多奇，更喜天馬行空胡思亂想，總覺得這套家傳劍法索然無味，總不肯老老實實照著先人所傳招式依樣畫葫蘆的練，也虧得裴家家風向來圓通，竟任由他將祖傳劍法改得面目全非！

這樣亂練了幾年，終有一天，裴索嵐從《莊子．秋水篇》得到啟發，明白「天地無限，師法自然」的真意！從此「裴家劍法」劍性大變，招招式式無不如行雲流水般的自然流暢，練成新劍法之後，興致勃勃的在家人面前演練一遍，他爹卻眉頭深鎖。

裴索嵐問：「哪幾招使得不對？」

卻見父親搖頭道：「我只怕劍法太強，今後裴家的子孫，恐怕再難享有真正的平靜！」

年輕的裴索嵐不懂，就算懂了，也難以割捨這套驚世劍法，自此以後，「秋水劍法」光芒難掩，再也無法回復從前……

兩位劍缽不愧是頂拔人龍，但見試劍臺上各施精妙，漸趨極致！只見劍氣縱橫四射，無論進退移步馭劍還招，莫不舒暢自然不流於俗。年紀稍長者，更不禁把思緒帶回到二十年前的大洪山上，裴友琴與朱未央氣勢磅礴的一場對決！但見兩人出招運劍絲毫不遜其父當年，那次的試劍，二人從清早打到了過午才分出勝負，不知此番又要激戰幾何？卻見朱爾雅一套劍法使不到一半，劍勢再變！

變幻無方，理路難循，本是「卻亂劍法」克敵致勝的不二法門，當年朱允炆敗走南洋，才真正悟出「亂」字訣，正式突破這套劍法的真意；如今在朱爾雅手中使來，更是將這個「亂」發揮得淋漓盡致。

大爺海上萬餘觀者看著同一套劍法，卻各自有著不同的體悟！功夫淺的目眩神迷，只覺得朱爾雅使劍既快又瀟灑，好在哪裡，妙在何處，卻是一個字也說不出來；稍有造詣的，卻覺得「卻亂劍法」凌亂龐雜，亂無章法，難道不怕自亂陣腳？只有少數高手能瞧出這套劍法亂中有序，精絕暗藏，虛實相生，處處機巧之妙；而亂招之中仍能積蓄極大的劍氣，似有隨時能將對手斃於劍下之威！

而「秋水劍法」師法自然，講究天人合一，萬物一體，相信只要自然的事物總能抓住其運行規律。裴問雪跟著變招，更加閒雅舒徐，返樸歸真，比起原先的劍法又再提升一個層次！

朱爾雅出招迅猛至極，劍勢狂偏將劍招愈使愈亂，看似凌亂得無以復加，卻暗藏更多的機巧，似乎機關裡面還有機關，躲過了這個陷阱卻還有另一個更大的陷阱等著你，對陣之人，彷彿陷入危機四伏之地！

裴問雪修為雖高，畢竟年少，無法完全擺脫七情六慾，還做不到「秋水劍法」所企求的最高境界——與天地萬物融為一體。他試圖找出理路，卻也不免稍感迷惑，必須不斷揣度對手心意，表面上泰然自若，內心卻覺得凶險處處……

大爺海上水氣氤氳，朝陽透雲而下，在試劍臺上打出一道道金黃光影，但見朱爾雅劍勢愈舞愈是急亂，水霧映照之下，竟似有無數劍影晃動，真假難辨，觀者莫不驚然！

此乃「卻亂劍法」使到極致時所生的虛幻泡影，再加上光影、霧氣、水波鏡射，更有推波助瀾之效，裴問雪極盡目力，仍感對手的身影由一個變為兩個，兩個變成四個！正自驚悚，忽見四把長劍自四方疾刺而來……

裴問雪集中心力，沉靜意念，乍判從右上方斜刺而來的可能是真劍，但也只有六、七成把握！唯一的解法是快劍橫削，然而對方長劍來勢詭譎，若是要迎，這一招威力太強，無論估對估錯必然有人身受重傷，許多念頭在他腦海一閃而過，卻不容他細細思考，終於裴問雪向後一蹬，輕飄飄落在木樁之上，選擇退步服輸。

大爺海上掌聲如雷，這場比試雖然比預期早分出高下，仍不失精彩好看。其實兩人比到後來，只見劍光閃耀，多數人已難再看出真正的奧妙所在，正因如此，鼓掌之聲更不能小，免得被人譏笑功力不足，見識淺薄。

但見試劍臺上，朱爾雅絕無一絲得意忘形之色，謙然道：「裴兄承讓，在下撿了便宜。」

而輸掉一場比試的裴問雪並沒有惱羞成怒或垂頭喪氣，躍回試劍臺上，拱手微笑道：「沒有的事，您技高一籌，恭喜！」

二人相偕走回迎劍臺，竟是勝者無驕，敗者無憾，氣度瀟脫，令人欽服！

人群在喧譁中逐漸散去，古劍木然而立，兩眼凝望著試劍臺良久不動，除了郭綺雲仍陪在身旁，狐九敗、胡遠清、侯藏象與程漱玉也慢慢聚攏過來！正往外走的紀草留意到這些人，也悄悄折返回來。

沒有人開口，眾人靜靜瞧著古劍沉思，紀草卻忍不住道：「你們別擔心！依古大哥的本事，明天必能取勝！」狐九敗、胡遠清與侯藏象三人同時睜大眼睛瞧著她，一臉狐疑之色！

紀草笑道：「想想看吧！我爹說魏宏風若早生個二十年，恐怕已是金劍的主人，顯然他的功夫已超越當年的裴友琴與朱未央，那麼打贏魏宏風的古大哥豈不更遠勝於朱、裴兩人？」

胡遠清笑道：「紀家小姑娘，難道妳爹沒告訴過妳？朱、裴兩家的劍缽，必是一代強過一代！」

紀草道：「那只是溢美之辭吧！練的劍法都一樣，能把前人的劍法學得十足相似已是了不起！要怎麼一代強過一代？」

狐九敗道：「靠的當然是『持續精進』四個字。」

紀草道：「說的比唱的容易！有幾個人做得到？」

胡遠清道：「所以他們稱霸武林數十年，絕無僥倖！儘管人們覺得他們的劍法已登峰造極，這兩家人卻從不自滿，永遠認為尚有許多進步的空間。」

紀草仍是半信半疑，問道：「那要怎麼做？」

胡遠清道：「兩家的劍缽試劍多次，彼此都熟悉對方的劍法。每一次試劍結束，回到家裡，便將整個過程一一演練，細細拆解，從對手的劍法之中，發現自己的不足，再加以改善，傳給下一代劍缽。新一代的劍缽長大成人，學成新的劍法，還得到外頭接受一連串嚴酷的試鍊，除了提升經驗外，必將再發現一堆劍法缺失……」

紀草又忍不住打斷道：「不是一改再改嗎？怎麼又有缺失？」

狐九敗道：「這兩套劍法在一般人眼裡幾近完美，然而他們十分清楚，世上沒有一套十全十美的劍法，只要用心去找，永遠都能找到一些小瑕疵；於是他們回家閉關一年，尋求改進之法，經過這一段的淬鍊苦思，才真正將劍法的真意融會貫通！」

胡遠清道：「一般人只曉得死練劍法，把祖師爺所創的劍招練得滾瓜爛熟，學得愈像愈好。這麼做不傷腦筋卻很難超越前人，因此許多門派初創之時一鳴驚人，傳下去卻是一代不如一代；唯有朱、裴兩家這種做法，才能迫使他們的子弟超越自己，一代強過一代。」

紀草道：「我昨天才問過我爹：『魏宏風與范濬的劍法，與朱、裴兩位劍主二十年前的功夫相比如何？』我爹說：『這兩人都是罕見的習武奇才，若在二十年前參加試劍，奪冠機會不小！可惜生不逢辰，碰上了古劍。』當時我興奮的叫道：『既然如此，古大哥豈不穩操勝券？』我爹卻連連搖頭道：『未必！未必！』當時我不服氣，還以為他偏袒朱爾雅呢？」

胡遠清笑道：「今日看到朱爾雅所展現的霸氣，恐怕很多人都會認為，金劍的得主，非他莫屬！」

紀草學著他爹的語氣道：「未必！未必！」說完轉頭對著古劍道：「古大哥，你自己說吧！明日一戰，到底有幾分勝算？」

古劍正把目光收回，就被問了一個難題，稍想一會才道：「盡力就是，勝算多少倒不重要！」

狐九敗道：「你瞧了這麼久，有想通了什麼嗎？」

古劍道：「朱公子的劍法看似毫無章法處處破綻，其實招招暗藏玄機，劫中帶劫，一時之間很難理出頭緒！」

胡遠清道：「這也難怪！一般劍法若有兩百招以上已算十分複雜，『卻亂劍法』卻多達千餘招，艱奧龐雜已是一難；卻又練到了虛實相生的境地，當你覺得來的是虛招時，它隨時可以轉為實招，你以為它是實招，卻又在轉瞬間變成虛招。著實不易！」

狐九敗道：「這套劍法招數繁雜，風格多變，卻能彼此融合，渾然天成，不愧是頂尖的好劍法。」

紀草道：「厲害！難怪連裴問雪也招架不住。」

狐九敗搖頭道：「裴問雪的『秋水劍法』化繁為簡，返樸歸真，已接近劍法的最高境界——自然無為，沒有人能在短時間內打敗他。」

紀草頗不服氣，道：「朱爾雅用的時間不夠短嗎？」

狐九敗道：「『卻亂劍法』確實很能迷亂對手，但我見裴問雪運劍穩當，並無分心迷惑之態！」

胡遠清道：「朱爾雅先用一堆虛實詭異的奇招將對手逼到角落再猝施殺著，硬逼著人家跟他賭一場大局！」

紀草笑道：「你這賭鬼真是三句不離賭！比劍就比劍，怎麼又跟賭博扯上關係？」

狐九敗卻道：「老賭鬼說得倒也有幾分道理，比武較量本來就充滿風險與算計，一招使出，你怎知對手會以哪一招相應？又會造成什麼結果？但你還是得試一試，且不能有半點遲疑。」

胡遠清得意起來，道：「對呀！對呀！朱爾雅最後幾招使得快狠絕亂，令人產生幻影，裴問雪一旦猜錯，手掌不保；猜對了，卻換成對方受重傷！這不是賭是什麼？」

紀草道：「就算是賭吧！四個讓你猜一個，贏面不過是兩成五！」

狐九敗搖頭道：「這可不是閉著眼睛亂猜一通，以裴問雪當時的情況，至少該有六成把握！除非兩人再激戰個千餘招，『卻亂劍法』愈使愈亂，任何人的心力目力很難持續專注，這時候四道劍影可能變成八道、十六道，抓住真劍的機會就小多了！」

紀草道：「既然如此，朱爾雅為何不把千餘招『卻亂劍法』使完，更有把握時再出殺著？」

狐九敗道：「一、兩千招的激戰，就算神仙也會感到疲累。今日贏得愈辛苦，明日對上古劍的勝算便少了一分；今日多露了一招，劍路就讓古劍多理解一分，更是大大的不利！當然得盡快分出勝敗高低。」

胡遠清道：「其實朱爾雅所下注的，不是對手能否抓到他的真劍，而是押他的對手無意與他豪賭一局。」

紀草一時間還聽不太懂，古劍卻心中一震，不禁思道：「裴公子的個性向來淡薄，即使有十足把握看出疾刺而來的真劍，也不願意為勝負傷了朋友！落水認輸，或許成了他唯一的選擇！朱公子若是如此，那是穩贏不輸；但這麼做心計未免重了些……」說道：「我看朱公子為人瀟灑落拓，該不會如此！」

狐九敗笑道：「『卻亂劍法』本身藏有許多權謀詐巧，沒有心機的人練不出來；何況兵不厭詐，比武競技，向來就不是全靠劍法分高下。古劍！明日的對手若用同樣的法子，你該如何？」

古劍心中一震，他早將朱爾雅當成至交，絕不願傷他；然而比武試劍，就算是親兄弟也該全力以赴，何況是金劍之爭？他不如朱爾雅如此渴望求勝，卻又做不到裴問雪的淡然，一時之間，確實難以委決，卻見胡遠清道：「如此無比刺激，千載難逢的一場豪賭，豈有錯過之理！當然得迎上去，狠狠拚它一把！」

平日不愛多說話的郭綺雲卻在這時忙搖頭道：「不要！咱們打敗丐幫，闖進四大劍門已該心滿意足，能否拿到金劍並不重要，何必為此冒險？」

狐九敗道：「古夫人也是習武之人，難道不知每場比試都是冒險？真正的劍客，豈能為了貪生怕死而放棄比試！」

胡遠清亦附和道：「是呀！是呀！裴問雪劍法高，就是太沒賭膽，你可千萬別學！何況有侯神醫在，還怕什麼傷治不好？」

侯藏象笑道：「言之有理！只要別一劍穿心、一劍封喉或一刀兩斷，大概都還有救啦！」

眾人你一言我一語的，說得古劍更難委決，但見平日主意最多的程漱玉，眉宇之間難掩憂色，幾次欲言又止，卻始終未發一語……

第二十一章

地宮

古劍與朱爾雅的比試被安排在次日的首場，兩人在萬目關注下站上試劍臺，行禮時朱爾雅微笑道：「能與閣下做一場君子之爭，令人感到興奮，希望古兄也能全力以赴！」

古劍道：「自當盡力，彼此保重！」

話方說完，朱爾雅身子騰起，拔劍疾舞，在半空中劃出無數個大大小小、或正或斜的圓圈，古劍不斷斜削長劍，觸碰到每個劍圈的外緣，劍光閃閃劍聲綿綿，一開始就激烈異常，令人目不暇給，眾人屏息觀劍，眼也不敢多眨，氣也不敢多喘！若非親目所見，實在難以置信光憑一串串大大小小歪歪斜斜的亂圈，竟也能衍生出如此層出不窮的變化！

這些劍圈看似破綻百出，不斷誘引對手直刺而入，然而每道劍圈之中，又似有若無隱藏著極厲害的殺著！古劍愈打疑惑愈甚，尋思：「如果招招藏計，他所耗費的心力絕不在我之下，但若不是呢？是否我該冒險一試？

「可是『卻亂劍法』深謀遠慮，算計精準，朱爾雅機智聰變，看起來愈是簡單的劍招愈有可怕之處，我得沉住氣，不宜貿然行事！」使劍猶豫，也是兵家大忌，要將對手極為流暢的劍勢改變方位，更須加倍用勁，長久下去不免吃盡了虧。

他身陷迷惘，反倒是遠處靜觀之人較能冷靜看出劍招真意，胡遠清忍不住搖頭道：「我瞧這些亂七八糟的劍圈中，大半都在虛張聲勢！」

狐九敗道：「何止一半？根本就是十劍九虛！自己輕鬆寫意，大耗對手精力。」

胡遠清道：「虧大了！這小子平日膽子不小，怎麼今日忽然保守起來？」

狐九敗道：「昨日的朱、裴之戰，『卻亂劍法』的確處處玄機，古劍不看還好，觀劍之後受到影響，反倒中了人家的局！」

胡遠清道：「真真假假，虛虛實實，本是『卻亂劍法』的特長，與他劍中鬥計，自然討不著便宜！」

只見朱爾雅一環接著一環劃著劍圈，每一招都若正若斜，似是而非，似乎永無休止，又過了一百招、兩百招、三百招……古劍終於決心一搏，等到一招看似單純的劍圈，朝著劍心直刺而入……

卻見朱爾雅猝然換招，化圈為點，凌厲無比的連點古劍周身要害！這招果然是變中藏變，古劍雖有準備卻難防備，一個撤劍閃身驚險避過！趁這麼一點餘隙，朱爾雅一個斜跨，劍勢再變，亂環之外，摻雜著「亂點訣」、「亂飄訣」、「亂削訣」，再加上「蛇行步」、「虎躍步」、「鷹翔步」、「龍騰步」，劍法變化繁複，腳步撲朔迷離，招招難以測度！

朱爾雅一劍接著一劍，無不攻向對手必救之處，狂亂之中，更顯迫人霸氣！「卻亂劍法」繁而不雜，亂中有序，大爺海上觀戰之人從九流庸手到一流高手都有，雖各自領悟不同，卻都一般的目眩神馳，驚佩暗嘆！只見其劍跡詭譎，時而似左實右，時而忽上又下！古劍猜測顧忌，出劍不免遲疑了些，慢慢退到邊緣，又讓到角落……

愈接近危境，古劍反倒忘了勝負，他異常專注，下盤穩實上身靈動，「無常劍法」妙招紛呈，不知不覺中劍氣大盛，絲毫不讓！一個攻得急，一個守得緊，二人雖是朋友，卻是一般好勝，僵持良久，互不肯讓。

激鬥中朱爾雅在亂劍之中忽出極招，來勢奇刁，一劍直罩對手九大要害！似乎就要攤牌！

卻見古劍身子突然凌空躍起，斜削一劍，這招竟是攻守呼應，咄咄逼人，不但不想棄劍認輸，反而大膽至極！眾人紛道：「這不是『天擊劍法』嗎？」

「天擊劍法」艱深難學，若在平時，古劍鐵定記不起來，更別提能否使得像樣？然而臨危之際，腦海中突然浮起這麼一記妙招，他無暇多想，自然而然使將出來，反有出其不意之效，將對手逼退兩步！

然而朱爾雅絕非一般，不但很快穩持下來，劍法更添詭異，攻勢亦更加凌厲，不留半分餘隙，緩緩把古劍又逼回死角，再施殺著！這次古劍卻用上了「尋龍劍法」化解⋯⋯

古劍自出道以來，從蹩腳使到妙絕，始終不脫這套「無常劍法」。朱未央父子觀看多次，並加以拆解深研，所幸這套劍法隨機而變，招式靈活，別人只能熟悉，無從破解。也因為如此，當古劍冷不防的使出其他劍招之際，對手不免驚愕不慣。

隨著比試的漸增激烈，兩人相互激盪出無數妙招，俱在不知不覺中提升自我的境界。朱爾雅使招愈顯繁複幽微，而古劍亦充分發揮「無常劍法」無常序、無常式、變化萬千的劍意！福至心靈時，不但「尋龍劍法」、「天擊劍法」可以暫借一用，甚至偶有神來一劍，另創新招！劍本「無常」，唯一不變的卻是「變」，他這般大膽，有人連連搖頭，也有人頻頻點頭。

激鬥中，古劍突施一招「卻亂劍法」，朱爾雅稍吃一驚，回應稍緩半步，就這麼一點小小的空隙，古劍已然反守為攻，劍招綿綿，迅急凌厲……

古劍與人過招，常依據對手出招隨機應變，極少連番猛攻。其實「無常劍法」能守能攻，唯有行家能識。一般劍法求快求狠，然而當出劍快時，對手的應變自當跟著快，此時無暇細想，全憑直覺機應，習劍之人孜孜苦練，便是要將這種直覺反應練得既快又準！

而「卻亂劍法」卻反其道而行，以龐雜多變卻略顯遲延的劍招，令其對手心生猜疑、迷惘、憂懼、徬徨！

唯有將快劍使到讓人無暇思索的地步，方能減輕「卻亂劍法」的干擾，這個道理，許多人都瞧出來了；然而要從「卻亂劍法」中找到不為所亂之道，進而控奪節奏，卻是難上加難！因此當古劍在一瞬間轉為主動之際，許多人大為吃驚！但見他使劍如電，奇變叢生，確實強猛悍絕，常人難擋！

然而朱爾雅絕非常人，反而冷靜異常，改出「亂纏訣」、「亂閃訣」、「亂遲訣」、「亂盤訣」，出招纏而不慌，遲而不豫，一步一步將頹勢扭轉，又逐漸把霸氣要了回來。就這樣經歷無數險招，兩人交換幾次順逆，波瀾起伏驚險處處，更令關心之人心驚肉跳憂惶不安！郭綺雲聽得入神，竟不自知的香汗淋漓！而程漱玉既不希望任何一人落敗，更怕有什麼閃失！心中自是七上八下，矛盾煎熬……

兩人一般好勝，俱是遇強則強之人，不斷糾纏激盪之下，劍法亦更加凌厲奔放。激鬥中朱爾雅劍風再變，以極其怪異的姿勢、匪夷所思的劍路、料想不到的角度及飄忽不定的劍勢，織出一道道詭奇絕倫的劍法！

此乃朱氏父子新創的劍招，沒人瞧過，其劍風理路仍與「卻亂劍法」大致吻合，卻是更亂更狂更奇更絕！稱之為「瘋魔訣」！使劍至此，還有誰能擋？喜歡朱爾雅的人無不暗喜，古劍這方卻又不禁憂心起來！

卻在此時飄來陣陣薄霧，但見兩個快得無以復加的身影不斷糾纏晃移，多數人已分不清誰是誰？更別說要看清楚劍光走勢，人人屏息等待著勝負揭曉！對於雙方的至親而言，更覺時間漫漫悠悠，分外的難挨……

不知過了多久，比試戛然而止！沒人聽到他們說些什麼？只見二人還步收劍，相互行禮拍肩，一同走回迎劍臺上，這個時候，人們才瞧清楚：二人身上劍痕處處，都只見衣破不見血跡！原來二人旗鼓相當，同時刺中對手衣衫數次。

少林掌門明善道：「兩位少俠在如此激烈的比試中，仍存惺惺相惜不傷對手之慈悲心懷，著實令人佩服。只是老衲老眼昏花，不知最後是誰勝出？」

朱爾雅道：「前六次我們同時刺中對方，只好繼續比試下去；直到第七劍古兄技高一籌，贏了在下半寸。」

古劍不但擋住朱爾雅如此雷霆萬鈞的連串強攻，還搶了半招，取得不可思議的一勝！試劍大會興舉至今，首度有人能從朱、裴兩家劍缽手中奪得一勝，贏得絕無僥倖。「古劍贏了！」……這話從迎劍臺周邊慢慢散播出去，場中觀劍人眾，無論喜不喜歡他，這次都不得不服氣！

然而此時的古劍卻無暇品味這份榮耀，不知怎麼的？經過如此冗長激烈的比試，他不但不感疲倦，反倒還想繼續下去！躁鬱難耐、頭脹欲裂，心中更似有一把無名火，亟欲發洩而後快！……他知道這不是平常的自己，心中忽然湧起一股深深的不安，狂放與壓抑不斷交戰，久久難止，忽覺天旋地轉，撲通倒地！

不知過了多久，醒來時發現自己躺在古家的木房，身上插滿金針，留在房裡的除了侯、程兩位大夫與家人外，尚有狐九敗、胡遠清。

不等古劍說話，侯藏象先問道：「在暈厥之前，你是否感到全身經脈鼓盪，真氣亂竄，心鬱胸悶，時寒時火？」

古劍連連點頭，一臉的疑惑。

侯藏象搖頭嘆道：「可知你差點走火入魔？」

古劍聞言大驚，還來不及說話，卻見胡遠清道：「別小題大作，不過是太過疲累罷了！」

侯藏象道：「他脈象凌亂，真氣在體內四處亂竄，確有走火之兆。」

程漱玉道：「若當真走火，那會如何？」

侯藏象道：「或傷或癱或瘋或斃，很難說個準。」

胡遠清道：「原來你也沒什麼把握，隨口說說罷了！」

侯藏象道：「這種症候，我也是第一次瞧過！豈可妄下斷語，徒毀一世英名？」

胡遠清道：「向來走火入魔，多因修鍊氣功時心念不專走岔了氣，我可從沒聽過有誰是在比鬥中走火的！」

侯藏象道：「怎麼沒有？莫非你忘了史無涯？」這三個字說出口，眾人為之變色，心想：「若真像史無涯這般瘋得六親不認，可比死了還慘！」

胡遠清笑道：「古劍未練『化身劍法』，怎會跟他一樣？」

侯藏象道：「你不覺得今天的『無常劍法』使到後來，愈看愈像『化身劍法』？」

今日兩人惡戰激烈，拚到末處，一般人已瞧不清楚，然以胡遠清的修為目力，仍將一招一式看在眼裡。當時兩人的劍法相互激盪，在對手狂亂無常的劍法刺激之下，「無常劍法」在轉瞬間起了極大的變化，仔細想想，確有幾分像「化身劍法」。想到這裡，心中不免一驚，急道：「向四海呢？誰去請他來一趟？」話方說完，外頭有人答道：「不必請了！」

眾人轉頭，向四海已現身在門口，道：「我也是愈瞧愈像！我爹曾說：『這套劍法愈使到極致，愈看不清原來的劍招，只餘劍意，不留劍招，直覺反應，心電而生！』」

狐九敗道：「這便是傳說中武學的最高境界——『無招勝有招』的道理；雖說無招，其實是千招萬招，應時而生，隨意發之！」

向四海道：「本來兩種截然不同的劍法，經過不斷的突破和精進，竟然愈來愈像，或許這正是萬法歸宗，殊途同歸的道理。」

程漱玉對著侯藏象道：「你用喪心病狂五色針替他打通十二經脈，所謂『喪心病狂』，莫非也意味著扎這些針容易使人失心發狂？」

侯藏象道：「『喪心病狂』是形容被扎針者痛楚的程度，然而在狂烈的刺激催動之下，真氣在十二經脈中游離亂竄，難以駕馭，確有失心之危！」

程漱玉道：「有如此風險，當時怎麼沒說呢？」

狐九敗道：「有什麼好說！一個真正的劍客，豈能為了一點危險而放棄登峰造極的機會？」

侯藏象道：「或許再過二十年，他的修為、歷練達到某種境界，內息更能控御自如，隨心所欲，到那時再行施針，大概也不容易出什麼岔子。可是有誰能等那麼久？」

郭綺雲道：「現在明白還不遲，只要明天的比試不勉強……」

狐九敗大大的不以為然！還沒聽完便忍不住插口道：「豈有此理？東怕西怕，不全力求勝，怎能算一個劍客？刀劍無眼，吉凶本難料！打從試劍大會興舉以來，斷臂毀目、中劍而死的意外時有聽聞，就沒聽說過有哪個孬種劍缽因此退怯！」

胡遠清附和道：「賭場要關門，最後一盤大家都得下大注。只要贏了！你就是獨一無二的金劍劍缽，豈有放棄之理？」

古銀山轉頭問侯藏象：「依您看若要硬拚，阿劍還能撐幾招？」

侯藏象道：「這要看比試激烈與否！碰上了裴問雪，不全力求勝絕無勝算，五百招之後，便有相當的風險。」

向四海道：「『秋水劍法』乃當今最強韌的劍法，當年的史無涯劍法如此狂快，仍無法在短時間內擊敗裴友琴，我真怕舊事重演！這種賭局，我看是輸多贏少。」

看著兩方人為了此事爭辯不休，古劍終於開口說道：「裴少俠的劍法莫測高深，在下即使完全正常也未必能贏！卻怕長劍一旦出鞘，求勝之心激湧而至，未必能壓抑得住……」這番話說得實在，在場高手無不點頭，一樣習武，若不比別人多了一股好勝心，要如何出類拔萃？習劍之人手中有劍，一旦比試開始，心中只有勝敗，其他心思，早拋九霄！

程漱玉道：「既然如此，我們調配一顆藥丸，吞下腹內半個時辰後藥效開始發揮，會令人真氣逐漸消散。你在比試前服用，這麼一來，就算再有求勝之心，也無法強撐到底。」

古劍點頭，對著狐九敗道：「狐前輩！萬一晚輩真瘋了！能否立即殺了我？」狐九敗點頭。古劍心想：「這麼一來，再沒顧忌！最後一戰盡力而已，是勝是敗，是生是死，就交給上蒼決定吧！」

說來瀟灑，當夜古劍用過晚膳，便苦苦思索，試圖找出破劍之法。然而深入探索的結果，卻發現「秋水劍法」看似樸實無華，其實博大精深，蘊含無盡變化，弱點難尋，想在短時間內求勝，幾不可能！莫非只有「放棄」一途？

然而習劍少年孜孜不倦，夙夜匪懈，無不懷抱著一個夢想，期盼有朝一日能勇奪金劍，登上這使劍者至高榮譽！古劍也不例外，他從小惕厲，為此吃盡苦頭，離這願望愈接近就愈難輕言放棄！想到這裡，他真想把藥藏在口裡，永遠不化。就這麼內心反覆掙扎，直到入睡之前，仍難以定奪！

次日醒來，用完早膳，古銀山等人欲先行出發，只留下媳婦陪著古劍等藥。坐了一會，郭綺雲遠遠聽見腳步聲，卻道：「我肚子疼，先出去一下！」不等古劍相詢，一溜煙走了！

沒過多久，程漱玉果然如一陣風般飄了進來，笑道：「郭姐姐呢？我今天要先下山，離開前好想再看看她！」試劍已近尾聲，想到明天過後，這座山即將從絢爛歸於平靜，總不免些許感傷。

古劍道：「妳喜歡熱鬧，怎麼不吃完今晚的『百劍大宴』再走？」

程漱玉道：「不吃了！既然早晚都要分離，早點兒走，或許不那麼傷感！」

她說話時仍面帶微笑，眼角卻掩不住些許的憂傷，古劍這才發現她眼睛略顯紅腫、布滿青絲，問道：「妳一夜沒睡？」

程漱玉掏出藥道：「別小看這麼一顆，可要用上十七種藥草調配，其中有一味藥我們沒帶上山，只好下到山腰採藥。」

古劍道：「從山頂走下山腰，少說也要三、四個時辰，不是請侯神醫去採嗎？」

程漱玉把藥遞給古劍，道：「這種藥草長相平凡，山上少說也有五、六種類似的藥草，一不小心很容易採錯，我只好跟著去啦！」

古劍道：「妳跟著下山採藥，回來已是深夜，再加上煎藥製丸，豈不整夜都沒能合眼？」一摸摸手上的藥丸還有一點餘溫，心裡又一陣暖甜！

程漱玉笑道：「煎藥的時候有打盹一下啦！為了古大英雄，這點辛苦算不了什麼。」

古劍靦腆的道：「妳就愛開玩笑！」

程漱玉卻正色道：「這可是正經的！以前我最佩服能堅持到底的人，現在卻覺得能捨能棄，更不容易！」這話說得古劍心中一震，細細咀嚼，若有所悟。

程漱玉接著笑道：「手伸出來，大英雄讓小郎中把把脈。」古劍依言拉開袖子，露出右臂，忽然覺得有些尷尬，心想彼此雖然熟識，畢竟男女有別……

卻見她掏出一面薄紗覆在自己手腕上，溫軟的手溫仍透紗而過，心中怦然，感覺依舊熟悉，忽爾回憶起兩人無法分開的那些日子不止一次的肌膚碰觸，恍如昨日；然而明天過後，卻不知何時再見……

過了一會，程漱玉鬆手笑道：「比起昨天好多啦，只要別再胡思亂想，大概不會有事吧！」

古劍思道：「把脈當真這麼厲害？連我心裡想些什麼都能知道？」想到這裡，臉卻更加紅了！

這時候鼓聲大作，首場比試即將開始，程漱玉道：「我瞧崔榕愈打愈沒勁，恐怕支持不了太久。你該去準備啦！怎麼郭姐姐還沒回來？」

話方說完，木門開啟，郭綺雲已立在門口，說道：「該走了！」

程漱玉對著古劍說：「你先走，我們隨後跟上。」說完拉著郭綺雲的手邊走邊聊。古劍走在前頭，什麼話也沒聽到，行了數百步回頭一望，卻見兩人哭抱成一團！

來到大爺海，朱爾雅與崔榕的比試正當激烈，古劍的出現仍引起不小的注目。昨日一戰的確驚心動魄，最後卻在一團迷霧中分出勝負，是以許多人談論整夜仍爭論不休。有人說古劍最後靠了邪術贏得比試，也有人說朱爾雅不忍傷人而小讓一招，但無論如何，他最後不支而倒，顯然耗去太多的心神體力，今日面對裴問雪，很難再走運！

看著自己所引起的小小騷動，不免心中若有所感，不久前還是一個籍籍無名之人，卻在一夕間暴得大名，今後無論到了哪裡，都不可能再安靜自在。這一切似真似幻，一時之間還真不習慣！

愣想間，朱爾雅與崔榕的比試已經結束，古劍在如雷掌聲中踏上試劍臺上，山風肅冷，對手裴問雪飄然而立，英華隱隱，深邃莫測。

兩人互行一禮，惺惺相惜微笑致意，緊接著兩把長劍同時出鞘，在轉瞬間交換了數十招……

裴問雪絲毫不敢大意，招式古樸，法度嚴謹，織出一道道無懈可擊的劍網；然而使劍經常剛柔交雜奇變叢生的古劍，這次卻是一改複雜多樣的劍風，把「無常劍法」中一些剛強拗奇的劍招全收起來，盡出一些清簡柔暢的劍招。這麼一來，二人的劍風竟然十分神似，倒像是師兄弟在練劍！

這下子自然出乎所有人意料之外，莫非此人妄想以裴問雪最專善的劍風來對付他？裴家的歷代豪傑，用了近百年的時間去蕪存菁，才將「秋水劍法」凝練至今日的簡而不呆、流而不滑、直而不滯、柔而不緩的境界；反觀古劍涉獵龐雜，自然難以專精，如此隨著對手的強項起舞，豈有勝算可言？

雖然他比試經常出人意表，但此次使劍大膽至此，仍令人詫異萬分！是輕敵？欺敵？還是誘敵？真不知他葫蘆裡賣的是什麼藥？狐九敗不住搖頭，不到百招，已發現古劍三次要命的破綻，以裴問雪的劍術修為，隨時可以結束比試！

究竟古劍在想些什麼？

其實，他不過是忽然頓悟了一些事情！學劍之目的，未必只在於傷敵、求勝及一把金劍，汲汲於名利的結果，反倒失去了一些原本應有的樂趣與自在。何不暫拋輸贏，跟他一起「玩」！

心態這麼一變，卻正好符合「秋水劍法」的真意境——「能捨能棄」！

名利不重要，勝負不在乎，裴家的劍缽，豈只是淡薄而已！對他們而言，習劍是歡愉的，比劍是暢快的，鑽研劍招樂趣無窮，仗劍行俠更是欣喜；而試劍大會，不過是一場盛大一點的遊戲，享受比試的過程遠比結果要緊！是以裴問雪放過幾次可以求勝的機會，只因為相信古劍接下來還會有更層出不窮的妙招出現，這等對手這等場面千載難逢，一場應該激揚暢快的比試，豈可草草結束？

古劍放鬆心情，果然慢慢漸入佳境，劍法益顯清新無為，這時候變化雖然不多，卻是異常穩凝，百招之後，破綻已幾不可見。

想不到試劍大會最後一場壓軸好戲，殺伐之氣竟是如此之淡，對於期盼刺激的人們而言，不免略感失望。這個時候，不知哪裡傳來一陣悠揚的琴聲，似遠又近，似虛還真……

彈琴之人，卻是裴問雪的結髮妻子霍芳。父親是一個普通的宮庭樂匠，論出身不是什麼江湖名門、達官顯貴之後；而論起美貌，以世俗的眼光看來亦稱不上傾城美女。

可是霍芳精通九種樂器，能彈奏出各種令人蕩氣迴腸、餘音繞梁的曲目，裴問雪愛戀得緊！除了這天籟般的樂音外，也愛瞧她彈琴時專注溫婉的模樣，在月色下聆琴舞劍，更是人生至樂！真希望每場試劍都能聽見妻子的琴聲。而如今所遇的對手，不但劍法多變突奇，更恰好是個聾子，裴問雪不必擔心對手會受到琴音干擾，自然非試一次不可！

面對著如此對手如此情景，當琴弦上流淌的旋律隨風飄來，抑揚有致，跌宕生姿，「秋水劍法」竟逐漸起了變化，除沉穩流暢之外，劍意更隨著節拍忽弛忽張，鬆緩自如。

古劍雖然聽不見樂聲，卻從對手的劍法中感受到一種無拘無束無邊無礙的超然境界。既然勝負已拋，不如跟了上去，這時彷彿已忘記先前所學的一切招式，運劍隨心，招招無掛礙，劍劍有新意！不知不覺中，似有樂聲在心中響起……

婉轉的樂聲彷彿從天際傳來，琴聲纏綿、箏聲低語、蕭音清幽、笙音柔潤……每一種樂器、每一種曲目都有不同的風格。兩人相互刺激，劍風竟隨著樂風而變，導引出無數妙著。這個時候，學劍成為一種自我修行，不問勝負，不問對手，不為名利，不為他人！所感受到的只剩一種前所未有的酣暢淋漓，出招天馬行空，恣意奔放……

此時山嵐輕拂，晨間的日光斜灑在薄霧之上，遠處觀之，猶似仙人舞劍，來此觀劍的各路高手從懷疑到欣賞，進而沉醉其中！他們發現眼前的招式並不深奧，意境卻無論如何模仿不來。別說他人，就連裴、古二人，日後沒有這等風景、這等場面和這等對手，也很難再達到這等境界！

弦樂輕飄流淌不止，不知換了多少曲目，也不知交換多少妙招，酣戰中古劍身子輕躍而起，俯身而下，突然發現映在水面的太陽幾乎已移到了正下方，顯然已近正午。他猛然一驚！忽爾想起他在比試前吞下藥丸，半個時辰之後內力將急速下降，無論如何也撐不到午時！怎麼現在不但內力未衰，反倒愈戰愈有精神？莫非藥力失效？還是即將發狂的前兆？

藥力的確失了！這次倒不是侯藏象又配錯了方子，而是狐九敗不能容忍一場比試不求勝，趁著程漱玉在煎藥時打盹的當下，神不知鬼不覺丟了一劑「無味茶」，加上這味方劑，所有的藥都將失效。

至於發瘋，卻是多慮，這種劍法不但不會激亂心性，反而是極佳的療癒。可是原本沉醉其中忘卻此事的古劍，猛然想起此一隱憂，再也難以平和專注，出招走樣，意境全失！這時裴問雪凌空飛縱，順勢刺出一記好劍，原以為他能輕易化解，未料古劍猶豫了一下，眼看著眉心就要中劍！

臉上中劍，不死也要大大的破相，然而此時裴問雪使劍已達行雲流水、渾然忘我的境界，要硬生生剎停幾不可行，只能身子一扭，往側邊翻去！然而左側有對手的長劍等著，右側卻是冷冷的湖水！

他往右一翻，眼看就要落入水中，左腳卻被抓住，往回一拖，著地時耳聞撲通一聲，原來古劍把他拉回臺上，自己卻掉入水中！

裴問雪將古劍拉上試劍臺，兩人相視一笑，這個時候，如雷的掌聲，勝負與榮辱，似乎都不再重要！二人並肩奔回迎劍臺，向幾位評判行禮，明善大師道：「二位比試極為精彩，只是如此結果，卻令人不知該如何判決勝負？」

裴問雪道：「方才的情形，各位前輩想必瞧得十分清楚。若非古兄伸手救援，落入水中的，必是在下！所以該由他贏得這場試劍。」

古劍連連搖頭道：「我分了神，那一招實在躲不過，若非裴少俠手下留情，在下非死即傷，豈敢再論輸贏？」

裴問雪道：「不瞞諸位，方才所聞之樂聲，全是在下妻子所奏，對在下頗有助益，卻對古少俠不公！光憑這一點，就不該判勝。」

古劍道：「這聲音對我全無干擾，何來不公？若非問雪兄早先時連連讓招，古某早已慘敗！」

裴問雪道：「這不是您慣用的劍路，卻也能達到此等境界！在下由衷認為，對於劍法的領悟，古兄遠勝在下！」

二人竟然各尋理由，欲將勝利的榮耀拱手讓出！

灰纓道長道：「這場比試確有爭議，二位君子謙讓之風也讓人欽佩，容我們商議片刻，再決定該成全誰吧！」

幾位評判終於有了事做，圍聚一起討論出結果，最後由明善宣道：「讓不讓招，占不占便宜，或是誰比較高明恐怕都討論不完！只好回歸比試規定，落水者敗，我們認為這場比試的勝者，應是胭脂胡同的劍缽裴問雪！」

話未說完，震天價響的掌聲夾雜著歡呼早已填滿整個山頭，朱爾雅走了過來，對著二人揖手賀道：「二位今日的比試精彩極了，爾雅由衷佩服！」話雖簡短，裴、古二人各自謙遜以答，然而能聽聞自己所敬重的對手親口讚揚，意義自是不同。

待掌聲稍歇，明善道：「這場比試由裴少俠獲得勝利，卻也衍生出一個問題！」他說完停了一會，環顧全場，少林住持說話自有一股威嚴，全場又變得鴉雀無聲，靜靜等他說下去。

明善續道：「三位少俠彼此之間互有勝負，精彩至極，第一劍缽，卻也因此懸而難決？」試劍大會興舉多次，從未發生這等情事，自然也沒有條規敘明該如何處理，再添兩把金劍固然皆大歡喜，卻令百劍門陷於群龍無首之境。也有人說三人勝負雖同，其過程卻截然不同，評判們皆精於劍術，或能論斷出個優勝劣敗，若說到這裡，每個人各有喜好，嗓門不自覺加大了幾分，大爺海又哄鬧起來！

忽然有一聲音道：「金劍獨一無二，這種情況，唯有再次比試，直到分出一二為止！」此人發聲渾厚至極，在山谷間迴盪不已，竟把萬餘人聲硬壓了下去！人人朝發聲之人望去，原來是忘憂坊主皇甫和貴。江湖傳言此人武功深不可測，但究竟如何卻沒什麼人親眼瞧過！如今見其顯露出如此深厚之內力，原本半信半疑之人，也不得不信！

皇甫和貴富可敵國，忘憂坊在全國各地遍設賭場，日進千金，官府不敢抓，綠林不敢劫，可想見其勢力之強，人脈之深！試劍大會的花費，幾由忘憂坊負責張羅，一般人叫嚷可以不聽，他開金口可不能置之不理！話說回來，皇甫和貴也必須如此主張，否則數百萬兩的賭金無法完注，將徒生極大的紛擾。

而三人的比試精彩絕倫，每個人無不盼能多看幾場，皇甫和貴登高一呼，眾人立即跟著附和，整個大爺海上充斥著「再次比試」的聲浪，看來已難拒絕！

這個時候，卻聽見程漱玉道：「古劍不能再比劍了！」她的聲音不大，卻也讓人們慢慢安靜下來。

紀青雲道：「您能說得再清楚些嗎？我瞧他無傷無病，怎麼不能再比試？」

程漱玉道：「連比了十八天的劍，幾番勢均力敵的狂烈激戰，即便是鐵人也得喘口氣！他其實心身俱疲，是傷也是病，再比下去，鐵定出事。」

雖然這位「胖姑」過去從未聽聞，但這段日子協助侯藏象看診醫傷，所展現的醫術已頗受肯定，說話自有一番權威。再想起古劍昨日昏倒的情景，確實是心力交瘁！

朱未央道：「侯神醫，依您看古劍應該休息多久？」

侯藏象道：「很難估計，半個月之內最好別再與人激鬥！」

比試至此，無論試劍或觀劍，各門派所帶的糧食都剩不了多少，再延個三、五天或許還可以調配，但十天以上絕對不夠，朱未央拉著古銀山與裴友琴私語道：「古老先生、裴兄，在下認為延後一陣，改時易地再做比試，不知兩位同意否？」二人點頭稱好，商議片刻之後，朱未央道：「明善大師，這回恐怕要打擾您了！咱們商量的結果，打算在明年此時於嵩山再試三場。」

明善道：「嵩山位居中原的核心，大家都方便，百劍門的朋友可別忘了少林寺就在左近，不嫌寒酸的話，歡迎進來喝杯清茶，吃碗素粥！」

灰纓道長道：「經過這次的比試，三位劍缽想必領悟更多，再閉關參修一陣，不知還會生出什麼奇招妙劍？如此精彩的比試，老道萬分期待！」他一口道出大家的心聲。太白山地遠山高，就算爬得上來，要在這崇山峻嶺上一待十八天，若非極富有，就得要有極強健的身骨。相較之下嵩山可就親善多了，時間、地點都極為合適，到時來觀劍之人，恐怕不比現在少。

第五次試劍大會算是圓滿告一段落，然恐怕到明年二次試劍之前，中原的茶館酒肆中，與試劍有關的閒談縱議，是聽也聽不完的……

當晚的百劍大宴席開百桌，除了新的百劍門人外，所邀盡是正派武林中聲望崇隆之人。主辦此次大會的紀南圖、新四大劍門的劍主、劍缽及少林等五大門派掌門都被安排在一張特製的大主桌，能坐在這個位置，不知是多少武人一生的夢想，一直到現在，古銀山都還不太能完全相信這個事實，飄然之中，也不免帶點惶然不安。

開席不久，開封「降魔棍法」掌門人包應先、鄭州「冷月刀法」掌門人褚朗及洛陽「羅漢拳法」掌門柴豐三人聯袂前來敬酒，連番恭賀後，包應先把話題轉到正事道：「試劍大會興舉以來，百劍門日益興旺，咱們這群舞刀弄槍花拳繡腿的門派也不禁心癢難耐，於是有人提議不如找個時間也辦個『試槍大會』、『試刀大會』和『試拳大會』，不知各位怎麼看？」

朱未央笑道：「本來切磋武藝就是力求精進的不二法門。不久的將來，百槍門、百刀門和百拳門必定也能日漸興旺，中原武林人才濟濟，百花爭鳴，這是好事。」

褚朗道：「咱們才剛起頭，恐怕還湊不出一百個門派，更弄不出貴門這等規模，要讓你們見笑啦！」

裴友琴道：「沒有的事！當年第一次試劍大會也湊不齊百劍，更沒多少人來看；但只要生了火，自會愈燒愈旺！時間、地點定了嗎？」

柴豐道：「原本大夥意見紛呈，一時難決；但三大劍缽將在明年今日比試，倒給咱們一點想法。」

包應先道：「開封『槍棍會』擬於明年六月三十開始，一連五日，七月初四結束。」

褚朗道：「七月夏菊盛開，觀賞完『槍棍會』的江湖朋友可移步至鄭州，『菊刀賞』將在明年七月初六至初十，歡迎各位前來觀菊賞刀。」

接著柴豐道：「鄭州之後，再往西信步兩日，可到洛陽瞧瞧咱們的『拳腳聚』，預計定在七月十二至十六。」

明善大師道：「妙極！看完拳腳比試，正可移步到嵩山觀看接下來的三大劍缽二次試劍。」

華山掌門仲孫天笑道：「明年此時的河南連臺好戲，恐怕我又忍不住，非得過來湊個熱鬧不可！」說得眾人大笑不已。

此事很快傳開，與宴賓客紛道：「明年七月務必把雜事排開，走一趟河南。」

三人離開後仍陸續有人前來敬酒道賀，古劍卻不時東張西望，想找尋程漱玉的身影，然而不但不見芳蹤，連侯藏象也不知去向？這姑娘總是說走就走，想到這裡，心中不免失落！直到發現裴問雪的兒子裴君子正坐在祖父的腿上，圓睜著雙眼瞧著他，才知道自己失態！

廣場上嘈嘈嚷嚷，正是酒酣耳熱之際，忽聞一清亮的嬰孩哭聲破空而來，過了一會，一名莫愁莊的家僕抱著一個嬰兒喜孜孜的趕來道：「恭喜老爺、賀喜少爺！少奶奶生了一個娃兒！」話一傳出，恭賀之聲接連不斷，朱氏父子喜眉笑眼的接受眾人道賀，紀南圖多問了一句：「是公子還是千金？」家僕道：「是千金。」

朱未央的笑容忽然斂了一些，一時間突然沒有聲音，原來朱爾雅雖然娶了汪盈珊，依舊對程漱玉念念不忘，無法真心相待便不易受孕；而其父汪可受手握兵權，是他們興復大業的一大助力，儘管心裡著急卻也不敢再立側室，就這麼一拖，小孩出生不免晚了些，竟還是個女娃！如此一來，二十年後的試劍大會，恐將吃虧不少。

崔釗哈哈笑道：「女娃有何不好？莫非大家都忘了？此次試劍有一位女英雄，縱使兩眼未明，仍一路過關斬將，差點就進了四大劍門！」

大家又笑了，頻頻讚揚古銀山，說他不但會生會教，就連挑媳婦的眼光也高人一等，笑聲中紀南圖打趣道：「不公平！太不公平了！」

古銀山問道：「什麼不公平？」

紀南圖道：「有道是龍生龍、鳳生鳳，古劍的天賦已是人中之龍，又娶了一個資質優異如鳳毛麟角的媳婦，將來生的娃娃，豈不天下無敵？依我瞧下次的試劍也別辦了，直接把金劍送到您府上好啦！」

說完大家又笑，古銀山直道：「您說笑了！您說笑了！」心想：「原來四大劍門的劍主除了氣度與自信之外，還得練就一番風趣的言談。」

說話中女嬰已被抱了出來，送到朱未央懷中，比鄰而坐的裴友琴，膝上的小男孩未滿三歲，還正牙牙學語，一直盯著女娃瞧個不停，也跟著大人喊道：「娃娃！娃娃！」

朱未央笑道：「小君子，你也是個娃娃呢！」眾人又笑了，只有裴君子睜大著眼，一本正經的瞧著人。

裴友琴道：「取名字了嗎？」

朱未央搖頭道：「這段日子忙著試劍，也沒料到產期會提早一個月；不過此處有明月照冷山，有知心好友相聚一堂，在下心情一好，倒是靈光乍現，腦中閃了一個名字，倒想請各位評鑑良劣……」

崔釗搶著道：「您別先說，讓我們先猜猜。這女娃在咱們百劍大宴中出生，意義自是不凡，我猜若能取名『百燕』（宴）或是『百慧』（會），倒是一段佳話！」

紀南圖道：「太白山總讓人想到唐朝的詩仙李太白，這山勢又是如此的崢嶸巍秀，選在此處呱呱墜地，日後必有過人的靈氣。若叫『詩靈』、『詩秀』之類，倒也挺美。」

朱未央轉頭對著鄰座的裴友琴道：「裴兄有何高見？」

裘友琴笑道：「貴莊之人向來雅好古詩，『未央』、『爾雅』都出自《詩經》，猜想這長女之名也不例外，只是《詩經》中雅辭美句多不勝數，在下才疏學淺，實在猜不到朱莊主會用哪個！」

朱未央拍手叫好道：「友琴兄太瞭解朱某！這女娃正打算命名『窈窕』，確實出自於《詩經》。」

眾人先愣了一下，接著同時好幾個人不約而同大笑起來！紀青雲道：「妙絕！妙絕！『窈窕淑女，君子好逑』，坐在裘兄膝上的，不正是『君子』嗎？」裘君子聽到有人提到他的名子，應了一聲，這時才將目光自女嬰身上離開。紀青雲道：「小君子，這女娃以後長大當你的媳婦好嗎？」這個歲數的娃兒哪懂得什麼叫媳婦？但見裘君子雙目眨呀眨，似懂非懂的應了一聲：「好！」

這一聲「好」盡把眾人都逗樂！崔釗笑道：「現在已是門當戶對緣分深厚，來年想必是郎才女貌天造地設的一對，不如就在此指腹為婚，咱們這幫人都是公證！」指腹為婚是說娃娃還在肚子裡就訂了婚事，但此時忙著逗樂取趣，一點語病無人在意。

裘友琴笑道：「所謂『好逑』，意味著要有一場波折不斷的追求過程，如今這麼快就許給了這小子，豈不便宜了他！」

朱未央低頭對著裘君子笑道：「小君子呀小君子！以後若想迎娶咱們小窈窕，可得通過幾道關卡喔！」聽起來倒像是一場遊戲，裘君子興奮得連連喊好，又惹得眾人笑聲連連！

裴君子與朱窈窕兩個小娃娃訂親之事很快傳遍整個百劍大宴，成為此次試劍大會的另一段佳話。

次日清早，古劍又來到大爺海，試劍臺已擺上一桌三椅，幾碟酒菜，朱爾雅與裴問雪早坐在椅上，這是昨夜散席之前的邀約，三個人在臨行之前再次聚首。

古劍道：「對不住，我又來晚了！」

朱爾雅道：「是我們來早！咱們來此多日，直到這兩天，才真正有興致欣賞這座山上的奇美風景。天一亮我就醒，漫步走來，仔仔細細多瞧幾眼。」

裴問雪道：「確實一石一水都美不勝收，好比這兒，從混沌中在這千丈崇山上造了一個大碗，留下一泓清水，靜靜躺在此處觀星映月不知幾千年？這幾天被咱們興弄了不少波浪，今日過後，拆掉試劍臺，又將還復平靜！」

朱爾雅笑道：「水波易靜心波難平，這段經歷，恐將一輩子在朱某心中翻攪不止，問雪、阿劍，認識你們真好！能與二位痛痛快快比試一場更是人間至樂！若非還有比試，真想和兩位結拜，當永久的異姓兄弟！」說著拿起酒杯，一飲而盡！

看他如此真誠豪邁，不善飲酒的古劍也喝乾一杯，說道：「難得一見如故，而比試歸比試，與咱們結拜有何相關？」

朱爾雅搖頭道：「一旦成了兄弟，不免多一分顧忌，有了拘束，就不容易全力求勝。你我已是至友，勝敗或許不該太過計較，然而數萬人為了觀劍不遠千里跋涉而來，咱們能比一場扭扭捏捏的劍嗎？」

裴問雪道：「爾雅所言極是，即使沒能結拜，這份情誼也可深遠長久！」說罷也乾了一杯。

朱爾雅給三只空杯斟滿了酒，說道：「眼下有件要事，非我一人能獨力完成，想找人幫忙，又怕其中險惡處處……」

裴問雪道：「說出來吧！三人同心，力可斷金，還有什麼辦不到？」

朱爾雅道：「還記得羅總鏢頭所說的祕洞嗎！我想去闖闖！」

古劍大吃一驚，道：「你們不是說不管了嗎？怎麼……」

朱爾雅笑道：「當時若一口答應，今日的謀劃恐將變得麻煩許多。」

古劍搖頭直說不懂。

朱爾雅又道：「你可知道？這冷血十三鷹一直都待在山上！」

古劍驚道：「怎麼沒看到半個人？」

朱爾雅道：「這幫人全都練劍，豈有錯過試劍大會之理？只要黏上假鬚，不開口說話，一般人認不出來，卻難逃我的眼睛。」

古劍想起當時羅萬鈞慌張疑懼的模樣，想必費了不少艱辛波折才避開那些淨幫的眼線，道：「十三個人各帶若干隨從，山上有什麼風吹草動，倒也不難掌握。」

朱爾雅道：「我們的住處顯眼，任何人想從遠處監看都不難，如若當時一口答應羅總鏢頭的請求，由他們笑嘻嘻的離開，淨幫的人看在眼裡不免多所懷疑，有了防備，一切難辦！」

古劍道：「古某思慮欠周，不該在那個時候帶人過去！」

「這怎能怪你！」朱爾雅道：「當夜在下和家父商議，都覺得這批人非除去不可！否則明年春天再選內官時，淨幫十三鷹已非昔日的窮花子，有足夠的錢跟勢力打通一切，絕不會再次落空！然而以他們這等狠勁，一旦進了宮內，不消幾年必能掌控大權，為所欲為！」

裴問雪道：「自古以來，宦官掌權，天下莫有不亂；若真有那麼一天，不單是社稷危傾武林劫難，黎民百姓更將墜入痛苦深淵！」

古劍道：「黃一曾說每到秋末，北風開始轉強，淨幫十三鷹將聚在一個祕洞裡練功，出來之後劍法又再次提升，要解決他們恐怕得盡早，可惜咱們連這個山洞在哪兒都不知道。」

朱爾雅道：「地點應該不難查，只是進去之後，不知會有什麼機關或高人埋伏，一人獨闖吉凶難料！拖二位一探虎穴，倒非在下貪生怕死，而是此番行動只要漏了一、兩個花子頭，讓他們逃了出去，帶著數千花子找麻煩，百劍門將永無寧日！」

裴問雪嘆道：「為了救千萬生靈，是得狠下心來殺幾個惡人！」

古劍道：「中秋剩下不到一個月！我們是否該盡速趕往京城，多留幾天尋找祕洞？」

朱爾雅道：「據我所知，十三鷹多在九月初不見人影，咱們不妨先各自返家，過完中秋再往京城。三人分頭查探，十三組人，總有幾個不夠謹慎，要找祕洞不難；但須注意，千萬不可洩露身分，否則淨幫有了戒心，什麼事都辦不成！」

裴問雪道：「可惜侯前輩與胖姑都走了，不知還有誰可以幫忙易容？」

朱爾雅從袋子取出兩個木盒，打開竟是女人用的梳妝盒，內有銅鏡、剪刀及幾瓶藥膏，朱爾雅將用法大致解說一遍，笑道：「有了這個木盒，要把人弄得不像自己，倒也不算太難。只是易容之後，大家得忘記原先的自我，扮什麼就得像什麼！」

三人在煮酒論劍中議定細節，直到日上三竿才離開。

午時不到，道別新朋舊友，古家與百花莊、白晶堡一同啟程下山。眾人離家甚久，歸心似箭，依著原路快步而行，然而每到各地，總有當地的武林人士送來請柬，非邀古劍這位新出爐的大劍缽不可！就這麼行行晃晃，總算在秋節以前回到了古家坡。

一行人來到家門前，除了郭綺雲，其餘四人都傻了！

只見原先的土瓦房憑空消失，原地蓋起一棟全新的房子，有院有堂，雖談不上富麗堂皇，卻也用了上好的木石，比起舊屋更顯得堅實寬廣！

古銀山愣了一會才拍門喊道：「怎麼回事？快開門啊！」不多時大門一開，古劍的奶奶、娘和姐姐全站在門口！古銀山又問一次：「這是怎麼回事？」

古奶奶不以為然的道：「怎麼回事？我還想問你呢！發生了這麼多事，也不曉得先派人送封信，可知這幾天咱們婆媳受了多少驚嚇！」說完不理他，轉頭向著郭綺雲道：「這是我的孫媳婦嗎？多標緻的一個人哪！」

郭綺雲跪地行禮道：「奶奶！婆婆！大姑！綺雲不孝……」

古奶奶硬將她扶起道：「妳的事我早有聽聞，當時還連哭了好幾天，祈求神明能讓妳找到好歸宿，沒想到卻讓我們家阿劍得了便宜！」說著已淚流滿面，又轉身對古劍道：「阿劍！這麼好的一個媳婦，你可得好好照顧！不許有什麼三心二意！」古劍連連點頭稱是。

古奶奶拭乾淚後才回答丈夫先前的問話：「七月初七，早先在咱們家耀武揚威的那個宋五突然跑來！原以為這次又是要來討債的，正愁著呢，這個人卻拿出房契求我收下，我問怎麼回事？他也說不出個所以然來，只道：『您別問了！總之有人替你們家還清債務，要我把這房契退還。無論如何也請您收下，要不那人生起氣來，可真會打斷小人的腿！』看他那副惶恐模樣，我心一軟只得收了下來。」

古銀山道：「金沙堡的呂堡主，叫人拿了一整箱的珠寶，說要給綺雲當嫁妝，我不肯收！隔不到兩天，他自己送來了幾張地契，盡是咱們前些年典當出去的。原來他連夜派出信鴿到他成都的錢莊，把這些地契全給買下，還說連同這張房契也收了，為了讓您放心，叫人先送到家裡！其餘則讓信鴿給帶回來。看到這些地契，咱不收也不行了！」

古奶奶道：「宋五前腳剛走，古旺帶著他兒子古進來，還記得嗎？這古進在成都的布莊當夥計，賣咱們布匹價格都算得特別便宜！這次他卻送來整箱的絲綢，千求萬懇的要我收下，我問他到底怎麼回事？他說這是他們布莊主人飛鴿傳書下的命令，沒說什麼理由，但若沒辦成此事，差事難保！他是咱村裡的人，我能怎麼辦？」

古銀山道：「在山上有不少人送東西不成，有本事的人就飛鴿傳書到成都辦，然後回頭告訴我妳已經收下來。我發現這樣不成，如果妳都收了，阿劍和綺雲將沒法子比試，便去找洪莊主想想法子。」

古奶奶道：「接著陸陸續續有一些奇奇怪怪的人非要送什麼的，又跪又求拜託我收下，但這禮物一個比一個貴重，我橫了心，沒告訴我什麼緣由，死活不收！有的人說了一些，卻又不怎麼清楚！所幸第二天半夜百花莊派人來接，這回說得仔細，總算明白一些！說來還得怪你，咱們阿劍分明是個人才，硬是被你罵成了蠢材！」古銀山嘿嘿乾笑了兩聲，驕傲中帶著些許尷尬，他罵慣了古劍，直到現在還不知該怎麼改口稱讚他。

「咱們婆媳三人在百花莊叨擾了一個月，每天大魚大肉也吃得挺不好意思，算算你也快到了，便告辭洪老夫人，哪知回到家竟是這般景象！附近問了半天竟也問不出個所以然來。」

古銀山道：「不對呀！從來沒有人告訴我說他替咱們蓋了新房子！這個禮可不小！到底是誰呢？」

古奶奶道：「如果你怕住得不安心，那就拆了吧！」

古銀山道：「拆了咱們住哪？先留著吧！等日後掙了錢再說。」

古鐵城道：「還有什麼事，咱們進去慢慢聊吧！這場試劍好像一場大夢，說它個三天三夜也不夠啊！」

接下來幾天陸續有川西的武林人士前來表達祝賀之意，這些人相信古家將為川陝武林的中流砥柱，當然得趕緊建立好交情。這樣日日送往迎來雖然熱鬧，卻難得清靜，弄得古劍只能利用月色練劍，中秋過後，便說要準備明年嵩山的試劍，須暫別家人，另尋僻靜處所閉關練劍。

「閉關練劍」之說，其實是為了掩人耳目，狙殺淨幫十三鷹之事必須絕對隱密，只有爺爺、父親與妻子知曉實情。當夜莫愁莊的四傻便悄然來到古家，給古劍備妥糧食馬匹，稍加易容後快馬疾馳趕赴京城。

來到京城南郊的玉泉客棧時已近黃昏，上樓挑一個僻靜角落，四傻道：「比起城中幾間大客棧，這裡不免稍顯寒酸，然而那兒人多嘴雜，一舉一動一言一行稍有不慎，便可能露了餡……」

古劍道：「我明白，也信得過你們家少爺，這等小節，不必多作解釋。」

四傻點頭稱是，壓低嗓音道：「公子和裴少俠這兩天已開始查探，有了眉目自會前來相會，請少俠耐心等待，四傻就此告辭！」

說著正要離開，古劍一把拉住道：「吃完這餐再走！」

四傻連連搖頭說不：「您是公子的朋友，四傻卻是公子的家奴，與您同行共餐其實萬分不妥，如今任務已了……」

話未說完，忽聞腳步聲響，四個花子大搖大擺的上樓，其中一名大聲嚷道：「這樓上咱們包了！不相干的人，快給我滾下去！」

坐在樓上的人原本就不多，見這幫人如此蠻橫，豈敢多話？筷子一丟奔下樓去，只剩下古劍與四傻動也不動。那名大叫的花子見兩人不動，又上前兩步指著罵道：「你們是聾子嗎？沒聽見我李老六說話？」

四傻正欲起身，卻被古劍硬壓下來！另一人也拉住那叫嚷的花子低聲道：「別衝動！瞧清楚，這兩個人都佩著劍呢！」

李老六依言仔細打量一番，果然兩人的背後各負一把長劍，包裹在黑布裡面，問道：「你們是百劍門的人？」

四傻道：「閣下不妨賭賭看！」他邊說邊夾菜，看也不看對方一眼。

李老六心中冒火，然而眼前這兩人，一個並不起眼，一個卻是眼凸鼻塌嘴翹牙暴，就算不是百劍門的人，恐怕也不怎麼好惹。轉頭問向方才拉住他的人道：「怎麼辦？包三哥，不清個乾淨怎麼談事情？」

包老三擊掌喊道：「小二！快去叫個彈琴唱曲的上來！」帶著人坐到另一角落。

不多時來了一對走唱父女，胡琴一拉，提嗓唱道：「荒年殘雪景潦落……」

一句話沒唱完就被打斷道：「別唱這些曲！讓人想起老家煩心哪！」

那姑娘說聲「是」又唱道：「平生不會相思，才會相思，便害相思。身似浮雲，心如飛絮……」

這次又被打斷，一人罵道：「別唱什麼哥哥妹妹的，換一首！」

拉琴的老漢趕忙賠不是，這才想道：「這花子跟太監一樣，都不喜聽什麼男歡女愛！」琴聲再起，改旖旎為熱鬧，這才順利的彈唱下去。

在樂聲中，包老三道：「這次『鷹頭』閉關習劍，咱們得好好準備酒食。」

一名白衣花子問道：「這些東西，以往不都是『龍頭』會替十三鷹備妥嗎？」

包老三道：「沒錯！『龍頭』希望鷹頭們專心練劍，只準備一些簡單的乾糧白水；可是一整個月全吃這些東西，連咱們都會悶壞！何況是天天山珍海味的鷹頭們？像咱們的『山鷹』頭子就很難一天不沾酒，便和『天鷹』、『荒鷹』等人去拜託『龍頭』，希望能多點花樣解饞。龍頭同意了，但要各人自行準備。」

李老六道：「不必禁一個月的酒，咱們鷹頭豈不樂壞！」

包老三道：「這個自然，不過這麼一來，準備美食好酒的任務，便落在咱們身上！」

另一名紅衣花子道：「三哥您儘管派下，替鷹頭大哥做事豈能嫌煩，或許他老一滿意，又多傳了兩手絕招！」

包老三道：「好！老五，你負責採買兩罈貴州茅臺，必須是二十年的上貨。」紅衣花子點頭稱是，包老三道：「老六、老八，三隻聚豐客棧的烤鴨，十斤合勝樓的臘肉，城南孫姥姥的甜、鹹粽子各二十個，其餘花生、水果等甜點斟酌著買，絕不能有次貨！所有的東西，須在三天內購齊。」

李老六頻頻點頭道：「三哥安心，我一定挑幾個最精明可靠的弟兄採辦運送！」

卻見包老三正色道：「別找親信！京城到處都是苦力挑夫，抓幾個倒楣鬼還不容易！」

李老六驚道：「您是說抬貨的人會被……」說著比出一個殺人的手勢。

包老三使了一個眼色，道：「機靈點！這種事怎能讓太多人知道？」……

花子們壓低嗓音，並以樂聲掩飾，相信所說的話不可能傳出半句；卻萬萬沒料到，坐在包老三對面的陌生人，會用眼睛聽話。

古劍待過京城，知道哪裡是苦力聚集最多之處。次日一早，弄來一根棍子，把自己變成一副苦力模樣，便往德勝門行去。也許是時景不佳，聚在這裡的苦力比起十年前又多了不少，三五成群，或坐或立，有的打著赤膊，有的一身粗布短衫，手上多有一把扁擔或木棍，一見新人，幾個好事的便圍聚過來打量一番，一個滿臉鬍子的大漢睨著眼開口道：「哪兒來的？」

古劍正琢磨著該怎麼應付，身旁冒出來一個麻布短衫的年輕苦力，嘻著笑臉道：「周哥！這是俺的堂弟楊木，從小又聾又啞，跟俺一樣從楊村來這兒討生活。」

另一名禿髮的大漢笑道：「又聾又啞，怎生做挑夫？叫你挑個貨送至朝陽門，結果卻送到宣武門，豈不頭大？」

說完身旁的人都哈哈大笑，另有人湊合著道：「這年頭做苦力的討生不易，不如給他一點盤纏，到四川投靠殘幫，或許還能多活幾年呢！」笑的人又更多了！

這時又冒出一名年輕苦力道：「邱哥、劉哥都愛說笑！說來苦力、花子和乞丐都是窮人出身，咱們強過人家的，不過是志氣罷了！俺這堂弟雖略有殘缺，骨氣卻是不小，寧可餓死也不願當乞丐、花子！再說他機伶得很，會一點讀唇術，有俺帶著，不會出錯！」

那個叫周哥的大漢道：「你兩兄弟來此也不過三天而已，京城的路都還陌生，走得進胡同未必走得出來，哪還有啥本事帶人？」

年輕苦力笑道：「是是是！還請周哥指導成全！」

那叫周哥的道：「我哪能作得了主？去問咱們胡頭兒吧！」

胡頭兒倒也不算老，約莫三十來歲，赤著上身，曲著腳兒，以手撐頭側躺在一張板凳上，看來還曾練過幾年功夫，身旁竟也有一把長劍；話說回來，若沒有兩下子，如何鎮住這近百名苦力？周哥過去輕聲報告幾句，胡頭兒坐起道：「別瞧不起聾啞之人，今年的試劍大會，最強的劍鉢就是個聾子！」說完跳起身子，拔劍比了幾招似是而非的「無常劍法」，自言自語道：「真他的！怎麼人家要起來又快又順，我就練個四不像？」又比劃一陣才道：「把規矩說清楚，收他吧！」兩個自稱是古劍堂哥的年輕苦力又拜又謝，將古劍拉到一個巷道角落。

四下無人，古劍道：「兩位是舊識嗎？」

二人咧嘴一笑，神情已由粗豪轉為儒雅，正是朱爾雅與裴問雪。

朱爾雅道：「我們哪裡不像？怎麼這麼快被你認了出來？」

古劍道：「二位裝得像極了！光憑外貌、姿態、神情，那是決計猜不出來。但你若不認得我，怎麼不必等我開口，便知我聾啞？」

朱爾雅道：「其實昨天四傻告訴我經過，便猜你可能也會來此，沒想到我們三人分別調查，最後還是聚在一塊。」

裴問雪道：「這個胡頭兒也是個劍痴，上過太白山觀劍，恐怕也曾聽過你說話。為求萬全，只好把您說成啞巴！」

古劍道：「我曉得自己說話與眾不同，容易露餡，本該裝聾作啞，方才若非你們解圍，還真不知該怎麼應付！」

朱爾雅道：「這幾天可得有個準備，咱們三人是此處最生的面孔，按這兒的規矩，工錢多的、輕鬆的差事，絕輪不到咱們，辛苦的工錢拿到，還得先繳一半出來，任何苦力大哥說的話都得聽，被罵兩句也不能回嘴。」

古劍道：「這點兒苦對我來說沒什麼，倒是委屈二位。」

裴問雪道：「要辦大事，哪能計較這些小苦！」

朱爾雅道：「老實說，在下當了二十幾年的少爺其實有點煩膩，如今被人使喚，倒覺得有股說不出的新鮮有趣！」說得三人都笑了。

古劍道：「就怕這兒苦力多，那些花子未必會挑中咱們。」

朱爾雅道：「做苦力的，向來就瞧不起花子，這些人的錢，十個苦力有九個不想賺，卻又招惹不起，自然會推給新來的苦力；何況十三鷹都要找苦力，早晚跑不掉！」

三人便混在苦力堆中，果然輪到的差事都不輕鬆，用餐得等老苦力吃完才有剩下的白飯可吃，古劍自小吃慣了苦，倒不覺得怎樣，卻有些擔心他們兩人會受不了！卻見二人甘之如飴，暗笑自己多慮：「我真是小看了人家！能將劍法練到如此境界的人，怎會是養尊處優的公子哥兒？」

也不知該算好運還是倒楣，愈近月底愈忙碌，周哥這邊的人都派了出去，卻有人要將三擔的大餅送到宣武門，周哥告訴三人道：「王老闆要你們把大餅送到宣武門的陸家餅鋪，順便帶些雜貨回來，這可是跑一趟賺兩份的好差事。不過得注意，宣武門的苦力看在眼裡可能會不高興，這時候你們就會知道，咱們德勝門的招牌有多硬！」

朱爾雅裝傻道：「什麼招牌，會比刀子硬嗎？」

周哥搖頭笑道：「瞧你們三個傻裡傻氣！俺是說咱們德勝門的苦力最多，頭兒最悍，這幾年打起架來從不吃虧！如果有人攔阻，你們就說回來這一趟只順路方便，沒收半分錢，不算買賣；再不行就報上咱們德勝門的字號，宣武門那群癟三就算再不順眼，也不敢胡亂找碴！」

朱爾雅假裝有點害怕，問道：「大家都是苦力，為什麼會找碴？」

話方說完，卻聽有人道：「怕的話就別去啦！」回頭一看，後面來了三名壯漢，分別是盧方、盧圓、盧尖三兄弟，仗著資格老、力氣大，常把好買賣都硬搶過去。

老大盧方道：「周通財，宣武門半年前才和咱們打了一場架，這麼危險的地方怎麼可以派這三個不知天高地厚的傻蛋去呢？」

周通財笑道：「沒事！他們上回輸得這麼慘，哪裡還敢惹咱們？倒是你們三位才辛苦了半天，怎麼不休息？」

老二盧圓道：「咱們三兄弟個個壯得像頭牛，哪要休什麼息！去年王老闆要的大餅就是咱們送去的，今年豈有換人的道理？」

周通財道：「怪只怪你們上次多拿了幾塊餅，王老闆不太高興，這次他再三交代，要找些老實的人送貨！」

盧圓道：「這是咱們的行規，難道你忘了？來回一趟才五文錢，不拿幾塊回去，怎麼划算？」

周通財道：「王老闆已經各給一塊餅，不虧待啦！你們卻又多拿三塊，害得人家交貨不足，差點壞了信用！」

盧方道：「就依你吧！這次咱們不多拿！但這筆買賣無論如何得留給咱們，家裡大大小小，都等著吃大餅呢！」

周通財正猶豫間，卻聞胡頭兒拉著嗓門喊道：「大夥聽好！宣武門的鍾堂鏢吃錯藥啦，竟敢打我們的人，在場的都帶著傢伙來，跟我去討個公道！」

這一吆喝只糾集二十來人，周通財道：「大部分的兄弟都派了出去！要不要再等一陣子。」

胡頭兒道：「不用！宣武門總數也不過四、五十人，這個時節少說有一半人不在，咱們任何時候過去都不吃虧！何況老子手上的這把『赤墨無常劍』，少說也抵得過十來人！」

眾人浩浩蕩蕩來到宣武門，對方只有十幾個人留著，這回真沒啥好怕！胡頭兒劈頭大罵：「鍾瘋子！上回被打得這麼慘，還沒得到教訓嗎？」

這鍾堂鏢並不高大，但多年的苦力沒白做，身骨頗為結實健壯，不甘示弱回罵道：「當年大家說好，各做各的買賣，別人的地盤不要碰！但這次你們的人運了三袋白米進來，又大搖大擺載著五甕米酒出去！我能眼睜睜看著他們離開嗎？」

胡頭兒道：「那是人家酒窖老闆拜託，既然順路，咱們的人回程沒收半分錢！」

「哼！回程有沒有收錢，你自己心裡有數！」鍾堂鏢道：「上個月咱們的人運了十包小麥到德勝麵館，趙老闆請咱們回頭時順道將兩把麵條送回去給糧行，那麼一點小東西不算錢卻又不便拒絕，我的人帶著出來卻被你們攔住毒打！這件事，你該不會忘記吧！」

胡頭兒笑道：「可是你的人到最後都承認回程收了錢！」

鍾堂鏢勃然怒道：「那是屈打成招呀！胡天南，你怎能如此霸道！」

胡頭兒聽了不怒反笑，道：「既然如此，我就讓你們瞧瞧，什麼叫做霸道？大夥兒上，把這群不識相的傢伙都給我重重的打！」

話一說完，雙方人馬抄起傢伙大打出手，古劍三人為了繼續混跡在德勝門苦力中，不得不拿著扁擔加入戰團，假裝很認真，卻是打不到對方！三人一般心思，這場紛爭理虧的是胡天南，一點都不想幫他忙。

眼見雙方僵持，胡天南拔出長劍正要親自上場，橫地裡忽爾冒出一個滿頭亂髮的壯漢，朝著他連揮三棍，一棍快過一棍，迅猛已極！別說招架，胡天南就連對方怎麼出手都沒能瞧清楚已是人倒劍落，胸口、手臂和大腿疼痛欲裂，更嚇得心膽俱碎！待他回過神來，帶來的弟兄也已全部倒下！

鍾堂鏢來到身前，低著頭對他說：「現在還有霸道嗎？」胡天南搖頭不語！鍾堂鏢道：「我叫五兒只用三分力，下次再來，就是斷手斷腳，滾吧！」胡天南吐出一口鮮血，緩緩爬起，帶著眾人狼狽離去。

三人回到小角落，不約而同笑了起來，裴問雪道：「我的左臂燙辣辣的，到現在還有些疼呢？」

古劍道：「我的大腿恐怕有些瘀青！」

朱爾雅笑道：「三分力也不輕，大家都有點小傷，我身上有療傷聖藥藏青白膏，又怕咱們擦藥後好得太快，反倒讓人起疑！」

裴問雪道：「塗藥難免有味道，還是別用的好，咱們既然要混在苦力堆中，就得跟別人傷得一樣重，否則豈不白挨了這幾棍？」

朱爾雅道：「正是！不過苦力堆裡竟有如此好手，真讓人料想不到！」

裴問雪道：「這個叫五兒的外表看來有些痴癲，棍法看似極其簡單，竟有如此威力！」

朱爾雅道：「這棍法剛勁猛疾，看似屬少林一脈，但少林棍法我見過不少，卻從沒瞧過這幾招！」

「這的確是少林的棍法，使棍的人叫張五兒，十多年前還是少林寺伙房負責加柴生火的弟子。」古劍道：「我七歲進少林學藝時，他已經是二十來歲的大人！眾人笑他愚痴，練了十幾年還是少林棍法基本十一式！」

裴問雪道：「少林一百零八絕技，光棍法就有二十一套，怎麼沒聽過什麼『基本十一式』？」

古劍道：「這套棍法不但排不進去，甚至連個正式的名字也沒有，但就像青城派的『逐鹿劍法』，變化粗淺，卻是所有高深武學的基礎。大家笑他笨，不求長進，羅漢堂長老明真禪師卻說：『別看他傻傻的練，說不定哪天熟極而精進，融會貫通，即使簡單的招式，也能發出不可思議的威力！』」

朱爾雅道：「也許正因痴愚，才能有如此毅力反覆苦練，倒是不可小覷！」

今天的差事落空，恐怕又不能吃飽，三人當作一場修鍊，體會市井凡夫辛苦忙碌，只為一餐飽食之苦。

就這麼有一餐沒一餐的過了幾天，九月初二，果真有花子上門，這差事確實不受歡迎，負責分派工作的老苦力周哥一下子就推給三人道：「算你們命好！剛來就有好差事。跟著這位爺走吧！」

朱爾雅道：「多謝周大哥！多謝大爺賞飯，咱們一定賣力！」

三人跟著花子上了一輛馬車，一路往北行去。古劍觀察這兩個花子，按淨幫的規矩，一般花子只能穿黑衣，衣色愈淺身分愈高，鷹頭則一律純白，這兩人分別穿著淺灰色和淡黃色的衣衫，看來也略有武藝修為，不是一般小嘍囉。朱爾雅幾次試探對方，只換來一陣白眼。

車上放著一具棺材，尺寸比一般的棺材還小一些，兩邊各挖了一個通氣小孔，散出一點酒香肉味。古劍心想：「這幫人不知打什麼主意？用這棺木既重又晦氣，何不用一般木箱裝菜？」裴問雪卻注意到這口棺木的一端刻上一個「幽」字，淨幫十三鷹——「天風狂雪，荒山寂冷，幽渺幻蒼穹」，看來這兩個花子多半是排行第九的「幽鷹」李淵河旗下。

馬車走不到一個時辰，在一座樹林外停了下來，剩下的山路須由三人輪替抬棺。此時天空正飄著細雨，山路蜿蜒溼滑，抬著近兩百斤的棺木實不算輕鬆寫意。三人擔心被識破，不敢施以內力，花子們卻是聲聲催促，頤指氣使，怒喝斥罵毫不留情！原來花子與苦力雖同是出身貧困，但兩者的選擇截然不同，當苦力的鄙視花子，當花子的亦不喜歡苦力，逮著機會，豈有不趁勢折磨之理！

山路愈往上行愈是崎嶇，走在前頭的裴問雪目光被遠方鐵壁銀山上的幾座塔林吸引，竟未留意道路上的一個小坑，不慎踩空，一個踉蹌，灰衫花子勃然大怒，拿著木條又打又罵：「你搞什麼？萬一摔壞了裡面的東西，賠得起嗎？……」朱、古二人幾欲出手，卻被裴問雪的眼色所止，但這花子似乎蓄意挑釁，一打便不停手。古劍心一橫，偷偷折下身旁樹枝，勁射而出！

灰衫花子手心一陣刺痛，翻掌一看，竟已血流如注，心情立即由惱怒轉為惶惑！只憑一截小小枯枝，就能刺穿他的手掌，顯然出手之人武藝高得難以想像。顫聲問道：「這……是誰打的？」

既然瞞不住了，朱爾雅正欲出手制人，背後卻有一蒼勁的聲音應道：「是我！」現身之人，竟是狐九敗！

這兩名花子沒見過狐九敗，黃衣花子道：「你是誰？」

狐九敗道：「你們還不配知道！」話方說完一揮手，兩人立即昏倒在地。對著古劍責道：「你怎麼如此輕易被激怒？」

朱爾雅道：「前輩莫要怪他，方才晚輩也差點要殺人；畢竟自己忍辱容易，看到同伴受到委屈卻是不易忍受！」

狐九敗不以為然道：「古劍啊！不能控制情緒，怎能成為天下第一的劍客？」

古劍驚道：「前輩！您認出我啦？」

朱爾雅道：「狐前輩的眼力天下第一，我們當然瞞不住！」轉身恭謹道：「多謝前輩仗義相助！否則這次真要麻煩！」

狐九敗道：「我從不仗義助人，這次會幫你們，是因為我也要人幫忙。」

裴問雪道：「前輩請說！」

狐九敗道：「先把這棺木裡的東西倒下山溝！」

三人依言將棺木抬到不遠處的山溝旁，將裡頭的菜、肉、酒、水和乾糧全部倒掉。東西全扔，這時才發現，這木箱要比一般真正的棺木還薄一些，為了讓裡面的菜肉不被悶壞，裡面放了一缸的冰塊，左右各刺了一個通氣孔。

狐九敗道：「很好！還算寬敞。」說完竟曲身躺進箱內！

三人俱驚！朱爾雅問道：「前輩！您這是……」

狐九敗起身道：「我和你們一樣，也想進山洞瞧瞧壁畫。」

「什麼壁畫？」三人露出一臉的疑惑，等著狐九敗說清楚。

卻見狐九敗笑問道：「你們誰瞧過淨幫的鷹頭使劍？」裴問雪住京城，附近常有淨幫蹤跡；而朱爾雅遊歷廣，古劍更曾與天鷹魏進忠交過手，是以三人都點了頭。狐九敗道：「誰能說說他們的劍法特色為何？」

朱爾雅道：「在下分別瞧過『雪鷹』蕭雲、『蒼鷹』錢冷杉和『幻鷹』張展明的劍法，三人劍招不同，甚至劍風相異，卻都同樣的奇詭狠辣。當中確有不少奇招妙劍，可惜無法一貫，招與招之接續亦難渾成連綿，似乎他們對自己所練的劍招，還做不到徹底的深悟！」

狐九敗點頭道：「不愧是莫愁莊的劍缽，見識廣，觀察也細微；總而言之，他們所學的劍法極為高明，卻未能完全體悟，每個人的劍法也有諸多不同，難不成在他們閉關習武的山洞裡，有十三個世外高人？」

裴問雪道：「是以前輩猜測洞內有絕世高手留下的劍譜或壁畫，劍法雖高明，但因無人引導，任人各自挑選合適的劍法自行悟練，最後的結果自然有所不同。」

古劍道：「這十三鷹能成為花子頭，想必都是聰明人，但因根基不足，看圖悟劍，再高明的劍法，也只能吸收十之一二。」

狐九敗笑道：「你們就不同了！以你們的修為，要悟通劍譜不難，從這洞中學得幾招妙劍融入自己的劍法之中，明年的二次試劍，便不愁沒有新意。說老實話吧！你們三人千方百計的想進洞，不也是為了裡面的壁畫嗎？」原來狐九敗誤以為他們進洞之目的是為了習劍，三人不便把真話說清楚，只能回以尷尬的一笑。

狐九敗道：「還沒找到洞穴之前，這兩個花子還不能死。我給他們點的昏穴不重，很快就會醒來，你們應知該如何應付，我先進去！」說著提劍在身旁一顆大石刻上「欺人者死」四字，躺了進去，把蓋子拉上。

果然過了不久，花子先後醒來，灰衫花子來回張望幾次，問道：「那老頭呢？」

朱爾雅道：「老……英雄暫時離開。」他裝出害怕的模樣。

黃衫花子笑道：「別騙我！走了就走了，哪有什麼暫時離開？……」剛說完瞧見石上的刻字，問道：「這是什麼字？」

朱爾雅裝出一副害怕的樣子道：「我只認得最後一個字，好像是死人的『死』。」

兩名花子不禁打了一個冷顫！四處張望，卻又看不到人，便催促著三人道：「抬起來，快走！」雖然半信半疑，終究不敢再造次。

走了幾里路，來到一條罕無人煙的山溪，在花子領路下，三人抬棺溯溪而上，來到一個瀑布前停下，灰衫花子不斷回頭搜尋，黃衫花子道：「不用找了！那老頭就算跟到這裡，也找不到洞口。」說完拿出木塞與破布封住氣孔，帶人穿越水瀑，這山壁內凹，瀑布後仍有一潭水，走在前頭的黃衫花子忽然潛了下去，三人還在猶豫，在後頭壓陣的灰衫花子道：「別懷疑，快跟著下去！」

三人跟著潛入水中，只見黃衫花子朝著一個長滿水草的石壁游去，竟從水草之中穿越過去！三人游近細看，原來水草後有一個洞穴！這個埋在水中的洞口果真隱密至極，若非親眼瞧著人從這裡鑽過去，怎麼也找不到入口。

入洞後往上升行，走了兩、三丈浮出水面，地上留有許多火把火石，黃衫花子點起火把，又繼續走。這個洞約四尺寬高，須彎腰而行，抬著棺木並不好走，兩名花子以為只要進了洞便不怕外人跟蹤，惡態復萌對著三人又打又罵！三人還想再忍一下，棺內的狐九敗卻叫道：「我說欺人者死，你們還在等什麼？快把這兩個雜碎給殺了！」兩個花子大驚失色，拔腿欲跑，朱爾雅隨意拾起地上碎石扔出，二人應聲而倒，兩腳腿骨均已斷裂。

狐九敗掀蓋起身罵道：「殺個人有這麼難嗎？你們到底猶豫什麼？」

朱爾雅道：「這個長洞不知還有多遠，我們有些擔心後面不知有無機關陷阱？」

狐九敗道：「此洞如此隱密，已無須另設陷阱；就算有，憑我們四個人還怕破解不了？」

朱爾雅道：「前輩教訓得是。」說完走到兩名花子跟前。

黃衫花子顫聲問道：「你們究竟是誰？」

朱爾雅笑道：「在下朱爾雅，這兩位是我的朋友裴問雪及古劍，那位老英雄姓狐，大名九敗。」說完雙手一扭，已將二人頸椎扭斷，這二人死前雙目圓睜，也不知是否因為聽到這幾個名字之後，過度驚嚇！

三人將兩具屍體往回拉出水潭外，棄置在隱密的草叢中，回來時狐九敗已先走了！三人相視一笑，這位老前輩還真急著想瞧「劍譜壁畫」。

三人繼續抬棺前行，坑道深長，步行逾里，盡頭處稍寬闊，角落處另有一坑，約莫七、八尺寬，坑旁則是挖出來的土堆，探頭一望，這個坑頗深，竟然橫七豎八疊著幾具屍體！原來一般抬箱的苦力都在這裡被人做掉！三人心生義憤，都覺得這幫花子太狠，這些鷹頭，死有餘辜。

再往前隧道又變窄，走了百來步，上方七尺處有個二尺見寬的石洞，裴問雪先跳上去，再請二人將空棺垂直上送，三人一接一送，人棺均鑽躍上去，裡頭卻是一巨大石室，圓頂方牆，兩側牆壁與地板均以光滑的石條疊鋪而成，石壁光滑，無任何壁畫文字，深達十丈，寬、高均近三丈，爬出來的地方是一個平臺，約莫有一尺高、兩丈寬及六丈長，深邃幽暗，瀰漫著一股陰森鬼魅之氣！裴問雪道：「這是地宮。」

「地宮？」古劍與朱爾雅同表疑惑。

裴問雪道：「『地宮』便是擺放帝王棺木之處。」

朱爾雅道：「難怪花子要用棺木裝食物，以棺對棺才能去晦氣。」

石室的一側有個走道，各室的石門均已開啟，裴問雪領路穿過數丈長的窄隧道，來到另一間深度相同寬度略窄的石室，與東殿相同，裡頭的陪葬物品早已被盜一空，只有三個漢白玉寶座因過於厚重難以搬運，空盪盪擺在深長的中殿尾端。

接著穿過另一個窄隧道，又是一間較大的石室，一樣留有一個平臺和方洞，裴問雪點頭道：「果然兩個金井都被打通，難怪不悶。」

古劍道：「什麼是『金井』？」

裴問雪道：「這個平臺叫『棺床』，是放置棺木的地方，棺床中央留洞，是讓棺木擺下去後能接地氣，乃整個地宮唯一與土地相連之處，金井的位置即龍穴之所在。」

朱爾雅道：「怎麼不見半具棺木？」

裴問雪道：「這裡是右配殿，方才進來的地方是左配殿，分別代表紫禁城裡的東、西六宮，象徵妃嬪殉葬之處；但實際上只有皇后能與皇帝同葬在後殿。」

說著走回中間的石室，取出指南針，轉身朝北道：「這是長陵，坐北朝南，此為中殿，咱們左側是西殿，右側是東殿，後方是前殿，前方為後殿，安置成祖皇帝及兩位皇后之棺木。」說畢帶著二人抬著木棺往後殿走去，果然見到了三具朱紅棺槨。巨室內三具棺木被人移至一角，棺床上卻放著一個大鐵籠，鋼條粗厚，長兩丈寬四丈。左側擺上一個三層木架，每層可橫放五具棺木，下層已放上三具棺木，中層及上層各有兩具，三人將空棺擺在第二層第四個位置，架上已經寫著一個「幽」字。

狐九敗早就站在一旁，定睛瞧著鐵籠，過了許久，才轉頭向三人道：「沒有壁畫，沒有劍譜，卻留下一個大鐵籠！這是什麼道理？」

三人齊搖頭，朱爾雅道：「前輩若想一探究竟，恐怕得先找個藏身之處。」

狐九敗道：「不用找了！這個鬼墓值錢的東西都被洗盜一空，什麼都沒有，要藏起來，唯有跳進棺木裡面。動手吧！」他們將下層三具棺木裡的食物取出傾倒在墓外的埋屍坑上，再剷一些黃土覆蓋，剛回來便聽見東殿有聲響，立即躍入棺內，合上棺蓋。

不多久陸續抬進來四口棺木，古劍湊近氣孔，這一瞧猛然乍驚！眼前四個人並排而立，竟是蕭乘龍、劉易風、金克成以及錦衣衛指揮使狐知秋！

但見金克成道：「您說赤幫的頭子紫微星，真會出現在這個鬼地方？」卻見狐知秋比了一個噤聲的手勢，眼光卻盯著那三具紅棺瞧，這幾個魔頭或許是平日虧心事做得太多，總覺得在先皇屍骨旁說話不太自在，狐頭兒一個眼色，帶著三人退回中殿說話。狐、朱、裴三人拉長耳朵，也只能斷斷續續聽到幾個字。

來到中殿，蕭乘龍四處張望了一下，才說：「這是淨幫鷹頭親口說的，應該錯不了！」金克成道：「這兩個幫派作風南轅北轍，什麼時候湊成一塊？」

劉易風道：「蕭僉事沒說錯，確有許多蛛絲馬跡，令人不得不懷疑淨幫之成立與茁壯，與紫微星脫離不了關係。」

蕭乘龍道：「這幫花子頗有實戰經驗，離京師又近，若真為赤幫所用，對朝廷的威脅恐怕不小？」

金克成道：「既然如此，你給那鷹頭多少好處？他肯透露這些？」

蕭乘龍道：「這些鷹頭四處屠寨，固然搶了不少金銀財寶，但畢竟是刀頭淌血的辛苦買賣，更難見容於江湖；若能進宮當個有權有勢的太監，不僅可以安逸的作威作福，撈得之錢財只多不少。我只告訴他們，明年宮裡遴選太監，咱們指揮使可是考官之一，若肯合作，定有肥缺可占；否則就算花再多的銀兩疏通，也別想進宮。」

金克成道：「怎麼轟動綠林的十三鷹也這麼沒膽？稍微糊弄一下，便什麼都招！」

蕭乘龍道：「我怕被他們騙，依照指揮使的指示分別找了三個鷹頭，其中一人倒不願出賣龍頭，但另兩人說得既乾脆又仔細，對照起來也完全相符，原來這龍頭喜怒無常，十三鷹對他害怕多於尊敬，如今翅膀硬了，能借咱們的手除去，豈不更美！」

劉易風道：「你說有一人不肯洩露半句，如何處置？」

蕭乘龍道：「還不能殺，否則紫微星必將有所警覺；只好讓他服下子午奪魂丹，若敢走漏半句，保證下個月拿不到解藥。這十三鷹個個陰鷙，咱們運氣差，碰到一個稍有義氣的，但說要拿自己的性命來保全他人，卻是萬萬辦不到！」

劉易風道：「指揮使大人果然深謀遠慮！可有問出來那紫微星的長相如何？」

蕭乘龍搖頭道：「他們說紫微星每年出現都戴著面具，連聲音語調也裝得陰陽怪氣。大人是要咱們先埋伏，等他現身之後再一舉生擒嗎？」

狐知秋道：「怎麼生擒？此人武功不在我之下，再加上十三鷹，咱們占得到便宜嗎？」

蕭乘龍、劉易風搖頭，認為不值得冒這個險，只有金克成躍躍欲試。

狐知秋道：「這紫微星雖然狡猾謹慎，但我們查了這麼久，少說也有七、八分把握，大家再仔細瞧瞧，總該有些蛛絲馬跡！」

劉易風道：「我看八九不離十，這紫微星必是那朱未央；如果今日得以證實，立即面聖請出大軍抄他全家！」

卻見狐知秋搖頭道：「如果真是此人，還得從長計議。莫愁莊狡兔三窟，大軍抄家可是下下之策，人還沒到，早就跑得不見人影，還給他們一個『官逼民反』的藉口，趁勢揭竿而起。」

金克成道：「咱們四人加上牟副指，再多帶幾名千戶，悄悄南下，殺他個措手不及！」

狐知秋依舊搖頭道：「牟謙走了，誰來保護聖上？莫愁莊高手如雲，朱未央武功不在我之下，你們三人聯手恐怕連一個朱爾雅都對付不了，到底誰殺誰？再說你以為他們留在本衛的暗樁只有王遂野一人嗎？悄悄南下，談何容易？……咦！有人來了！快進去！」說到一半忽聞聲響，四人立馬奔回後殿，跳入棺內。

過不多久，先後抬來兩具棺木，負責運送的人知道此處絕非吉地，匆匆離去。十三具棺木全數到齊，深邃幽暗的地宮，又恢復一片死寂。

約莫過了兩個時辰，眾鷹頭陸續來到，古劍只識得曾交過手的魏進忠，手上的寶劍也不陌生，正是他早先走鏢所失的「龍吟寶劍」。

這幫人將室內的長明燈全數點亮，聚在一起彼此誇耀戰功，都說今年南征北討，又清了幾個山寨，砍了什麼大寨主……正說到興頭處，聽見東殿聲響，人人閉嘴，立即恢復寧靜。裴問雪等人心想：「神祕的主使者終於到了！」

先出現在門口的卻仍是一具棺木，經過之處人人後退三步，手握劍柄，目不轉睛瞧著抬棺之人小心翼翼將棺木放入大鐵籠內，扣上大鎖。鷹頭們才剛吁了一口氣，突然冒出一個蒙面之人，一劍攻向站在前頭的魏進忠！

這蒙面客招招精準迅捷，一出劍就讓他的對手連招架都感到十分吃力，他卻似輕鬆寫意，二十來招後開口說道：「進忠這次劍法進步不少，更加狠絕偏奇了；只是有部分招式連貫不足，難免滯慢了些。」說完劍尖已在對手肩上輕輕滑過，緊接著劍鋒一轉，又削向旁邊另一位鷹頭；而魏進忠但覺左肩涼風掠過，低頭一看，卻無任何劍痕。他佩服不已，恭身一福道：「多謝『龍頭』指點，進忠受益匪淺！」

第二位試了十幾招，龍頭又說道：「不行！不行！周駿你一味求狠求快，卻失之於亂，若遇真正的高手，拖不了幾招！」話未說完，已將他頭髮削去幾根，又找上另一位鷹頭。

這個蒙著臉的龍頭就這樣一個緊接著一個試招，只見他劍法博雜，一邊試招一邊壓著嗓門指點優劣；往往只須小試幾招，便能一針見血的道出他們劍法不足之處，看來此人對於劍術一藝，已達融會貫通爐火純青之境。

十三鷹試招完紛表敬服，讚頌之詞充溢不止，蒙面人卻忽爾冷然道：「你們嘴上都說服氣，當真是打從心底尊我服我，絕無二意？」

鷹頭們從未見過龍頭如此嚴厲，先一陣愕然，繼而紛紛表態效忠，魏進忠忽然跪地喊道：「龍頭大哥對咱的恩情比父母還高，若不是您，進忠今日還是個人見人欺的小小花子！豈有今日？若敢忘恩負義，天地不容！」他這麼一跪，其他鷹頭也趕緊跟進，又跪又拜又討歡。

但見龍頭的一雙眼睛，始終不減鋒銳，冷然說道：「你們的師父快醒了，練劍吧！」說完拂袖而去。

古劍聽不到聲音，卻留意到這個蒙臉龍頭眼神中散發的光芒，似乎與朱未央有幾分相似。但轉念又想：「這怎麼可能？像朱莊主如此高義之人，怎麼可能與淨幫有什麼瓜葛？」

蒙面人匆匆來去，地宮又恢復寧靜，仔細一聽，陣陣喘息聲竟從鐵籠裡的棺木中傳了出來！愈來愈重，愈來愈急……

忽然一聲爆響，棺蓋重重飛起，一個蓬頭垢面，披頭散髮之人拔身而起，指東打西，瘋狂揮舞手中之劍，凌亂詭奇中隱藏莫大威力！

這時十三鷹各自舞起劍招，但見籠中怪人長劍急舞，又閃又攻，時避時欺，好似一人獨鬥十三鷹。這十三個人劍招各不相同，與一般正統劍法相較，頗為奇邪；但在這怪人眼中，所有的奇招均無特異之處，不但快得難以想像，更劍劍精準，直攻要害。

原來「龍頭」只是引路之人，淨幫十三鷹的劍法全習自於這個怪人！他只要稍加刺激，便會使出源源不絕的劍招。而這怪人只演不教，任憑十三鷹各自領悟。十三個人個性相異，喜好不同，對個別招式的領悟不一，所選的劍招自不可能一致。因此十三人向同一人學劍，卻學成十三套劍法。

近五年來，他們每年進洞一次，便是向這狂怪之人學習。這人劍法變化層出不窮，好似永遠挖掘不完的寶庫，再加上「龍頭」的適時提點，每次出洞，劍法都能有明顯精進。

使完一套，卻見十三鷹個個汗流浹背，氣喘如牛。勤練多時的劍招，被人摧枯拉朽的壓制，若認真融入其中，便會覺得好似被人狂砍了十來劍般的疲累。此時有人退步沉思，也有人繼續出劍，自己的劍招使完，就將今年以來，所遇對手的各式怪招一一使出；其中竟也摻雜著許多試劍大會中出現過的劍法，甚至不乏「尋龍」、「卻亂」、「無常」等劍法，雖不完整，也未必領悟精髓，但憑著七、八分的相似，倒也頗為唬人。

然而不管使什麼高深劍招，這怪人仍不經思索，直接破解。藏在棺木裡面的朱、裴、古三人，眼睜睜瞧著自己苦練多年的劍招，被一個默默無聞之人輕描淡寫的破解，心中的震撼難以言喻，多瞧幾招，竟也不自覺的冷汗直冒，真想出來真刀實劍比試一場！

然而比他們更按捺不住的大有人在，忽然「砰」的一聲，狐九敗跳棺而出，一把將魏進忠的龍吟劍搶在手上，猛一用勁，對著門鎖斫去，不少花子大喊：「不要！」但此時還有誰能阻止他？只見門打開狐九敗直衝進去，長劍狂響，兩人已翻天覆地的鬥將起來！

不愧是當今武林第一高手，狐九敗精氣之沉雄穩厚，出劍之迅捷狠準，應招之細緻精妙，變招之繁複機巧，都已臻化境。他將所學所創的種種驚世駭俗之劍法使將開來，招招均有劈山裂石之勢！原本就保持距離的淨幫眾鷹，不覺間又退了幾步！

短短的百招之內，狐九敗不但使上了他自創的五套驚動江湖的頂尖劍法，就連多年不用的「尋龍劍法」也被逼使出來！他毫無保留的使盡畢生所學，然而出人意料，無論他怎麼變招，這個怪人卻都能應對得極快極巧，彷彿早已摸熟這些劍法，又似乎這天下第一的劍招，對他而言也不過稀鬆平常。

敵人的身手動無常則，劍法飄忽難測，即使是狐九敗，也不禁愈打愈是發毛！莫非是地宮裡的幽魂附身，使劍似鬼不似人？

「史無涯！還我爹娘的命來！」嘶吼之聲從另一具木棺內傳出，棺蓋重重掀起，躍起之人衝入鐵籠，持劍朝著怪人狂殺猛斫，竟是向四海！他口中喊出的名字，更令人為之一驚！

狐九敗退到一旁觀戰，卻見向四海所使的劍招並非家傳的「滄浪劍法」，以左手使劍，出招狂野隨興、多變多奇，像極了「化身劍法」……

打從當年的大洪山慘案起，向四海便立誓要手刃仇人！他想起父親說過：「能擊敗『化身劍法』的，唯有『化身劍法』。」養好傷回到滄浪亭，第一件事便是找出劍譜日夜苦練。他的左手並未斷去，且靈巧不輸右手，便用左手學此劍招，對於史無涯的恨意使他能吃任何的苦，苦練十年終於成劍，遍行四海，苦覓仇人。

向四海不想讓人知道他練了江湖上最邪門的一套劍法，遂挑了一柄短劍，連劍帶鞘以左手反持，平日用長長的袖子遮住，一般紛爭，以他右手的「滄浪劍法」已足夠應付，是以行走江湖數年，無人知道他也練成了這套駭人的劍法！

但見他變招愈來愈快，身如一陣陣狂風，劍似一道道閃電，總自意想不到的地方起手，從令人驚異的角度穿出，左手使劍本來就多了一分詭譎，「化身劍法」練到這種境地，更讓人打從心底感到一陣恐怖！

然而無論他把劍招催得多快多奇！他的大敵始終從容以對，猶如師父在教徒兒習劍，每一招每一式都了然於胸，甚至似能早早預測對手往後幾招的變化走向，或堵或逼或解或破，竟是一派輕鬆！使劍至此，除了史無涯還有誰？

苦修多年的劍法卻被對手一一封死，此刻向四海內心的鬱積憤懣多到無以復加，眼露凶光，臉色時紅時白，莫非也要成瘋成魔？

卻在這個時候，第三具棺蓋破空飛起，這回跳出來的，竟是裴友琴！

第二十二章
無涯

向四海學成「化身劍法」一直不敢用，然而試劍大會觀劍之後，卻不知不覺勾起一股試招的欲望，劍法練到這等地步，能試劍的對手屈指可數，第一個便想到裴友琴。當年此人以其極為柔韌的「秋水劍法」，將史無涯逼狂至癲，唯有順利擊敗此人，才足以證明自己「化身劍法」的火候，已遠遠超越當年的史無涯。

向四海直奔胭脂胡同說明來意，直把裴友琴嚇了一跳，然而當年試劍大會的那場比試雖然錯不在他，卻有一種「伯仁因我而死」的遺憾令之耿耿於懷，怎肯再重蹈覆轍？說什麼也不肯交手。而胭脂胡同人多眼雜，這種驚天動地的比試難以默默進行，裴友琴不肯出城比試，向四海也無可奈何，索性在裴家住了下來，慢慢勸說。

耗了多日，裴友琴始終態度堅定，這時卻忽然接到朱未央的飛鴿傳書，說莫愁莊探得消息：狐知秋等人也打算進入淨幫祕洞，三位年輕劍缽恐有危險！

事到如今，裴友琴不得不出城，向四海大喜在望，心想：「出了此城，比試與否可由不得你！」豈有不跟之理？兩人略施小計，查得淨幫隱祕，躲進棺木之中，也進來了。

向四海與史無涯自小相熟，然而在史無涯的腦海除了一點似曾相識外，卻想不起其他！反倒是裴友琴這張臉、這把劍、這套劍招夜夜在他夢中出現，史無涯雙眼直射精光，劍氣更盛！

裴友琴這二十年來仍日日習劍，火候更上一層，「秋水劍法」看起來愈單純境界愈高，他的劍招若一招一式拆解來看，似乎比裴問雪的更加平凡，但組合起來，卻有著更深的變化。

卻見「化身劍法」也跟著轉變！捨繁複就清簡，離偏奇就直正，就像是另一套的「秋水劍法」，只是更快了一點點。裴友琴的「秋水劍法」流暢渾圓，已是少見的快，史無涯雖然只快了一點點，然而可怕的是他能預測對方接下來的劍招，一招差了一點，數十招之後便漸漸分出了高下！

這個對手不但能隨意轉換劍風，而且快如鬼魅準如神仙，裴友琴再怎麼鎮定冷靜，也不免漸感慌緊！二十年前史無涯的劍法狂快凌厲，但他沒有怕過，這回卻有股寒意在心底冒起：「鬼之舞劍，非人可擋！」

正當裴友琴被逼至籠中角隅，卻見向四海再度躍入鐵籠，挺劍攻向史無涯！一人劍藏慈心，無意傷人；另一人卻是復仇心切，捨身狂攻，二人無法同心，也難以併力，史無涯應對自如，猶占上風。狐九敗搖搖頭，長劍拔起又插回！

向四海以為他自重身分，不願與人聯手，急道：「別再講什麼身段！快來幫忙！」

狐九敗道：「你我三人對彼此劍法不夠熟悉，心意難通，勉強聯手，無法配合得天衣無縫，而此人的劍法有種靈性，任何一點遲疑滯慢，都可趁虛而入！」

向四海道：「難不成江湖從此隨他橫行，無人能擋？」他一說話分心，胸口立即中招，所幸史無涯似無殺人之意，傷口不深，還對著他露齒而笑。

「化身劍法」與「無常劍法」劍風相近，藏在棺內的古劍頗有啟發，卻也有一點說不出來的恐懼！當他看到這個笑容，心中一震，突然覺得眼前這個可怕的劍客，有種似曾相識之感！

而向四海卻覺得受到羞辱，心中絕望，長劍舞得愈加急快，狂攻不守，這回只求同死，不想偷生。

「痴人！傻子！你以為這是小孩子打架，肯拚命就會贏嗎？」狐九敗嘆了口氣，大聲對著木棺喊道：「你們三個小朋友或許默契好一些，出來試試吧！」

古劍與裴問雪、朱爾雅三人正當年少，早已躍躍欲試，此時豪氣勃發，一躍而起，進入劍圈，裴友琴叮嚀一句：「小心！」收劍跳離鐵籠，向四海雖然跟著離開，卻仍手握長劍靠在籠外一角，虎視眈眈。

狐九敗料得沒錯，三個少年劍客熟悉彼此的劍法，一開始便有極佳的默契。論修為比火候他們自然不及先前三人，卻因配合巧妙大有加乘。史無涯試了幾招，發現他們攻守明確相互呼應，眼神一亮，長劍來去如風狂快飄忽，雙方互有攻守，卻成纏局！

應該裝滿食物的木棺，卻接二連三的有高手從裡面翻跳而出，十三鷹大感震驚之餘，也多少有些不安，畢竟人殺多了總不免心虛多疑：「這些人進來，究竟是為了與瘋師父較量，還是另有所圖？」比試雖精彩，但總不如性命重要！於是有人開始悄悄往出口移動，狐九敗等人全心觀劍，最早發現的卻是交手中的朱爾雅，大喊一聲：「別讓人走！」

就這麼一點小小的分神，史無涯無孔不入的長劍倏忽而至，快劍強攻，三人陣式稍亂，狐九敗堵住後殿出口道：「專心比劍！有我守著，半隻麻雀也飛不走！」他將淨幫眾鷹說成麻雀，這幫人平日趾高氣揚，聽了心裡自然不快活，這時卻是乖乖留在原地，沒人敢吭半句。

三人心緒稍定，劍招愈顯犀利；然而史無涯的劍法高明得令人駭然！三種劍法截然不同，他卻能精準預測，不假思索的早一步出招，各種令人匪夷所思的怪招源源不絕，三劍合擊威力極強，竟對他莫可奈何！

向四海忽道：「史無涯，你從小就說要成為天下第一，如今果真無敵，得意了吧！當年你家窮困潦倒，三餐不濟，我爹不但收留，還讓你爹當上了滄浪亭的總管，更栽培你習練『化身劍法』，待你更勝親兒，你怎能下得了手？

「史無涯，難道這二十年來，你從沒清醒？幹了這等事，就算你逃避得了！你的親人卻躲不掉！你可知事發之後你爹自盡，你娘天天以淚洗臉，早已哭瞎！你可知曉？怎麼從沒想回家見親娘？……」

向四海仍說下去，更提了不少兩人童年往事，希望他能猛然想起任何一件小事，便能亂其心緒，敗死於三大劍缽之劍下！然而史無涯始終置若罔聞，倒是應該聽不見的古劍，使劍突然不穩起來，面對這等對手，可不能失去半點專注，史無涯逮住一點空隙，幾招將之逼到牆角，一劍正要刺上，古劍突然喊了一聲：「阿誨！」

古劍終於認了出來，說來難以置信，這個劍法如神似鬼的史無涯，竟是當年青城山上的傻子「阿誨」！

二十年前大洪山第四次試劍大會，史無涯突然發了狂，殺了師親，被眾高手追殺至重傷墜崖，第一個發現他的，卻是貝遙遙。

當時的史無涯不再激昂狂放，眼神空洞而無助，一臉的哀傷落寞！貝遙遙說什麼也補不了一劍，便把他藏了起來，帶回青城山上，希望能慢慢化解其戾氣，回復其心智。

史無涯的病始終沒能醫好，但也不再發狂，忘卻過往人事，身形變胖，更留下一頭亂髮和一臉雜鬚，一般人見到這個痴痴傻傻的漢子，壓根不會與大洪山上技驚四座的史無涯起任何聯想，若非在幾年前一次偶發的狀況下顯露了功夫，或能平平安安的留在青城山上安度餘生。

貝遙遙死後，帶走阿誨之人拿給他一把劍，很快又把他的魔性激發出來，只要看到有人使劍，便會不由自主的狂舞手中長劍，招招高妙！於是他每年此時都會被帶到此處「教」十三鷹使劍。

史無涯早已忘了自己曾是史無涯，卻對「阿誨」兩字頗有感覺！聽到古劍熟悉的叫聲，「阿誨」聽聲辨人，稍愣一下，很快便認了出來，欣喜若狂的叫道：「阿劍！」

卻在此時背脊一涼，一把長劍從他後背刺入，向四海隔著鐵籠伸手出劍，是以劍尖入肉三寸，並未穿透，但一送一抽，已血流不止！猶如一隻受了傷的獅子，史無涯緩步走出鐵籠，環顧四望，目光停留在向四海臉上，過了半晌，忽道：「您為何刺我？師父！」

原來向四海的長相與父親二十年前的樣貌頗為相似，史無涯被刺了一劍，竟將他塵封二十年前的記憶喚了一些回來！有的清晰、有的模糊，仍有更多的不復記憶，此時此刻的他思緒既朦朧又雜亂，仍不記得師父是死在自己手上，更渾然不知光陰已逝，師父怎麼不會老？

向四海愣了一下，說道：「師父和你試招啊！這回怎麼如此不小心！站著別動，讓為師瞧瞧傷口。」他露出詭異的微笑，邊說邊靠近。

古劍突然挺劍攔在前面道：「阿誨不是壞人，您就放過他吧！」

向四海臉色一變，但他壓住怒氣道：「我怎麼會傷害自己的愛徒呢，快讓開！」

不管他怎麼作眼色，古劍就是不肯移步，喊道：「阿誨你快走！爺爺和小甯都在找你呀！」這時向四海猝然出掌，古劍留神戒備於他左手之劍，全未料到對方會突然伸擊右掌，他左掌急抬護住胸口卻運氣不及，但覺力道猛烈，身子頓時往後騰飛，眼見就要撞向牆壁，朱爾雅輕輕一撥，化解大半力道，古劍身子轉向，接著砰砰兩聲，連撞兩具空棺，棺內水酒破缸流出，卻也藉此消去衝力，幸無大礙。

向四海並不罷休，怒叱一聲：「想救他得先吃我一劍！」又揮劍攻向古劍，一出招便是極狂極險的「化身劍法」，竟欲在短時間內置他於死地。

三位劍缽同進同出，自無眼睜睜看著古劍陷入危境之理！裴問雪挺劍加入古劍，助守不助攻，並不斷勸說向四海停手，而朱爾雅卻拉住史無涯的手道：「我帶你去找他們！」話說完已不見身影。

向四海見狀更是使劍若狂，脫離二人糾纏，跟著追將過去！這回卻換狐九敗擋在面前，向四海一臉悲憤道：「連你也要管這事？殺父之仇不共戴天，難道我錯了？」

狐九敗道：「無論如何十惡不赦，既然練成了這等劍法，就不該死於暗算！」

向四海仰天而笑道：「原來如此！你輸得不甘心，所以不想讓他死，以便有朝一日討回顏面！」

狐九敗道：「狐某輸得心服口服！然而你出身名門，江湖上人稱『大俠』，怎麼今日竟會用如此伎倆求勝？」

向四海苦笑道：「你看不出來嗎？無論我怎麼苦練，但若憑真本事，今生今世已無殺他的機會！血海深仇，難不成就這麼算了？」

狐九敗道：「這種恨意，可以讓你日夜苦練，令你的劍充滿暴烈的殺氣！卻無法達到劍法的最高境界！」

向四海哈哈狂笑道：「照你這麼說，那個瘋子所使的劍法豈不更加瘋狂，又是什麼境界？」

狐九敗搖頭道：「史無涯人雖瘋癲，劍法卻快而不狂，反倒出奇冷靜，看不出任何驚、亂、嗔、恨。一般人總有七情六慾，使起劍來不免瞻前顧後，你一心復仇，我一心求勝，自然會有壓力或牽掛，做不到真正的平常心；而他卻因忘卻塵俗，比劍成了單純的遊戲，心思如嬰兒般純淨，感覺卻敏銳至極！」

裴問雪道：「難怪總覺得無論怎麼出劍，他都能比我們快一步回應，好像早已熟悉你我的劍法，能預知劍招走勢。」

狐九敗道：「何謂快劍？手快加上心快，手快易練，心快難修。每次出招變招之前，須對彼此劍勢變化做出種種估量計算才能精準出劍，這種估算的過程看似簡單其實十分複雜，往往求快就難求準；可是『化身劍法』練到最高境界，心念純淨，只剩下極為精準的直覺，以這種直覺使劍毫無遲疑，自然比我們快得多！能把劍練到這種地步，就算雙眼兩耳都蒙塞起來，也能打敗任何人！」

古劍道：「更可怕的是：無論咱們的劍招多麼怪，他都能馬上破解！」

狐九敗道：「一般人窮一生之力也未必能創出一套好劍法！你我算是別具天賦，幾年便出一套，可是這個人卻是隨時隨地在另創新招！對他而言，任何奇招妙劍都有趣極了，豈有懼怕之理？」

說到這裡嘆一口長氣，忽然轉身逕自走出後殿，卻還自言自語的說：「前面九次雖敗劍，但總知道該如何精進及超越，下次再討回來！唯獨這次，竟找不到他任何弱點，也不知道要再練什麼鬼招才能取勝，莫非我真老了？莫非也要變成瘋子才能練到這等境界？就算也瘋了，能像他一樣瘋得恰到好處嗎？就算是吧！那也不過平手啊！……」語氣中，似有無比的落寞。

聽著狐九敗的聲音逐漸消失，向四海長嘆一聲，緊握長劍，也跟著離去。

沉寂片刻，裴友琴笑道：「狐大人，你們可以出來啦！」話方說完四具棺木立即彈開，狐知秋等人跳了出來，眾鷹頭又是一陣驚愕！

裴友琴笑道：「你們兄弟倆真奇怪，明明發現了彼此，卻連個招呼都不打！」

狐知秋道：「話不投機半句多，我們的事，豈是外人所能理解？倒是你們，費盡心思進來地宮，只是為了找個瘋子比劍嗎？」

裴友琴搖頭道：「是年輕人俠義心性想替武林除害。」

狐知秋笑道：「您所說的武林之害，是指我等四人嗎？」

裴友琴笑道：「依在下多年的觀察，狐指揮使並非殘酷嗜殺之人，只是近幾年赤幫勢盛，與廠衛纏鬥不休，再加上宮廷鬥爭也須小心應對，閣下分身乏術，對下屬的約束不免有些輕忽，就算我們有本事殺了您，也沒把握換個人之後會比較好！」

狐知秋道：「如果不是我們，莫非是這十三隻麻雀？」

得知自己已經成為百劍門欲除之而後快的目標，十三鷹無不大為緊張！但出口已被裴、古三人堵住，真有翅膀也飛不出去！天鷹魏進忠露出一臉恭敬說道：「裴大盟主，您愛說笑！咱們淨幫向來所作所為就是在替武林除害，怎麼會變武林之害呢？」

裴友琴道：「這些年來，究竟做了什麼事，殺死多少罪不至死之人，不用裴某多說，你們自己比誰都清楚。」他語調平和卻有一股說不出來的凜然正氣，淨幫十三鷹面露惶恐，你看我、我看你，竟都不敢開口爭辯！

裴友琴又對著狐知秋道：「他們在你眼裡，現在都是麻雀；但聽說宮裡明年就要選募太監，這十三個人如今有財有勢進宮不難，照他們這些手段，恐怕有人很快就可以爬上司禮監或秉筆監，先廠後衛，到時連您都得聽命於他們，不但是鷹，還是鷹王。」

狐知秋笑道：「能當上東廠頭子的，多少有一些厲害的手段，但還不至於像他們如此殘忍嗜殺；再說不懂武功的司禮或秉筆，對狐某尚有三分尊重，就怕這些人功夫愈練愈強，難保哪天不把狐某看在眼裡，留下這些人，確有後患！」

話方說完又見魏進忠第一個下跪道：「我魏進忠對天發誓，今日若能僥倖不死，日後必定痛改前非，絕不濫殺無辜！若蒙獲選入宮，必謹記各位不殺之恩，無論升至什麼職位，定對狐頭兒畢恭畢敬，言聽計從，若有違此誓，叫我生生世世永為花子，淪落街頭！」眾鷹頭見狀，也趕緊下跪，搶著發下毒誓，盼能保住性命！

就在這時，忽聞嘎嘎聲響，似為石門轉動的聲音！狐知秋臉色巨變，立即衝出，眾人跟著走，來到中殿卻發現通往東、西兩殿的石門已被關閉，金克成用勁推送東殿石門，竟紋風不動！取油燈一照，門縫的寬度過指不過掌，厚重的石門背面嵌著一條粗逾手臂的鐵棍。魏進忠拔出寶劍，由上而下重劈了幾次，只覺鋼材堅韌無比，全然無傷！

狐知秋道：「沒用的！人家鐵了心不讓咱們出去，豈能讓你輕易開啟？就算這扇門有辦法打開，金井之後的隧道也能施放蛇蠍或沿途灑毒，總之有太多方法阻止咱們出去！」話說完只見幾名鷹頭搖著頭從西殿回來，一臉絕望，顯然情況相同。

魏進忠道：「究竟是誰如此狠毒？此洞如此隱密，還有誰會知道咱們進來？莫非是……剛剛離去的那幾個人？」

狐知秋點頭道：「說得更清楚些，狐九敗、向四海及史無涯都不像是會幹這種事的人。」

古劍道：「爾雅也不會，莫非就是龍頭？」

魏進忠搖頭道：「他花了好大的心血培植咱們，豈有殺害之理？」

狐知秋笑道：「不必爭論，其實龍頭就是朱未央，他與朱爾雅誰動手，有何分別？」

此話一出眾人俱感驚奇！鷹頭們卻紛紛搖頭說不像：「龍頭似乎高了一些、胖了一點！聲音、表情及劍法無一相似。」

狐知秋笑道：「鞋子墊高一點，衣服多塞兩件，聲音、舉動及劍法全都可以偽裝；若不是狐某早有定見，恐怕也瞧不出什麼端倪。」

裴問雪道：「狐大人如何料定是他？」

狐知秋道：「方才授劍的過程你也瞧在眼裡，顯然此人對劍法的領悟已達爐火純青融會貫通的境界。換作是你，做得到嗎？」

裴問雪搖頭道：「問雪的歷練不夠，要達到這等火候，至少得再苦修十年！」

狐知秋道：「放眼當今武林，有此等功力的，能有幾人？」

裴問雪道：「您和狐九敗前輩、史無涯與向四海、明善大師與灰纓道長、朱伯父與家父。」

狐知秋道：「這八個人中，有五個人在龍頭出現時都躲在棺木中，只剩下明善、灰纓和朱未央有嫌疑；可是少林、武當的掌門人，會有興趣把他們弄成殺人魔頭嗎？」

這推論合情合理，然而裴友琴仍難接受，反問道：「既然朱兄花了極大的心血把他們訓練成這個樣子，又怎麼捨得要他們在此陪葬？」

狐知秋道：「裴大俠，容我請教，朱未央是否曾邀閣下加入他的『義軍』？」

裴友琴未置一詞，也沒有一點表情態度吐露。

狐知秋笑道：「你不願說謊言，又無意說實話，只好什麼都不說。唉！被自己最信任的好友陷害，現在的心情，恐怕是既絕望又哀傷吧！」什麼都沒說，反而吐露得更多，這狐知秋不愧是錦衣衛頭子，猜人心思的本領，恐怕不輸他的劍法。

裴友琴發了一會的愣，只有說道：「這裡不是錦衣衛的天牢，別把人當罪犯審！無論如何，我相信不是他；萬一真的是，唉……」

「唉……」石門的另一端卻也傳來嘆息聲，果真是朱未央！嘆道：「友琴，對不起！為了奪回王位，莫愁莊沒什麼不能犧牲！包括自己、親人和摯友。」

裴友琴臉色一變，道：「你當真決意起兵？」

朱未央道：「君王無道黎民困苦，這番起義天時正好。莫愁莊苦心經營多年，人和卻只差臨門一腳！」

裴友琴道：「莫愁莊早已是武林中人人尊崇的俠義之家，何需擔憂人和？」

朱未央道：「你我相交莫逆，奈何朱某幾度誠心誠意提出邀請，你卻始終無意襄助！連胭脂胡同都勸進不了，其他劍門看在眼裡，願意跟進者恐怕寥寥無幾。如此一來聲勢大減，成敗不免有變數！事到如今朱某無計可施，唯一的法子，只好讓你們死於錦衣衛之手，以激起百劍門敵愾之心。」

狐知秋道：「你還有淨幫，以他們屠寨的狠勁，可抵數萬大軍！」

朱未央道：「原本是有這個打算，但後來發現這幫人談不上軍紀，見風轉舵，名聲又臭，讓他們掛旗起義，我這義軍不免名不副實，哪能吸引各路好漢？既然作用不大，不如拿來當誘餌。」

眾鷹頭譁然，紛道：「你真是咱們的龍頭？」

朱未央道：「你們這幫人奸邪殘惡極不可靠，若不清理，必留無窮後患！」這回卻是用龍頭的聲音說話！

眾鷹頭既驚且怒，向來脾氣暴躁的雪鷹蕭雲罵道：「果真是龍頭！你瞞了咱好久，真是個態！說翻臉就……」

話未說完，肚子上已多了一把劍！從背後插入前方穿出，蕭雲驚愕轉頭，出手之人竟是天鷹魏進忠！說道：「你怎能罵龍頭？進忠能有今日全靠龍頭提攜，當年誓言效忠龍頭，豈有反叛之理？」其餘鷹頭見狀，也趕緊跟著紛表效忠絕無二意，只希望朱未央能改變心意，放一條活路。

卻又聞朱未央笑道：「狐指揮使，事到如今，是否可以跟我說是誰告訴你這個地方的？」

狐知秋道：「或許你該先告訴我，到底是如何發現我們在找這個地方？」

朱未央道：「七月十六，先後有三個鷹頭被你們請進金仙洞，出洞時無不神色詭異，朱某不是傻子，稍一推敲，也猜到你們在談什麼。」

狐知秋笑道：「那幾天奪劍賽比得火熱，想不到你還有閒暇監視我們！」

朱未央道：「復位大業才是莫愁莊終極目標，豈可有一絲疏漏！」

狐知秋道：「狐某輸得心服口服，告訴你吧！當天除了山鷹彭沖之外，另兩隻鷹說得既乾脆又仔細。」話未說完，只見蒼鷹錢冷杉及風鷹周展鵬二人臉色蒼白，面露恐懼之相！

彭沖直喊冤道：「俺對您一片赤誠，雖然被騙進洞裡，不該說的半句也沒透露，您可放我出去嗎？」

朱未央道：「當年你們全都發下毒誓，說要誓死效忠，沒想到一點威脅利誘就全變了！彭沖，你雖沒出賣我，卻也沒效忠我，否則怎麼沒來跟我說明此事？」

彭沖急道：「俺不敢！他們逼俺吞下毒藥，沒有解藥，俺活不了太久！」

朱未央道：「你們這幫閹人，不是忘恩負義便是貪生怕死！如今這群廠衛非死不可，即便放你出去，還是落得毒發身亡，倒不如留在此處。你們不都想當太監嗎，躺在石棺裡的朱棣可比現在這個朱翊鈞強上百倍，伴他長眠，也算厚葬。」彭沖臉如死灰，終於明白多說無益！

狐知秋笑道：「別浪費唇舌，你們在他眼中還不如裴大俠的一根指頭呢！想求龍頭放人，還不如勸他們加入赤幫！」

朱未央道：「不愧是錦衣衛指揮使！友琴和我相知相惜二十餘年，朱某真不希望會有這麼一天！」

這時候古劍忽道：「爾雅在嗎？」他看不見朱未央說話，全靠裴問雪以唇語譯解。

「我在這裡！」朱爾雅叫道：「問雪，請你告訴古劍：出此下策，絕非所願！只要你們願意，很快便能離開。」

聽完裴問雪的唇語轉述，古劍沒有回答，卻問道：「阿誨還好嗎？」

朱爾雅道：「他沒事！我不過點了他一個昏穴，現在躺在這邊。」

古劍道：「不能放走嗎？」

朱爾雅道：「誰知道他會不會再瘋？這等功夫，若真發了狂，還有誰能制住他？你如此關心他一人，卻不肯加入我們的義軍，為千千萬萬在苛政之下勞苦困頓的黎民蒼生而戰！」

古劍道：「如果我們今天仍不同意參與義軍，是不是就出不去了？」

朱爾雅道：「我們別無選擇，若連你們都不肯共襄盛舉，要如何號召其他的劍門及武林同道加入義軍？」

裴友琴道：「翻遍歷朝史書，哪一次爭王奪位改朝換代的戰役，沒有伴隨著屍橫遍野和數不盡的流離失所？我們父子豈能為了苟活幾年而助你開啟戰端！」

「你以為沒有你們，莫愁莊就成不了事嗎？」朱未央笑道：「狐指揮使，您調查莫愁莊十餘年，最瞭解我們，不妨估量看看！」

狐知秋道：「四大劍門一齊造反自然是最上策，登高一呼，少說也有七、八成的劍門及逾半的武林同道願意相隨；反觀若裴、古兩家都不願意，膽敢跟著你作亂的劍門，只怕是屈指可數；但若沒有了裴、古兩家劍門，等於少潑了兩桶冷水，洗劍園也不敢獨自抗你，情勢又略有不同，或許會有半數劍門願意追隨。如果再造個謠，說他們三人均死於錦衣衛之手，百劍一家同仇敵愾，或許真能一呼百應，風起雲湧！」

朱未央笑道：「不愧是錦衣衛頭子。不過起義能否成事，最重要的還在於人家對你的信心，百劍門之中，有許多人本為地方富紳，為護衛家產而習劍，這幫人家大業大，若無十足把握，豈敢隨意冒險？

「所以朱某早在二十年前，便請工匠鑿雕一顆龍形巨石，先放在急流中數年，沖蝕斧鑿痕跡再埋入太白山頂，下方植入抗寒勝品『龍鬚根』。這藥材十分強悍，年長兩寸，十餘年後繞過巨石伸出地面，等到試劍大會開始，總有一些奇能之人會發現這些珍貴藥材，巨龍石將伴隨著被挖掘出來，一切就像是偶然發生，糾纏在一起的龍形巨石與龍鬚根看起來又是如此的渾然天成，印證了『神龍再現，天將巨變』之語，那時再登高一呼，起義之勢水到渠成。」

古劍聽了裴問雪的轉述，恍然大悟道：「原來如此！難怪那顆石頭形狀如此特別。」

朱未央道：「可惜我多年前精心布下的巨龍石，卻被古劍這小子誤打誤撞敲成兩段，大觸霉頭！」

古劍從裴問雪的轉述中聽不出他語氣中的慍怒，仍說道：「我不是故意的！」

朱未央狂笑數聲道：「古劍啊古劍！或許你是我命中的災星！商廣寒是我赤幫二十八星宿之貪狼星，衛飛鷹是天馬星；若不是你硬生生將魏宏風與范濬攔阻在四大劍門之外，如今莫愁莊登高一呼，何愁無人響應？」

儘管早有耳聞——赤幫二十八星宿個個來頭不小，然初聞青城掌門、丐幫首席長老也名列其中，仍不免令人大感震驚！朱未央布局如此深廣，興兵之勢顯然勢在必行！唯有狐知秋不覺有任何意外，笑道：「為了嫁禍於我，激起整個武林對錦衣衛甚至朝廷的憤恨，你費盡苦心布局了白鶴莊與縉雲山莊的慘案，卻被古劍一句話硬生生毀去，想必也讓你們恨得牙癢癢！」

裴友琴驚道：「未央！此事當真？」

朱未央先是沉默，再嘆道：「若無玄武門之變弒兄逼父，豈有李世民之大唐盛世？若無陳橋兵變之棄主篡權，何來趙匡胤之三百年大宋王朝？友琴，你飽讀史書，理應比我清楚：歷代的開朝霸主，哪一個不是在篳路藍縷中殺出一條血路，事事拘泥於義理，如何成就大業？」裴友琴道：「所以你寧可當一個成功的小人，也不願做失敗的君子？」

朱未央笑道：「成者為王，日後一旦奪下大位，史書該怎麼寫由我決定，又豈會變成小人！」

狐知秋笑道：「你真是百折不撓，錯失了這麼多計謀還不死心，難道還有什麼法寶？」

朱未央哈哈笑道：「九月十五，天狗食日……」

只聽兩句，洞內之人無不起了雞皮疙瘩，裴問雪與父親面面相覷，接著唸出下面兩句：「無道之君，末日將至！」

就在試劍大會最後幾天，這幾句話像瘟疫般在太白山上急速流布，聽過的人多數一笑置之，都說：「天象無常，明天是晴是雨都無人能說個準，豈可得知數十天後的日蝕異象？」

裴友琴倒不當成無稽之言，一回京城便上文淵閣翻閱《太初曆》、《五星占》、《周髀算經》、《步天歌》、《太衍曆》等數十本占天古書，埋首多日，只知道全日蝕約莫十八年一次，但要確切的推算出日蝕的時間、地點，並不容易！說道：「這幾句話原來是從莫愁莊散布開來，但天象難測，你當真有把握？」

朱未央道：「天象幻奇，卻有其運行規律。星海道長窮究一生於觀星測日，對天上之事瞭若指掌，就算他說天要塌了，我也深信不疑！」

星海道長多年來一直待在莫愁莊作為客卿，江湖上並無這號人物。裴友琴忽然想起十幾年前一個清掃文淵閣書庫的小太監辛禾，一有偷閒便躲在角落裡研讀有關天文易理之書，不數年已倒背如流，對他說道：「你終日讀史，鑽研的是人；我讀的卻是天，看來天比人容易參透。如今我已讀畢，此處無可留戀。」果然第二天起便不見人影。世間奇人異士何其多？如果這位「星海道長」就是當年的辛禾，找出日蝕的規律，倒是一點也不稀奇！

自夏商以來，每一次的起義或造反，總伴隨著一連串的傳言，藉以將領頭之人神化為「真命天子」，如劉邦的赤帝子轉世、朱元璋的金口移佛傳說，總能召募到更多的追隨者，更讓這些人死心塌地的賣命，飽讀正史野籍的裴友琴，隨口便能舉出數十例，但影響恐怕都不及這一次！

日蝕本來就常被視為天子帝位動搖的預示，一旦九月十五真如預言所說在京師附近出現了全日蝕，人們瞧在眼裡要不相信也難，莫愁莊趁勢揭竿，風起雲湧……

想到這裡，裴友琴長嘆一聲，唸道：「蒼天已死，黃天當立，歲在甲子，天下大吉。」

朱未央道：「這是什麼？」

裴友琴道：「東漢末年，天災連年，社會動盪，各種傳聞伺機而生，無不暗示漢朝氣勢將盡。過不多久，鉅鹿人張角以諸般異象謠惑黎民，聚眾造反；此乃黃巾之亂，一鬧十年，這群擅長以妖術傳道、以符咒醫病的道士雖未如願稱帝，倒把漢朝弄得一蹶不振，當年造反的口號，便是這四句。」

被比喻成張角之流！朱未央當然不悅，道：「友琴啊友琴！你當真寧死也不肯幫我！這裡可是墳墓，有數十種法子可將這兩條的通道堵死，就算你們有通天的本領，也逃不出去！」

裴友琴道：「看這棺木腐朽的程度，似乎這地道不是近年才挖通的。」

朱未央道：「當年監造的太監張保是建文帝舊臣，造墓期間建文帝派人前來提點，告訴他：『為確保祕密不外洩，帝王陵寢完工時，常有造墓之人被留置墓內陪葬之事；若想活命，造墓之時最好給自己留下退路。』這番話張保聽了進去，果然分派兩組人馬偷偷挖掘這兩條坑道。」

裴友琴道：「史料記載，張保和幾名親信手下，在此墓蓋完即將封賞的前一夜突然暴斃身亡！有人懷疑是成祖暗地派人殺的。」

朱未央道：「您不愧是本朝的活史書，連這小小的懸案也知道。」

「現在看來已不是懸案。」裴友琴道：「唯有將張保等人殺死，建文帝才能安心的進出墓內，取走裡面的陪葬財寶。」

朱未央嘆道：「外傳建文帝逃離南京城時帶走大量珠寶，其實那次敗走十分倉促，所取之錢貨，還不如朱棣墓中的一成。靠著這筆財富，莫愁莊才能在南海孤島造船艦、製兵器、組軍隊，慢慢發跡茁壯。友琴，你飽讀史書，應該比誰都清楚：竭盡所能，不惜一切奪回被朱棣所竊據之帝位，是我們建文帝一脈世代相傳的遺願！為了完成此一大業，夫可殺妻，子可弒父，至親好友皆可棄！殺了你我真的很難過，但不會猶豫。」

裴友琴道：「你辦大事不拘小節，我卻不能捨義求活。再告訴你一遍，從夏商到大明，哪一次改朝換代不是弄得腥風血雨，屍橫遍野？為了讓自己苟活幾年而害死數十萬人，我做不到！」

朱未央猶不死心，問道：「友琴，你認為萬曆是個怎麼樣的皇帝？」

裴友琴道：「四處強徵稅，長年不上朝，既貪又懶。」

朱未央又問：「萬曆的父親隆慶如何？」

裴友琴道：「荒淫好色。」

朱未央再問：「他爺爺嘉靖呢？」

裴友琴道：「熱中方術，輕於朝政。」

朱未央道：「已經連續幾代不出明君，當今太子常洛卻又懦弱可欺，顯見這個王朝暮氣已深，無藥可救。長痛不如短痛，你我這番起義，不是毀滅大明，而是給明朝一場浴血重生的契機啊！」

裴友琴道：「是得是失，不是你我所能估算。無論如何，裴家『觀史而不入史，習劍而不出劍』的家訓，不會更改。」

「你執意如此，我無話可說！」朱未央長嘆一聲道：「看在你我多年交情的分上，不妨再指點一條活路，能否脫困，要看造化！」

裴友琴道：「不用多說！你請吧！」

「不不不！」魏進忠急道：「看在咱弟兄對您仍是一片忠心，還請龍頭指點一二，進忠以天地為誓，若有重見天日的一天，仍將對您矢志不移，畢生效忠！」接著好幾個鷹頭也紛表效忠之意，只盼能留下一線生機。

朱未央道：「誠如狐指揮使所言，這東、西兩道金井地道，朱某有太多法子將之封死，要想活命，只有另挖地道一途；然而你們缺乏合用的器具，即使日夜不停的輪流挖土，無論如何神通廣大，沒有十天半個月絕對出不來，可是十三具應該載滿食物的木棺，被十個人占了，剩下的三具木棺又有兩個水缸破裂……」

裴問雪問道：「方才爾雅出手護阿劍，其實是要趁機毀掉那兩缸水嗎？」

朱未央道：「可惜他心不夠狠，竟然還留下一缸。我說到這裡，這缸水要怎麼分配？你們好生盤算吧！」說完對著朱爾雅道：「兒子，該和他們道別了！你要記住，想做大事，就得忍受孤寂，朋友……不可靠……」

朱爾雅卻什麼話都沒說，留下一聲長嘆離去！

朱未央的暗示大家都懂，想要活命，只能留下兩、三個人。墓內剎時靜默下來，長長的中殿，十九個人緊握長劍凝視左右，各藏心思，一股肅殺之氣瀰漫不散！不多時狐知秋拔劍喊道：「大家並肩上！不把這三人殺死，誰都別想活命！」

話說完全都動了起來！狐知秋找上裴友琴，「織花劍法」如流星般穿梭來去，華麗又詭譎，炫奇而飄忽，對上了質樸穩凝的「秋水劍法」，一時之間難分高下。

剩下的十二鷹劍法學自史無涯，雖不算頂尖，卻各有險怪，裴問雪雖有優勢，然而「秋水劍法」不以狠辣見長，加上心存仁厚，始終狠不下心冒險出狠手！而面臨生死關頭的十二鷹卻是個個出招狠絕，他們的劍法本來學自同一人，又常相互切磋，磨合數十招之後，彼此默契漸入佳境。

四大統領少了一人，但這回齊心作戰，倒比各懷鬼胎的時候強悍許多；但經過試劍大賽歷練的古劍，對劍術又有更深層的體悟，以一敵三猶占上風。受到地物所限，劉易風的聚散鞭只能發揮七成威力，蕭乘龍的來去刀更是礙手礙腳，古劍閃躲最棘手的金克成，應付劉易風，卻強攻最弱的蕭乘龍，不多時已殺得他險象環生，哇哇叫道：「你倆多用些勁呀！我死了，大家都別想活命！」

狐知秋心知不妙，即使以多打少，這麼下去還是非敗不可！忽然飛身將蕭乘龍一腳踢到後殿，罵道：「別留著礙事，快去把各殿的油燈打熄。」蕭乘龍愣了一下，忽然會心一笑，分別到前、後殿，來去刀斜地飛出，很快削去兩殿燈火。

一旦燈火盡滅，這幽深的地底絕無半點光，武功再高也占不到太多便宜！而古劍更可能變成廢人，如何自保？想到這裡，裴友琴父子不免驚憂起來，加催劍力，卻又得分神守住身後的油燈。

反倒是古劍不受影響，剩下兩人更好打，虛應金克成，狂攻劉易風。這胖子連遭險招，也忍不住叫罵起來：「蕭賴子你打完油燈，還不快回來幫忙？等我緩出手來，三鞭便可滅了這裡的火光。」原來蕭乘龍顧忌古劍的快劍，又想裡面一旦燈火盡滅，所有的人胡亂砍殺一通，誰能安然出來還是個未知數，倒不如留在後殿，活命的機會大了些，竟然耍賴不回去。

惡戰中，劉易風逐漸被逼到死角，突然急中生智：「最怕油燈熄滅的人應該是古劍，我若攻向油燈，他非救不可。」一想到這裡膽大心橫，一鞭打向古劍身後的一盞油燈，以鞭打燈之技他自小就會，這一鞭勁道柔中帶剛，來勢洶洶。

豈料古劍竟置之不理！長劍疾送，就在燈火熄滅之際，劉易風胸口一陣刺痛，眼前一片漆黑，再也見不到光了！

剩下一個人了，金克成再怎麼強悍也立即陷入苦戰，他運氣貫頂，將陰陽雙爪催力至極，然而古劍如幻似夢的長劍，總能巧妙的避開利爪，直攻要害！不多時已將他逼至險境。如果金克成也掛了，多出來的古劍無論加入哪邊，都有絕對優勢，一旦滅燈無望，早晚一敗塗地。想到這裡，狐知秋橫移兩步，砰砰兩聲，分別踢中山鷹彭沖、幽鷹李淵河，飛向裴友琴及裴問雪身後的油燈！

飛過來的可不是兩個死人，在臨危之際為了保住性命自會各使絕技，裴家父子非應不可！然而狐知秋的狠招還不止於此，在踢人的同時，雙手各擲六枚銅錢，有的直接飛向油燈，有的卻在牆上反彈幾次再朝油燈打去！

裴友琴一劍削斷彭沖脖子，又順勢將銅錢一一擊落；但原本就在多把長劍圍攻中的裴問雪畢竟不是三頭六臂，殺了李淵河，終究漏掉了一枚銅錢，身後燈火隨之熄滅。原來破壞遠比保護容易得多。

狐知秋嘴角含笑，眼神銳利直盯著對手，左手緩緩從口袋裡挑出十多枚銅錢，正欲出手打滅最後一盞油燈，裴友琴忽然大喊一聲：「且慢！」同時倒轉劍柄，竟將長劍反向插入胸口！

這突如其來的變故令所有的人為之愕然，裴問雪與古劍都停止擊殺，奔到裴友琴身旁。裴問雪淚水奪眶而出，抱著淌血的父親道：「為什麼？」

裴友琴道：「我守不住這盞燈，除了這招，實在想不到還有什麼辦法，才能保住你們。」原來他擔心油燈盡滅之後，在一片漆黑的地底暗墓中，劍法再高也難有用武之地，而古劍耳不能聞，更將大大吃虧！

裴問雪道：「爹！您難道不知少了您，我們更加守不住？」

裴友琴道：「我死了！狐指揮使自會轉而助你們守住這盞油燈。」看著兒子充滿疑惑的眼神，不等發問，裴友琴又往下說道：「挖了十來天的地道，出洞時必然又累又渴，這個時候朱家父子卻可能在地面上等著殺人；試問除了你們三人聯手之外，還有誰能與之抗衡？」

裴問雪依然搖頭不止，道：「您死了，便是兒子的不孝！怎麼獨活？」

裴友琴道：「若是真孝順更不能死！為了你娘、妻子和小君子……無論如何……你都要設法……活下去！」說完已是氣若游絲，裴問雪與古劍雙雙跪了下來，裴友琴仍硬挺精神斥道：「快起來！這當口豈可分神，把淚擦乾，面對你們的敵人。誰要是再回頭望一眼，都會讓我死不瞑目！」

狐知秋道：「果然是個能捨能取智勇雙全的大人物，令人佩服！古劍、問雪，你倆放心殺敵吧！裴大俠的一口氣和這盞油燈，都由我狐某護著！」

金克成睜大著眼瞧著狐知秋，卻見他搖著頭，冷冷放出一句：「水不夠喝，我無法護你！」

裴、古二人拭去淚痕，這回含悲出手，出劍更加犀利！敵人一個一個倒下，當裴問雪把劍從最後一人的身上抽出時，裴友琴頭一歪，也斷了氣！

二人撲將過去，裴問雪號啕大哭，古劍的淚水則帶著感激，暗下決心，不讓他白白犧牲，狐知秋把裴友琴留給他們道：「你們先休息，換我清理門戶！」說著持劍走向後殿，準備解決臨陣脫逃的叛將蕭乘龍。

這地底的血戰奇變叢生，未到最終絕不能失去警覺，裴問雪儘管傷心不已，但仍留神細聽隔室的動靜。

過不多時，先聽到一陣飛刀呼呼聲響，接著長劍出鞘，一聲哀鳴，緊接著又是嗯哼一聲，一個暴響之後，戛然而止！

裴問雪察覺有異，拿起油燈，比個手勢，與古劍走進中殿，進門一瞧，俱感愕然！只見蕭乘龍平躺於地，早已氣絕；卻見一把長劍自後而前，插在狐知秋胸口要害！雖一時未死，但已神仙難救。另一角落站著一人，臉色泛白，用一種尖細詭異的聲音說：「裴公子，在下替令尊報了大仇！」此人竟是魏進忠！

原來魏進忠趁蕭乘龍進前殿滅火，各組人馬纏鬥正熾之際，無聲無息的躲進後殿棺木後方，之後便動也不動的站著，而狐知秋正耗心力，裴問雪身遭巨變，竟都忽略了該清點人頭！

蕭乘龍打滅前、後兩殿的燈火之後，留在後殿全神留意中殿的戰況，始終沒發現附近另有他人，而狐知秋穿過石門，蕭乘龍自知對方絕無輕饒之理，一咬牙使出畢生絕學，七把來去刀接連擲出，在空中盤旋飛舞，手持第八把刀橫削而出，這是蕭乘龍自以為厲害的絕殺招數，以飛刀欺敵，橫刀傷人，在黑暗中更能發揮。

可惜對手是狐知秋，即使在黑暗中也知道他會怎麼出手，身子一側，長劍斜地劃出，蕭乘龍一聲慘叫，身子攔腰分成兩半，當場氣絕。

狐知秋輕鬆料理門戶，正欲收劍還鞘，忽覺背脊一涼，嗯哼一聲，一把長劍無聲無息，也從他後背穿透到胸前！

那是趁暗躲在背後的魏進忠將長劍緩緩平送，貼近時才突然加力，此時狐知秋剛剛刺死蕭乘龍，不免稍有鬆懈，豈料黃雀在後？魏進忠這把龍吟寶劍鋒利無比，輕易刺穿對方後背的軟甲，他得手後立即感到側邊一股勁風打來，眼前之人可是當今大內第一高手，即便是重創之後困鬥之掌，也絕非常人承受得起，魏進忠當機立斷，棄劍疾退，仍被掌緣掃中，一陣氣血翻湧，頭暈目眩！

看到裴、古二人驚愕的神情，狐知秋笑道：「不必訝異，世上永遠都有意料之外的事發生！」說著取出一塊沾滿血跡的黃金令牌，刻著「指揮使」三字，揮手讓二人靠近，道：「此令牌能指揮錦衣衛，甚至面見當今皇帝，發兵剿滅莫愁莊。如果出得去，朱未央必定動員大批人力截殺二位，只有這塊令牌能相抗！」

裴問雪道：「這是我們自己的江湖恩怨，無須廠衛介入！」

狐知秋收回令牌，另從口袋裡取出五片金葉子道：「不要令牌，那就收下這些金子，不管怎麼說，逃命時總要用些盤纏吧！」

這個時候還強分敵我有些不智，這些金葉子或許還真用得上；但裴友琴之死確實與狐知秋脫不了干係，做兒子的裴問雪說什麼也不能收下仇人的東西，古劍猶豫一會，轉頭瞧看摯友，裴問雪道：「你收下吧！」

送出金葉子，狐知秋突然哈哈笑道：「下次看到狐十敗，麻煩代我問候一聲！」說罷拔出利劍，噴血而死！

整個墓室裡，剩下三個活人，裴問雪靜靜瞧著魏進忠，隱隱覺得此人狡黠至極，今日不除難保日後不成大患；然無論此人如何討厭，畢竟替自己報了父仇。想到這裡，長劍拔出一半又放手入鞘，轉頭瞧看古劍一眼。

古劍拾起地上長劍，多瞧了兩眼，這把沾滿鮮血的「龍吟寶劍」他並不陌生，將之丟給魏進忠，兩眼直盯著他，手中長劍緩緩拔出，看這神情，絲毫沒有輕饒之意。

魏進忠接下寶劍，討巧笑道：「殺了我，只剩兩個人，要挖到何年何月才能重見天日？」

古劍道：「人愈少，水愈夠，晚幾天出去，又有何妨？而留下你全無助益，卻是十分的惹人厭憎！」說著又往前兩步。

魏進忠後退兩步道：「我知道了！你們這次混進長陵，是想殺光咱們淨幫十三鷹！」

古劍沒答話，卻又向前逼近兩步。

魏進忠道：「我們所殺盡是盜匪之流，也算為民除害！你們號稱正義之士，卻要為此殺我？」

古劍道：「綠林之中亦有不少好漢，你卻趕盡殺絕！」

魏進忠道：「其實我天鷹最是仁義，只殺十惡不赦的強盜頭子，其他小嘍囉只要肯放下屠刀，多半發些銀子，打發他回鄉做買賣。你未曾親眼所見，不知這些強盜頭子所放出的江湖傳言，謬誤甚多。」

「半年前的劍門山上，一個暴雨遮月的深夜，一群花子血洗川北明月寨，不但數百人幾無生還，連安西鏢局的鏢師們也沒放過！」

古劍眼神銳利，說一句跨一步，說幾句已將魏進忠逼至角落，手中龍吟寶劍哐一聲掉落地面，顫聲道：「你是那個……聾啞少年？」

那個夜晚！兩人確有「一劍之緣」，但當時古劍髮亂鬚雜，與現在長相頗有出入；再加上從頭到尾未曾開口，魏進忠儘管印象深刻，卻也不易認出來。若非古劍本人提起，魏進忠怎麼也想不到，當時落在王遂野手上必死無疑之人，不但大難未死，武藝更在短短數個月內有著令人難以置信的精進！想到這裡心一虛，手腳竟不聽使喚！

古劍厲聲道：「把劍撿起來！你自認悍勇，怎麼連一場決戰都不敢？」

魏進忠心裡清楚，撿起這把長劍，十個魏進忠也打不贏，他轉念倒快，突然仰頭狂笑道：「我不撿！你要殺就殺！反正太監、花子在你們眼裡盡是卑賤之人，豬狗不如，死不足惜！」

古劍道：「你罪孽深重，別牽扯旁人。」

魏進忠突然放聲道：「我是殺了不少人，更恨不得全天下的正常人全死光！百劍門的劍缽大多出生於富貴之家，豈知從小三餐不濟四處乞食之苦？若不是活不下去，誰願意割下寶貝做太監？你們這些自以為正義的大英雄，要殺就殺吧！與其做一個流浪街頭受人輕蔑的花子，還不如死了乾脆！……」他愈說愈是激動，想起這一生坎坷卑微，好不容易就快接近榮華富貴，卻將橫死於此，愈講愈是悲憤，說到後來，竟放聲大哭起來！

這一哭倒讓古劍起了惻隱之心，他也嘗過受人鄙視的日子，但畢竟自小家境不差，才有辦法送他四處學藝，比起這點，確實幸運得多！想到這裡，抵在魏進忠胸口的長劍躑躅不進，問道：「若能出去，你會痛改前非嗎？」

魏進忠道：「淨幫十三鷹死了十二個，只剩下我一人，還能成什麼氣候？沒有龍頭的支持，咱們只有解散一途。」

這麼說倒也沒錯，沒有強烈的理由，古劍一時之間倒殺不了人，再說三人輪流挖掘地道，總比兩人輕鬆快速，權衡之後還劍入鞘，揮手饒了他。

魏進忠逃過一劫，心中竊喜，撿起地上的龍吟劍，還沒收鞘，已被古劍抄在手上道：「這把劍是安西鏢局的鏢貨，我這個趟子手還得跑完這趟鏢！」

裴問雪道：「想活命！大家都得並心同力，再使詭詐都別想出去。」

魏進忠道：「說得極是！進忠在此一定聽候二位差遣，絕無二心；說到逃命，不知二位少俠可有主意？」

裴問雪用劍在地上劃一個大圓，圓的下方接著一個大方塊，內劃幾個小方塊，說道：「方的是方城，由外往內，依序有陵門、稜恩門、稜恩殿及明樓，各有重兵把守。圓圈是寶城，少說也有六、七十丈寬，寶城內有個土丘，即為寶頂，地宮便在寶頂之下。寶城之內雖種植不少大樹，卻有上百名守陵官兵日夜監控，想無聲無息的離開，絕無可能！」

古劍道：「這地宮的中殿是否就在寶城的中心？」

裴問雪道：「整個地宮略微偏北。」他邊說邊將地宮六室畫在寶城內，由北而南，分別是東西向的後殿，南北向的東殿、中殿、西殿，中殿往南則為前殿及一間較短的隧道券，而寶城的中心卻在前殿。

魏進忠喜道：「太好了！整個地宮都由巨石砌成，咱們沒有巨斧、大錘，想破石而出談何容易？依此圖看來，此處離寶城最近，不如咱們就從這裡挖起，或許十來丈便可穿出寶城！」說著起身指著後殿的金井。

卻見裴問雪搖頭道：「萬萬不可！」

魏進忠道：「有何不可？雖不是現成地道，卻也不用擔心莫愁莊下毒或放蛇什麼的。」

裴問雪道：「其實朱世伯……朱未央只要叫人把兩邊洞口完全封死，密不透風，這地宮再大，若無新氣補充，咱們決計活不到明天。」他習慣稱朱未央為世伯，但想到父親之死與他脫不了干係，便改了稱呼。

魏進忠道：「是啊！莫非百密一疏，還是料定咱們挖不出去？」

裴問雪搖頭。

古劍道：「我想畢竟他和令尊多年情誼，不忍做得太絕，才會給我們留下一點生機。」

裴問雪道：「這或許是原因之一，但最主要的，還是想讓咱們替他挖這個地道。」見古、魏兩人一臉不解，又道：「金井乃龍穴之所在，成祖皇帝的定陵更是整個天壽山陵區龍穴中的龍穴！咱們若從這個金井挖起，便是斬龍脈、挖龍眼，不但你我自身慘遭惡劫，更可能令成祖一脈皇朝傾覆！」

古劍道：「這正是建文帝子孫想要的結果，莫愁莊怕惡運反噬，自己不敢挖，便設局讓咱們動手！」

魏進忠道：「這風水之說也未必全然可信，反正咱們不挖也是死，何不賭它一把？」

卻見裴問雪搖頭道：「為了讓自己苟活，置大明國運於不顧！豈是我輩當為？」

古劍點頭贊同，問道：「還有地方可挖吧？」

裴問雪道：「地宮入口金剛牆乃城磚和灰漿砌成，本為最終封墓之物，可輕易拆下。

從那兒起挖之地道雖然深長，但最多不過餓死、渴死，無須擔心禍國殃民。再說寶城之外草短樹稀，突然冒出頭來無處藏匿，守陵軍成千上萬，你有自信能殺出重圍嗎？」

魏進忠搖頭道：「你倆奮力一搏或許還有一點機會，我卻全無活路！」

古劍道：「就算有生還的機會，但私闖皇陵乃抄家死罪，萬一相貌或劍招被人認了出來，豈不累及家人？」

裴問雪道：「只有一個地方或許無人。」

魏進忠雙眼亮了起來，叫道：「茅房！寶城的茅房在哪？不知您記不記得？」

裴問雪道：「整個寶城包括明樓，都算皇帝的墳墓，任何人敢在這裡撒下一滴尿都是殺頭的死罪！怎麼可能有茅房？」

魏進忠驚道：「所以咱們想活命，至少得挖三、四十丈，找到寶城之外的茅房！」

裴問雪道：「所幸這定陵正是眾多皇陵之首，守陵參將常駐其明樓，若沒記錯，明樓往東南三、五十步，便有一個參將專用的茅房。且無論如何，整個天壽山陵區任何汙物不得下地，因此每日必有糞水車前來載運，咱們若能找到茅房，便可見機鑽入糞車之中，跟著出去。」

「妙極！糞車惡臭且每日來去，各關卡不會詳查，渾水摸魚正好辦！」魏進忠高興之餘仍不忘討好道：「裴少俠不但劍法高強，更是博古通今，進忠衷心佩服！」

裴問雪道：「天壽山上的每一座皇陵，從地下玄宮到地上的大殿，哪一樣不是耗費鉅資，動員無數人力物力所建而成？讀史之人，自不免充滿好奇；而長陵更是各陵之首，八年前皇上祭祖，我跟著爹前來觀禮，那稜恩殿三十二根金絲楠木明柱又高又大，規模甚至不輸皇極殿，沒想到八年後……」說到這裡，忍不住回頭望了一眼父親的遺體，眼眶含著淚，再也說不下去。

古劍拍拍他的肩膀道：「要不要先休息？」

裴問雪搖頭道：「我們都得擦乾眼淚，馬上幹活，才不會胡思亂想……」

一個不平靜的秋夜，長陵寶城內外人影浮晃，一夜難眠的守陵參將譚勝豐站在整個墓園最高處的明樓上，時而皺眉沉思時而來回踱步，神情甚是凝重。他是將門之後，卻是天生的貪生畏死，掃蕩倭寇太過凶險，戍衛邊疆又嫌苦冷，駐守皇陵安逸保命才是長久之計。於是千方百計請調至此，也混了幾年好光景，然而七天前接到一封密函，提醒他有人潛入長陵，嚇得他徹夜難眠！

他本來不怎麼相信，隨意帶著兩名親信，依著密函指示，卻果真在天壽山背找到洞口！兩名親信進洞探路，不多時爬了出來，都說走不到三百步便遇崩塌，無法前行。譚勝豐舒了一口氣，笑道：「偷盜皇陵豈是易事？挖得愈深氣愈悶，觸怒先帝大施神威，非把盜墓的宵小活埋不可！」

一名親信道：「將軍說得極是！不過洞內倒有一點怪味！」

譚勝豐笑道：「洞深自然有霉味，何況有人埋在裡面。」話方說完，卻見兩名親信臉色巨變，雙膝漸軟，竟倒地不起！伸手一探，已無鼻息！

譚勝豐嚇得面無人色狂奔而回，驚魂未定，第二封密函接著送到，寫得更加詳盡，告訴他盜墓賊可能有三人，俱是江湖上一等高手，原先密道因故封閉，地宮內飲水不足，必須盡快挖出一條生路，算算日子，未來幾天內都有可能出現。

密函上無署名，但譚勝豐稍稍一想便通：「定是黑吃黑！密函是墓賊的同夥所寫，他不想朋分寶物，先出洞後蓄意毀去坑道；又怕封在裡頭的人另挖通道逃出後找他報仇，於是送此密函借刀殺人！」

就算明知受人利用，但戍守皇陵不力是何等大罪？譚勝豐不敢再混，把原本分駐在各陵的守軍大半調集至長陵四周，日夜巡守。寶城邊明樓上數百名弓箭手拉弓試瞄，一有異狀萬箭齊發，就連一隻麻雀也飛不過；寶城內每一棵樹每一面牆都有人盯著，就連一隻老鼠也別想偷偷摸摸的逃走。

儘管如此布置，譚勝豐心中仍不免忐忑，如果真讓墓賊逃跑，十個腦袋也留不住！就算抓到墓賊，萬一玄宮或是先帝屍骸慘遭毀損，只怕這點小功難折滔天之罪？想到這裡，腹中一痛，哎呀！這幾天緊張煩躁，竟忘了大解，突然一來，卻是又急又猛！三步併兩步下樓直奔茅廁。一進門褲帶拉開，突然一步踩空，往下急墜卡在洞裡，這麼一個驚嚇令他屎尿齊流，褲子也不必脫了！

過了好一陣子，他才慢慢恢復寧定，爬出身子，叫守在門外的親衛去請副將秦忠。

不多時秦忠趕到，看到這光景已猜到大概，臉色慘白壓低嗓子道：「是誰這麼厲害？能從這麼深的墓穴挖出來？」

譚勝豐道：「是誰已不重要！墓內如何毀損也不必多看。重點是先皇陵寢好端端被挖出一條坑道出來，還讓墓賊給跑掉！這事若是洩露出去，你我就算有十個腦袋也不夠砍！」

秦忠直點頭道：「將軍所言極是，咱們得悄悄把洞給補好，今天的事，就當作什麼都沒發生！」

三人先將全部屍首搬至後殿，除了裴友琴的身子利用現場的酒、冰、布、棺等物做特別的處理以減緩腐臭外，其他的人只能簡單的塞回棺木封蓋，如此耗了半天，最後關上後殿石門，準備挖掘地道。

從金剛牆開始，進十尺升一尺往上斜挖，以劍代鋤雖然不太順手，然這裡多了十來把劍，鈍了就換，不過多數油燈在惡鬥中毀損傾倒，剩下兩盞的舊油也所剩不多，為備不時之需，大多時候只能摸黑工作，但生死關頭誰也不敢懈怠，一人掘挖、一人運土，只有一人能休息，洞中無日夜，三人不停輪流工作，日進數丈，也不知過了幾天接近地面，裴問雪貼耳一聽，隱約聽見上方腳步聲來來回回十分頻繁，似乎已靠近明樓！

這時食物早已吃完，水也所剩不多，魏進忠叫道：「五天不知挖得到嗎？我們可剩不到幾口水呢！」

裴問雪道：「少說話！從現在起，每一滴水都要珍惜！」

幽暗狹隘的坑道裡令人氣悶，不知晝夜的日子更是苦長！剩餘的水只夠沾唇，沒多久魏進忠病了，裴、古二人更加辛苦，他們相互激勵，長劍仍不斷挖刺推進，也不知過了幾天幾夜，挖出來的土開始有了尿味。原來無論怎麼小心，日子久了，總不免會有汙水滴漏滲入土中，聞到臭味顯然茅廁近在咫尺，儘管氣味難聞，二人卻相視而笑！原本病懨懨的魏進忠也睜大了眼！

循著臭味，很快找到茅廁下方，挖開臭土，這時候天色將亮未亮，似是黎明，外面除了夜巡的腳步聲外，只有呼呼風聲。魏進忠最後爬出地面，竟一把抱起尿桶往嘴裡倒！咕嚕咕嚕不知吞了多少口才心滿意足的擦擦嘴，把尿桶送到古劍面前。桶底這幾口尿水更加噁心，但對幾天喝不到兩口水的古劍而言，再怎麼惡臭難聞，似乎也成了瓊漿玉液，而糞車不知何時才來？也未必能毫無阻攔的順利逃出？這時候可不能體力不濟！想到這裡，古劍不再遲疑，跟著喝了兩口再交給裴問雪。就這樣，三人竟把木桶裡的尿喝得一滴不剩。

約莫過了兩個時辰，載糞的馬車來到，三人眼明手快，不待停妥便一溜煙跳進車棚裡，棚裡只有兩個大木桶，一個裝糞一個裝尿，三人躲在木桶後方。裴問雪輕輕掀起布棚的一角，只見前方兩名漢子一老一少，年輕的漢子進入茅廁，叫道：「爹，怪了！怪了！尿桶裡竟然沒半滴尿？」中年漢子道：「沒尿就倒屎，別叨叨念念。別忘了俺曾說過，在這裡看到再奇怪的事，也不要張揚半句。」年輕漢子依言停嘴，把糞倒好，跟著父親一起催馬前行。

馬車離開長陵後朝南奔行，中間經過不少關卡，拜惡臭所賜，果然一路暢行，無人盤查，走了十來里路方離開陵區大門，又繼續走了五、六里路才停下，卻聽到朱爾雅的聲音說道：「恭喜你們逃出天壽山，三位智勇堅毅，確非常人所能及！」裴問雪心中一驚，一劍割斷布棚，駕車這對父子，竟是朱未央與朱爾雅！

這時兩人已將原先易容的藥水拭去，回復原本面目，朱未央道：「這幾天我與爾雅一直在想，你們會怎麼逃？如果是從後殿的金井挖地道，估計六、七日便可逃出寶城；可惜三位捨近求遠，多用了幾天，那又會從哪裡鑽出來？實在猜不到，只好提醒守陵參將嚴加防範。他們十分配合，寶城內外布滿官兵，你們走投無路，非從茅廁出來不可。」

古劍道：「何不提醒他們將茅廁也圍住？讓數千陵軍將咱們亂刀分屍。」

朱爾雅道：「借刀殺人固然輕鬆，但借來的刀未必鋒利，因此莫愁莊在關鍵時刻，向來都喜歡親自動手。」

朱未央道：「我們以為除了你們兩人，另一個逃出地宮的，不是裴友琴就是狐知秋，俱是守陵官兵最敬畏之人。這群膽小畏死的烏合之眾見到三大高手破土而出，狂殺如破竹，就算不嚇得腿軟手顫，也不免亂成一團，未必管用！」說到這裡轉頭盯住魏進忠道：「卻萬萬沒料到另一個人會是你！」

魏進忠笑道：「託龍頭的福，進忠僥倖留住一條賤命。」

朱未央搖頭道：「暗算也好，奸計也罷，你能殺死老謀深算的狐知秋，著實不易！留著你一條命，我有點放心不下。」說著以手按劍，前跨兩步。

突然魏進忠整個身子躍進糞桶，濺出一灘汙糞，更彎下頭浸得滿頭滿臉，用沾滿糞水的嘴巴說：「我乃天生卑賤之人，各位大俠若不怕沾汙雙手，就來殺我吧！如果願意饒我一條賤命，魏進忠對天發誓，今日之事，絕不會在我口中走漏半句！若違誓言，罰我生生世世為閹人！」

朱未央再跨兩步，長劍拔出作勢要殺，但轉念一想，又還劍入鞘，揮手道：「請你記住！今後若敢做出任何對莫愁莊不利之事，就算你日後順利進宮，躲在皇帝身邊，也保不住這條命！」

魏進忠跳出糞桶，恭謹道：「多謝不殺，進忠不是笨瓜，今後無論做神做狗，絕不敢招惹諸位！」說畢帶著一身臭味，頭也不回快步離去。

朱爾雅道：「爹！這個人不簡單，咱們現在不殺，難道不怕日後成為大患？」

朱未央道：「此人能屈能伸，會捧會詐，他一定會進宮，並將成為王振、劉瑾之後，權傾一時的太監。太監弄權，朝廷豈有不亂？百姓哪能好過？如果此次起義不成，留下此人，二十年後，你的機會更好！」他所料不虛，此人進宮之後耍陰賣狠無人能及，逮著機會便往上鑽爬，果真成為明末權勢熏天的第一奸宦——魏忠賢。

裴問雪通讀史書，明白朱未央此話絕非誇大，跨步想把魏進忠追回，但朱爾雅伸出長劍阻止，裴問雪道：「爾雅……」說不到幾個字，卻發現方才那兩口鹹尿能解的渴十分有限，更讓人口乾舌燥，連說話都困難！朱爾雅搖搖頭，把身上的水壺擲給了他。

「爾雅！」朱未央厲聲罵道：「敵友不分，如何決戰？」

朱爾雅道：「爹！孩兒與他們曾為莫逆，難道幾口水都不能給？」

朱未央道：「這個時候你還在念舊？可知對敵人仁慈便是對自己殘忍！你心腸太軟，

將來如何奪大位？」

朱爾雅道：「今日只有他們兩人，就算毫無不適，咱們勝算極大，何必……」裴問雪趕緊吞了幾口水，將水壺遞交古劍。

古劍抓起便喝，仍留神戒備，但見朱未央道：「何必勝之不武嗎？兒子，成王敗寇，想要成就大業，就別計較手段，更別低估你的敵人！無論勝算多大，絕對不要留給他們任何喘息的空間！」說話間竟不等古劍喝飽，長劍拔起直欺而上！

古劍接下水壺，才喝兩口，但見劍光一閃，長劍已至，一手擲壺打向對手，一手拔劍相應，轉瞬間交換數次生死！這朱未央使的亦是「卻亂劍法」，所有招式與朱爾雅並無二樣，不過是重了一些！準了一些！穩了一些！快了一些！就這麼一點點差別，卻讓與之交手的古劍感受到一股巨大的迫力！再加上連日來的疲累飢渴未能紓解，這場對決，猶似以半個古劍強抗兩個朱爾雅，勝敗結局，似乎顯而易見。

裴問雪看得清楚，此時的古劍猶似困獸一般，被裹在朱未央綿綿快劍所織出的劍網之中，幾次奮力，劍網張而不破，稍有力盡，劍網立縮！激鬥中古劍一招稍稍偏遲，朱未央長劍一挑，已在他左肩劃上一道血痕！看到這裡，裴問雪再也不能觀望，長劍出鞘，一道寒光直挑朱爾雅眉間！

不再是一場只分勝敗的君子之爭，而是你死我亡的生死決鬥。雙方不再客套，沒有試招，一起頭便各展絕學，激烈異常！「秋水劍法」應是氣定神閒，多讓少爭；但另一場對劍差距更大，若不能盡快分出生死，後果堪虞！想到這裡，裴問雪不得不放劍強攻，大行險招！反倒是向來出劍凌厲的朱爾雅法度嚴謹，見招拆招，等待對手出現失誤，再給予致命一擊；但裴家學劍的目的不在傷人，並不表示「秋水劍法」只能守不善攻，裴問雪出劍快急，卻是一招護著一招，並未因此而失之慌亂，兩人依舊僵持。

隨著對手的凌厲攻勢一次更勝一次，古劍身上的劍傷漸增，卻是血愈流意志愈頑抗！憑著一股勇悍之氣，將飢餓、乾渴、疲憊、傷痛盡拋腦後！朱末央不斷加催劍力，卻發現對手回應愈來愈快，怪招更是層出不窮，總能在千鈞一髮中閃過！

朱末央明明大占上風，此刻卻不免愈殺愈是發毛！忽見古劍雙目精光顯露，更是驚心！驀地想起二十年前試劍大會的裴、史之戰，在史無涯的雙瞳中便曾出現這種眼神，莫非在此巨大壓力下，「無常劍法」發狂至癲，即將蛻變成「化身劍法」？

這絕非好事，當年發了狂的史無涯，其招法劍跡非常人所能預測，在此勝券在握之際，朱末央可不希望發生任何難以料想之變異，遂逐漸把攻勢放緩，古劍才頓感鬆緩，忽爾感到天色明顯變暗，天空中不知何時冒出一個既圓又黑的大餅，將太陽的白光遮蔽過半！

「九月十五，天狗食日，無道之君，末日將至！」裴、古二人同時想到這句傳言，洞中無日夜，莫非今日正是九月十五？

裴問雪無暇再仔細推敲，心中只擔心一件事：若當真發生全蝕，日月無光，對失聰的古劍而言豈非雪上加霜？情勢如此，他大喝一聲，出劍益加狂快！這一陣猛攻，只求傷敵，竟全然不顧自身安危！而朱爾雅或擋或閃，嚴守方圓，他心裡明白，眼前的對手其實已疲累不堪！

面對著早將「秋水劍法」鑽研日久，再熟悉不過的對手，裴問雪強攻數十招，卻只換來更昏暗的天色及更疲累的身軀！他再次提醒自己，這不是「試劍」，而是「死鬥」，若不能盡早了斷，恐怕兩人都得喪命於此！於是身子一歪，從一個不合常理的位置出手；劍尖一轉，朝一個匪夷所思的方位刺去！這一劍險極怪極，與一向端嚴穩正的「秋水劍法」截然不同，朱爾雅心中一驚，脫口喊道：「化身劍法！」

這一招起勢怪異，卻暗藏極為厲害的後著！史無涯墓穴中獨鬥三劍缽，便曾以這一招將裴問雪逼至無路！

他耿耿於懷，這幾招總在腦海中縈迴不去！挖掘地道十分無趣，再加上父親亡故的哀傷難止，索性將土石當成了發洩的對象，不斷以那些奇招運劍鑿刺，不知不覺中已然將這幾招「化身怪劍」練得精熟。

這幾招夠險奇夠突兀，再加上對手奮不顧身的氣勢，朱爾雅一時間竟失去準備，連續躲閃三招，第四招再也讓避不去，劍鋒一轉，不擋反攻，也朝著裴問雪胸口刺去！嗤嗤兩聲，二人都身中長劍，這時突然光線全無，漆黑一片！

裴問雪一手緊按胸口，鮮血汩汩流出，這幾招盡了全力，但畢竟不是史無涯，太多掛礙，非狂非痴，讓他的「化身劍法」形似而意不至；更不該在最後一刻忽爾念起二人的情誼，就這麼一點心慈手軟，導致出劍遲了一點又偏了一些！面對這等對手，豈容有一絲絲的偏遲？

裴問雪緩緩的曲膝倒下！在黑暗中往事卻一幕幕浮現眼前，什麼勝敗榮辱，都將隨風而逝……

朱爾雅凝立不動，右肩上也有一道劍孔，在驚亂中殺死最好的朋友，心中正是百味雜陳！然黑暗中交劍聲仍鏗鏗鏘鏘連綿不絕，更令他感到惶惑！在如此景況下，古劍應該連一個普通人都比不上，面對著夜戰經驗豐富且劍法修為均遠勝於他的父親，怎麼可能撐持不敗？

吃驚的何止一人，裴問雪用上僅存的一點真氣，封住胸口幾處要穴讓血流減緩，只求晚一刻斷氣，能看到最後的結果！

啷啷噹噹啷啷噹噹……一聲比一聲讓人心驚，其實日全蝕的時間還不到半炷香，但這黑暗中的等待似乎無窮無盡的漫長煎熬！拖得愈久愈讓人心焦，朱爾雅終於按捺不住，也點了手臂上的止血要穴，拔起長劍，側耳傾聽，緩緩靠近，走不到幾步，劍聲卻戛然而止，萬籟靜寂……

不一會兒，第一道日光灑將下來，但見古劍直挺挺的立著不動，從頭到腳縱橫交錯十幾道的劍傷，衣衫殘破，無一處不見血；反觀朱未央全身上下只有一個傷口——卻是一劍封喉！只見他長劍鬆落，慢慢的身子晃了幾下，撲通仰倒！

朱爾雅一聲慘叫！撲將過去抱住屍身，不知是無法置信還是死不瞑目？但見父親雙目圓睜，遲遲不肯合眼！

如此結果不僅令人大感意外，就連古劍自己也沒料到，「心劍」的威力竟是如此的驚人！

試劍結束後，古劍沒忘記要另創「魍魎劍法」之事，一有空閒便找個僻靜處鑽研，家人以為他在準備日後的二次試劍，盡可能不去打擾，練了一陣，進展卻不如預期，畢竟他不是瞎子，記住了「魑魅劍法」的全部招式，並不代表能完全體會！

但他只要一開始做，便有一股牛勁，每每練到廢寢忘食，總要妻子來叫，郭綺雲聽了幾次練劍的情形，終於忍不住問道：「你在練什麼劍法？怎麼會有幾分『魑魅劍法』的味道？又有一些『魍魎刀法』的感覺？」

古劍沒忘記程潄玉的叮嚀，叫他別先透露想共修劍陣之事，說道：「我得練成閉目之劍，才不會老在暗夜中驚惶失措。」這套說詞倒也不是假話，聽力全失的他，確曾數度因此而陷入險境！

郭綺雲搖頭道：「這套劍法可不是一般的明眼人苦思勤練就能有所成，不懂其中竅門，恐怕窮一生之力還是白費！」

古劍睜大眼睛，喜道：「竅門為何？還請娘子指點！」

郭綺雲道：「『魑魅劍法』並非全靠聽聲辨位的『盲劍』，更是一種『心劍』！」

古劍道：「心劍？」語氣驚訝中夾帶著疑惑。

郭綺雲道：「眼睛易被迷惑，耳朵易受干擾，『運劍唯心』，有時候反而更精準。」

古劍似懂非懂，還想再問，卻見郭綺雲道：「請你慢慢的出劍刺來，別弄出任何聲響，我會用劍尖去碰你的劍尖。」

古劍緩緩送出長劍，不但慢，方位角度還特別奇怪，只見郭綺雲拔劍一劃，兩把長劍的劍尖果然輕輕相觸！

郭綺雲又道：「這次請你到那棵大樹後方，用手指在地上輕輕寫一個字。」

古劍依言走到樹後蹲下，趁著一陣風吹來將枝葉打得沙沙作響之際，在地上寫了兩個字——「心劍」，不但輕，而且小。寫完後郭綺雲往前走了十步，以長劍作筆，在「心劍」旁邊也寫了同樣的兩個字，不但寫對，連大小字跡也十分相似！

古劍睜大眼睛，張大了嘴問道：「這……怎麼可能？」

郭綺雲道：「心無雜念，全神貫注，或有一天心中自生異感！這種心念十分奇妙，不但能準確感應當時對手出劍的方位走勢，甚至連接下來的招式都能預測無誤。」

古劍道：「每個人都練得成嗎？」

郭綺雲搖頭：「大多數的人雜念太重，恐怕一輩子都做不到！當年邴基師祖便曾說我有慧根，但在雙目尚全之際，我日日蒙眼苦練數個時辰卻徒勞無功；只好讓自己變成真正的瞎子，才能徹底從生活上、心境上完全去除虛影浮像的干擾迷惑，終於練出這套『心劍』！」

古劍道：「妳早已練成心劍，為何妳我在竹林練劍那幾天，好像都……不怎麼靈光？」

郭綺雲欲語還休，過了一會才輕聲道：「即使學會了，也不是次次都靈，心情煩躁思緒紊亂之時，更難顯劍於心。」

古劍還待再問，但見她臉色微紅，不禁回想起那幾天與她練劍的光景，儘管三餐吃剩飯，卻覺得心中無比喜樂，如果她也是如此，還真使不出「心劍」！

古劍道：「原來如此！這幾天妳最好離我遠一點，不然我的『心劍』恐怕一輩子都學不成！」

郭綺雲更加羞紅，啐道：「走就走！我真瞎了眼，嫁了一個油嘴滑舌的夫君！」說完噗哧一笑，轉頭就走！

這玩笑還真有七分真，初享盛名之歡快，再加上新婚的甜喜，不免令他難以心境平和的專注習劍，儘管古劍在家鄉、在京城、在路途，一有閒暇便蒙住雙眼練得勤勉，但始終毫無進展，卻不意在挖掘地道時有所頓悟。

在一片漆黑的地道中，長劍一次又一次的刺入前方土石，隨著土石的崩落，每次都有變樣，必須用心去感覺出劍的方位，若有不正，不免有損劍傷手之虞。因此每一劍都得全神貫注，用心體會前方土壁的鬆硬與形狀。經由慢慢的摸索適應，出劍逐漸加快，到了後面幾天，幾乎不須細想便能精準找到最適的方位刺入，某次一顆半個頭大小的石塊從上方鬆落，古劍即時閃避，這時忽然意識到這次閃避，不靠眼耳，不靠觸感，而是一種說不出來的感應！

莫非這就是練心劍的「異感」？原來唯有接連數日的目不視物，方能完全適應黑暗，做到真正的以心感物，以靈運劍。

古劍大受鼓舞，把前方的土石當成身懷絕技的高手，用心感受它的變化，卻慢慢發現綺雲說得沒錯，這種神奇的感應，並不是想來就來次次都靈，甚至愈是刻意為之，愈是消逝無蹤！

畢竟才剛開始有了一點心得，這個樣子並不奇怪，只是沒料到才從地道出來就遇上了難得一見的日蝕，更不幸的是面對這等對手！

朱未央幼年曾與東瀛忍者學過夜戰之術，在暗夜中聽音辨位、聲東擊西之諸多技巧雖不如眼盲劍客，卻比一般人強過許多，是以當黑幕突罩，「卻亂劍法」威勢仍在，猶如群蜂狂舞般追迫著人，就在這種絕對劣勢之下，心劍斷續出現……

或許是初學乍練，或許信心還差了一些，這種感應總在千鈞一髮之際才浮印於心，在對手狂快詭變的劍招之下，有時不免慢了一些，古劍身上的血痕一道道的增加，到後來竟也不知疼痛！

反觀朱未央，原本以為一旦光影全無，對手應該過不了幾招！未料古劍卻是撐過一次又一次的強攻，頑強不倒！他愈殺愈毛！心中不禁嘀咕：「這哪像一個聾子？是人是鬼？還是『化身劍法』上了身……」拖得愈久愈讓他有暇胡思亂想：「這『化身劍法』在黑暗中已是如此勇悍，光來了豈非更加可怕！日蝕已近尾聲，不能再拖下去，我得用上絕招！」

往往愈想致人於死，自身露出的空門也愈大；就在這個時候，本來一直忙於守禦的古劍，腦海中忽爾閃過一絲靈光，長劍猛地直送，插入對手咽喉。

這一招既非「無常」亦非「化身」，而是簡單至極的一筆直刺，朱未央萬料不到一個聾子竟能在黑暗中將出劍的時機、方位抓得如此精準，他只露出這麼一點小小破綻，沒想到竟成致命的一擊！多少雄圖！多少算計！就在這看似平凡的一劍中消逝無蹤！

朱爾雅放下父親逐漸變冷的身軀，拾起他手中長劍直視古劍，滿是悲憤的眼神暗藏殺機！

天知道現在的古劍有多麼疲累！但他的眼神毫不示弱，雙腳更前跨一步！

天光漸亮，二人對峙良久，朱爾雅忽然抬起父親屍身，一劍斬斷馬索，跳上馬背揚塵而去！

古劍轉過頭來，裴問雪對著他露齒而笑，似在讚許：「了不起！」他撲將過去，但見摯友氣若游絲，地上一大灘血，心中沉重無比，哪有半點獲勝的喜悅？想說什麼，卻發現喉嚨又乾又緊，一個字也吐不出來，只能不斷點頭。現在的他精疲力竭，就連好好聽話都有些吃力。

裴問雪更是難以清楚咬字，只能用殘存的氣息，斷斷續續的說：「他的眼神如此……恐怕不會放過你……小心……千萬別管我……」

「都快要死了！還在幫我預想退路！」古劍心底又一陣難過，卻見裴問雪又道：「爾雅若殺不了你……恐會設法讓你身敗名裂……請你……無論如何都要……活下去……」

他終究沒能說完，僵在空中的臉還帶著安詳的笑容，再也不動！

第二十三章
沉冤

古劍只覺世事無常，直想大哭一場！但現在並非傷懷的時刻，想到朱爾雅充滿恨意的眼神，他知道裴問雪的意思是要他儘管逃命，連屍體都別理，但他實在做不到，強提精神，將屍首背負在背上，順著馬蹄痕跡急行數十步，忽覺天旋地轉，趕緊把問雪放下，才要起身，卻全身乏力氣虛腿軟，心想：「我若在此倒下！不知會昏睡到何時？如果朱爾雅或赤幫的人回來，豈不任人宰割！」

道上兩側長滿雜草，古劍掙扎著爬了數十丈，終於精疲力盡，倒地不起。

極度的疲累令他倒下，乾渴的喉嚨與飢餓的肚子卻不斷的拍搖著他，約莫過了一個半時辰，古劍又醒！「糟糕！怎麼在這個時候睡著呢？」趕緊回到路上，裴問雪的屍身已消失無蹤！「問雪啊！我連你的屍首都看不好！怎麼對得起您？」懊惱歸懊惱，仍得收攝心神提步再向前奔去，儘管疲累尚在，傷口的血還緩緩滴著，腳步卻不敢稍歇，沿著官道一路往南奔行十餘里，終於發現一間土屋。他知此刻的模樣嚇人，但飢渴難耐之下也顧不了這些，還是走了過去。

這土屋殘破得連門都不見，有人住嗎？古劍帶著疑惑踏入屋內，卻見一個婦人、五個小孩瑟縮在牆邊，個個衣衫單薄骨瘦如柴。本想要點冷飯剩菜，這下子不必多問，只道：「有水嗎？」

婦人讓大女兒舀了一瓢水來，古劍整瓢吞入，只覺得肚子咕嚕咕嚕的吵著，感覺更加飢餓！婦人道：「你也很久沒吃東西？」

古劍道：「附近有沒有客棧或是食堂？」

婦人搖頭道：「此處離京師還有四十里路。」

古劍道：「沿途都沒有住家嗎？」

婦人道：「再往南不遠處還有三戶人家，但去年苦旱今年蝗災，大家都一樣沒有餘糧。你再等等！我官人正去沙河驛借麵粉！」

古劍道：「驛站也可以借糧？」

婦人道：「只要你簽下借條，同意今年借一包麵粉，明年連本帶利歸還兩包，裡頭全是錦衣衛，不怕你不還。」

古劍道：「萬一還不出來呢？」

婦人不再說話，眼神掃了一下大女兒，這女孩看來不過十三、四歲，與母親四目相對，淚水忍不住決堤而出……

古劍嘆了一口氣，掏出一枚金葉子放地上，轉身離去。

來到沙河驛門前，才注意到掛在旗桿上的三角旗乃是錦衣衛的黑旗，正猶豫著是否真要敲門，大門卻霍然開啟，一匹馬正對著他疾衝而來，趕緊一個懶驢打滾驚險避過！藏在懷裡的金葉子卻掉了出來，趕忙撿起。而那馬兒亦受驚嚇，一個人立，馬上之人摔了下來！破口罵道：「你是聾子嗎！怎麼連個馬蹄聲也聽不到？」

古劍點頭道：「對不住！」

聽他這麼一說，那人怒氣稍減，道：「你來幹嘛？有消息賣嗎？」原來東廠驛站除了傳遞急信之外，也負責打探各方消息，甚至願意花錢購買有用的消息。

古劍確有重大消息，卻不想和這幫人有任何牽扯，道：「我餓了！想和你們要點冷饅頭。」

那人又罵道：「去去去！東廠驛站可不是什麼賒米賣酒的……」

話未說完，冒出來一個人打斷他的話說：「馬人龍！指揮使要咱們多親近百姓，有人肚子餓，別說幾顆饅頭，就算麵粉用完也得快馬買回來做！」說話的人是剛剛幫馬人龍開門的謝松，已瞧出古劍撿起的金葉子價值不菲，他職位雖低，但平日詭計多，頗受頭兒器重，所說的話連平日凶悍的百戶也不敢不聽。那謝松說完轉頭對著古劍笑道：「請隨我來吧！咱們頭兒可是遠近馳名的好客，鐵定歡迎您！」

古劍跟著他穿過廣場，走進一間大屋，這才發現裡面滿是身著錦衣的廠衛，有許多總旗、百戶，官階都不低，約莫五、六十人，廳堂正中坐著六個人，更清一色金黃長袍的千戶官服，這是什麼驛站？

本以為一個普通的驛站，了不起就一個百戶、幾個總旗和小兵，幾個饅頭就算要不到也不難離去，哪知會有這等場面？古劍暗自警惕，最好不要洩露身分，繼續若無其事的前行，然而走沒幾步，突然有人起身指著他喊道：「你是古劍嗎？」

認出他的人古劍素不相識，這並不奇怪，試劍大會萬餘名觀劍者全認得他。這段日子以來，江湖上最多人談的，便是「古劍」兩字，就算沒能親眼觀劍，聽人描述也多少略知其長相，此話一出，自然整個廳堂哄亂起來，人人起身拔劍將他圍在場中。

古劍不作否認，冷然道：「我只是肚子餓了，進來討口乾糧。」

一名年輕的千戶道：「從你身上的十三道劍傷看來，古大劍鉢似乎剛剛經歷一場惡鬥，身心俱疲，恐怕沒剩多少氣力！」

古劍搖頭道：「不對，再加上背上的四道劍痕，應該是十七道傷口，更何況此時又餓又累，如果你們一擁而上，我恐怕只能殺死一半。」嘴巴雖這麼說，其實心中忐忑，這個時候的古劍，恐怕連應付一、兩個千戶都十分吃力！但他說話時故意放慢語調，強作鎮定，雙目炯然，逐一掃視全場，在場之人無不暗自驚心！殺了他固能大大揚名，但你看我、我看他，誰也不願衝在前頭？

一個鷹鼻大嘴的千戶對著謝松使眼色道：「去叫伙房馬上準備幾道上好的酒菜。」

古劍搖頭道：「兩顆冷饅頭就好，盡快！」

饅頭很快送到，錦衣衛的蒙汗藥天下聞名，古劍小心翼翼剝去外皮再咬，一個滿臉髭鬚的千戶笑道：「連吃個饅頭也要如此小心，咱們錦衣衛的名聲當真如此不堪？」

古劍道：「素不相識，何來信任？」

謝松嘿嘿笑道：「幹咱們這一行的，通常不會隨便告訴別人姓名；但少俠不同，若不嫌煩，您不妨邊吃邊留意，在下十分樂意為您一一介紹眼前這六位鼎鼎有名的千戶大人！」

古劍一點也不想和這幫人有任何瓜葛，但各大門派均對江湖禮數十分重視，他自小接受這些諄諄教誨，深知拒絕別人的引介十分失禮，儘管對方是錦衣衛，這個「不必」兩字，始終沒能說出口。

但見謝松比著一個滿臉髭鬚的千戶道：「這位裘深志大人，您見他笑口常開，捲髮長髭，再加上一手『達摩長棍』舞得神驚鬼逃，一點也不負『笑面達摩』這個名號。」

古劍認識的江湖人物並不多，但殘幫一向視廠衛為死仇，有關狐知秋和十四千戶等人之相貌、性格、武功和種種「事蹟」，曾有人對他詳加解說。這個裘深志人稱「笑面虎」，表面看來慈善粗獷，其實心思細膩笑裡藏刀，兵器長棍看似殺機不重，但尾端暗藏利鉤，非把你挖出一大塊肉不可。

接著他又指向一個頗有文氣之人道：「這位是『玉面書生』杜長風大人，一看便知飽讀詩書，您或許不知，杜大人曾高中科舉，如今又精通十三種暗器，十丈之內，蟲鳥不飛，可說文武全才。」

這個杜長風確實出身書香門第，年紀輕輕已通過鄉試，正待赴京趕考求取功名之際，卻因父親在官場上得罪小人，全家一十三口在一個暗夜中被幾名刺客砍殺殆盡，只有他裝死僥倖逃過一劫，除了原本俊秀的臉龐多了一道深深的刀痕外，性格更是大變！自此他棄文習武，學成之後並未立即尋仇，而選擇進入錦衣衛，辦了幾件大案，不消幾年升上千戶之後，羅織了幾個大罪，將仇人全家一十七口全數抓進大牢，日夜折磨數年才陸續死淨。此人暗器全數餵毒，江湖人稱「疤面書生」。

謝松繼續引介，另外四人分別是：說話陰陽怪氣，善使兩把怪異長劍的「兩頭蛇」秦沖；掌法霸道中帶著詭異，長方臉笑起來一臉呆氣的「馬面」盧方雄；牙齒掉光，輕功高，長於暗殺的「無齒蝙蝠」葛天文，及年紀尚輕，外表看來卻是忠厚平凡的「毒郎君」傅安。

在謝松口中，每位千戶都是行俠仗義為民除害的大英雄，但古劍一句也沒信。他知論武功這六個千戶或許稍遜四大統領，但若在此時聯手起來也不好對付，沒有必要在這個時候招惹這班歹人，匆匆將兩顆饅頭吞進肚子，轉身欲走，忽然想到不該欠這群惡霸人情，便從衣袋裡掏出一枚金葉子放在桌上道：「就當作飯錢吧！」

六千戶見到金葉子無不臉色大變，傅安叫道：「別讓他走！」廳內之人全都拿出兵器，把古劍圍在中央，卻見那傅安問道：「這片金葉子是誰給你的？」

古劍道：「一位江湖前輩送給古某當盤纏。這裡還有三片，有何不妥？」

杜長風也從身上取出一片金葉子擲向古劍道：「這片金葉子與一般的金葉子有個不同之處？你沒留意嗎？」古劍仔細瞧了一眼，這才發現金葉子上有一個手指印，黃金本來就軟，在上面壓出凹痕不難；然而要把指紋印在上面，則非有極為霸道的指力不可，更難的是紋路清清楚楚，卻完全不見金葉子上有任何凹凸變形，放眼錦衣衛有此功力者，唯有狐知秋與副指揮使牟謙二人！古劍從口袋裡掏出另外三片金葉子，果然全都有指印，紋路完全一樣！

秦沖道：「金葉指印是指揮使狐大人獨有的信物，別人就算有此功力，按壓出來的指印也不同，錦衣衛百戶以上全都知道，見葉如見人，辦完事後，還須將金葉子親自送返，回報結果。八月二十六，咱六人分別收到指揮使的金葉子，要我們在九月初三齊聚沙河驛待命，一待十來天不見身影，卻沒人敢走。古少俠，請你務須告訴我們，到底發生何事？」

古劍終於知道，狐知秋給他這些金葉子，無非是想借他之口，盡速將其死訊傳出！思忖半晌，道：「他們都死了。」

話說完立即哄亂起來！「為什麼？」「是誰殺的？」「死在哪裡？」「我不信？誰殺得了狐頭兒？」「莫非是赤幫的頭子紫微星？」「你可知紫微星是誰？」

眾人你一言我一句，古劍一雙眼睛哪來得及看，但不用瞧也大致猜得出來，道：「狐前輩與金克成等人死在一個你們去不了的地方，害死他的人是誰，我不能說。」

盧方雄往前一步道：「為什麼？」這個人本就一臉醜樣，再加上咄咄逼人的神情，更顯凶惡！

古劍不為所動，語調平緩道：「那是我和他的江湖恩怨，無須他人插手！就算各位知道了，少了狐前輩，你們當真有本事和決心復仇？」

錦衣衛都知赤幫之可怕，狐知秋曾酒後戲言：「如果有一天我被人莫名其妙的殺了！若非暗算，必是赤幫首領紫微星所為！」少了五大高手的錦衣衛，這個時候想用江湖慣例找赤幫武鬥尋仇，可說毫無勝算；但若發動大軍剿攻，對方耳目眾多，豈有不察之理？剿了一個空殼子，惹火百劍門或赤幫，這幫領頭千戶的項上人頭，恐怕很難保住！再說錦衣衛中當真心存恩義的有幾人？狐知秋生前待人嚴苛，對下屬不假辭色，聽到他的死訊表面上人人哀戚，其實暗自竊喜的不在少數！願意冒著生命危險替他報仇的更是少之又少，只是在這種場合，不得不裝腔作勢一番。六名千戶你瞧我，我瞧他，心中各懷鬼胎，盤算的卻是該怎麼搶下四大統領留下來的肥缺！

古劍見無人攔阻，轉身意欲離去，才走兩步忽見大門開啟，進來一個精壯漢子，看來約莫五十來歲，外表平凡無奇，一雙眸子卻是精光四射，眾廠衛一見此人，個個起身肅立，低頭拜道：「同知大人安好！」立刻有人向他報告狐知秋的死訊，只見那人眉頭一皺，卻不見憂喜，對著古劍問道：「你就是古劍？」

古劍反問：「你是誰？」

那人答道：「牟謙。」

古劍嚇了一跳，想起韓翠曾說：「指揮同知，在錦衣衛中一人之下萬人之上，也可說是副指揮使，一般設有兩個職缺；但因現在這個牟謙，無論功績、武藝及統御能力均較四大統領高出太多，無人可與之相提並論，是以另一位同知懸缺數年，未能補實；但因此人向來行事隱密，不似四大統領處處招搖，且當今皇帝怕人行刺，經常要他護衛，因此江湖上與他接觸過的人不多，究竟本領如何更少有人知！只聽說無論統領、千戶，都對他十分畏懼！即便是狐知秋本人，也要敬他三分。」

牟謙又問：「你身上的傷口是朱未央劃的？」

古劍道：「是。」

牟謙道：「他也死在你手裡？」

古劍驚道：「你怎麼知道？」

牟謙道：「赤幫可以在錦衣衛安排奸細，我們就不能在百劍門中放幾個人嗎？話說回來，你竟能憑一己之力殺死朱未央，傳揚出去，又是轟動江湖的一件大事！」

古劍道：「僥倖刺中一劍，算不了什麼。」

牟謙卻道：「僥倖也要有七分本事！難怪試劍之後指揮使對你極為稱許，曾說『無常劍法』若發揮得宜，可以打敗任何高手！」

聽了這番褒美，此刻的古劍卻沒辦法高興起來，說道：「過獎！我可以走了嗎？」

牟謙似無放人之意，說道：「我接到消息快馬趕來，沿途看見不少江湖人士神色憤然，正往此處快步行來！你可知現在驛站外鬧哄哄的，已有數十人聚集，嚷著要替朱未央報仇！朱爾雅還說了許多對你不利的話，恐怕你走得出此門，卻回不到家！」

古劍早知朱爾雅不會輕易放過自己，卻沒料到這麼快就找來了！打從替狐知秋澄清血洗楊家之嫌疑開始，江湖上便陸續有傳聞說我與廠衛關係匪淺，才會替他們開脫；如今待在這聚集一堆錦衣衛頭子的地方，豈不跳到黃河也說不清？

想到這裡，古劍心中更急！說道：「那我更要出去！」

牟謙搖頭道：「以你現下這個樣子，應付得了那些人嗎？」

古劍搖頭：「你有更好的法子嗎？」

牟謙道：「只有一個辦法。」

古劍道：「請說。」

牟謙道：「加入錦衣衛。」

古劍一口回絕：「不可能！」

牟謙道：「別急著拒絕。只要你肯加入，可補一個指揮同知的缺，所有錦衣衛隨你調度，無論莫愁莊還是百劍門，看見你身穿飛魚服，都拿你莫可奈何！」

古劍道：「不要！」

牟謙道：「狐頭兒過世，這錦衣衛指揮使之缺，除了牟某之外，恐怕沒什麼人敢接！再老實告訴你，老夫也已年過五旬，早盤算再過個幾年便要解甲歸田，以你的本事，只要好好幹，這指揮使的位子早晚跑不掉！」

古劍依舊答道：「不要！」

牟謙道：「你也該見識過赤幫的手段！得罪這票人，恐怕連遠在四川的古家還有殘幫均十分凶險，不靠錦衣衛，你一個人護得了他們嗎？」

古劍道：「你們為何非要我不可？」

牟謙道：「因為你是文武雙全的上上之才，如今錦衣衛一口氣折損五大高手，應付赤幫十分吃力，我非常需要一個得力助手。」

古劍道：「尊駕未免太高估古某，在下只是劍法略高，論文才可是完全談不上。」

卻見牟謙搖頭道：「我所說的文才並非指書呆子作文章，而是臨危不亂的智慧及堅毅冷靜的性格，我聽過狐頭兒和劉易風他們談起你，再加上今日之觀察，幾可確定，你就是我們所要之人。」

古劍對此人印象不差，對他如此看重自己亦非全無感覺，然而想到外頭對於錦衣衛種種不堪的傳聞，寧可一死，也不能依附在他們的保護下苟且偷生！於是又說了一次：「不要！」

牟謙道：「你不怕走不出去？」

古劍搖著頭，開始邁步逕自往大門走去！這時有兩名千戶欲上前攔阻，卻見牟謙張開雙臂，示意眾人讓開一條路。

大門推開，古劍仍不免倏然一驚！但見門外黑壓壓數十來人，個個手持長劍，對著自己怒目相向！人群之中，至少有五、六個百劍門的劍主，各帶數人，不是劍缽就是各劍門中的高手，臂上全紮著一條白布，那是北方武林人士對死者表示哀悼之意，短短幾個時辰，朱未央與裴家父子的死訊，竟已傳遍整個京城！牟謙所言不虛，莫愁莊眼線遍布，找人抓人比官府還快！如今古劍在眾目睽睽之下走出廠衛驛站，若要說彼此之間毫無干係，只怕無人肯信！

領頭的中年漢子目光如電，卻是幻劍門劍主李輕舟，神情悲憤指著古劍道：「你說！百劍門究竟什麼地方對不起你？為何要下此毒手？」

古劍道：「我下什麼毒手？還請前輩說個清楚！」

李輕舟道：「好！就讓我們對質清楚，有什麼話，你不想說就別說；否則，可別有半句虛假！」

古劍道：「隨你問，在下本非擅長說謊之人。」

李輕舟道：「很好！你告訴我，莫愁莊朱門主是死在你的劍下嗎？」

古劍心中一驚，隱隱約約覺得對方問話似有玄機，但他自小誠實，稍稍猶豫一下，點頭稱是。話一說出，全場譁然！有的人憤恨難平，提劍就要往前衝殺，卻被身旁一些老成之人給拉住。

李輕舟又問：「你是否曾和狐知秋聯手殺人！」

這回古劍學精了些，心知若不解釋個明白恐怕永難翻身，說道：「我們中了陷阱，若不聯手殺死……」

「若不幫廠衛除去朱、裴兩家的人，你的高官厚祿、榮華富貴就沒啦！」李輕舟聲色俱厲打斷後面的話，竟不讓他說下去！

古劍急道：「你聽我說……」

李輕舟又再插嘴道：「不用說了！朱公子逃出重圍，道出一切實情！才知你表面仁義，其實早和廠衛一丘之貉，難怪太白山上白鶴莊和縉雲山莊兩家血案，明明是廠衛幹的，你卻一勁幫他們開脫！」

古劍道：「那是兩碼子事！」

李輕舟道：「是嗎？那你可否再回答我，你和狐九敗，究竟是什麼關係？」

古劍道：「狐前輩對我有恩，若非他老人家指引，在下學不成『無常劍法』。」

李輕舟道：「史無涯呢？」

古劍愣了愣，他熟識阿誨，與史無涯只有一面之緣，但阿誨就是史無涯，能說我不熟嗎？

李輕舟見他半晌未答，冷笑道：「這個問題要想這麼久嗎？我瞧你不但熟識此人，為了贏得試劍，還跟他學了『化身劍法』，只可惜他只會舞劍不會教劍，你只能學到七分像，若非狐九敗或狐知秋兄弟從旁指點，你那所謂的『無常劍法』難成大器！」

說到這裡古劍幾乎可以確定，這李輕舟必是莫愁莊的同路人，該挖什麼陷阱讓人掉入，早就編撰得天衣無縫！說道：「朱爾雅本人在哪？這些話是他教你說的嗎？為何不敢親自前來對質？」

李輕舟道：「還敢提他？若非你突施暗算，朱少俠又怎會身受重傷，躺在病榻上！」

古劍心裡起了一絲狐疑，總覺得朱爾雅的傷勢並不嚴重，直搖頭道：「他傷在裴少俠劍下，與我無關。」

誰都知道，朱爾雅與裴問雪二人情同手足，又怎會反目成仇？此話一出有人大笑，更有人義憤填膺破口大罵：「你做盡壞事，還想汙衊死者！」

這言語交鋒似乎比試劍還難，古劍只覺得愈說誤會愈大，深吸一口氣，問道：「李門主，你能否告訴我，朱公子對你們說些什麼？」

李輕舟道：「你自己做過的骯髒事，難道全給忘記？好！為了讓你心服口服，咱們就在這裡說個明白，也好讓在場的七個劍門及京畿一帶的武林朋友做個見證！看看這個人心有多黑？臉皮有多厚？請問古……『大俠』，最早呼朋引伴，說要同去剷除淨幫十三鷹的人，是不是閣下你？」他刻意把大俠兩字拉高拉長，譏諷之意甚為明顯。

古劍道：「確實是古某，但請別再叫什麼大俠！」當初的確是他帶著羅萬鈞進入四大劍門的晚宴中，並力陳要剿滅十三鷹。

「你也知道不配！」李輕舟續道：「你們查到淨幫的鷹頭們每年都會在沙嶺的祕洞中

練劍……」

古劍道：「沙嶺是什麼地方？」

李輕舟道：「明明就是你布的局，何必假裝不知？那個地方再往西十餘里便是天壽山皇陵所在，任何人擅闖，可是滿門抄斬的死罪！」

古劍原想糾正，但轉念一想對方說得不無道理，潛入皇陵無疑是天大的罪，如若傳至朝廷，凡進去之人，恐怕都脫不了干係！豈能為了自己一點冤屈，害得古家與裴家十來口人，全都活不成！

李輕舟續道：「你們打算先在祕洞埋伏，靜待十三鷹全數進洞後一併誅殺，對吧？」

古劍點頭。

李輕舟續道：「沒想到一封密函把裴盟主與朱莊主也騙了過去！這密函說：『錦衣衛指揮使狐知秋帶著三大統領也進入祕洞，準備擒殺三大劍缽。』兩位門主匆匆趕到時，雙方已是劍拔弩張，一觸即發。

「本來你們三位劍缽對上錦衣衛加上十三鷹已算勢均力敵有得一搏，若再加上兩位大門主，理當穩操勝券，哪知你這個外表忠厚、內心陰毒的傢伙，竟將手中長劍，無聲無息從裴盟主的背後刺入，一劍穿心！」他愈說愈是激昂，身旁的人或多或少聽過轉述，聽到此處，仍不免憤恨難平，對著古劍破口大罵！

事已至此，古劍反倒冷靜異常，不笑也不氣，問道：「請問密函是誰發的？」

李輕舟道：「不是你便是狐知秋，這有什麼差別？你們想一網打盡兩大劍門，狐知秋除去心頭大患；而你靠著那一套專走偏鋒的『無常劍法』，僥倖得與朱、裴兩位劍缽並列第一，明年的嵩山二次試劍，『無常劍法』不再新鮮，恐為兩家劍門所鑽研破解。若欲保住金劍，最穩當的法子，便是將另兩位劍缽一舉除去，遂與狐知秋一拍即合，弄出如此毒計！」

古劍道：「如果我們布局得如此完美，事情應該十分順利，但您可知祕洞一戰，錦衣衛與十三鷹死傷殆盡？」

李輕舟道：「當然曉得，朱公子雖身受重傷，仍把事情原委全說明白。否則我們又怎會來此截你！」

古劍道：「若如你所言，我變成他們那一方的人，十八個人對付三個人，強弱立換，怎麼還會落得如此慘烈？」

李輕舟道：「你百密一疏，不知莫愁莊朱家父子都曾練過耳力，聽聲辨位的本事強過常人。就在那個時候，朱公子擲出兩把銅錢，把祕洞裡的燭火全數打黑，在一片漆黑中敵我難分，人數優勢蕩然無存，廠衛和十三鷹有的自相殘殺，有的死在善於夜戰的朱莊主及爾雅公子手裡，如此一來，情勢再度逆轉！

「而你這個貪生怕死的小人，一看苗頭不對竟趁黑開溜，摸到洞口，點燃預先埋下的引信，就在三位英雄即將殺盡錦衣衛眾首領及十三鷹之際，轟的一聲，洞口坍塌堵住出口！」

古劍一臉的不以為然，問道：「那沙嶺的洞口在哪，能帶我去嗎？」

李輕舟搖頭道：「這個問題豈不可笑！那場殺戮只有你與朱公子兩人生還，如今他身負重傷，若現在就要看，只有靠閣下良心發現，帶我等前去收屍！」

古劍笑道：「他的傷比古某輕微，怎麼不去請來？」

李輕舟怒道：「你還在裝什麼蒜？難道不知朱公子中了你的毒粉加上暗劍，正躺在床上療養，沒個三兩天下不來！」

古劍問道：「什麼毒粉？」

李輕舟道：「你的火藥摻毒，吸入之後內力全消，洞口被巨石堵住，花了三天三夜才挖掘出一條活路，此時疲累飢渴已達巔峰，內力恢復不到一成，你卻以逸待勞等在外頭，一見三位英雄出現便追殺，砍至二死一傷！」他說完又是一陣怒罵，許多人對此事已略有耳聞，但如今聽得詳細，又見古劍仍欲狡辯脫罪，心中更添憎惡！

古劍心中一片冰涼，朱爾雅這番說詞天衣無縫；而能幫自己證明清白之人，不是死亡，便是提早離去，即使全都找來，阿誨說話沒人信，向大俠恨我，狐前輩連自己的冤屈都懶得解釋，還能幫上什麼忙？

為今之計，只能設法找出漏洞，攻破其謊言！又問道：「你說我是錦衣衛同知，怎麼沒找幾個千戶做幫手？」

李輕舟道：「你以為他們內力全失，十個加起來也不是對手，不如獨攬全功，只騎一匹快馬便去殺人。」

古劍道：「既然如此，為何我身上會有這麼多道劍傷？」說著拉開上衣，讓人瞧個仔細！心想：「這回看你怎麼圓說下去！」

卻見李輕舟不疾不徐的道：「朱莊主他們沒有內力，劍法威力難以施展，本事不到平日的兩成，自然不是你的對手。三人互相催促對方逃走，卻都不肯獨自離去！或許你早算準了這些，才敢單槍匹馬前來殺人！」古劍沒說什麼但不住搖頭。

李輕舟續道：「或許是天意！就在險象環生之際，竟然發生了日蝕！這不見天日的時間雖然不久，對你這個聾子卻是大大的不利！三人趁黑大膽進擊，確實刺中不少劍，可惜內力不足，沒有一招能深入肌骨，仍讓你拖過全蝕！等到陽光開始露臉，你殺得更狂，三人都受了傷，朱門主喝令兩位劍缽快逃，直撲到你身上，被你一劍刺穿咽喉，卻仍死抱著你的腿不放……」

這番說詞早經朱爾雅反覆推敲，天衣無縫，古劍愈聽下去心底寒意愈深，此時終於明白，原來朱爾雅佯裝傷重，便是想爭取時間處理屍首。先解完地道的毒，派四傻等人將遺體搬運至沙嶺的山洞，炸毀洞口，待一切布置妥當，再帶人認屍，天衣無縫。

但見李輕舟長嘆一聲，又道：「兩位少俠怎肯偷生，不約而同衝將過去，朱公子先到，卻因手臂已傷，被你一劍震飛長劍，晚一步的裘公子卻被你一劍刺入心窩！他用盡僅存的一點真氣，緊緊抓住劍身大叫：『快跑，留下性命好揭穿這個禽獸的真面目！』朱公子不得不……」說到後來語音哽咽，再也說不下去，旁聽人眾，更是涕泗縱橫！

有人大叫：「還哭什麼！江湖敗類就在眼前，是漢子的，就跟俺一併殺上去！」話說完眾人拔出刀劍，就要殺來！

「且慢！」短短兩個字，卻震得眾人耳朵嗡嗡嚶嚶，卻見古劍後方大門再次打開，六位千戶一字排開，一個冷峭嚴峻、深邃莫測的中年漢子走出來，不等眾人相詢，先道：「在下牟謙。」

牟謙多數時間留在皇城守護，再加上他生性低調不愛拋頭露面，即使現場的人十之八九常在京城，也少有人親眼見過，就算曾有一面之緣，也不相識！但往往愈是神祕名氣愈大，錦衣衛同知牟謙之名，京城一帶鮮有人不知！如今見此氣勢，只見臺下一片轟然，卻無人懷疑。

靜待眾人噪響稍竭，牟謙續道：「朱爾雅真不簡單，能在短短時間將此故事編得如此天衣無縫，聽得出來其中蹊蹺的，大概也只有牟某等少數幾人，偏偏我們說破了嘴，你們也不肯信。但是……」說到這裡稍停一會，直指著眾人道：「你們應該知道，只要踏上這石階一步，便是違背諾約！」

這第一批趕到的人，除了幾個躬逢其盛者外，多屬京畿一代的百劍門人，自然清楚他所說的諾約便是「什剎海之諾」：「凡百劍門人，若非有充足證據，不得進入任何衛所。」雖然說當初立下承諾的五人已死了三個，但無論如何，承諾依然有效，若不遵照，不但背信，更將引發百劍門與廠衛間難以收拾的衝突！

卻見李輕舟連連搖頭道：「方才所說的話，牟大人與幾位千戶隔著一道牆，是否都聽到了？」

牟謙道：「素聞『迷離幻劍』李輕舟劍法迷幻，說話卻是清晰洪亮，我等並未摀住雙耳，恐怕一字一句，全聽了進去！」

李輕舟道：「那就應該十分清楚，殺死裴盟主父子和朱莊主之人，確確實實是這個禽獸！」

牟謙兩手一攤，道：「是嗎？證據在哪裡？」

不等李輕舟開口，身旁水月劍門的黃雲鵠忍不住罵道：「他自己親口承認殺了朱莊主，還會有假嗎？」

牟謙轉身詢問：「裴盟主父子是你殺的嗎？」

古劍搖頭否認。

牟謙又問：「你為何要殺朱莊主？」

古劍道：「我和問雪逃了出來，卻被朱家父子追殺，鬥至一半，正巧發生日蝕，問雪不幸死在朱爾雅劍下，我則刺中……」話未說完，早已引來一陣叫罵，都道他滿口胡言，強詞奪理！

牟謙高舉雙手，示意眾人停止叫罵。此人不愧是錦衣衛中數一數二的大人物，舉手投足自有其威嚴，百劍門這邊竟都乖乖的安靜下來，只有李輕舟開口問道：「不知牟大人是否有到過太白山上觀劍？」

牟謙道：「說來遺憾！本座必須盡忠職守護衛皇城而無緣觀劍，事後耳聞其精彩過程，不免欣羨神往！」

李輕舟道：「那就該知道裴、朱、古三大劍缽試劍時雖互有勝負，其實劍法都在伯仲之間，誰也不敢說誰強過了誰。」

牟謙道：「你是不是想告訴我，朱未央多了二十年的功力，要明顯強過他兒子。」

李輕舟道：「正是，除非這小子又吃了什麼靈丹妙藥，或是又練了什麼驚世劍譜，在短短一個多月中劍法大進；否則要打敗朱莊主，難上加難！」

古劍本想說出他以「心劍」刺中朱未央之情形，但轉念一想，此事對一般人而言太過玄奇，說出來也沒什麼人會信；再說他劍法初成，若非萬分危急，多半不靈，反倒讓人笑話，想到這裡，又把嘴邊的話給吞了回去！

卻見牟謙道：「生死鬥劍，其中變數萬千，彼此的功夫若非天差地遠，也要看天時、地利以及當時雙方的身心狀態來論勝負，劍術高者贏面雖大，但也有閃失的時候。就拿本座而言，論劍法確實不如狐指揮使，但若有機會討教，十場或能偷得一二勝。古劍身上十幾道傷痕，若是試劍早已敗北，但生死拚搏倒下為止，最後的結果憑本事也靠運氣，雖然有些意外，但並非絕不可能！」

卻見李輕舟道：「但閣下方才恐怕沒聽仔細，這人魔說他是在日蝕發生之時刺中朱莊主，別忘了他是個聾子，那時候有如暗夜，如果聽不到聲音，再強的劍法也無用武之地；而朱莊主聽風辨器的本領絕不遜於在下，又怎麼會輸？」

黃雲鵠道：「莫愁莊仗劍行俠近百年，江湖上無人不誇，這等名聲豈是一個剛冒出頭的邪劍小子可比？難道你認為朱公子會說假話？」

牟謙道：「我知道說了你們也不肯信，但錦衣衛調查莫愁莊數十年，真假善惡，恐怕比你們清楚；若是你們所知與我一般多，嘿嘿……恐怕也會對於此事的真偽，有所懷疑。」

這番話自然引起場中不小騷動，都說錦衣衛早視莫愁莊為眼中釘，不找機會挑撥離間才奇怪！黃雲鵠怒道：「身為錦衣衛首領，說話可不能憑空捏造！莫愁莊如何偽善，倒要請你說個明白！」

牟謙露出一臉神祕的微笑，說道：「只怕說了出來，江湖上又將掀起一場腥風血雨，永無寧日。」

他話中之意，有人聽懂一半，多數人聽得莫名其妙，李輕舟卻是少數能理解之人，但見他臉色微變，冷笑一聲道：「你若定要維護於他，自然什麼話也說得出來！聽說古劍早入了錦衣衛，正是另一個懸缺多年的指揮同知，與你一明一暗，分別為指揮使狐知秋的左右手。這等江湖傳言，李某原本嗤之以鼻，如今卻是不得不信！」

他愈說愈離譜，古劍忍不住道：「你說在下早入廠衛，可知我曾與四大統領做生死惡鬥？」

李輕舟道：「你說的是在樂山大佛上的那場比試嗎？其實早在你打敗魏宏風之後，那場比試的經過，很快便錦上添花的在太白山上傳揚開來。聽說表演得十分精彩，只是我萬分不解，既然彼此有所過節，你怎麼還敢單槍匹馬到山洞裡密會錦衣衛？又為何要在楊家血案後開口為狐知秋開脫，卻不肯說出當時在祕洞中談些什麼？」

聽到這裡，牟謙大笑一聲，轉身對著古劍道：「古劍啊古劍！面對武林中最大神祕組織所精心安排的圈套，你就算說破了嘴也講不清！江湖雖大，已無你立足之地，何不就此加入本衛？」

古劍道：「我無意入廠衛。」

牟謙道：「你再想清楚！若不肯跟我進入這道門，什剎海之諾只能保你在這屋簷底下沒事，可沒辦法讓你走出去？」

古劍依舊搖頭道：「生死由命！無須閣下掛心！」

牟謙道：「你沒辦法活下去，這份冤屈就沒有昭雪的一天，遠在四川的父母、妻子也跟著你變成了武林公敵，免不了遭人唾棄、辱罵，甚至慘遭橫禍，難道你也不在乎？」

秦沖道：「只要您入了本衛，我們立即飛鴿傳書至成都龍泉驛，請駐所千戶親領數百錦衣衛一路護送至京城。單憑您的薪俸，就足以讓全家衣食無虞！」

古劍當然在意，但他十分清楚，今日一旦再走進驛站大門，他將立即變成人人憎惡的錦衣衛，這個冤屈豈不更難申解？再說以爺爺的個性，寧可死於非命，也不願見到子孫做出羞辱門風之事！說道：「要他們躲到京城，在廠衛的庇蔭下苟且偷生，絕無可能！」這回語氣更顯堅定，又對著李輕舟說：「李莊主，請您回去轉告朱爾雅：『我仍當他是個君子，有什麼深仇大恨，全算在我一人身上，別牽連無辜！』」

李輕舟冷哼一聲道：「現在後悔恐怕為時已晚！朱公子或許寬宏大量，卻可管不住天下武林任俠之士義憤之心！」

牟謙道：「錦衣衛掌『直駕侍衛、巡查緝捕』，你若不願巡查緝捕，可留在皇上身邊。天子安危牽動天下安危，護衛聖駕保全家人，不但盡忠盡孝不違仁義，更可遠離江湖是非，有何不可？」看著古劍狐疑的眼神，牟謙又說：「深宮內院絕非常人能入，牟某在宮中一待十餘年，江湖中人或許曾聽過牟某姓名，但看過本人面目者可說少之又少，更別說尋仇鬥劍。而你如今四面楚歌的處境，暫避於深宮大內之中，恐怕是唯一的辦法！」

古劍看著牟謙緩緩道：「古某一時飢餓難耐，為了一點食物步入此門已是不宜，豈能一錯再錯！」這話說得稍重，站在牟謙身後的幾名千戶臉色都不太好看。

杜長風輕搖摺扇道：「同知大人愛才，對你百般遷就；可你這小子也未免太不知好歹，聽你話中之意，難道進了錦衣衛，便是天大的恥辱？」

古劍道：「錦衣衛這些年來到底做了些什麼事，你們應該比我清楚！今日若為了苟且偷生加入廠衛，日後耳濡目染，難保不會跟著你們幹一些傷天害理的勾當，將如何面……」

話未說完，幾名千戶人人臉色大變，盧方雄大聲喝斷，往前就要出手，卻被牟謙拉回，笑道：「你想死在我們手上以換取清白，可是牟某愛才，仍捨不得殺你！再說你的顧慮也非全無根據，這幾年來咱們確實有些事做得魯莽，正需要你來幫忙約束。反正以你現在的景況，也很難衝殺出去，不妨留在這簷下仔細琢磨。想通了，敲敲木門，馬上有人開門接應。」說完率眾走入驛站。

走了幾步，卻聽李輕舟拍手笑道：「各位演技精湛，李某萬分佩服！」不少人跟著訕笑，牟謙一個回頭，眼神精光四射，眾人不約而同收起笑臉，頓時鴉雀無聲！李輕舟冷不防打了一個寒顫，思道：「儘管失去了狐知秋和四大統領，但只要這號人物還在，仍不能小覷錦衣衛！」

大門還沒合上，長劍已紛紛出鞘，百劍門中無人不想為朱、裴兩家報仇；然而這幾家劍門都在京城一帶各有家業，不免對錦衣衛頭子多了一分顧忌，雖將古劍團團圍住，卻無人敢率先衝入簷下殺人。

幻劍門的劍缽李鳴幽道：「不久前你還在太白山上威風八面，怎麼現在如此窩囊！得靠著錦衣衛的保護苟且偷生？」

城南鏢局的劍缽趙峰跟著罵道：「大丈夫敢做敢當！你若當自己還是個好漢，何不憑本事衝殺出去？」

眾人七嘴八舌或罵或譏，自然是想激他下來。

古劍何嘗沒有想過？但眼見包圍的人愈來愈多，無一庸手，以他現在疲憊不堪的身心，想要突圍機會極小；就算殺出一道缺口，亦難擺脫眾人追擊！若想活命，出手決不能保留，死傷必重。如此一來即使有沉冤昭雪的一天，與百劍門的結將永無解開之日！

或許要感謝早年曾遭無數次的羞辱嘲弄，如今的千夫所指雖不好受，卻還不到無法容忍的程度！任憑這些人說得如何不堪，古劍就是不肯移步，到後來索性雙眼微閉，盤膝而坐；這又要感謝當年害他耳聾的邱廣平，只要移開視線，任何謾罵譏諷，都可充耳不聞！

未料才坐下不久，一口濃痰飛來打在臉頰，吐痰之人是個烏眉灶眼筋節強悍的中年漢子，手持大刀嘻嘻笑道：「是你老子吐的！怎樣？過來殺我呀！」古劍瞪著他，還沒拭去，卻見濃痰、口水齊飛，紛紛朝著自己身上、臉上打來！他沒生氣，只是打從心底湧起一股悲涼之感，索性不遮不躲！

眾人吐了好一陣子，見他始終盤坐不動，那吐出第一口濃痰之人又按捺不住，竟跳上來對著古劍說道：「俺乃齊天劍門齊剛，想和你討教幾招『無常劍法』，可先說好，咱們點到為止，你若蓄意殺人，下面全是俺百劍門的好朋友，決不放你好過！」說畢也不管人家是否同意，挺劍朝著古劍胸口直刺！

這齊剛原籍山東，在家鄉開了一間打鐵鋪，練得一手快劍和硬氣功，參加大洪山試劍得第一百名，十六年前母親染上怪病，連找了幾個縣城的郎中都束手無策，聽說京師有許多醫術高明的大夫，於是賣了田產，背著親娘跋山涉水而來，但因人生地疏，很快盤纏用盡，病卻沒能痊癒，為了掙錢治病，上街賣藝、當苦力、幫人倒糞等等，什麼都肯做！

他初來乍到，人地生疏，心想百劍一家，既然來到京城，理應主動拜訪其他的劍門，若有什麼事，也不致孤立無援；然而一來排名差距懸殊，二來他所從事盡是一般人眼中卑賤的活兒，京城附近的劍門頗為輕看，不是冷言冷語，便是避不見面，吃了幾次閉門羹後，便認為京城劍門個個勢利，胭脂胡同也不去了！

他個性耿直，一次路見不平，挺身而出，卻得罪了一名高官子弟，對方找了幾名高手報仇，正自危急，剛巧裴友琴路過，不但出手解危，也主動邀請齊剛回家做客。這才發現，這位百劍門金劍得主，竟毫無架子！兩人相談甚歡，裴友琴得知齊剛所遭遇之種種困難，先請御醫幫齊母治病，再助他盤下一間鐵鋪。

這兩人分據百劍門頭尾兩端，十多年來，卻一直相交甚篤，裴友琴從不計較對方出身排名，始終以朋友相待；就連雙方的兒子裴問雪與齊烈，也是自小稱兄道弟。然而由於京城另五家劍門與齊家一直不對盤，是以裴家父子之死，竟未派人知會！齊剛輾轉得知，已跟不上第一批聲討人群，但其悲憤仇慨之心，遠勝場中任何人！裴友琴是他的朋友，更是他最崇敬的恩人！哪怕是犧牲性命，這個仇也是非報不可！

此人看似衝動，其實粗中有細，心知光憑自己的武功修為決計討不到任何便宜，但若能在眾目睽睽之下死在古劍之手，百劍門人便可藉口替他報仇堂而皇之的圍殺古劍。雖說切磋劍法，其實每一招都在搏命！

古家、齊家原本都屬螭紋劍門，在太白山時頗有交情，齊剛逢人便說這段往事，古劍很清楚此人乃裴家重情重義的好友，叫他如何下得了重手？只能緊守不攻，不斷解釋，再三說明自己確無殺害裴友琴父子之實！但正自悲憤莫名的齊剛哪能聽進半句？不發一語招招狠絕，就是要逼你還手殺我！

這沙河驛位處京城和明陵必經之處，常有皇親、太監或大官在此換轎改騎，這些人多半騎術不精，上馬、下馬是個麻煩，於是把大門外屋簷延伸，做一個九尺見方的涼亭，平臺高約尺半，便於上下馬身，稱為「下馬亭」，比起一般擂臺小了許多，進退趨避受到限制，古劍閃躲不易又不能攻，只能一劍一劍的擋，但齊剛打鐵二十餘年，臂力絕非一般，此時的古劍又不如平常，沒多久便覺虎口發麻，倍感吃力！在激戰中抓住一個機會，順勢推了一把，這齊剛招招全力施為，稍一使力便重心不穩，跌落臺階。

古劍道：「齊伯伯，情非得已，還請您……」齊剛大叫一聲，不等他說完又跳了上來，劈刺斬削勁勢猛急，對他而言，這不是比武擂臺，而是生死搏命，倒下方休！

如此狂攻不守，破綻自然多，但無論被推下幾次，齊剛旋即躍回再打，硬是不讓仇人多所喘息！古劍試了幾次，愈來愈不忍出手，猶豫中對手突使一記妙招，長劍朝著胸口疾刺而來，這回擋架不及，上身急傾避開！

齊剛本以為這招就要得手，沒料到仇人閃得如此巧妙，收勢不住，一劍插入大門，正欲拔起再戰，忽覺一股強力在他胸口一按，往後直飛丈許，落地之處正是他兒子齊烈站立之處，輕輕接住，站穩後抄了兒子身上佩劍，上前再戰，跨了兩步，忽覺四肢無力，握劍不住！古劍終究動了手腳，這點穴手法授自於狐九敗，一般人無從解起。

齊烈將父親交給旁人，怒道：「你這個狂魔！到底對俺爹做了什麼？」說著拔劍跳上平臺，一陣狂斫！

古劍邊擋邊道：「你爹沒事！一個時辰內定可回復如常……」齊烈也是裴問雪的好友，其悲憤不亞於齊剛，也隨時準備犧牲性命，不管古劍做了什麼都難以化解這種怨氣！但見他一招一式依然狂烈狠絕，只是這回學精了些，不再對著大門直刺。

齊家的劍本來就重，他年少力強，狂舞之下更是虎虎生風，這回打定主意：「殺不死你也要累死你！」每一招都傾盡全力，攻向對手必接之處，絕不讓他喘息！

古劍解釋幾句，發現對方全不搭理，這回不再多說，仔細尋找破綻之處，交劍十餘次，逮到對手一個招式用老，略施巧勁，齊烈的長劍不由自主的受到牽引，「噗」的一聲，重重刺入大門！緊接著胸口被拍了一掌，向後直飛墜地，落在父親身旁，亦覺四肢酸麻，長劍落地，一臉懊惱！旁人關心問了幾句，齊烈道：「別管我！諒他不敢傷人，大夥輪番上！」

不等他說完，又有人跳上平臺，拔劍就攻，這回是水月山莊的劍缽黃棋然，雖然試劍大會已過，但能和三大劍缽之一過招，無論輸贏，都是千載難逢的經歷！輸了不算丟臉，還能換得一世俠名，若能得手一招半式，更是大大露臉！看了兩個人沒事，他膽子一壯便率先衝上前去。此人並無急切的報仇之心，使劍中規中矩，反倒比較麻煩，古劍花了一番功夫，才將他的長劍留下。

但自此之後挑戰者絡繹不絕，劍缽比完還有劍主以及其他的人，殺退一批又來了兩批，只見空地上的人愈來愈多，恐怕三天三夜也比不完！古劍也不知自己還能撐多久，心中隱隱盼望能有奇蹟出現……

時間一點一滴過去，夜幕逐漸低垂，牟謙怕古劍吃虧，早早叫人點起十餘盞燈籠高掛在牆上，再加上月色皎潔，看得還算清楚，古劍打疊精神，接受一批又一批的挑戰，子時已過，非但無人離去，反倒愈聚愈多，烏雲也愈來愈濃！這回卻換李鳴幽跳上平臺，面帶微笑，似乎頗有把握，古劍道：「你還在這個時候上來，我卻沒把握不傷人？」

李鳴幽笑道：「儘管放膽出手，今天若仍敗在你的手下，那是李某技不如人，無論死傷，各位百劍門的叔伯兄弟以及江湖上的朋友，不必替我報仇！」這人等到現在才上，一來可以多瞧幾次「無常劍法」，二來便要等待這種光影讓幻劍更顯威力，再說感覺上古劍已是強弩之末，種種有利因素都站在自己這邊，實在沒有理由會輸，竟然主動要求眾人不必報仇！

古劍道：「既然如此，不妨賭大一點！你想知道朱莊主是怎麼死的嗎？」

李鳴幽道：「你又要耍什麼花招？」

古劍道：「這裡太窄，請各位讓出一塊空地，我想請李門主一起上，半炷香內，我要在你兩位的右手虎口劃上一劍，任何一點出錯便是我輸，要殺要剮悉聽尊便。」

此話一出，眾人議論紛紛，以古劍現在的景況，要打贏李鳴幽一人恐怕都有困難，何況還加了一位更厲害的幻劍高手李輕舟，幻劍門的雙人劍陣名震天下，父子聯劍罕有敵手，他竟敢自限時間，指定傷處！這個人心裡到底在想些什麼？

李輕舟大笑：「原來你是這種愈是死到臨頭愈加狂妄之人！就成全你吧！」

說完雙臂一張，眾人紛紛後退，讓出一塊三丈見方的空地，父子倆各據一側，留下中間給古劍，卻見他朝著驛站喊道：「牟大人，勞煩您的人點上半根香，再將所有的燈都熄了！」

這話一出更是全場譁然！已經吃足了虧，他還要以自己最弱之處去對抗敵人最擅長的打法，這人到底是瘋還是狂？

朱未央與古劍的一場惡戰，便是敗在一場日蝕，李輕舟和李鳴幽是少數知道此一內情之人，父子倆原本保持著充滿自信的微笑，這時卻不由自主的起了疙瘩：「莫非這小子當真會使妖術？」一陣寒風吹過，忽爾感到虎口涼涼的！

不一會有人開門送出半截短香，接著燈火盡滅，烏雲遮月伸手不見五指，在呼呼風響聲中，古劍一躍而下，鏗鏗鏘鏘的交劍聲音響個不停，眾人屏息凝聽，但聞劍聲時而急密，時而緩疏，時而輕快，時而凝重，心情不免跟著七上八下，原本大家以為很快就會有結果！卻見半炷香愈來愈短，由三寸、兩寸、一寸、半寸……莫非此人真有什麼特別的本事？莫非朱未央當真死在日蝕中？

眼看著香就要燃盡，劍聲戛然而止，過了一會，聽見李輕舟沮喪的聲音：「兒子，你的手腕中劍了嗎？」

李鳴幽道：「但是，爹！在此之前，孩兒已分別在他胸口、後背各劃上一劍。」

李輕舟道：「我也刺中三次，那又如何？這不是試劍大會，咱們殺不死人便是輸了！」

李鳴幽道：「他也沒能殺死你我……」

李輕舟嘆道：「使劍之人，全身上下最為靈動難測的地方便在手腕附近，若連這裡也能準確無誤的刺中，其他的要害，早在其掌握之中。」

話說完燈籠已重新點亮，果然這對父子的右手虎口都有一道傷口，古劍身上則多了一些新的劍痕，但傷口都不深。

李輕舟又問：「可以告訴我，你用的還是『無常劍法』嗎？」

古劍點頭道：「只要屏除雜念，全心感應周遭變化，自能不假五官，以心御劍。」

話方說完，卻見一白衣書生輕搖摺扇拍手笑道：「好一個不假五官，以心御劍！不管你用了什麼邪術、幻術騙到李莊主，也不能證明你所說的為真。」

李輕舟道：「正是！朱莊主的武功，豈是我父子倆可比？你能打敗我們，並不表示也能擊敗他！」

古劍甘冒奇險與李輕舟父子一搏，便是要證明自己在暗夜中仍能找到對手的弱點！哪知卻在此人一陣撩撥之後，白費苦心！他心中一陣寒涼，長劍握得更緊，告訴自己：「千萬要撐住！絕不能就這麼倒下……」但心劍最耗心力，方才的劇鬥似乎已用盡他僅存的氣力，有如強弩之末，隨便一個三流角色都可輕易將他擊斃！

此時黃雲鵠、趙淡竹和孫曉風三人卻互使眼色，各自拔劍往前跨出一步，將古劍圍在場中，趙淡竹道：「你說要賭就要大，既然贏得了李門主父子雙劍，咱們三個結拜兄弟三劍聯手，也該無所畏懼吧！」

但見古劍沒有回答，眼現異光直視前方，全身抖動不已，一把長劍舉了又放，不斷喃喃自語道：「我不能殺人！我不能殺人……」

試劍大會一戰成名後，「無常劍法」與「化身劍法」同屬一路之事早已人盡皆知，看到這般景象，不免人人毛骨悚然，莫非第二個史無涯就要出現！眾人想起當年史無涯失心狂殺的那一幕，不約而同往後退了兩步，沙河驛外除了似有若無的呢喃自語，只剩呼嘯而過的蕭蕭風聲！

「哇！……」一個嬰兒的哭聲劃破了寂靜，一名女子從人群中走出來，兩手抱著嬰孩走到古劍跟前，面帶微笑輕聲道：「阿劍！」

這個突如其來的姣美女子和嬰兒哭聲，使得原本劍拔弩張充滿殺機的氣氛，更添幾分詭譎！圍觀群眾個個握緊長劍，靜觀其變。

古劍瞧著眼前女子，抖動慢慢停止，充滿殺氣的眼神也逐漸轉為柔和，說道：「誰的小孩？他餓了嗎？」

女子原本雙眸含淚，這時卻破涕為笑道：「這是我女兒，才滿月不久，叫程小荳。說來還得感謝你一路護送，讓她得以平安出生！」原來這個不顧生死的女子，竟是程漱玉！

古劍瞠目結舌，想起與她相處的種種，時而喜怒無常，時而貪吃愛睡，不就像一個懷孕女子嗎？她生性愛美，若非肚子大了，怎願把自己妝扮成一個胖姑娘？想到這裡，看著她似笑非笑的神情，問道：「妳在笑什麼？」

程漱玉笑道：「你這個人，有時精得很，有時又鈍得可以！」

古劍回以傻笑，問道：「這女娃的父親……」

程漱玉打斷他的話道：「別說了，你該猜得出來！」

古劍的臉突然漲紅起來，在大庭廣眾之下這麼問一個女子實在太不得體！忙說：「真對不住！我大概是昏了頭，說話語無倫次。」

程漱玉從懷裡取出兩顆飯糰一壺水，笑道：「吃吧！」

古劍還是很餓，也不客氣，立刻大口吃將起來。

「哪裡來的姑娘？妳到底幫誰？」有人看她拿出食物，開始罵了起來！

程漱玉笑著回答：「當然是幫你們呀！人一旦餓過了頭，反而不覺得餓；卻怕腦袋因此而走岔路子，陷入瘋狂，對大家都沒有好處！」

有人斥道：「哪裡來的一派胡言！難不成妳還是個大夫呢？」說完有人附和，有人大笑！

程漱玉道：「大夫還不敢說，但小女子追隨名師行醫也有一些日子，基本醫理，倒是略通一二。」

話方說完，卻聽有人喊道：「這聲音好熟，姑娘可是糊塗神醫侯藏象身邊的那個胖姑？」

程漱玉望著發話之人，笑吟吟的說：「趙子安，你大腿和眼角的傷，現在可好了沒？」

趙子安愣了一下，道：「好強的記性！多謝姑娘用藥如神，您說的那些傷，確已痊癒！」

說完眾人開始騷嚷不已，太白山試劍最出風頭的除了幾個劍缽之外，就屬這個「胖姑」！多虧了她，神醫不再糊塗，試劍期間，每日義診數百人，人人稱好；只是當時的胖姑是個圓臉肥腰的女子，相較眼前芙蓉秀臉身形窈窕的模樣，落差極大，一時之間難以聯想！趙子安曾在太白山上不慎滑落山谷，斷腿傷眼，治療時目不視物，對胖姑當時的聲音卻記得特別清楚，因此率先認了出來。

程漱玉的易容術儘管維妙維肖，但輕柔的嗓音與肥重的體態有點搭不起來，當時就有不少人懷疑她以易容術隱藏本來容貌。好奇者眾，敢當面探詢之人卻少，更別說有人問出了什麼！據說有個不識相的病人，拿藥時隨口問了幾句，態度略顯輕薄，病是好了，卻也連拉了兩天的肚子。

試劍之後，這個胖姑又消失無蹤，徒留一團迷霧，沒想到會在這種場合之下再度現身。在場不少人上過太白山，如今有幸一睹其廬山真實面目，少年的公子都不免心中一嘆：「這麼美的姑娘，怎麼已經有了小孩？」

趙淡竹道：「妳名聲不差，又抱著娃娃，百劍門不想傷及無辜，快走開！」

程漱玉收起笑容正色道：「不想傷及無辜，難道不怕錯殺好人？」

趙淡竹道：「妳可知他做了什麼傷天害理的事嗎？」

程漱玉手指古劍，斬釘截鐵的道：「我瞭解這個人，他絕不會為了貪慕虛榮，做出有違俠義之事！」

看見程漱玉這麼說，正咬著飯糰的古劍突然愣住，只覺再大的冤屈，似乎也變得微不足道！

李輕舟道：「姑娘應該是剛到不久吧！很多事情沒能弄清楚！」

程漱玉道：「瞧他這個樣子，不必我多說，任誰都看得出來其精神體力已在崩潰邊緣，隨時可能不支倒地，百劍穿身；但他始終小心翼翼，就怕傷了人命！如果當真陰狠奸邪，生死關頭豈會顧慮名譽，寧死不入廠衛？我來此不到半個時辰，但所見所聞，已足夠弄清是非，你們許多人在此枯站幾個時辰，卻只曉得一味盲從，不分黑白？」

其實圍觀人群中亦有清醒之人，何嘗沒有想過這番道理？只是氛圍已成，群情仍激，誰也不敢挺身而出替古劍說話！經程漱玉這麼一點，倒是不少人連連點頭，覺得她這麼講似乎也不是全然沒有道理，或許當中另有隱情？

正在眾人沉思之際，一個冷冷的聲音說道：「妳夫君是誰？妳口口聲聲護著他！難不成妳懷裡娃娃的父親，便是此人？」話未說完已是全場譁然！這個女子抱著一個襁褓中的嬰兒，冒著生命危險護衛一個男人，若說只是普通朋友恐怕無人肯信？

古劍猛然搖頭，直說：「不是！」

說話的人，摺扇輕搖，還是那位白衣書生！

程漱玉睜眼望著他，過了良久，忽然間熱淚盈眶，問道：「閣下是否認識爾雅公子？」

書生面帶微笑，說道：「他是在下的朋友！」

程漱玉道：「朱公子是個器宇非凡嶔崎磊落的俠士，再怎樣的血海深仇也會憑本事，光明正大的報仇！我想如果他本人站在這裡，絕不會贊同你們如此趁人之危，不擇手段的逼迫對手！」

書生聽畢臉色略變，笑容僵在臉上，合起摺扇眼眶微潤，愣了一會才道：「姑娘所言甚是，只要朱公子還在，憑他的機智本領，沒有報不了的仇！李門主，您以為如何？」

李輕舟道：「正是！不瞞諸位，發出消息，請大家前來助拳之事，全是老夫擅作主張，朱公子並未同意！如今胭脂胡同不在，莫愁莊便是咱們百劍門的頭兒，清理門戶這等大事，應由爾雅公子親自主持；今日咱們群情激憤，雖說義氣深重，卻未考慮到他的感受！此事確實魯莽，夜也深了！大夥辛苦，請回吧！」

第二十四章

離殤

胭脂胡同無人，幻劍門自然成為京畿一帶的龍頭劍門，李輕舟說話自有分量，各劍門果然跟著散去；而其他江湖散客，更沒有留下的理由，不多時人潮一哄而散，只剩下齊剛一人，他穴道方解，雙手緊握長劍，站著不動。

程漱玉道：「你怎麼還不走？」

齊剛道：「不管妳怎麼伶牙俐齒，今日若沒能為裴盟主父子報仇，俺絕不離開！」

程漱玉道：「難道一心復仇，就可以不管是非黑白？」

齊剛道：「我留下來，就是要弄清楚真相！古劍，敢不敢再接受挑戰，不論你是恨我也好，討厭也罷！反正現在沒有旁人，大可一劍了斷！」

古劍道：「您是裴伯伯的好友，又是問雪萬分敬重、義薄雲天的長輩，在下只有敬佩，說什麼也下不了手！」

齊剛道：「別再假惺惺！今天不是你死，就是我亡！看劍！」說著提劍對著古劍胸口疾刺！

古劍動也不動，長劍入肉半寸才停，那充滿血汙的衣服，又多染了一片紅！齊剛顫聲道：「你……怎麼不躲開？」

古劍道：「我累了！這回若再出劍，可真會控制不住！」

齊剛緩緩拔出長劍，看著劍尖上的鮮血，忽然回頭對著樹林喊道：「烈兒，咱們冤枉好人啦！快出來賠不是！」

程漱玉驚道：「你叫兒子留在林子裡？」

齊剛道：「俺料想人都走光了！古劍必會露出真面目，一劍殺了俺！便叫齊烈躲在林中偷看，好把真相帶回去。奇怪！這小子怎麼還不應聲？齊烈！你聽到了沒？別睡著啦！」

程漱玉突然臉色驟變，輕聲道：「齊前輩，性命交關，這回您一定要聽我的！驛站後方有個馬廄，請您緩緩靠近，挑一匹駿馬騎了上去，朝北全力奔行，不管塞北、東北都好，找個偏僻之處隱姓埋名，兩年之內別回來！」

齊剛道：「我沒有仇家！幹嘛要躲？」

程漱玉道：「你是唯一留在這裡的人，如果死在這裡，人們會怎麼想？」

齊剛怔了一下，顫聲道：「妳是說……殺死裴盟主的人……為了嫁禍……古劍……會出手殺……」說到這裡，整個人愕然變色，轉頭對著樹林狂喊：「烈兒，你快出來呀！」

說著竟朝著樹林疾奔。

程漱玉不斷喊著：「林子裡有殺手啊……快回來……」但齊剛似乎已失去理智，置若罔聞繼續狂奔！古、程二人追了過去，但一人還抱著嬰兒，另一人力不從心，沒跑幾步，樹林裡卻傳來一聲慘叫！

二人疾奔入林，但見齊剛不但已身首異處，臉上身上更被劃滿橫七豎八的劍痕，認不出來！殺手緩緩轉過身來，卻是原先那個自稱是朱爾雅好友的白衣書生，對著兩人露齒而笑！

古劍忽然感覺這笑容十分熟悉，卻見程漱玉含淚道：「爾雅公子，你一定要這樣嗎？」古劍恍然大悟，原來這個白衣書生正是這一切的幕後主使者——朱爾雅！難怪李輕舟對他言聽計從！又難怪他如此咄咄逼人！

古劍怒道：「你要報仇，何不直接殺了我？」

朱爾雅道：「人死了，要怎麼嫁禍於你？如今若不能將你的名聲弄臭，江湖人物勢必反過來懷疑莫愁莊，如此一來，怎麼讓人相信，莫愁莊仍是武林正義之所在？」

古劍道：「那有必要如此糟蹋人家嗎？」

朱爾雅笑道：「我把這對父子的臉劃成這副德性，方才圍你的人稍加聯想，必然會說：『定是古劍挾怨報復，卻又怕人發現，便將這對父子砍得面目全非！』我多劃一劍，人們就會多憎恨你一些，何樂而不為？」說著長劍一揮，將齊剛的右臂給削了下來！

程漱玉不敢置信的瞧著朱爾雅，眼眶含著淚，又道：「你一定要變成這種人嗎？」

「兒女私情，江湖仁義，只是成就大業的絆腳石！」朱爾雅一陣冷笑，道：「過去幾個時辰，這幾句話在我腦海裡不知響了多少遍！如果當初不跪著替妳求情？如果我能果斷的及早除去你們？或許我爹不會死？或許復位大業就要成功？妳怪我變了，我卻後悔變得太慢！」說完隨手一劃，又斬斷齊剛左臂！

古劍再也忍不住挺劍刺了過去！這一劍攻得匆促，破綻大開，對手稍一閃讓，反手一劍既快又絕，古劍暗叫不妙，這時已力不從心，脖子一涼，被對手長劍貼住！朱爾雅笑道：「若知道這招這麼有用，早該試試！」

古劍道：「請你放過她們，殺我吧！」

程漱玉道：「不！你不是說他現在不能死嗎？」

朱爾雅道：「但這個人像九命怪貓，現在放了，日後要殺，就怕就沒那麼容易！」

程漱玉道：「你究竟想如何？」

朱爾雅道：「妳的行蹤早在出宮後不久便在我們的掌握之中，王遂野隨時可以殺死妳，但父親堅持要留給我辦，可知是為了什麼？」程漱玉這時已是淚如雨下，不等她說，朱爾雅接著道：「殺了妳之後，世上再也沒什麼人是我下不了手的！」說完他咬牙握拳，重重吸一口氣，冷冷道：「當初我爹給妳的『百了丹』還帶在身上嗎？看在過去的情分上，我讓妳選擇，古劍、妳自己還有懷裡的娃娃，今天只要死一人！」

程漱玉二話不說，從懷中取出藥丸，撥開油紙，古劍大叫「不要！」，架開長劍衝將過去卻慢了一步，他不停搖肩拍背，叫她快些吐出來！程漱玉這時卻面露微笑，推開他道：「爾雅公子說話算話！你們沒事啦！」就在這個時候，原本倒在懷裡熟睡的程小荳卻也突然驚醒，號啕大哭起來！程漱玉拍著女娃道：「別哭別哭，娘身上有毒，不能再餵奶啦！」朱爾雅心頭忽爾湧起一股濃濃的悲戚，轉頭不看！

古劍哽咽著道：「既然也會難過，又何苦如此？快拿出解藥，我古劍任你……」

程漱玉摀住他的嘴道：「你死了，誰去保護四川的家人？綺雲姐姐怎麼辦？數萬殘丐又該如何？還有這些冤屈，誰來幫你洗刷這些千古惡名？」

朱爾雅丟出一顆黑色藥丸，道：「這顆藥只能延緩毒性發作，六個時辰之後，藥石罔效。」

程漱玉隨即吞下一顆，擠出一抹微笑說道：「我死了之後，請把一切過錯算在我身上，你們恨我就好，可不可以別再爭個你死我活？」

「太晚了！」朱爾雅苦笑道：「事到如今，若不能殺死古劍，就得讓天下的人都相信：他是一個萬惡不赦之人！」

古劍道：「你已經殺了兩個無辜的好人，還想怎樣？」

朱爾雅道：「不夠！至少還欠四條人命。」

看著他陰鷙的笑容，古劍忽爾打了一記冷顫！第一個想到的便是裴家！裴問雪有奶奶、母親、妻子再加上一個年幼小兒，正好四個人！朱爾雅只要殺死他們，百劍門甚至整個江湖必是人人憤慨，冒出千百個像齊剛這般恨我入骨之人！就算我能躲起來，但四川的家人該如何應付？那群可憐的殘丐能不受波及嗎？……想到這裡，開始後悔：當初死在地宮的為何不是我？為何要撐過一關又一關，拚命求活？

「你贏了！我會讓自己成為武林公敵，只求你別再傷害他們！」這個時候的古劍，心中只剩疲憊、沮喪與絕望！

程漱玉：「什麼意思？莫非你要入廠衛？可知一旦如此，方才的堅持付諸流水，沉冤再難昭雪？」

古劍苦笑無言。

朱爾雅笑道：「只要你照做，我將要求百劍門冷靜自制，不去騷擾成都古家和四川殘幫。還記得你曾答應我什麼嗎？」

古劍道：「無論發生什麼事，都不會把赤幫起義之事告訴任何人。」

朱爾雅道：「我要你繼續信守承諾！包括你在成都的家人，都不能說。」

程漱玉道：「有冤不能伸，留下這不義之名，要如何回家面對父老？這樣對他，豈不比死還難過？」

朱爾雅道：「你可以留在京城，便不會把古爺爺給活活氣死！記住，我會留人在成都護衛古家，如果哪天你忍不住說了出來，聽到的人都活不成！」

有家歸不得，有冤不能伸，的確比死還難過；但古劍深知莫愁莊和赤幫的頭子，要殺光一家人易如反掌，古家、裴家還有殘幫，竟然還得靠他保護！古劍沒有別的選擇，點頭苦笑道：「隨你吧！反正我說的話，恐怕這輩子再也無人肯信！」

朱爾雅道：「父仇不共戴天，我只能饒你一夜，明日天亮之後，仍將帶著百劍門和江湖正義之士全力追捕，若你能逃過此劫，二十年後金山嶺長城的試劍大會上，等著與你再度較量！」

古劍道：「我對試劍早已厭倦，要報仇何必等這麼久？」

朱爾雅笑道：「你是好勝之人，而我也需要一個夠分量的敵人來砥礪自己，何不各尋劍缽，代表你我再分高下！屆時若由閣下的徒兒奪取金劍，你就是百劍盟主，這天大的冤屈或有昭雪的一天，何不試試？」說完轉回頭對著程漱玉道：「倒是妳，到了這個地步，卻還有餘力關心他人？」

程漱玉道：「我沒有大志，救不了天下蒼生！只能在意那些曾經對我好的人，希望他們都能一輩子快快樂樂，找到真正想要的東西！而你曾說人生但求無愧自在，又何苦一肩挑起百年重擔，把自已變成另一個人？」

朱爾雅傻愣半晌，突然笑道：「妳剩不到幾個時辰可活，還有心思管別人？」說完卻從口袋裡取出一顆藥丸彈到程漱玉手中，道：「這是另一顆百了丹，侯藏象若在左近，或有一絲機會破解成分，調配解藥。妳我緣盡於此，來世再見吧！」話說完轉身快步離去！

程漱玉含淚望著他，輕聲唸了一句：「請你保重，爾雅公子！」朱爾雅驟然停步，一陣狂風吹得他衣衫飄搖，卻始終佇立不動，直到風靜了，忽爾一聲長嘯，狂奔而去！

古劍道：「侯前輩人在哪裡？」

程漱玉道：「師父到太行山採藥，沒十天半個月不會回來！」

古劍急道：「怎麼辦？京城一帶，可還有名醫？」

程漱玉笑道：「我曾將此藥拿給師父瞧，他早聞出來啦！開出七味解藥，可是製毒容易解毒難，如此罕見的毒藥，連他都說：『第一次嘗試解此毒，頂多三分把握！』」

古劍道：「就算只有半分機會也要試啊！給我藥方，這就去找藥房取藥。」

程漱玉搖頭道：「這七味解藥，其中五味很平常，卻有長白黑草、西藏紅花兩種可遇不可求的珍稀藥材，別說六個時辰，就算給足六個月，也未必弄得到手！」

古劍道：「那宮裡呢？」

程漱玉道：「你瘋了？大內禁宮戒備森嚴，壽藥房更非常人……」

古劍道：「妳我碰過的危難還算少嗎！再多一次又如何？老天爺先前幾次不收妳，這次也未必例外！跟我來吧！」

「若不冒險進宮，這傻子必將找遍京城裡的藥房，不消多久，就會再度被復仇心切的百劍門人輕易尋獲！豈不更慘？」想到這裡，程漱玉不再多說，跟著古劍往沙河驛的方向行去。

回到沙河驛，古劍敲門求見牟謙，被帶進密室，開口便說：「我們要立刻見太子，請您安排！」

牟謙卻端詳著程漱玉道：「程選侍，妳好不容易逃出宮，怎麼又想回去？莫非這娃娃是……」

程漱玉笑道：「有您這個掌管禁宮安危的大內第一高手護著，我帶著女兒回去給她爹抱抱，又有何危難？」

牟謙笑道：「進宮容易，但我還有要事待辦，可以等到天亮嗎？」

古劍搖頭道：「一刻也不能等！」

牟謙皺起眉頭，沉思後道：「狐指揮使的死訊尚未傳回宮，憑你手上的金葉子，已可入宮；只是程選侍畢竟還是欽命要犯，不能被人認出來！」

程漱玉道：「我們可以易容，請您幫忙弄一套禁宮侍衛和宮女的服飾，但就怕小娃娃突然哭鬧起來！」

「這倒容易！」牟謙在女娃頭頂百會穴輕輕一點，但見程小荳緩緩合上雙眼，已沉沉睡去！

牟謙告訴二人錦衣衛今夜進城及入宮之暗語，程漱玉幫古劍清拭傷口及塗藥包紮，稍事歇息，半個時辰後二人換上快馬送來的服飾；再要來一只木箱，刺了幾個透氣孔，將程小荳放入，坐上牟謙叫人備妥的馬車，一路奔馳到離城門二里之處停了下來，車夫回頭道：「現在還是深夜，馬車進城太過喧譁招搖，不免擾人清夢，兩位能否改乘馬匹進城？」

程漱玉笑道：「錦衣衛什麼時候這麼體恤百姓？想必是牟謙這個老狐狸，怕被咱們牽連吧！不為難你，留下一匹馬回去吧！」車夫嘿嘿乾笑，解開一匹馬，掉頭離去。

三人乘馬來到城門外，守城的禁軍校尉生性謹慎，聽完暗語也瞧了金葉子，仍問道：「敢問兩位，何事急著深夜入宮？」

程漱玉罵道：「錦衣衛的事，哪還輪得到你這小官過問！快快開門，若誤了今夜大事，拿你全家的性命也不夠賠！」那校尉一聽，趕忙陪笑開門，不敢多問。

來到紫禁城，說也奇怪，平常夜裡總是深鎖的東華門這時卻未緊閉，只見兩名侍衛守在門口，這回反倒乾脆，只瞧了一眼金葉子便讓二人順利進宮。

程漱玉熟門熟路，很快找到慈慶宮，論時辰約莫是五更初始，太子臥房內卻有微光透出，程漱玉露出狡黠的眼神，叫古劍不動聲色出手點倒兩名衛士，再靜悄悄貼近窗口，在紙窗上挖個小孔往內瞧，卻見她突然收起笑臉，目眶含淚。古劍好奇心起，跟著刺了一個小洞往內瞧，只見一個白淨男子正專注著雕刻人像，此人似乎頗有天分，桌上擺著十來個雕像，姿態各異，但都栩栩如生，像極了程漱玉！

靜夜中忽然「哇」的一聲！娃娃的哭聲從程漱玉手上的木箱裡傳出，卻是程小荳在這個時候醒轉！常洛嚇得臉色發白，叫道：「是誰？」

程漱玉破門而入，笑道：「後宮有那麼多活生生的美貌女子，殿下為何還要刻這些雕像？」

常洛愣了愣，丟下刻刀，直盯著程漱玉看，良久才道：「真的是妳嗎？小玉……」

程漱玉嫣然一笑，打開木箱，抱起娃娃道：「小荳別哭！我帶妳來見爹啦！」

常洛睜大眼睛看著程小荳，小娃娃竟然止住哭聲，父女倆對望了一陣，常洛伸手將女兒抱在懷裡道：「父皇下令殺妳，我偷偷跑去求狐知秋留妳性命！前些時候，聽人說妳還活著，天知道我有多高興！從那天起就開始睡不好覺，想起妳曾說：『如果思念一個人，可以刻她的雕像，如果心誠，做到第九十九尊時就會出現在眼前！』……」

程漱玉道：「那是跟你說著玩的，可別當真！」

常洛道：「妳這不就來了嗎！才做到第六十三尊呢！老天爺待我真好！」他低頭拭淚，又道：「這回我想通啦！不如去求父皇，只要他答應放妳一馬，我願意把這太子之位讓給福王，咱倆到洛陽當個王爺、王妃，豈不更舒快！」

程漱玉含淚道：「你怎麼還是這麼天真？就算皇上同意，當初力諫由你接任太子的滿朝文武能接受嗎？就算這回順了您的意，日後福王登基，以鄭貴妃母子的心性，必將你除之而後快！還能逍遙幾年？」

常洛道：「我不管！快活幾年算幾年！妳留下好嗎？」

程瀫玉搖頭：「我中了劇毒，若不能拿到長白黑草和西藏紅花，連幾個時辰都活不到！」

常洛大驚失色，道：「這是什麼藥？壽藥房有嗎？」

程瀫玉道：「整個京城，大概也只有那個地方有機會找到，你能派人取來嗎？」

常洛喊道：「快來人啊！」卻見窗外的人動也不動！

程瀫玉笑道：「他們都被點了昏穴啦！」說著把古劍拉進門內，道：「這位阿劍是我的朋友，多虧有他，玉兒才能平安活到現在。」

古劍從沒遇過身分如此尊貴之人，正猶豫著是否該下跪行禮，卻見常洛笑道：「是玉兒的朋友就無須多禮。」

程瀫玉叫古劍給小荳點上睡穴，放回木盒，再給兩名衛兵解穴，過不多時二人進屋跪道：「太子饒命！來人武功高強，小的還沒瞧清楚……」

程瀫玉笑道：「陳海、吳豐，沒事啦！」

二人呆愣半晌，不約而同喜形於色的叫道：「您是選侍娘娘！」

程瀫玉比個手勢要他們噤聲，說道：「陳海，你現在去西宮請一個奶娘過來，記住，別讓人知道我在這！」陳海領命離去。

此時筆墨已備妥，程瀫玉很快開出藥單，請常洛蓋上印鑑，交給吳豐道：「你去壽藥房替太子取藥。」

吳豐收下紙條，突然一陣嘈雜，有人喊道：「你這瘋子，別進慈慶宮啊！」只見一個披頭散髮的壯漢持棍闖將進來，吳豐擋在前面，喝道：「你是誰？膽敢……」話未說完，胸口已被木棍擂中，倒地不起！

古劍瞧這棍法既快又準，竟是張五兒！說道：「張師兄！你闖下大禍，還不快走！」

張五兒愣了一下道：「你是誰？為何叫我師兄？」

古劍道：「我進少林時年紀還小，您大概不記得啦！」

張五兒道：「記得又如何？少林寺的和尚，沒半個好東西！既然你也待過，更要吃我一棍！」說著一棍掃來，端是凌厲勁急，古劍拔劍橫架，竟感手臂酸麻，方才馬車上小憩片刻，尚不足以讓他完全復原，而對手招式樸實無華，倒不易出現漏洞，或試或誘或攻或守，似乎都討不到什麼便宜！

其實張五兒心裡更是著急！指使他行刺太子的人告訴他今夜宮裡的高手已全部調開，很快便可完事，哪曉得會突然冒出一個難纏的人？若不能盡速完事，侍衛趕來，事情將變得十分棘手！他功夫練得精熟，臨敵經驗卻少，心念一雜，棍法不免略顯慌亂，古劍發現破綻，正欲反守為攻，冷不防衝出一個百戶，叫道：「大膽刺客，吃我一劍！」說著拔出兩把短劍對準張五兒刺來，張五兒一記回馬槍朝著那百戶頭顱打去！未料那百戶刺到半途忽然一個滑跤，「唉呀！」一聲，左手短劍急轉，竟朝著古劍胸口疾飛而來！

這一轉彎實在太過突兀，令人猝不及防，古劍身子一偏，左腰仍被刺中！同一時間，他右手長劍刺中張五兒大腿，至於張五兒，他一套棍法練了千遍萬遍，出棍比動腦還快，發現不對時已剎制不住，一棍便讓那人腦漿崩裂，就這麼電光石火的一剎那，一死兩傷，張五兒還沒回過神，已被在場的十來名禁衛軍擒住。

萬沒料到宮裡的侍衛，竟然會幫助刺客！古劍低頭一瞧，短劍直挺挺的插入腰間，入肉頗深，這一日夜所會高手數之不盡，就以此人招法最為平凡，卻傷他最重！程漱玉緩緩走近身旁，彎腰細瞧傷勢，猛一抬頭道：「快點鎖上慈慶宮大門！」她一身宮女妝扮，沒人認得，此刻卻是自有一股威嚴，兩名衛兵依言關門上鎖。

程漱玉指著倒地的百戶道：「這個人是誰？可是領頭的人？」

另一名百戶站了出來道：「在下楊雄，他叫范錦城，與我各帶一班衛士，負責守護慈慶宮一帶！」

程漱玉道：「我倆是牟副指直屬探子，大人有事外出，無意中得到消息，聽說有人要行刺太子，特派我倆前來護衛。方才大家都瞧見，這個范錦城明知我們正在對付刺客，卻突施暗襲！怎會有如此大膽的侍衛隊長？究竟誰叫他這麼做？」

錦衣衛本是特務機關，正副指揮使各有直屬祕探，行事隱密，藏身民間或潛伏於官場之中，暗中刺探調查，雖無正式官銜，然而一言可以定人生死，可說廠衛中的廠衛，人人懼怕，眾衛聞之無不臉色大變，楊雄忙道：「小的可對天發誓：絕無謀害太子的企圖！但這廝為何如此？實在令人料想不到？還望大人明查！」

程漱玉道：「你們若說不出幕後主使之人，便是一丘之貉，通通抓到北鎮撫司大牢，自然有人認罪！」

當上錦衣衛的，豈有不知此黑牢酷刑之可怕，眾衛紛紛下跪磕頭道：「太子恕罪！大人饒命！小的當真毫不知情⋯⋯」

程漱玉道：「若要將功贖罪，現在我所交代的事都要辦妥，不許多問！」

楊雄道：「大人請交代！我等一定全力辦好！」

程漱玉把楊雄叫到一旁說話：「第一，這個人是你們抓的，現在這花園裡一共十九個清醒的活人，若是有第二十個人知道今天太子身邊多了兩個探子，你們全都別活！第二，待會門一開，一半的人帶走刺客，務必大張旗鼓，把外頭的人都給引走；另一半的人護送我們離開禁宮，別讓人發現；第三，我需要長白黑草和西藏紅花各三兩，一個時辰之內送到三不老胡同的『南山藥鋪』，等我取用。」說完遞出藥方，一個轉身，淚水簌簌流出！她噙著淚水，扶起古劍，躲入房裡。

不多時人聲嘈雜，大批人馬趕到，領頭的太監韓本用猛拍大門說要進來，楊雄將門打開道：「託您的福！韓公公您一到這刺客便手到擒來！」

韓本用道：「太子還好吧？」

常洛道：「我沒事，只想休息一下，叫楊雄留幾個人下來，其餘的快把刺客押走！」

韓本用應一聲「是！」，叫楊雄留下六名衛士，其他的人押著張五兒像打了場勝仗似的，呼喝著漸漸走遠。

程漱玉叫楊雄弄來兩輛馬車，帶來兩套尋常服飾換上，先扶古劍坐上後面一輛，程漱玉臨上前回頭望了一眼常洛：「太子請保重！」說完立即爬上車廂，這一夜連會三名曾經與她生命緊緊相繫之人，往事種種有如昨日，思憶及此，淚水再度潰決難止……

楊雄遵照程漱玉指示，前頭的馬車一出東華門便縱馬朝北狂奔，後面的馬等了一會，才緩緩往南行去，天方破曉，車行顛簸，木箱裡的程小荳「哇」的一聲又哭了起來，程瀲玉緊緊抱起，咬牙對著車夫喊道：「先去胭脂胡同！」

胭脂胡同不長，卻有十來家妓院，夜時笙歌處處，而此時天剛破曉，正是最安靜的時刻。程瀲玉把哭泣中的小荳放回木箱，以免哭聲招搖，剛下馬車，隱約可聞遠處另有嬰兒哭聲。古劍只注意到百餘步外某戶白幡飄揚，應是裴問雪的宅第！兩人對望一眼，仍往前走去，程瀲玉一手提著箱子，一手扶著古劍，緩緩經過幾家妓院門口，哭聲愈顯清亮，仔細一聽，似乎還不止一個娃娃在哭？經過裴宅門前，古劍朝著深鎖的大門，深深鞠了一躬。

傳出娃娃哭聲的地方就緊鄰著裴宅，從外頭看倒與一般妓院並無不同，只是朱漆大門上懸掛的「嬉春園」木匾略顯斑駁，且無花草裝飾門面，程瀲玉停下腳步，遲疑了一會，思道：「這真是尤大姐的家嗎？她曾說胭脂胡同只有裴家與她家外觀樸實無華，倒沒提到說有一堆娃娃。」但此時程小荳因飢餓而放聲大哭，顧不了那麼多，直接拍門喊人。

大門開啟，程瀲玉叫了一聲「豔花姐姐！」，眼前一個抱著娃娃的中年美婦，果真是尤豔花！她還記得古劍，也認出程瀲玉的聲音，比了一個噤聲手勢，低聲道：「娃娃餓了？」程瀲玉點頭，打開木箱，輕聲道：「這裡有奶娘嗎？」

尤豔花道：「小事情，先進屋內吧！」

兩人跟著穿過幾條迴廊，上樓又經過幾間房，看似妓院格局卻聞不到什麼脂粉味，尤豔花在第六間房門外停步敲門道：「蓮香姑娘，還脹奶嗎？」

裡面一女子道：「姐姐，這個小索命鬼，餓了號啕大哭，真給他吸，沒幾口又睡著啦！」開了門續道：「您又抱來一個娃娃嗎？快幫我吸吧！」說著張臂抱起娃娃，又瞧著程漱玉說：「胭脂胡同什麼時候來了一個這麼俊的姑娘？妳是哪家的頭牌？」

尤豔花道：「別亂說話，人家可是……」

程漱玉笑著截話道：「我是從別的胡同來的，這兩天人不舒服，沒法子餵乳，拜託姐姐啦！」

三人走入另一間廂房，先讓古劍平躺在床上，仔細一瞧，傷勢比原先估計還重些，不僅整個褲管染得透紅，鮮血仍在流出，程漱玉要了一杯水，拿出一顆小藥丸讓古劍服下道：「你累了，先睡一覺吧！」

古劍猛搖頭道：「不，我不累！」

程漱玉眼眶含淚道：「再硬撐只會讓血流得更快，體力耗盡等不到藥，就……」

古劍急道：「我撐得住！我不怕死也不會死，我只怕醒來時……妳……」說到這裡，迷藥發作，突然覺得異常疲憊，眼皮再也不聽使喚，終究合下雙眼。

程漱玉凝視著他，淚水再也關不住決堤而出，尤豔花伸手抱著她道：「想哭就哭吧！」

過了好一陣子，哭聲漸止，尤豔花帶來一盆水，讓程漱玉洗去哭花的臉，問道：「可以拔劍了嗎？」

程漱玉用毛巾拭去妝容和淚水，道：「我怕失血過多，須先點穴封阻血流，但這個時候的古劍人人喊打，去哪找一個點穴高手？」

尤豔花立即招喚婢女，道：「快去忘憂坊叫那臭賭鬼火速趕來！告訴他若敢流連牌桌，耽誤老娘要事，定剁他十指，讓他終生上不了賭桌！」

程漱玉終於聽到有趣的事，舒眉笑道：「我竟忘了姐姐還有一個身手不俗的保鏢呢！」

尤豔花啐道：「別貧嘴啦！妳這個死胖姑，明明是個大美人，卻偏偏假扮成胖姑娘，在太白山上招搖撞騙整個武林，要我如何相信？」

程漱玉略顯著急，道：「會這麼做，也是有不得已……」

尤豔花突然噗哧一笑，道：「騙妳的啦！其實我第一眼就瞧出妳懷了身孕，為了遮掩，不得不喬裝成一個富態女子。妳跟著侯藏象在山上義診救助了不少人，怎麼會使壞呢！至於古劍……」

尤豔花神情轉為嚴肅道：「裴問雪的屍首送回來了，人人皆說為古劍所殺，你們怎麼還敢來這裡？」

程漱玉道：「他被冤枉，卻有苦說不出！」

尤豔花道：「外頭言之鑿鑿，但我尤豔花閱人無數，始終不信古劍會是一個貪慕榮華之人！再說他若真是鷹爪，在這節骨眼上，何不躲回東廠療傷？」

「這個傻子，總為了別人忘了自己。」程漱玉把昨夜至今所發生的事擇要述說，始終沒有道出朱爾雅之名，末了加上幾句道：「姐姐，逼害古劍之人與我倆各有恩怨，恕我不能直說其名；或許您猜得到，但無論有幾分把握，都請別說出去！」

尤豔花笑道：「像我這等臭名遠播之人，就算知道是誰，說破了嘴也沒人肯信！」

程漱玉道：「我看姐姐不像是個逼良為娼之人，世俗之見，又何必……」

話未說完，尤豔花已笑得花枝亂顫，道：「妳把我當成老鴇啦！」

程漱玉道：「這兒不正是妓院嗎？」

尤豔花笑道：「跟我來瞧瞧！」說罷起身帶著程漱玉一連開啟幾間房門，裡面各睡兩、三個娃娃，除了蓮香之外，另有兩個餵乳的女子，倒是一身素淨。

兩人回到房裡，尤豔花娓娓道來這番經歷：「約莫是兩年多前的一個夜晚，我被胡賭鬼氣得心頭鬱悶，獨自走到什剎海散心，走著走著忽然聽見撲通一聲有人落水，我略懂水性，跳下去將落水之人救了上來，竟是個美貌姑娘！救活了不稱謝，卻吵著要再下水，直嚷道：『讓我死吧！就讓我死吧！』

「我好說歹說，強拉回家換上衣衫，她逐漸冷靜後，才問出一番緣由；原來此人乃胭脂胡同嬉春園裡的紅牌歌妓初蕊姑娘，幾個月前識得一位進京趕考的舉人，懷了人家的孩子。後來京試放榜，舉人中了進士，卻從此不再光臨嬉春園，痴心的初蕊仍想生下孩子，妓院的老鴇卻一直逼她拿掉，從良夢碎，骨肉不保，難免想不開……

「不瞞您說，我年輕時也是個姑娘，亦曾被人強灌流產藥水，那種失去骨肉的椎心之痛確實讓人想尋死尋活！想到這裡忽然好想幫她，一個衝動便高價買下這間嬉春園，裡面的姑娘想從良便從良，想生孩子便生孩子，一律照准。

「這些好處慢慢傳揚出去，胡同裡的姑娘，聽到有這麼一個自在的好地方，不時有當紅的姑娘嚷著要投靠過來，妓院的老闆們卻因此大為緊張，一齊跑來求我別再胡搞，否則再這麼下去，大家都得關門！

「論財論勢，胭脂胡同的妓院沒有一家強過我，但我只是不想見到這裡的姑娘一輩子無依無靠孤苦一生，把嬉春園搞成全京城最大的妓院其實非我所願，如果他們願意讓懷了身孕的姑娘順利產子，嬉春園可以收起來，專門照顧這些小孩，如此一來，妓院不會倒，姑娘們不必天天以淚洗臉，我有成打的小孩相伴，豈不皆大歡喜！

「一般開妓院的沒幾個好東西，但胭脂胡同裡住著百劍門的大人物，這兒的老闆自然不敢做得過火，既然奈何不了我，只好照我的意思；如今這兒住了十一個嬰孩，再過幾年，應該會有三、四十個。誰說妓女的兒女沒出息，等他們大些，開個私塾，興許栽培出幾個舉人、進士，親娘老矣，兒子衣錦，那是多美的事啊！

「妳嘴甜叫我姐姐，其實當年若能保住小孩，也差不多該和妳一般大了！不知是否因為如此，看到妳總覺得特別投緣，不知不覺中絮絮叨叨講個不停，該說與不該說的全都藏不住；我尤豔花確實出身不好，臭名其來有自，請莫見笑！」

程瀓玉淒然一笑，道：「我爹是高郵縣令程明遠，我娘卻只是個身分卑微的陪嫁丫鬟，也許我天生懂得討大人歡心，雖有兩個哥哥三個姐姐，但父親偏偏最喜歡庶出的小玉！我娘感到不安，叫我沒事別去找爹爹，但一個五、六歲的小孩哪懂這些！

「好景不常，七歲時父親突然染病去世，原本待我娘親如姐妹的大娘突然變臉！先是對我母女百般折磨，出殯不到一個月，又將咱倆賣到揚州怡香院，我娘含淚接客，而我得從小學些詩詞歌舞及儀容談吐，以便十四、五歲可開始迎客！

「我娘不希望我日後過著和她一樣的日子，偷偷帶著我趁夜逃到鄉下，終究還是被人找到，活活打死！那時我還未滿八歲，又被帶回怡香院，忍辱偷生，只盼有朝一日能報仇雪恨！兩年後一個偶然的機緣，某個江湖上的大人物幫我贖了身，若非如此，恐怕……」

尤豔花道：「後來妳本事大，可有回去報仇？」

程漱玉點頭道：「幾年前去過一趟！或許是老天爺早替我報了仇，父親死後不久，大娘的娘家家道中落，大宅早賣了！幾個養尊處優的兄姐沒一個出息，六個人擠在一間破矮房裡苦窮的活著，大娘老了許多！一把鼻涕一把眼淚，從房裡拿出一把利剪交給我，手指抵著心窩說：『是我對不住妳們母女！想報仇的話，就朝著這兒刺下去！』

「我忽然想起親娘臨終前曾說：『別怨妳大娘，女人爭寵難免豬油蒙心，什麼事都做得出來！』於是丟下剪刀，把身上的首飾全放在桌上，一句話也沒說就走了！」

說到這裡，已是淚如雨下，一把抱住尤豔花道：「如果我娘還在，應該也像您這麼美吧！」

尤豔花把她抱得緊緊，直道：「一定的！一定的！」

兩個女子哭得正是淒楚，遠遠聽到有人說道：「眼看著一把牌就要胡了！什麼事這麼著急？不能多等一會兒嗎？」門打開正是胡遠清，看到古、程二人，差點沒跳起來！道：「整個京城的劍客都在上天下地尋找你倆，怎麼還敢來這兒？」

尤黯花道：「這些話待會再說，你青城派點穴法不是號稱獨步武林嗎？先給他止血吧！」

胡遠清走到古劍身旁，一口氣在傷口附近封點八處穴道，拔起短劍道：「咦！昨夜在沙河驛前，沒看到這把劍啊！」

程漱玉取出侯藏象配製的刀傷聖藥「天山七草膏」，雙手忙著處理傷口，說道：「原來你也在場，為何袖手旁觀？」

胡遠清道：「當時的古劍，正為自己的清白做生死奮戰，貿然助劍反而幫倒忙。他應付得好，浴血堅持到最後，始終沒走進廠衛大門，應該不少人開始懷疑這當中或許真有某種誤解或冤屈；然而齊剛父子死得慘，又讓事情變得麻煩！」

程漱玉道：「這是嫁禍，難道沒人瞧出來？」

胡遠清道：「人群聚集，你一言我一句，反而容易失去理智；如今這幫人群情激憤，都說要將古劍碎屍萬段！只能怪這些人不常涉賭，對於這般陷阱詭計知道得少！」

尤黯花道：「你既然清楚，為何不告訴他們？」

胡遠清道：「大家都知道我胡遠清慧眼押注古劍奪金劍，他若真如外頭傳言如此狠毒，勢必會被取消劍缽資格，否則我將有天大的賭金入袋，當然會想幫他脫罪！這個時候，誰會相信我的話？沒關係，傷癒之後先躲得遠遠，只要不入廠衛，等個幾年人們發現古劍沒再做什麼傷天害理之事，自會有另一番評價！」

卻見程漱玉無奈道：「如果這是一場賭局，恐怕你還未完全參透設局之人的心思。」

「怎麼說？」胡遠清不太服氣！

程漱玉道：「跑得了和尚跑不了廟，古劍這個和尚為了護廟，卻根本不敢跑！」說完已將傷口塗上藥膏，包紮妥當，突然覺得腹中劇痛，忍不住皺了眉頭。

尤豔花問道：「哪裡不舒服？」

程漱玉靠近窗口往下看，不遠處白幡飄揚西風呼嘯，風向不對，若在這個時候煎藥，接近裴宅的人一定聞得到！程漱玉咧嘴一笑道：「不疼了！」正要關上西窗，忽然響起一陣箏聲，淒美哀切！

尤豔花道：「這些都是裴問雪生前喜歡的曲子，打從屍首送回來開始，霍芳就彈奏不停，只怕夫君聽得不夠！」程漱玉聽得入神，總覺得每一撥指都在泣訴著悲歡離合，無常人生，聽得人都傻了！

一曲演畢，程漱玉拭淚回座，尤豔花感覺有些異樣，但不說破，只道：「我想妳也累啦！就在這歇一會吧！我和胡賭鬼都不出門，有事別客氣！」說著拉住胡遠清往外走。

走出房門，胡遠清道：「您開玩笑吧！趙麻子那幾個衰鬼還在忘憂坊，等著我回去痛宰呢！」

尤豔花道：「自己找間空房睡覺，其他就別說了！我把漱玉當成女兒看待，在他們沒脫離險境之前，你哪兒也別去！」

程漱玉將門合上，搬張椅子坐床邊，發呆似的瞧著古劍，這時換成二胡咿呀響起，柔潤的弦音中藏著一股濃濃的思念，許多往事就在樂聲中一幕幕湧上心頭，此生短如夢卻歡彩多姿，其實沒什麼好怨的！小荳可以留在這裡無憂的長大，侯師父可以再收個細心聽話的徒兒，太子應可平安度過此劫，至於爾雅公子，唉！只能盼他早日醒悟……

最牽掛的還是古劍，當初若沒遇見「喬小七」，或許少一點奇遇，也不會有這麼多倒楣事兒！這個傻子，這個倒楣的傻子，這個倒楣又好心的傻子……

看他睡得沉，該是累壞了！一覺醒來，或許我已不在，這樣也好，不必清醒著分離！想到這裡，滿是憐惜與不捨！一會兒輕拭他的臉，一會兒緊握他的手，再輕輕貼在他厚實的胸口上，數著他的心跳。啊！如果就這麼死去，又讓那些長舌之人瞧見此幕，非把我們說成「姦夫淫婦」不可！說就說吧，我不在乎！但古劍怎麼辦？想起他這張笨拙的嘴百口莫辯的模樣，嘴角不禁露出甜甜的微笑，突然間覺得肚子沒那麼疼了！

「天山七草膏」能令傷口迅速癒合，也讓傷口加倍疼痛，再加上臨睡前的強烈意志化成腦裡夢中的聲音，不斷催促著古劍快點醒來！迷藥消退時張開雙眼，首先瞧見的是程漱玉酡紅的臉，貼得他胸口暖甜迷醉，一股淡香鑽入腦門亦令人神飄魂蕩，心中生起一股想要抱她入懷的衝動，然而無論這姑娘相識多少人，生下多少孩子，在他心中，永遠是個冰清玉潔的姑娘，他緩緩伸出雙手，終究不敢，卻又捨不得就這麼將她搖醒！

輕輕放下雙手，仔細端詳，這張秀臉帶著淚痕，藏著笑意，這麼好的姑娘，卻有如此乖舛的命運，她還笑得出來？唉！有時候真不知她在想些什麼？啊！我究竟在想什麼？她比我還接近生死關頭，更應靜靜躺著休息才是！

古劍緩緩將她的臉移開，再起身將之抱起，這才發現頭臉發熱，手足卻冰冷。這是什麼解藥？怎麼會讓人上熱下寒？咦！怎麼完全聞不到一絲藥味？她到底喝了沒有？莫非……這時心中一震，大喊：「尤大姐快來！」

不一會尤豔花和胡遠清兩人開門進房，古劍問道：「現在是什麼時辰？」

尤豔花道：「還不到午時吧！」

古劍道：「程姑娘有吃藥嗎？」

尤豔花一臉疑惑道：「她生什麼病？」

古劍臉色大變，急道：「快去南山藥鋪取藥！慢了就來不及啦！」說完將程漱玉扶起，自己盤坐一旁，伸出雙掌，分別按住其丹田與命門，運功輸引真氣，這是青城派的續命內功「九轉還陽功」，將自己的真氣經由左掌勞宮穴灌入傷病者丹田，再將其濁氣從命門穴經右掌勞宮穴進入體內，是一種損己利人之法，但時有奇效，只是古劍當年學的時候內力太淺，許多訣竅難以領會，如今施用，難免氣倍功半，耗損遠多於吸收。

胡遠清看不下去，將古劍換下，只見程漱玉臉色時紅時黑，香汗淋漓，似乎頗為痛苦，約莫過了一炷香，突然連吐三口黑血，癱倒在床上！

古劍道：「怎麼樣?會好嗎?」

此時的胡遠清彷彿才剛經歷一場激烈的內力比拚，元氣耗盡虛軟無力，搖頭道：「大部分的毒已深入臟腑，逼不出來。」

古劍道：「怎麼輸引真氣?」

胡遠清搖頭道：「學九轉還陽功的青城弟子均須立下毒誓：『不得外流，否則絕子絕孫！』雖然胡某已被逐出師門，仍須遵守！你不知道嗎？」

古劍道：「貝師叔公教我們的時候，並沒有提到啊！」

胡遠清道：「貝師兄一直認為救命的東西理應廣為流傳，對祖師爺的這道禁令一直不以為然，我猜他是假裝忘記吧！」

「商掌門確實討厭我，但從未正式將古某逐出門牆，照這麼說，在下還是青城弟子，請您教我吧！」這番詭辯言辭，平常的古劍是決計說不出口，但如今為了程漱玉卻不願放棄任何努力，說到後來竟跪了下來！

胡遠清仍在猶豫，卻見尤豔花端著一碗藥湯進來道：「就教教他吧！反正都一把年紀了！難道還想指望有兒孫？就算有，跟你一般嗜賭如命，豈不造出更大的禍害！」

尤豔花的話他可向來不敢駁，而程漱玉正氣若游絲，若不持續輸氣，再好的藥也未必能吸收，救人為要，祖師爺該會諒解吧！胡遠清扶起古劍，笑嘻嘻瞧著尤豔花道：「我可不怕斷子絕孫！但尤大姐既然有了指示，也只好欺師滅祖一下！」

尤豔花啐了一句：「貧嘴！」扶著程漱玉緩緩將藥水灌入口中，接著古劍透過胡遠清指導，引導真氣護其心脈，等待奇蹟……

然而不到半炷香時間便聽見外頭擾攘，有人大力拍門嚷著要進來，尤豔花開窗一瞧：「糟糕！百劍門那幫人聞到藥味想進來逮人！我去拖延時間，胡賭鬼，你帶他們到花園，藏在『避虎石』之後！」

古劍抱起程漱玉，跟在胡遠清身後，走出戶外仍可依稀聞到殘餘藥味，忽然恍然大悟！想起朱爾雅曾說過要持續追捕兩人，必曾交代李輕舟等人循藥抓人，此處想必十分靠近裴友琴的喪宅，煎藥之後濃濃的味道遮掩不住，便等於告訴他們我倆在此。為了保我一命，程姑娘寧可犧牲自己！想到這裡，既心疼又感動，不知不覺將她抱得更緊！

來到花園假山處，胡遠清搬開一個巨石，這個石頭便是「避虎石」。這個名稱，要追溯到多年以前，生性漁色的前朝駙馬謝昭喜歡上嬉春園尋歡，偏偏妻子永淳公主是個大醋罈子，多次帶人活逮這個偷腥漢子，免不了一陣折騰。後來謝昭想出一個法子，叫妓院老闆將假山的巨石重新堆疊，弄出一個天然的石洞，平時以一塊大石遮擋洞口，尋歡時令兩名護衛守住胭脂胡同兩端，遠遠瞧見那「母老虎」帶著人馬便立即奔告，謝昭立馬叫人搬開巨石，人躲進去後再行復原，如此安排天衣無縫，任她上天下地也搜尋不著！

這「避虎石」之由來，其實與「壁虎」無關。而胡遠清雖無凶悍妻子，但債主眾多，有時被逼得走投無路，也會躲到裡面！

這石洞不大，要塞進兩人略顯緊迫，但在這當口也顧不了什麼男女有別，古劍先靠牆而坐，程漱玉只能緊貼在他身上，縮起雙腳，才能將巨石塞回，古劍臉上泛紅，低聲道：「我無法從她背後輸氣？」

胡遠清摸了一下程漱玉的脈象，輕聲道：「藥效已逐漸發揮，現在正是生死關頭，不能再管什麼男女之防。」說著邊比手勢邊道：「她身子冷，你得抱著她的身子，盡可能傳送體熱，再以左掌掌心勞宮穴貼住其關元穴，右掌掌心貼住其中脘，用你體內純陽真氣一進一出，護住她一口真氣。」說完將巨石塞回，裡頭漆黑一片，到了這個地步，古劍也不怎麼擔心被人找到，但覺程漱玉身子似乎又冷了些，趕緊脫下棉襖蓋在她身上，寧心定神，照著胡遠清所說之法灌注真氣，幸好他是個聾子，外頭的風言風語，一句也沒傳入耳中。

尤豔花慢吞吞走向大門，一邊喊道：「什麼人這麼猴急？難道不知咱們早已洗手不幹！再這麼喧鬧下去！這裡的娃娃都要被你們嚇哭啦！」

門外之人喊道：「快快開門！妳可知裡頭躲了一個凶殘狡詐的殺人凶手？」

尤豔花呵呵笑道：「是衙門的捕快嗎？這兒全是弱女子與小娃娃，哪來的殺人凶手？」

另一人道：「我們是……」話還沒說完，朱漆大門已被人一腳踹開！數十個帶劍武人全都進來，為首的又是幻劍門門主李輕舟，以及他的三個拜把黃雲鵠、趙淡竹和孫曉風！「快進去一間一間仔細的搜，千萬別讓古劍那畜生給藏了起來！」李輕舟面帶微笑，對著尤豔花道：「得罪了！」

尤豔花道：「人人都說百劍門講禮重義，沒想到裴盟主一死，全都變了樣！」

趙淡竹道：「事情緊迫！我等也是萬不得已！裡面的物品若有任何損壞，一定負責賠償！」

尤豔花道：「負什麼責？你說古劍在此，可有任何憑據？你們是京城的捕快嗎？怎有權擅闖民宅，強行搜索？」

「咱們強行闖入，確實理虧！但有人瞧見古劍帶著一位姑娘走進貴宅地，此人正是殺死裘盟主的凶手，百劍門豈能讓他就這麼逃走！若有得罪，尚請見諒！」孫曉風表面客氣，但堅持要搜，一點也不讓。

「誰看見的？他穿什麼衣服，你說得出來嗎？」尤豔花得理不饒人，指著對方鼻子道：「今天你們無憑無據，隨意編撰個藉口便來欺負我一個手無寸鐵的婦道人家。我看百劍門的『仗劍行俠』，應該改成『仗劍欺人』吧！」她愈說愈是生氣！指著地上陰影道：「我不管！太陽照到這個階梯之前，若找得到人我任你處置；否則請帶著你們的人離得遠遠，別再踏入嬉春園一步。」

這日影距階梯不過數寸，用不著多久時間，但尤豔花在京城識得不少要人，得罪她麻煩不小，李輕舟陪笑道：「這嬉春園能有多大，出動這麼多人如果還找不到兩個大人，算我們笨，該向您賠罪！但得提醒夫人，古劍是殺死裘盟主父子的凶手，又在沙河驛殘殺齊剛父子，毀屍滅跡手段凶殘！您若當真看見此人，千萬別窩藏，否則江湖雖大，卻難立足！」

尤豔花道：「你大可放心！胭脂胡同裡沒有人不敬重裘家，對於他們的猝死，我比你還要難過，怎麼可能幫助凶手？」

趙淡竹道：「還有侯藏象的女徒弟，也請妳留意！」

尤豔花道：「你是說胖姑嗎，她在太白山上義診，曾救助不少人，是個人人稱許的好姑娘！」

黃雲鵠道：「她變瘦了！其實長得十分標緻，就在昨夜的沙河驛，眼看著古劍就要撐持不住，這姑娘突然冒出來，說了一些莫名其妙的話，竟幫這凶手解危！」

趙淡竹道：「我們愈想愈是納悶：這姑娘十分神祕，沒人知道她家世來歷，也沒聽說她嫁給了誰，竟忽爾抱著一個娃娃，在大庭廣眾之下對著一個有婦之夫眉來眼去，唉！一個輕薄女子加上一個陰毒惡人，還能幹出什麼好事？」說到後來，臉上帶著一點遮掩不住的輕蔑邪笑，明諷程漱玉水性楊花，暗譏尤豔花人盡可夫！

尤豔花哪聽不出來！一股悶氣正無處可發，忽聞胡遠清的聲音道：「不對！不對！昨夜沙河驛我也在場，倒瞧不出人家哪裡輕薄！只有為老不修之人心中滿是邪念，才有如此遐想！」話說完人已站在尤豔花身旁。這幾個人全請過胡遠清做「試劍師」，明白他的能耐，趙淡竹被這麼一陣搶白，有些尷尬，卻不敢生氣！

孫曉風笑道：「胡師父您不在忘憂坊，卻出現在溫柔鄉！到底有什麼事啊？」

胡遠清道：「老子欠尤大姐一點銀兩暫時還不出來，偶爾來這裡做牛做馬也是應該。」說話中已陸續有人搜索完畢走出來，搖頭表示一無所獲，只有李鳴幽出來時抱著一個娃娃，正自大哭！

尤豔花喝罵道：「誰讓你抱她出來？」

話還沒說完，只見胡遠清一個箭步，一個手刀打在李鳴幽右臂上，只覺得一陣酸麻，娃娃已被搶走，送到尤豔花懷裡。李鳴幽道：「胡師父，您何必插這個手？這娃娃和那姑娘昨夜手上抱著的那位十分相像，在下抱出來只是想問個明白……」

尤豔花斷話道：「半夜裡燈火昏暗，你有瞧清楚長相嗎？」

李鳴幽搖頭道：「娃娃一直靠在那姑娘懷裡，看不到臉；但所用的背帶，正是這種豔紅繡花款式。」

尤豔花笑道：「這件牡丹背帶是城西刺繡名家翠姑娘的拿手絕活，這兩年最時興的款式，京城裡的達官貴人只要有嬰孩的，誰家沒有訂個一件兩件？」

李輕舟道：「那可真巧！敢問這娃娃的親娘是誰？」

尤豔花心想，若隨便編個名字，他們查將下去非穿幫不可，遂道：「這娃娃約莫在半個月前，被人丟棄在我家門口，至於親娘是誰，我也還在打聽。」

李輕舟笑道：「這就奇了！天子腳下達官顯貴滿街跑，這麼可愛的娃娃，如果自己養不起，總該找得到正經地方送吧！怎麼會送到胭脂胡同來呢？難道希望她長大以後也……」

尤豔花道：「信不信由你，不必語多譏諷！如果你僥倖活得夠久，總有一天會發現這裡的娃娃比起你們家的，恐怕還更有出息！」

黃雲鵠道：「這娃娃取了名字沒？」

尤豔花早已替她那未出世的孩子取過名字，不假思索道：「是個女娃，取名尤芳朵！」說完眼眶泛紅，今天無論如何，一定得留住她的骨肉！

李輕舟又道：「我聞到濃濃的藥味，請問是誰得了什麼病？」

尤豔花道：「婦女病，其他的我不方便說！太陽已經曬到階梯，恕不送客！」

四人面面相覷，實在不太甘心就這麼空手而回，李輕舟道：「胡師父，此事攸關咱們裴盟主的血海深仇，您能否賣個面子，讓我們將這小娃娃帶回去。李某人格保證，絕對小心照料，不會少一根寒毛！」

胡遠清笑道：「你們人多，打起來我胡遠清恐怕只能自保，護不住嬰孩！但胡某也以人格保證，今天只要任何人敢帶走這女娃，你們雲淡風輕千萬得看好自己家裡未滿五歲的男童，可別少條胳臂斷了腿！」

話說完人人臉色大變！未滿五歲的男童，正是二十年後自家劍缽的未來人選，豈能少掉一塊肉！然而胡遠清本事高，又曾因試劍教劍分別在四人宅第待過數日，早已熟門熟路，若要下手害人還真不知從何防起？四人互使眼色，不約而同搖搖頭，李輕舟揮揮手，率眾離去！

過不多時，胡遠清抬起巨石對著古劍道：「人走了，但隨時可能再回來，你倆繼續待在這裡，入夜之後再作打算。」說完又把巨石放回。

古劍緊緊抱著程潄玉乍暖時寒的身子，恨不得把身上全部的體熱都傳過去！這個當口，實不該有任何旖旎遐思，但懷中少女柔軟的肌膚，讓他管不住的胡思亂想……如果能夠永遠抱著她，別再理什麼恩怨情仇，那該有多好？……如果不行，能不能陪她一起死，就葬在這個洞裡吧！永遠別分開！……就這樣死去，不知是否會被當成姦夫淫婦，給閻羅王打入阿鼻地獄，永難超生……如果當真下地獄，還能在一起嗎？……

酸甜苦辣混在心裡，始終難以寧定，不知過了多久，一根軟嫩的指頭在他掌背上滑移，一個字一個字寫道：「可以答應我三件事嗎？」

古劍欣喜若狂，不自覺的將程漱玉摟得更緊，毫不遲疑的輕聲道：「好！」

程漱玉接著寫道：「照顧小荳！」

這個要求有點奇怪，但古劍道：「好！」

程漱玉又寫道：「別替我報仇！」

古劍知道她至死不怨朱爾雅，雖然心中仍有疑問，愣了一下，仍回應一個「好」字。

最後一個請求，程漱玉寫道：「他隨時會來，你快逃！」

古劍道：「我想等妳沒事再走！」

程漱玉寫道：「我心裡有數，這回真的沒救了！」

古劍道：「別說喪氣話！既然能醒來，就一定會好起來！」

程漱玉寫道：「傻子！這是迴光返照啊！」

這番話猶如五雷轟頂，震得古劍心中激盪莫名，直想狂吼一番！這個時候，還真覺得她身子又更冷了些，說道：「別說話！妳陽脈氣虛，要專心引導輸入之真氣，流遍全身經脈。」一話雖這麼說，但他自己心情起伏，也沒辦法專心輸氣，愈是著急愈難控制！只覺得自己身子愈來愈熱，對方卻愈來愈冷……老天爺啊！求求你！幫我留住她呀！

不知過了多久，古劍停止輸氣，這時候再也顧不了什麼世俗禮教，伸出雙臂緊緊抱住她的身軀，只盼能將自己的體熱全數送進她的身子，靜待奇蹟出現！他思潮翻湧，只覺得有股濃濃的憂傷，排不去也化不開！朦朧中透過石縫往外看去，似乎有隻彩蝶飛舞在花間，忽然想起小時候娘曾說過梁山伯與祝英台的故事，兩人死後化成一對彩蝶雙飛，小時不識愁當成笑話聽，這時卻想：「這個季節怎麼會有蝴蝶？莫非是她？形單影隻，會不會太孤單？如果我也能在今天死去，是否也能化成彩蝶，陪她一段……」

正胡思亂想間，大石搬開，一股強光射入，胡、尤二人並肩站在洞口，尤豔花道：「朱爾雅可能很快會進來，你得立即逃命！」

卻只見古劍一臉提不起勁的樣子，緩緩說道：「程姑娘的身子愈來愈冷，我的真氣灌不進去，胡前輩可以再試試嗎？」

胡遠清探了一下脈搏，皺起眉頭轉身對尤豔花道：「去拿兩件厚被子過來，可以的話，叫人煮碗薑湯！」又對古劍道：「我們定會盡力救人，你快出來吧！」

卻見古劍道：「我逃不掉，也累了！你們更沒有必要為此與百劍門為敵，不如把我綁將起來，交給……」

話未說完，左頰辣辣生疼，已被胡遠清一巴掌重重掃過，罵道：「太白山上那個永不服輸的古劍在哪裡？瞧你這副要死不活的德性！程姑娘就算活了起來也會難過！若死了在天有靈，更只有傷心失望！」這一掌打醒了古劍！他的命早已不是自己的，為了古家、裴家和殘幫還有她留下來的程小荳及遠方等待他的妻子，也只能義無反顧的苟活下去！

古劍爬出石洞，親手將程漱玉的身軀緊緊包裹在棉被裡，再看著胡遠清封回巨石，跟著兩人走進屋內，來到一個邊間的廂房。

門一打開，只見原本放床的地方被挖出一個地道，裡面不斷有人把裝滿土石的畚箕遞出來，一個丫鬟接住後倒在一旁，看來十分順利，一個畚箕接著一個，並沒有間隔太久，堆出的土丘已超過半個人高，尤豔花道：「現在唯一的辦法，就是把你藏在地道之中，靜待風聲過去再出來。」

挖地道古劍並不陌生，說出他的疑慮道：「這地道挖了之後勢必得把泥土回填才能不露痕跡，要怎麼留下氣孔？」

尤豔花道：「你猜他們為何挖得如此輕鬆？」

古劍稍一思索，道：「莫非以前有人挖過？」

尤豔花笑了笑，說道：「約莫是兩年多以前吧！那時候嬉春園的老闆還是王痲子，是個不折不扣的大妓院，買來一個十七、八歲相貌清秀的姑娘，取個花名叫青荷。這青荷家貧賣身本該認命，但偏偏這裡的園丁木榮正是她青梅竹馬的玩伴，一對小情人在此異地相逢，不免感慨萬千抱頭痛哭，這麼一來，青荷說什麼也不肯下海執壺！

「若在別的地方，這種人早被打得半死不活；但在胭脂胡同做生意的老闆顧忌著『仗劍行俠』那幾個字，沒人敢對底下的姑娘動手動腳，只能將她關在房裡餓個幾餐，白天老鴇進來又勸又罵，她死活不肯。這種事遇多了，王痲子也不著急，肚子空空的人能撐多久？最慢三、五天，什麼都得答應！哪知到了第四天，房裡空無一人，蹲到床下找，只見一堆棄土和一條地道！

「原來就在夜晚嬉春園上上下下忙於應接來客之際，木榮總是偷偷弄來一些冷飯，帶著鏟子，從二更挖土到四更，再趁曲終人散眾人入睡時將廢土搬至花園假山處，第三個晚上便打通地道，從裴宅鑽了出來，這種事當然瞞不過裴友琴和裴問雪，然而裴家不但沒有為難兩人，還送了一點盤纏和食物，方便他們逃得遠遠！

「王麻子也不敢生氣，跑去找裴友琴賠禮，還說要立即派人將地道填滿，哪知裴友琴說不必麻煩！叫他只要回填嬉春園那邊就好，靠近裴宅的這一半，他們自行處理。王麻子知道他想保留這個地道，給下一個想逃跑的姑娘方便，但也不敢再多說什麼，大概覺得『惡鄰難處』，不久之後便把嬉春園爽快的賣給了我！」

說到這裡，只見園丁丟出鏟子爬出地道：「通了！」

尤豔花將一只包袱遞給古劍道：「該有的東西都在裡面！你先爬進去，我們再將這端的土石填封回去，裴宅那端只用木板蓋住，透氣應不成問題，但要委屈你在裡頭多待個幾天，聽說裴家打算盡快出殯，最好等到人潮散去，再找機會出來！」

古劍問道：「可知另一端開口通往裴宅何處？」

尤豔花道：「就在棺木下方，這個時候沒人敢對死者不敬，出殯以前肯定不會有事。」

到了這個地步，就算有事，古劍也不怎麼在乎！向兩人表示謝意，又拜託他們再救救程漱玉，說完便鑽入地道，讓他們將土石回填。

地道只比人身略寬，一片漆黑，忽然想到剛剛接下來的包袱好像是程姑娘身上的，伸手一探，除乾糧、水壺、傷藥之外，還有一堆瓶瓶罐罐等雜物，再加上一片柔絲，仔細一聞，有股淡淡的清香，果真是程姑娘隨身之物：「這尤大姐也糊塗了！怎麼把程姑娘的東西都交給我！萬一她醒來找不到怎麼辦？莫非她也認為用不著……」他不敢多想，拿起乾糧咬一大口，卻覺得食欲不振，難以下嚥！

然而一個人躺在幽暗的地道裡，除了胡思亂想什麼也不能做。古劍朝著出口橫移幾尺，感覺裴問雪的棺木就在頭上不遠處：「不就在兩天前，你我還在一起挖地道呢，沒想到如今卻天人永隔！雖不能再見你，但冥冥之中又似有股神祕的力量，引我至此，如果昨天死的是我，不知今日你會如何？」就在胡思亂想中倦意再起，不知不覺又進入夢鄉……

在夢裡，古劍回到四川的竹屋和綺雲及程姑娘、小荳住在一起，好不快樂！某日，有人傳來口信，說裴問雪來到成都正要前來敘舊，他當然高興！到溪邊刺了一尾大魚準備好好款待貴客。然而綺雲烹飪不便，程姑娘的廚藝始終未有精進，料理的重責大任只好落在自己身上，哪有什麼辦法？古劍聳聳肩，依然歡歡喜喜的準備菜肴。未料大魚尚未煎熟，問雪已經來到，但見他身上都是血，對著他說：「你怎麼還有時間做菜？難道不知朱爾雅正帶著百劍門和各大門派的高手，正趕往此處要追殺你？快逃！」

這時程漱玉卻不知為了什麼突然口吐白沫，把懷裡的程小荳交給了郭綺雲道：「你們快走，幫我照顧小荳！」古劍道：「要走一起走！我絕不拋下你們！」說著便伸手去扶裴、程兩人，這一碰觸，驚覺這兩人身子完全沒有重量，不約而同的對著自己笑道：「好好活下去！別管我們！」……

這回睡得夠久，驚醒時也不知是黑夜白天，只恨這場甜夢短暫，空留惆悵！隨後冷靜下來，思道：「聽說人死後不久靈魂還會留在肉身附近，這場驚夢，莫非是程姑娘和問雪的靈魂，透過夢境和我道別？」想到這裡，忽然好想上去給問雪上個香！「他們都死了！我還貪戀什麼？要死趁早，說不定還能在黃泉路上結伴而行！就這麼闖將出去，是死是活，交給老天爺決定吧！」

心意已決，貼近蓋板，輕輕掀起一道小縫，整個房間僅透著一點微弱的燭光，只見一雙女子的腳靜止不動，他逐漸大膽起來，木板再往上掀開一些，果然是問雪的妻子霍芳，睡得十分深沉！其實現在還不到三更，但裴家的人哭了一天一夜，撐到此刻全都累了！

他靈機一動，放下木板，伸手從袋子裡摸出一條絲巾綁在臉上，小心翼翼將蓋板移至一旁，爬出地道，地上擺著兩具棺木，一具擺著問雪的屍首，另一具卻是空棺，上前分別對兩具棺木恭恭敬敬合十行禮，三拜之後輕聲禱唸道：「請兩位安息，古劍有生之年，必將盡力保護裴家老小，絕不讓任何人再受到傷害！不讓作惡之人得逞逍遙，要回一切的公理正義……」唸到這裡，忽覺百會、玉枕、命門等穴一陣酸麻，軟倒在地！

醒來時臉上絲巾已除，雙手更被牢牢捆綁在身後，眼前三個婦人個個雙眼紅腫，氣韻不俗。古劍只認識霍芳，一位面容慈藹的長者，應是問雪的祖母；另一位眼神銳利的美婦想必是問雪的母親，出身武當，著名的兩湖俠女溫紅綾，不禁懊惱：「我怎麼如此大意！竟然忘了裴家還有一位懂劍之人！問雪和程姑娘臨終前交代的事情，我一樣也沒辦妥，如果就這麼死去，怎麼還有臉在陰間面對他們？」

對自己的魯莽躁進正感後悔不已，但見溫紅綾拿起一只玉珮問道：「你可知這玉珮上刻著什麼字嗎？」

古劍道：「相信古劍。」謝天謝地！原來裴、古二人還在皇陵挖掘地道時，便已預料即使出得去也勢必得面對莫愁莊上天下地的追殺，未必能同時活命。若一死一活，死去之人將成烈士，活著的人卻可能要面對種種惡毒的栽贓汙衊；這種情況下，倖存者必須得到兩方家人的信任！於是裴問雪取出隨身玉珮，刻上「相信古劍」四字交給古劍；而古劍身上沒有玉珮，便用一片金葉子寫上「相信問雪」四個字作為信物。這片金葉子在裴問雪中劍必死的那一刻，趁著朱爾雅全神觀注其父親安危之際，已被他揉成一顆金球。

溫紅綾神色稍緩，解開古劍身上繩索，道：「委屈你了！芳兒，幫古少俠正式點支香，拜完之後，還有好多事要問呢。」霍芳一邊點香，一邊替古劍介紹，裴問雪的祖母姓鍾，出身官宦之家，未曾習武。

古劍接下香再恭敬拜了幾拜，坐下來卻見溫紅綾問道：「這對父子，是不是死在朱未央父子手裡？」

古劍驚道：「您早知道了？」

溫紅綾一聲長嘆，走到鄰房拿出一張紙道：「這是那天先夫收到的飛鴿傳書，你看了便知！」

這張信紙似被淚水沾溼過，但大致清楚，寫道：

「友琴吾友：問雪、古劍和爾雅業已尋獲淨幫十三鷹閉門習劍的山洞，並潛入伺機而動；但我們的人卻得到消息，不知為何狐知秋和幾名手下也準備進去！若和淨幫聯手，三人未必討得到便宜，情況極為凶險！而在下尚在五百里外，一時半刻趕不過去！附上一張爾雅入洞前所繪的地圖及入洞說明，想勞煩您先走一趟……」

古劍看完信思道：「狐知秋也被騙了進去，目的是把所有可能礙事之人都引到裡頭，一舉殲滅！」

卻見溫紅綾又道：「先夫把信給我看，回房跟娘拜別，提劍走到門口卻忽然回頭對我說道：『紅綾，如果我們三天之內沒回來，請妳帶著娘、媳婦和小君子，到一個沒人找得到的地方，隱姓埋名，好好過日子！』

「這是什麼意思？我叫他再說個明白！他卻說：『沒什麼，只是突然有點不祥的預感！』我說：『不祥是一回事，究竟得罪了誰？為何要我們全家避難？』他說：『人在江湖難免會得罪小人，再怎麼小心也無法面面顧到！如果我跟問雪有個萬一，我怕妳……』

「我本想追問清楚，但看他欲言又止，心想如果真要碰上狐知秋這幫人，難免會有一場硬仗要打，這個時候說一些令人心煩的話無助於事，便道：『我的武當劍法還未擱下，尋常武人還動不了咱們家！您別操心，快去幫兒子吧！』

「我裝作若無其事的將他趕走，心中卻忐忑不安，先夫生前從來不談莫愁莊的是非，直到問雪出發前往太白山的前一夜，那晚不知怎麼躺在床上遲遲未能入睡，卻無意間聽見父子倆談及莫愁莊邀約起義一事，他們倆從未有事瞞我，唯獨這次例外，本想起身問個清楚，這時卻聽友琴說道：『你我均曾答應對方絕不向任何人透露此事，即使你娘也一樣。』」

古劍道：「這段話讓您聽見，也許一半有意一半無意。」

溫紅綾道：「他想信守承諾，卻又擔心我若完全不知提防，日後萬一有什麼變故，恐怕應付不了。其實那晚就算沒聽見什麼，我卻早有感覺，先夫與朱未央看似莫逆，卻一直小心應對，必有古怪！」

這時卻見裴奶奶道：「這麼大的事，妳怎麼不早說呢？」

溫紅綾道：「娘！沒證沒據就這麼說出來，除了讓您老人家擔心受怕外，還能有什麼幫助？」

溫紅綾含著眼淚說完這番話，又道：「正因如此，打從聽到先夫死訊的那一刻，我就不怎麼相信朱爾雅他們的說詞；而你能從隔壁鑽地道過來，顯然已得豔花的信任，對先夫和問雪又是如此恭敬，只是我沒去觀劍，無緣得見你這位與問雪齊名的少年英雄，又擔心再有什麼萬一，不得不出此下策，尚請莫怪！」

「這怎麼會？」古劍嘆道：「但只憑古某一己之力，實難對抗整個莫愁莊！三位若知來龍去脈，請千萬別讓對方知道，否則……」

卻見裴奶奶道：「身為裴家的人，早已看淡生死，你知道什麼，全都說出來吧！我寧可明明白白的死去，也不願迷迷糊糊的活著！」

於是古劍便從朱爾雅邀兩人為武林除害，一探淨幫巢穴說起，到深入皇陵搏殺求生的種種經過，婆媳三人聽到後來，已是淚流滿面，抱成一團！過了良久，裴奶奶才拭淚道：

「裴家世代英雄，沒想到娶到的媳婦個個愛哭，讓您見笑！」

這時卻見古劍也是淚溼襟衫，跪著磕頭道：「裴伯伯與問雪犧牲！我卻苟活至今，實在……」

裴奶奶緊緊抱住古劍道：「往者已矣！當務之急，便是如何幫你順利逃走，紅綾、芳兒，幫忙想個法子！」

溫紅綾道：「婆婆說得對，朱爾雅絕頂聰明，即便是躲在地道裡頭，也很難長久不被找著！」

霍芳道：「然而莫愁莊在四周布下人馬，美其名保護我們，其實日夜監視，要在短期之內把古劍送出去，倒是個難題！」

溫紅綾道：「朱爾雅今早派人傳話，說友琴的遺體兩日內可送回來，咱們是否該盡早安排下葬事宜！」

裴奶奶道：「此事由妳決定！」

溫紅綾道：「可另有一事，可得問您一聲！」

裴奶奶道：「什麼事？」

溫紅綾道：「朱末央的遺體泡了防腐藥水，預計幾天後啟程走水路送回南京安葬；但朱爾雅想在京城先辦妥葬禮，回到南京簡單家祭後盡速入殮，可以的話，希望能和我們合併辦理，以彰顯百劍一家。此事媳婦原本答應了，但如今古劍一席話道出真相，不免令人覺得有些不妥！真不想讓他們父子死後仍得和仇家一起！但又想不出什麼理由回絕！」

裴奶奶想了一會，道：「也許朱爾雅在試探咱們，如果拒絕，便有理由懷疑咱們已知真相！甚至猜到古劍在此。」

溫紅綾道：「正是如此，咱們三個寡婦或許不怎麼怕死，但小君子怎麼辦？古劍又怎麼辦？」

裴奶奶道：「如果友琴或問雪的魂魄能和咱們說上話，會怎麼說？」

霍芳道：「若是問雪，一定同意！」

溫紅綾道：「媳婦剛剛才夢見友琴笑著對我說：『是非對錯一言難盡，對方也有苦衷，不要怨恨！不要報仇！好好活著最重要。』」

裴奶奶道：「那朱爾雅願意派人取回遺體，似乎尚未泯滅人性，就照他的意思吧！」

溫紅綾道：「我明天就去找人挑個近一點的吉日，附近的親戚加上京師一帶的江湖朋友少說也有三、四百人，古少俠稍加易容混在人群之中應該無人留意，葬禮後各自散去，神不知鬼不覺！」

「雖然裴家的人向來不喜歡鋪張的葬禮，但事到如今，除此之外也別無他法！」裴奶奶道：「媳婦！明日一早備妥文房四寶，咱們要廣發訃聞，凡幾天之內趕得來的，一個也別漏！」

古劍道：「在下死不足惜！就怕連累妳們，到那天萬一不慎被人識破，還請各位千萬別理會，就當作咱們從未……」

「你這麼說，未免小看了咱們婆媳！既然嫁入裴家，就不該貪生怕死，真遇上了，豈有置身事外之理？」裴奶奶說話時一臉凜然堅毅，古劍不敢再說，思道：「真有什麼萬一，把我這條命也賠上就是！」

裴友琴父子死訊傳出，前來弔唁的江湖朋友不絕於途，古劍白天躲回地道，到了深夜，霍芳鎖上大門喚他出來透氣，並備妥飯菜任其飽食，在裴家悉心照料之下，傷口迅速癒合，漸無大礙。

出殯當日，胭脂胡同颳起陣陣淒冷寒風，短短的街道擠滿人群，京師一帶的裴家親友、百劍門人、江湖好漢，再加上胡同裡的姑娘、龜奴和老鴇們，能來的都到了，就連遠在千里之外的洗劍園崔釗、樂遊苑紀南圖等人，也都連夜快馬趕來，朱爾雅在場再向眾多劍門前輩行禮問好，看著他強忍悲痛故作堅強的模樣，更讓人感到悲憤莫名！感嘆英雄早逝，小人奸邪可恨！

古劍跟著眾人默默行禮如儀，即使聽不見，也曉得眾人對他罵聲不絕！這些人不久之前還把自己當成英雄，如今卻視為寇讎，咋是今非世事無常，不免令人感傷！

就在棺木緩緩抬起之際，天空忽爾飄起細雪！這場雪來得比往年早些，莫非是摯友在向自己道別？大雪紛飛中，古劍彷彿看得見一襲白衣的問雪翩翩舞起「秋水劍法」，依舊瀟灑自在，笑容可掬……

境外之城 127

武林舊事・卷三：太白試劍

作　　者／賴魅客
企畫選書人／張世國
責 任 編 輯／張世國
發 行 人／何飛鵬
總 編 輯／王雪莉
業 務 經 理／李振東
行 銷 企 劃／陳姿億
資深版權專員／許儀盈
版權行政暨數位業務專員／陳玉鈴
法 律 顧 問／元禾法律事務所　王子文律師
出版／奇幻基地出版
城邦文化事業股份有限公司
台北市 104 民生東路二段 141 號 8 樓
電話：(02)25007008　傳眞：(02)25027676
網址：www.ffoundation.com.tw
e-mail：ffoundation@cite.com.tw
發行／英屬蓋曼群島商家庭傳媒股份有限公司城邦分公司
台北市 104 民生東路二段 141 號11 樓
書虫客服服務專線：(02)25007718・(02)25007719
24 小時傳眞服務：(02)25170999・(02)25001991
服務時間：週一至週五09:30-12:00・13:30-17:00
郵撥帳號：19863813　戶名：書虫股份有限公司
讀者服務信箱 E-mail：service@readingclub.com.tw
歡迎光臨城邦讀書花園 網址：www.cite.com.tw
香港發行所／城邦（香港）出版集團有限公司
香港灣仔駱克道 193 號東超商業中心 1 樓
電話：(852) 2508-6231 傳眞：(852) 2578-9337
馬新發行所／城邦（馬新）出版集團
【Cite(M)Sdn. Bhd.(458372U)】
11, Jalan 30D/146, Desa Tasik,
Sungai Besi, 57000 Kuala Lumpur, Malaysia.
電話：(603) 90578822　傳眞：(603) 90576622

封面版型設計／Snow Vega
排　　版／極翔企業有限公司
印　　刷／高典印刷有限公司
■2022 年（民 111）1 月 25 日初版一刷

售價／399元

國家圖書館出版品預行編目資料

武林舊事・卷三：太白試劍／賴魅客著 —初版—
台北市：奇幻基地出版；家庭傳媒城邦分公司
發行；2022.1（民 111.1）
　面：　公分 .--（境外之城：127）
ISBN 978-626-7094-03-7（平裝）

863.57　　110019553

ISBN 978-626-7094-03-7

Printed in Taiwan.

廣　告　回　函
北區郵政管理登記證
台北廣字第000791號
郵資已付，免貼郵票

104台北市民生東路二段141號11樓

英屬蓋曼群島商家庭傳媒股份有限公司城邦分公司 收

請沿虛線對摺，謝謝

奇幻基地

每個人都有一本奇幻文學的啓蒙書

奇幻基地官網：http://www.ffoundation.com.tw
奇幻基地粉絲團：http://www.facebook.com/ffoundation

書號：1HO127　　書名：武林舊事．卷三：太白試劍

請於此處用膠水黏貼

奇幻基地

讀者回函卡

謝謝您購買我們出版的書籍！請費心填寫此回函卡，我們將不定期寄上城邦集團最新的出版訊息。

姓名：＿＿＿＿＿＿＿＿＿＿＿＿＿＿＿＿　性別：☐男　☐女

生日：西元＿＿＿＿＿＿年＿＿＿＿＿＿月＿＿＿＿＿＿日

地址：＿＿＿＿＿＿＿＿＿＿＿＿＿＿＿＿＿＿＿＿

聯絡電話：＿＿＿＿＿＿＿＿＿＿傳真：＿＿＿＿＿＿＿＿＿＿

E-mail：＿＿＿＿＿＿＿＿＿＿＿＿＿＿＿＿＿＿＿＿

學歷：☐ 1.小學 ☐ 2.國中 ☐ 3.高中 ☐ 4.大專 ☐ 5.研究所以上

職業：☐ 1.學生 ☐ 2.軍公教 ☐ 3.服務 ☐ 4.金融 ☐ 5.製造 ☐ 6.資訊

☐ 7.傳播 ☐ 8.自由業 ☐ 9.農漁牧 ☐ 10.家管 ☐ 11.退休

☐ 12.其他＿＿＿＿＿＿＿＿＿＿＿＿＿＿＿＿

您從何種方式得知本書消息？

☐ 1.書店 ☐ 2.網路 ☐ 3.報紙 ☐ 4.雜誌 ☐ 5.廣播 ☐ 6.電視

☐ 7.親友推薦 ☐ 8.其他＿＿＿＿＿＿＿＿＿＿＿＿

您通常以何種方式購書？

☐ 1.書店 ☐ 2.網路 ☐ 3.傳真訂購 ☐ 4.郵局劃撥 ☐ 5.其他

您購買本書的原因是（單選）

☐ 1.封面吸引人 ☐ 2.內容豐富 ☐ 3.價格合理

您喜歡以下哪一種類型的書籍？（可複選）

☐ 1.科幻 ☐ 2.魔法奇幻 ☐ 3.恐怖 ☐ 4.偵探推理

☐ 5.實用類型工具書籍

對我們的建議：＿＿＿＿＿＿＿＿＿＿＿＿＿＿＿＿＿＿＿＿

＿＿＿＿＿＿＿＿＿＿＿＿＿＿＿＿＿＿＿＿

＿＿＿＿＿＿＿＿＿＿＿＿＿＿＿＿＿＿＿＿

請於此處用膠水黏貼